竹稚

Zhu and Zhi

江月年年 著

Jiang Yue Nian Nian

江苏凤凰文艺出版社

JIANGSU PHOENIX LITERATURE AND ART PUBLISHING

图书在版编目（CIP）数据

竹稚 / 江月年年著 . — 南京 : 江苏凤凰文艺出版社 , 2023.8
ISBN 978-7-5594-7851-1

Ⅰ . ①竹… Ⅱ . ①江… Ⅲ . ①言情小说 – 中国 – 当代 Ⅳ . ① I247.5

中国国家版本馆 CIP 数据核字 (2023) 第 121786 号

竹稚

江月年年 著

责任编辑　周颖若
特约编辑　王泓湉
封面设计　吴思龙 @4666 啊
出版发行　江苏凤凰文艺出版社
　　　　　南京市中央路 165 号，邮编：210009
网　　址　http://www.jswenyi.com
印　　刷　北京世纪恒宇印刷有限公司
开　　本　880mm × 1230mm　1/32
印　　张　10.625
字　　数　317 千字
版　　次　2023 年 8 月第 1 版
印　　次　2023 年 8 月第 1 次印刷
书　　号　ISBN 978-7-5594-7851-1
定　　价　48.00 元

楚稚水坐在办公室窗边，恰好能瞧见他的身影，

犹如一块墨黑的岩石。

外面光线浓烈，唯有树荫清凉。

槐江观察局

HUAIJIANG GUAN CHA JU

年 月

槐江观察局

CATALOGUE 目录

		编码
序号	履历	001
第一章	入职槐江局	031
第二章	离职惹风波	065
第三章	经济开发科	101
第四章	茶园和黑猫	131
第五章	观察处往事	

槐江观察局

序号	履历	编码
第六章	人参和女孩	161
第七章	银海观察局	193
第八章	竹都显真身	225
第九章	千年前大战	257
第十章	绿茶的茶香	291

槐江观

陪她盛开百年，
然后花开花落，
这是他早想好的结局。

「我遇到你很幸福，现在你重说一遍，遇到我也很幸福！」

……

夏季的风还没有吹到搪江，办公室内却闷热黏稠起来。

Zhu and Zhi

第一章

入职槐江局

签名

楚稚水

槐江观察局

HUAIJIANG GUAN CHA JU

窗外枝头上立着两只喜鹊，正在叽叽喳喳喧闹个不停。

暖融融的阳光洒进屋里，将办公室白墙照得发亮。墙壁上张贴数张A4纸，纸面印着细细密密的小字，定睛一看，标题是“新入职人员办理报到手续流程”，右下角署名——“槐江观察局人事处”。

简单到甚至简陋的办公桌，角落里立着年代久远的饮水机，还有时不时响起的键盘声。

楚稚水一边正襟危坐，一边偷偷打量四周，前公司最爱在墙上张贴花里胡哨的海报及宣传语，然而人事处办公室的墙壁却只有微黄的白，那是阳光和岁月共同侵蚀的痕迹。

两相对比下，她终于涌生真实感，她确实是回来了。

“好啦，材料我收下了，你的个人信息也已录入，应该没什么别的事情了。”

楚稚水长舒一口气，礼貌道：“谢谢您。”

电脑前的中年女子抬起头来，她声音洪亮而爽利，颇有喜鹊报春的精神劲儿，笑道：“我是洪熙鸣，主要就负责局里的行政人事工作，你后续有什么问题都可以找我。”

能够主管行政和人事，那必然不是闲杂人等。

楚稚水立刻领悟对方身份，她语带感激：“好的，谢谢洪处。”

“哎，不用这么叫，叫我洪姐就行。”洪熙鸣瞥一眼资料，“小楚以前在银海市工作啊？”

“对，大学在那里读的，毕业后就留下工作了。”

“怎么突然想回来？银海好歹是一线城市，总比槐江这小地方好。”

“我父母都在槐江。”

“也对，离家近，一家人团圆最幸福。”

洪熙鸣热情健谈，她办完各类手续后，又跟楚稚水闲聊许久，终于从学历、家境、家中人口、工作经历，升级到是否单身。

好在楚稚水早有准备，一边应答如流，一边适时插话，打断越发危险的聊天内容。

“洪姐，我今天要去部门里认识一下大家吗？”

洪熙鸣突然醒悟：“哎呀，你是特殊人才引进，胡局好像对你另有安排，但他最近出差，不在局里，要不然你先在其他科室熟悉一下？或者你要等不及，我现在打电话问胡局……”

“没事，不急，等胡局回来吧。”楚稚水忙道，“洪姐，你先安排也行。”

“行，那你今天休息吧，录入资料也挺累的，明天就去后勤科。等胡局回来以后，再看看他的意思。”

办公室门口，楚稚水以怕耽误对方工作为由，婉拒洪熙鸣送自己下楼。洪熙鸣既是上级又是长辈，楚稚水作为下级和小辈，自然不能不懂事。

洪熙鸣听对方推却再三，她难得声音放轻，犹豫道：“小楚啊，你小姑娘家家的，胆子大吗？”

楚稚水眉清目秀、皮肤白净，一双眼睛明澈，五官线条柔和，看上去脾气很好。她并不是绝色美女，胜在浑身透着书香气，谈吐间进退有度，像极了学校里备受老师信赖的优等生。

洪熙鸣担忧小姑娘受惊吓。

楚稚水不解：“胆子多大算大呢？”

“……就是……你应该不怕妖怪？”

“洪姐，你说笑的吧。”

“哈哈哈，是。”

洪熙鸣笑容仍旧灿烂，却莫名显得干巴巴，没有方才神采飞扬。片刻后，她软言劝道：“行，你回家休息吧，明天好好来上班，没什么可怕的啊。”

楚稚水面对洪熙鸣的安慰满头雾水，但很快就将疑虑抛到脑后。

两人在人事处门口告别。

洪熙鸣目送楚稚水的身影消失在楼梯口，叹息道：“唉，这回能坚持多久呢？”

人事信息录入完成，接下来就是“开眼”。

楚稚水离开人事处后，依照记忆顺原路返回。槐江观察局的办公楼年代久远、没有电梯，走廊空无一人却仍显逼仄，宛若狭长的时空甬道，仅仅在尽头处显露亮光。

人事处位于四层，楚稚水拐进楼梯口，一边慢悠悠地往下走，一边琢磨起未来的工作。既然说胡局另有安排，没准自己的工作也不会清闲。

她选择观察局就是为了稳定、清闲，彻底跟过去的工作“炼狱”划清界限。远离都市的喧嚣，收获久违的宁静，迎接崭新的平凡生活。

不过，生活是否宁静暂且不提，现在局里倒是静得吓人。

除了她的脚步声外，四周寂寥得不像话，连喜鹊都杳无踪迹。

楚稚水缓缓停下脚步，她遗忘了具体经过的楼层，只是机械地下楼梯。直至楼道景象许久未变，这才意识到这四层楼过高了，好似上楼都没花那么长时间。

她迟迟走不到一楼。

人事处办公室内阳光明媚、光线充足，但楼道里截然相反，仅有面积不大的小窗，外侧还被茂密树藤遮掩，从密叶缝隙间渗出的亮度有限。暖阳被叶片裁切后变得斑驳，落在楼道墙壁上，抽象的黑白图案如无数双不怀好意紧盯人的眼睛。

惨白的墙壁老旧皲裂，形成细细密密的斑纹，宛若牢不可破的蛛网，无声地将她笼在其中。

楚稚水站在陌生楼道内，想要检查自己所在的位置，只觉一股黏腻阴冷从脚踝处侵袭而上，犹如匍匐蜿蜒的冰凉毒蛇，缓慢而强势地牢牢锁住猎物，使人不寒而栗、心惊肉跳。

上楼时只感觉环境老旧，可没有这种阴森氛围。

她莫名打个寒战，产生不好的预感，又想起洪熙鸣的安慰，脑海中涌出无限迷茫和惶恐。早知道不该让发小打听观察局的待遇，应该先问问局里的环境才对。

她从小就有些怕这种氛围，但在成人社会打滚多年，早已忘却童年时的弱点。

楚稚水硬着头皮往回爬楼梯，不敢继续下楼，想要去找洪姐。然而，四层的楼梯门早已消失，除了无边无际的阶梯，没有任何出口。

整栋楼阶梯贯通一气，不管是上楼还是下楼，都没有能逃离的尽头。

楚稚水掏出兜里的手机，发现根本没有信号。她迷茫地盯着屏幕，紧接着察觉到周围的变化。

静谧中，裂纹白墙后突现呲呲怪响，不知是风声还是异兽嘶吼，惊动高墙上诡异的光影。墙壁上不规则的阴影颜色加深，宛若在上好宣纸上晕染开的浓墨，迅速蔓延开，还张牙舞爪，十分狰狞。

它们好像察觉她的目光，终于在隐蔽中露出真身。

楼道里树影如跳动的黑色火焰，在素白的墙面上挪移、游动起来，宛若巨大章鱼投射的影子，像极了恐怖片里的惊悚镜头。

墙面汇聚出一张深色铁幕，乌云般向她压下，气势汹汹地扑来！

楚稚水心跳如擂鼓、头皮发麻，她慌不择路地飞速往下窜，再也不敢探究自己身处哪个楼层，只想尽快摆脱追逐自己的奇怪黑影！

静谧的楼道里只余急促的脚步声，像是不断敲打的死亡倒计时。

她没胆子回头去看，背后汗毛倒立、皆是冷汗。好不容易瞧见一扇门，她不管不顾地夺门而逃，甚至无暇顾及楼层。

她最怕走廊里没有人，直接被黑影当场吞噬，好在不远处竟有人影。

“麻烦等一下！”

楚稚水骤然看到人类，心头瞬间轻松起来，仿佛看到希望的曙光。

前方高瘦的背影听到声音停了下来。

那似乎是一名男子，身形隐没在阴影里，影影绰绰看不清相貌，只瞧出肩宽腿长、后背挺直。他一只手插兜，顺势转身看她，站在原地一言不发，似乎是在静候她的下文。

不知是不是错觉，他回头时风声停止，阴冷的寒意随之消散。

楚稚水连忙走过去，总算看清对方容貌。她原本还担心出现惊悚情节：男子一回身脸上都是血浆、伤口之类的。好在他的五官俊秀，除了表情略显疏冷，一切都看着挺正常。

黑衣男子被叫住后甚至有点蒙，他安静地盯着呼喊自己的人，发现对方面容清丽却脸色煞白。她鬓边的发丝凌乱，不知经历过什么，眼底尽是摇晃的星子，不安地泛着破碎的光。

楚稚水一路狂奔发喘，忙不迭调整起呼吸，又用余光偷看身后，确认墙壁再无黑影，顿时松开紧绷的弦，有种劫后重生的庆幸。

她撞上男子不解的探究眼神，这才醒悟自己喊人之举挺莽撞，赶忙硬挤出笑容询问："你好，请问这里是几楼？"

男子没有作答，反而越发迷惑，轻轻抬下巴示意。

楚稚水顺着他凉凉的目光，突然看见墙壁上3F的标志，正巧就张贴在两人身侧。这么大的字，她却没看到。

楚稚水刚经历完惊悚事件，不但笑容微僵，连声音都发哑："好的，谢谢。"

"……不客气。"

沉默男子终于开口，接着就抬起长腿，没有再多作停留。

楚稚水看他拐进前方楼梯口，没想到楼内楼梯不止一处，她索性匆匆追上去："请问这边可以通到一楼吗？"

不会再碰到诡异黑影和没尽头的阶梯吧？

男子动作一顿，他眉毛微扬，言简意赅道："可以。"

楚稚水微松一口气，不顾对方古怪的眼神，干脆步步紧跟他下楼，生怕自己再次落单。

这一回，墙上是两道人影，一前一后地拉着，不再有任何怪象。

黑衣男子好似颇不习惯，他走了几步靠边一站，想让楚稚水率先通行，谁料她也不再迈步，直接立在原地等他。倘若他加快脚步，她同样立即提速，始终保持着两步之遥，不远不近地跟在后面。

男子停下脚步，又往前迈一步。

她停下，跟一步。

他往前迈两步。

她跟两步。

他刻意抬起一条腿，既不向前也不放下，面无表情地盯着她，冷眼等她再模仿。

楚稚水这回没跟着做，她见他金鸡独立之姿，反而关切道："请问你是腿不太舒服吗？"

"……"

男子放下腿，不悦道："你是故意的？"

楚稚水歉意地解释："对不起，让你误会了，我第一次过来，还不太认路。"

他脸色更冷："所以就把我当带路的？"

她真挚道："是，谢谢你的热心。"

"……"

楚稚水紧跟他下楼也挺不好意思的，但她现在严重缺乏安全感，说什么都不肯自己离开。虽然他浑身散发拒人千里之外的气场，但明显比黑影可靠得多。

他排斥她，明显比她排斥他要好。而且，他突然间抬腿，莫名就有点憨，搞得她都不怕了。

两人产生交流，楚稚水也从惊心动魄中找回神志，她不愿显得招人烦，无奈地倾吐心声："其实你可能不相信，我刚刚好像看到了奇怪的东西。"

男子眼神越发狐疑："奇怪的东西？"

"对，墙上突然有黑影扑过来。"楚稚水苦笑，"幸好碰到你了，我还怕遇不到人。"

男子面对放松的她陷入深思，墨黑眼眸像密林中的寒潭，呈现出极深的色泽。这是一张出众的脸，即便神情覆满霜雪，依旧不减无双风采。

他没有说话，一直望着她。

楚稚水被他紧盯，自然搞不懂状况。她还下意识摸摸脸，误以为脸上沾上了脏东西："怎么了吗？"

数秒后，他冰封般的面瘫脸破碎，漫不经心地嗤笑一声，恶劣地反问："我有说过我是人吗？"

他的五官清逸俊秀，方才面部神经紧绷，显得高冷而不近人情。然而，他微微扯动唇角，表情顿时鲜活，淡色嘴唇都透出艳色，倏忽间就生动而妖异起来，像是电影中的慢镜头。

他说这句话的声音悦耳动听，如拨动上好的琴弦，不知是打趣还是嘲讽。

楚稚水却无心分辨语气，如遭雷劈般僵在原地。

草率了。他跟黑影长得完全不一样，谁知道他还有两种形态！接下来他不会吐出超长的猩红舌头，或者动作利落地摘下脑袋抱着吧？！

男子看楚稚水神色恍惚，莫名其妙就愉悦起来。他索性双臂环胸站在原地，颇有点看热闹的意思，好整以暇地等她抱头逃窜，再发出一连串惊声尖叫。

但人类的恐惧阈值总有上限，大起大落的连番刺激，带来的不是失声呼救，反而是彻底的宕机。第一次被吓到还会仓皇，接二连三就是神经麻木，让人连惨叫的余力都没有。

楚稚水此时手脚冰凉，大脑一片空白，惊得都遗忘了逃走。她在极度的惊惧过后，竟迎来极度的冷静："但你看着好歹端正……"

起码还有人样儿。

男子见她面色镇定，不由得微微一愣："这是夸我好看？"

"……你要这么理解也行。"

她都不知道自己在说什么，现在脑袋里完全一团乱。

黑衣男子默然。

"哼。"良久后，他终于发出气音，不知思及什么，表情相当复杂，"怪不得吓都吓不走，老套但算你有眼光。"

辛云茂最初对此人满怀戒备，现在猜透她一路追着自己的缘由——原来只是迷恋他皮囊的普通人类，千方百计地没话找话，连搭讪手段都如此拙劣。

楚稚水不懂他说的老套："？"

辛云茂从容地说："也对，估计人类很少看到像我这样丰神俊逸的存在。"

"……"

楚稚水原本慌得不行，冷不丁被这话噎住，恐惧感瞬间烟消云散。

她小心地打量他的神态，但思及对方的离奇身份，考虑到自己的人身安全，还是强憋着将吐槽咽回去。

槐江市近年雨水估计很少，应该就是被他整“无雨（语）”的。难道他觉得自己丰神俊逸？但他仅仅是比黑影多个人形吧？

世风日下，男人普通又自信就算了，现在连其他雄性的物种都是这样的。

辛云茂的自负让在场唯一的人类大为震撼。

楚稚水：“确实，很少看见。”这样自我感觉良好的存在。

下一刻，辛云茂就露出“果然如此”的表情，仿佛他将楚稚水看得明明白白。

楚稚水实在痛恨自己察言观色的能力，她特别想出言不逊打击一下对方，又觉得没必要因小失大、丢掉性命。毕竟她都不知道他是什么，现在硬碰硬就是以卵击石。

好在辛云茂没有多言，他恢复最初的冷淡，单手插兜继续往下踱步。

楚稚水跟着他重回宽敞而朴素的院内。

刚一出楼门，明艳的阳光就肆意涌来，将办公楼外空地晒得暖洋洋的，驱散她身上的料峭寒意。

观察局院内建筑物不多，最高的办公楼被爬山虎缠绕，旁边是一排平平无奇的矮楼。楼边有一片平坦的土地，现在正绿草茵茵，角落还被开垦出来，种植一些小青菜和土豆苗。

辛云茂出楼后，慢悠悠地坐在石质圆凳上，慵懒无神地眯起眼睛，享受被树荫过滤的美好日光。

楚稚水今天在楼里心惊胆战，见他不再搭理自己，着实搞不懂他的想法，试探道：“……那我就先告辞了？”

他不会故意等她跑一半再恶趣味地抓回来吧？

“你居然还没走。”辛云茂听见声音，他缓缓睁开眼睛，上下扫视她一番，好似颇为意外。

楚稚水竟有一瞬间看破对方脑回路，他肯定又要往“丰神俊逸的存在”上联想，搞得好像她故意拖时间，想跟他多待一会儿一样。

不得不说，只要他没有刻意绷着一张脸，他的微表情极容易理解。

楚稚水无力道：“……再见。”

“再见。”

楚稚水头也不回地往停车场走，她一上车就旋风般驶离观察局，明明最开始被墙壁黑影吓到，但中途被自恋男一搅和，现在脑袋里没有惧怕仅剩无语。

槐江观察局位置较偏，跟楚稚水父母居住的小区有段距离，两地间没有公共交通，驾车需要三十分钟。这种通勤距离在一线城市不算什么，但放在小城市就不太合适，开车上下班明显也是支出。

路上，楚稚水平静了下来，半个小时后，她将私家车停在地库，打算回家前先打个电话。

尽管她现在安然无恙，但刚才绝对看到了黑影，而且自恋男也承认他不是人，新单位四处都充斥着异常。

楚稚水打电话给洪熙鸣，然而那头无人接听。她看一眼时间才发现已过 17:00，这是观察局人事处的座机号码，估计下班后就不可能接通了。

别看新单位神秘，下班还真是准时，多一分钟都没人，或者说本来人就少，全是奇形怪状的黑影。

片刻后，楚稚水到家，防盗门一开，她还没来得及换鞋，便闻到扑鼻而来的饭菜香。

饭厅的灯光昏黄温馨，餐桌上已摆好两菜一汤。粉蒸肉还热气腾腾，炝炒瓜尖绿意勃勃，冬瓜骨头汤呈现出清亮的色泽，引得人食指大动。

“哎，回来啦。”谢妍看到女儿进屋，她立刻伸手去拍沙发上的楚霄贺，催促道，“行了，别赖着，赶紧去把最后一个菜炒了！”

“我才刚歇会儿，屁股都没坐热……”楚霄贺一边小声抱怨，一边无奈地走向厨房。

父母刚刚在客厅里等候晚归的独女。

楚稚水毕业后一直在银海市工作，很长时间里都独自住在出租屋，不存在有人等自己回家吃饭的机会。

她返乡后好像内心敏感很多，尤其方才经历完诸多怪事，现在瞧见平淡无奇的家庭日常，竟也会莫名其妙胸口泛酸，忍不住要眼眶发热。

她觉得自己在外面坚不可摧，但回到熟悉的港湾就溃不成军。

“妈，别让爸炒菜了，这些都吃不完。”

“没事，再炒个绿叶菜，你现在要营养均衡，不然胃又会不舒服！”

自从楚稚水大病一场后，谢妍有时候就过于紧张。

没过多久，三口之家其乐融融地用餐，难免就谈起新单位情况。

楚霄贺瞥一眼女儿，随口问道：“今天顺利吗？”

楚稚水从小就不是让父母操心的孩子，不管是学习或工作，自己都特别有主意，但他们总会惯例询问一番。

“今天……”楚稚水难得迟疑，“还算顺利吧。”

她无法概括观察局的遭遇算顺或不顺，将墙壁黑影等东西说出去就仿佛她精神状态有问题，指不定徒增父母的烦恼。

“顺利就好，回来就别工作得太累，又像以前那么拼命！”谢妍劝道，“你接下来不是还要装修，力气要省着一点，身体是最重要的。”

楚稚水：“今天就是办手续，什么活儿都没有，明天才正式上班。”

“那晚上早点睡，养精蓄锐。”

饭后，楚稚水在客厅跟父母闲聊一会儿，这才回到房间琢磨白天的事。她好久不在老家发展，只能拜托发小和同学打听观察局的待遇，以及过去有没有骇人听闻的事。

“这种单位工资就是平均水准，肯定没有你在银海挣得多，但在槐江应该算不错了。”

楚稚水沉默片刻，压低声音道：“……那儿有没有奇怪传闻？”

“类似什么传闻？”

“比如惊悚黑影之类的？”

“不可能吧，我有个朋友的朋友好像曾经考进去过，甚至都跑到槐江观察局看过，但他最后嫌路远没选那边，这也完全是他个人原因。”

这跟楚稚水自己上网搜索的结果差不多，网络上也没任何槐江观察局奇怪的传闻。

如果不是自恋男给她留下的印象过于深刻，她都要怀疑今天的事是一场幻觉，墙壁上根本没有黑影，也没有东西追逐自己。

但自恋男太离谱了，她觉得人类不会那么厚脸皮。

次日，楚稚水还是按时驱车抵达槐江观察局，即便局里确实有怪事，她想离开也得办手续，不可能无故翘班走人。

值得庆幸的是，观察局的清晨正常又祥和，爬山虎叶片凝结着晶莹露水，跟阴森诡异扯不上半分关系。

“小楚来得还挺早。”洪熙鸣恰巧在门口碰到楚稚水，笑道，“昨天休息得怎么样？”

“……还好。”楚稚水一晚上都强压满腹忧虑，她现在看到洪熙鸣，总算能说出困惑，“洪姐，咱们局里应该挺正常吧。”

洪熙鸣迷茫：“这话是什么意思？”

楚稚水心里发虚，小心翼翼地试探：“就是不可能有什么奇怪黑影的，对吧？”

洪熙鸣一怔。

楚稚水越发胆战心惊：“……难道以前有过？”

洪熙鸣看楚稚水瞳孔微缩，她连忙热情地一把拉住对方，郑重其事道：“绝对没有。”

“但昨天……”

洪熙鸣双眼炯炯有神：“我可以向你保证！”

楚稚水被洪熙鸣掷地有声的话感染，勉强感到安心一些。

走廊里，洪熙鸣在前方给楚稚水带路，两人径直前往办公楼三楼，在后勤科门前停下脚步。

洪熙鸣往屋里瞟一眼：“我先去跟他们说一声。”

楚稚水初来乍到，需要洪熙鸣打声招呼。

“好的，辛苦您了。”

“没事没事，你在外面稍等片刻。”

洪熙鸣进屋时居然还随手关上了门，只留楚稚水一人在走廊等待。她本来还担心看见不干净的东西，但今天运气不错，什么都没有发生。

几分钟后，洪熙鸣将后勤科的门打开，她热情洋溢地介绍起来：

“进来吧，这就是新来的楚稚水，从银海市回来的高才生！”

“没有没有，您过誉了。”楚稚水客气摆手，连忙小步进屋，跟同事们问好：“大家好，我是楚稚水。”

“你好你好，欢迎欢迎！”

楚稚水发现后勤科里有三人，两男一女。男性似乎都上了些年纪，唯一的女性跟自己年纪相仿。

“小楚不用谦虚，你可是胡局按特殊人才引进的标准招来的！”洪熙鸣说完扫视一圈屋里的人，她的视线难得锐利起来，话里话外透出些警告的意味。

“洪处，您放心吧，没问题的！”肚大腰圆的男子猛拍胸脯，不知道在保证什么，他眼睛又圆又小像黑豆，谄媚道，“咱们后勤科一向最懂事。”

洪熙鸣：“这是吴常恭，后勤保障科科长。”

楚稚水鞠躬：“吴科长好。”

“这是牛仕，负责咱们局里的绿化和食堂。”洪熙鸣一指皮肤黝黑的中年方脸男，又看向角落里的短发小姑娘，“那边是小金，金渝，也刚来不久。”

楚稚水依次跟新同事打招呼，她迅速地记清他们的脸：圆肚男是吴科长，方脸男是牛仕，短发女是金渝。

洪熙鸣在办公室环视一圈：“你们屋里还有一个吧？”

吴常恭像是听到晦气话题，摆手道：“哎呀，洪处，他算不算局里的还两说呢！”

“行，那就算介绍过了。”洪熙鸣关切道，“小楚，你先在后勤科熟悉一下，等胡局回来看怎么安排你。”

“好的，谢谢洪姐。”

洪熙鸣将楚稚水带到后勤科，没过多久就上楼回人事处。

科长吴常恭看出洪处对楚稚水的重视，还浮于表面地关怀她两句，等到洪处彻底离开后勤科，他立马一溜烟蹿出办公室，也不知究竟跑到哪里去了。

好在牛仕和金渝性格都不错，帮助楚稚水适应起新环境。

牛仕完全是憨厚老实的老大哥形象，主动提出去仓库给楚稚水搬电脑。

金渝则领人在屋里转悠起来，问道："你想要坐哪里？科长一般待在隔壁，这是牛哥的桌子，然后我坐这边，不然你跟我并排？"

屋里有六张办公桌，不少桌子布满杂物，有两张桌面摆有电脑，看上去是金渝和牛仕的位置。

"我坐你后面吧。"楚稚水认为跟金渝并排靠门太近，容易被领导杀个措手不及。

"好，那我把这些东西收走！"金渝自告奋勇地收拾起桌面。

楚稚水原以为自己身后不坐人，但等她拉开椅子才发觉不对，后桌上没有电脑，却散落不少糖果，甚至有没丢的糖纸。

"我后面还有人？"

"啊，没事，他不常出现的。"

牛仕还没从仓库回来，楚稚水和金渝就坐在屋里说笑。

金渝是短发圆脸软妹，她的发丝微黄略细，说话声音绵绵软软，看上去不谙世事、心思简单。

楚稚水都没将椅子坐热，金渝就竹筒倒豆子般吐露好多事，她还抱怨吴科长不来办公室，又不敢得罪资历较老的牛仕，经常将乱七八糟的工作丢到自己身上。

楚稚水面带微笑地听着，偶尔还点点头应声，心叹金渝确实刚来不久，而且没怎么上过班。

金渝应该是难得看见女同事，好不容易有伙伴，兴奋得难以自制。但今天要换个人听金渝吐槽，指不定就私下告诉吴科长了。

不过新同事单纯对楚稚水来说是好事，她之前还怕会有办公室斗争，现在看来能避免不少麻烦。

"后勤科一般做什么呢？"楚稚水见金渝站着不走，问道，"你一直忙着招呼我，会不会打扰你工作？"

"平时事情不多，今天就差个表格啦。"

"那你先做表格，我简单收拾下。"

"好，你有事就叫我。"

金渝原来是后勤科唯一的女生，她刚刚认识楚稚水，聊起来便滔滔不绝，如今意犹未尽地回到自己座位，开始打开电脑做表格。

楚稚水就坐在金渝后面，看窗外阳光给对方背影披上淡金色。

微光下，小小的灰尘在半空跃动、舞蹈，偶尔飘浮两三个细碎的透明泡泡，唯美的画面梦幻而岁月静好。

……等等，透明泡泡?

楚稚水诧异地发现一闪而过的气泡，类似童年在公园用玩具吹出的泡泡，只是形状明显偏小。五光十色的泡泡随风飘向窗外，没多久就在外面破碎、消逝。

这是哪里来的气泡?

楚稚水目光追随泡泡的移动轨迹，最后察觉根源是前方坐着的金渝。

饮水机恰巧在金渝左前方，楚稚水佯装镇定地起身接水，借机看到工作的金渝正面，终于确信小同事正在吐泡泡!

金渝好像在为表格苦恼，她并未注意楚稚水的脸色，不时焦虑地抓耳挠腮，嘴唇下意识地一开一合，发出轻微的啵啵声，好像在水面探头的鱼。

这模样并不可怕，就像咬指甲、抿嘴唇的小动作，唯一异常的就是她张嘴时偶尔飞出泡泡。

楚稚水端着水杯静默许久，她终于忍不住开口：“金渝。”

“怎么啦？”金渝乖巧地抬眼，声音天真而轻快。

楚稚水盯着对方无邪的面孔，她轻轻咽了咽，随意道：“金渝，你不是人吧？”

空气凝滞，无人说话。

楚稚水亲眼看着金渝神色大变，对方错愕而慌张，脸蛋鲜红得像要滴血，嘴唇怯懦地动着，连眼睛都含不住两汪澄澈的泪水，展现出将哭欲哭的神态，好像遭受了天大的委屈。

楚稚水顿时迷惘，难道自己猜错了？她以为自己在骂人?

下一刻，金渝的眼泪彻底绷不住了，她骤然爆发出哀声，惊惧交加道：“……你、你怎么知道？！”

“……”

金渝哭得上气不接下气，如同遇到天崩地裂般的惨事。

楚稚水方才犹豫要不要戳破，她怕金渝恼羞成怒发难，然而小同事现在泣不成声，搞得她都因为愧疚而动容起来，误以为自己说出了什么物种歧视的刻薄话。

“如果你不是人的话，该哭的不是我吗？”楚稚水扯过桌上的面巾纸，递给爆哭不停的金渝，又安慰地拍拍她后背，无奈道，“为什么你哭得那么凶？”

“我、我怕……”金渝哭得答不出完整句子。

你作为非人类怕什么？难道不该人类害怕吗？！

鳄鱼的眼泪只有两三滴，金渝的眼泪却能冲垮办公室，然后在屋里点唱一首《泡沫》。

小同事边哭边吐泡泡，恨不得彻底淹没周围，像在洗衣机里倒入过量洗衣粉，源源不断地溢出彩色气泡，迅速席卷两人。

楚稚水目睹此景，人都麻了，她的衣服都要湿了。

金渝宁愿她沉默，怪她居然看破，不然不会全都是泡沫。

楚稚水软言劝哄金渝好半天，总算得知她伤心欲绝的缘由。

金渝悲声道：“洪处长刚才千叮咛万嘱咐，告诫我们绝对不能露馅儿，不能让你知道局里的秘密，我却第一个捅娄子，肯定会被痛批一顿！”

楚稚水面色古怪：“秘密？”

金渝哼唧着抹泪：“对，她说不能让你知道我们都是妖怪。”

“……你们都？”楚稚水一僵，迟疑道，“洪姐也是吗？”

金渝唯唯诺诺地低头：“局里目前就你不是。”

“……”

原来洪熙鸣也不是人！

原来槐江观察局就只有她是人！

楚稚水脑袋里乱成一锅粥，又道：“为什么不能让我知道？”

“他们说你会辞职走人。”金渝抬起眼来，宛若被抛弃的小狗，她恳切地哀求，“不要辞职吧，我会被骂的。”

楚稚水撞上她可怜兮兮的目光，思绪还一片混乱，却苦中作乐地调侃：“你们就是用这种狗狗眼留人的？”

楚稚水怕黑影，黑影是不好想象的，代表不可控的危险。但金渝哭得像小孩，也没什么攻击性，并不会让人畏惧。

楚稚水并不怕具象的危险，或许她排斥的是无形、未知和不可掌控。

“你喜欢狗吗？”金渝偷瞄她，小声道，“对不起，我是鱼，不然让洪处再招狗？”

“谢谢你的贴心，倒也不必这样。”

金渝眼眶又开始湿润，颤声道：“……你还是要辞职吗？”

“好了，把眼泪擦一擦，也不要吐泡泡，我的外衣已经发潮。”楚稚水没正面回答，平和道，“这件事就翻篇，我不会找洪姐告你状，权当我们之间的秘密。”

她没想好辞职的事，但眼前有哭包要安抚。

楚稚水觉得跟金渝计较都算以大欺小，对方实在没什么复杂的坏心眼。

金渝感动得泪眼汪汪：“你对我真好！”

“这算什么对你好？”楚稚水愕然挑眉，“你这样出社会很容易变成砧板上的鱼肉。”

“但我是不可食用的鱼类。”

“……”

金渝解决危机后大喜过望，她趁牛仕还没有回来，不知用什么手段清理了满屋泡泡，还殷勤地将楚稚水潮湿的外套晾在阳光下。好在楚稚水来得早，清晨时多穿了一件，不然现在很麻烦。

楚稚水好奇道：“你一直都会吐泡泡吗？”

“只有控制不了情绪才会。”金渝不安地垂眼，她生怕对方嫌弃，“平时不会吐泡泡的。”

金渝刚才也是做工作表格头疼才露馅儿的。

楚稚水若有所思地点点头，她还看见金渝爆哭后口渴，跑到饮水机旁补充水分。

然而，金渝并不是用杯子接水，她根本就没有用饮水机，而是拆开角落里巨大的桶装水，直接抬起沉重的巨桶就“吨吨吨”往下灌，单薄的身体迸发出令人难以想象的力量，画面极具反差感。

楚稚水方才还认为金渝没威胁，但她现在怀疑如果对方拧自己，完全能做到一手一个。

没过多久，牛仕扛着台式电脑归来，金渝心虚得眼神闪烁，但楚稚水什么也没提。

楚稚水谢过牛仕，没让他出手帮忙，三下五除二就装好机，还蹲在桌下将各类线路理好。片刻后，新电脑就连上打印机，办公软件也准备齐全。

牛仕惊叹："比我装得都快。"

"好厉害！"金渝佩服道，"我现在都搞不明白。"

楚稚水莫名被说得脸热，主要她认为这些事真不算什么，但新同事们都大为震撼，一时不知该如何回话。

她还抽空瞥一眼让金渝苦恼的工作表格，其实最开始套用 Excel 公式做模板，直接往上填数字就行。未来连公式都不用，拿着模板一招吃天下。

算了，妖怪也没有大学计算机课，无法熟练掌握 Office 办公软件很正常。

除了同事不正常外，楚稚水在槐江观察局首日工作可谓清闲，她给自己装配好电脑，帮助金渝处理完表格，还偷闲写了点外面的东西。虽然她离开银海市了，但资源人脉还没断。

午休时，楚稚水跟随金渝前往员工食堂，还对上午的工作做客观评价："这里很适合'摸鱼'。"她好像就没上过这么混日子的班。

金渝一愣，她腼腆地低头，眼睛忽闪道："你要摸我吗？"

楚稚水闻言语塞，她刚想说"摸鱼"不是这个意思，但面对小同事满怀期盼的目光，最后还是动作僵硬地揉揉对方脑袋。

天哪，好像在拐卖未成年妖怪。

"金渝，你也是刚来吗？"楚稚水想起洪熙鸣的介绍，犹记金渝在局里资历不深。

金渝点头："对，如果不算你的话，我来的时间最短。"

"今年来的，还是去年来的？"

金渝摇头："我是二十年前来的。"

"……"楚稚水停顿片刻，她似有所悟，"行，这饭碗是真铁。"

楚稚水听完这话可不会再将金渝当未成年，也没好意思问对方今年多少岁，她并不想在年龄上自取其辱。

槐江观察局员工伙食很糟糕，白米饭配青菜及土豆丝，还有一锅白乎乎的米汤，让人严重怀疑食材都是从外面菜地里摘的。尽管现在食堂餐费有严格标准，但这样的饭菜也显得过于勤俭。

楚稚水都要阴谋论有人挪用餐费，她没有太大胃口，勉强喝点热米汤，避免下午胃里不舒服。

金渝吃得津津有味，可能鱼类吃白米饭都香。

一天的时间过得很快，一晃就到下午五点。

楚稚水根本没看到吴科长的影子，只跟金渝、牛仕打交道。她发现金渝无聊时会发呆吐泡泡，牛仕则私下浏览股市信息，估计是在自己炒股，从他的名字就看出无限底气。

下班时，金渝拿出一条细长的纸质表格，给楚稚水讲解日常打卡流程："每次临走前写一下今天的工作内容，然后签完字放到前面就行，一般是科长来检查，但其实他经常忘记。"

楚稚水了解地点头，她看到表格上有两行，疑惑道："这是还要填一个人吗？"

"我们一般是两人一组工作，吴科长不跟我们一起，按理说你应该跟别人结组，但他基本都不出现，遇不到的话，填你自己的就行。"金渝歪头道，"我原来跟牛哥一组，需要我换过来吗？"

"没事，不用麻烦，填这个很快。"楚稚水大致理解两人一组是互相监督，但说实话很像走流程，大家都没什么工作，监督就没太多必要。

门口，吴常恭忽然探头，他朝金渝招招手："金渝，你来一下。"

"又要下班前啰唆。"金渝闷声抱怨，她对领导敢怒不敢言，又看向楚稚水，"你填完先走吧，不要等我了。"

金渝离开后，楚稚水迅速填表，准备收东西回家。

正值此时，后勤科突然晃进一个眼熟的人影。

高瘦的黑发青年走进来，看到窗边的楚稚水时一愣。他今日仍是黑衣，一只手插兜，袖子被随意挽起，露出线条流畅的手臂及手腕处微凸的骨节，看着潇洒俊逸。

楚稚水抬眼望见辛云茂同样发蒙。

辛云茂没有主动打招呼的意思，他慢悠悠地抬腿，途经楚稚水的位置，坐到靠窗的第三张桌前。那张桌子上没有摆放电脑，只散落着糖果及糖纸。

楚稚水听到背后的响动头皮微麻，她不知道为何每次跟此妖见面都很尴尬，而且他上午还没参加自我介绍环节，两人现在算彼此不认识的状态。

办公室里没有其他同事，只有陌生且不知姓名的一人一妖，连出面打圆场的妖怪都没有。

楚稚水想要下班走人，她看到手中表格又犹豫，堪称进退两难。金渝说遇不到就填自己的，但她现在已经遇到了神隐同事，怎么办?

片刻后，她深吸一口气，调动出工作社交能量，打算速战速决离开此地。

楚稚水缓慢地站起来，她转身将表格放他桌上，露出恰到好处的礼貌笑容，友善道："你要填这个吗？"

昨天的事完全是误会，既然以后要做同事，起码面子上得过得去。

辛云茂顺着她的动作看清科室表格，他眸光微闪，似有些疑惑，又用幽幽的墨黑眼眸打量她。

楚稚水微笑着望他。

辛云茂没有多言，他下意识地环顾周围，然而手边只有散装糖果。

楚稚水看出他在寻觅什么，直接将手里的黑色签字笔递过去。

他犹豫片刻接过，冷白的手指修长，大笔一挥签上名字，字体倒是一气呵成、遒劲有力。

辛云茂。

楚稚水记住他的名字，客气地自我介绍："你好，我是新来的楚稚水，以后也在后勤科工作，我们昨天还见过一面，当时……"

"我知道。"辛云茂抬眼望她，平静道，"你是个好人。"

楚稚水："？"

楚稚水不明所以地应声："……啊，是，我确实是人类，跟你们不太一样。”

辛云茂面对她迷惘的神色，双手轻轻交叠，语气淡然道：“很抱歉，虽然你是个好人，但我没办法回应你那种人类的感情。”

楚稚水满头雾水：“哪种人类的感情？”

“当然，拒绝你并不是由于人类身份，你的条件非常优秀。”辛云茂慢条斯理地扫视她一圈，他故作绅士地表达肯定，坦白道，“只是我不会喜欢上任何人，所以不要在我身上浪费时间了。”

“？”

楚稚水脑瓜子被震得嗡嗡发响，她赶忙伸手制止：“冒昧地打断一下，请问话题是怎么快进到这里的？我应该没有对你表示过什么吧？”

他怎么会突然给她发“好人卡”？！

“如果等你表白再说清楚，你浪费的时间和精力岂不是更多？”辛云茂表情严肃地扬眉，“昨天突然跟我搭话还追出来，今天又故意找话题跟我交流，理解你没见过我这样的存在，但还是提前说明白比较好。”

辛云茂客观分析楚稚水的行为，判定她在处心积虑地和他拉近距离。

“……”

楚稚水忽然领悟每次遇到他都尴尬的缘由，辛云茂似乎总认为她对他图谋不轨！

他为何如此自信？！

楚稚水被他气笑了：“其实槐江市医院条件还不错，做脑科检查很方便，实在不行还能转院。”

“什么意思？”

“我怕你平时不注意，没准脑袋不太舒服，有什么你自己都不知道的毛病。”

比如癔症之类的。

楚稚水从不会出口成脏，她觉得自己这话够有攻击性的。

辛云茂静默数秒，他一只手轻撑着桌面，向后微仰靠住椅背，讶异道：“你还真挺执着，但就算对我嘘寒问暖，我们最后也不会有结果。”

“……”

他管这叫嘘寒问暖？

她明明是在阴阳怪气！这个九年义务教育的漏网之妖！

楚稚水不知辛云茂脑袋有没有大病，但她替别的妖尴尬的毛病要犯了。

“不好意思，我不经常骂人……不对，骂妖。”楚稚水扶额，“稍等片刻，我回忆一下侮辱性词汇。”

她打算调动自己贫瘠的脏话让他清醒过来。

“你是被拒绝后恼羞成怒？”

“你是不是真听不懂人话？”楚稚水深吸一口气，她就没听过如此离谱的话，凝眉道，“真诚建议局里用大病医疗保险给你治治脑子。”

辛云茂被骂也不恼，反而气定神闲：“如果这样就能让你放弃，那你骂两句宣泄一下情绪也行。”

“……”

楚稚水被硌硬坏了。

她如今骂他都被当成恼羞成怒，因爱生恨，倘若不是见识过金渝力能扛鼎，加上怕动手扇他被厚脸皮反震得手疼，估计就要现场打起来了。

“荒诞，滑稽，可笑。”楚稚水一连蹦出三个词，她难以置信地反问，“你觉得自己很优秀？”

辛云茂懒洋洋地转笔：“这不是明摆着。”

“……再见。”

楚稚水深感不能再跟他浪费时间，直接拿起东西下班走人，连多余的眼神都不想给自信心爆棚的某妖。

“你的笔。”

“脏了，不要了。”

别说接过他递出的黑色签字笔，她现在跟他同一屋檐下呼吸都窝火。

辛云茂目送楚稚水步履匆匆地离去，他独自坐在桌前静默数秒，想要探身将黑色签字笔放到楚稚水桌面，最后思考一番还是丢回自己的笔筒。

门口，金渝哼着小调回到办公室，她看到房间里仅有辛云茂，立马惊慌失措地退到外面，根本不敢在后勤科里多加停留。

辛云茂对此见怪不怪，局里多数妖怪不是畏惧他，就是视他为隐形。他索性一个人眯起眼在屋里享受傍晚的夕阳，金红余晖将天空染成血色，落日如游龙摄人心魄的金瞳。

辛云茂在一天最后的日光中睁开眼，他想要找颗糖打牙祭，却发现曾经空荡的前桌已摆好电脑，显然楚稚水要在此长期扎根了。

楚稚水愤愤离开办公室的那一刻，就决定以后将辛云茂当隐形妖。

她认为自己跟这种妖怪纠缠都是跌份儿。

好在辛云茂本来就很少出现。次日后勤科没有他的身影。楚稚水按时抵达自己的座位，她连正眼都没抛给空空如也的后桌，至今想起自负过头的某妖都无语至极。

楚稚水落座后，打算开始一天的工作，却在桌上摸到一颗糖。轻薄剔透的糖纸，相当简约的包装，是童年里的常见零食，记忆中好像是酸酸甜甜的滋味，昨天曾出现在辛云茂的桌面上。

这妖怪怎么连自己的东西都乱丢?

楚稚水随手将糖丢到后桌，完全没放在心上。

槐江观察局后勤科的工作说难不难、说易不易，简而言之就是枯燥、重复又无聊。制作材料报表、清点打扫仓库、搬运各类货物，还有各式各样突然冒出的琐事，毫无技术含量但磨人。

楚稚水做起来并不费劲，尽管打心底认为这种容易被取代的工作没意义，但以前在校实习时也不是没干过。她很快就得心应手，效率甚至比金渝还高。

观察局唯一缺点就是伙食太差，楚稚水委婉朝牛仕打听过，对方给出的理由简单直接——没钱。

当然，新的缺点很快也浮出水面。

手机冷不丁弹出一条短信提示，亮起的屏幕引起楚稚水注意。

“[银海银行]您尾号 1232 的卡 5 日 10:12 收入（工资）2,174 元。”

楚稚水望着短信恍惚起来，她一度以为自己看错，还认真核对了一遍，确实是两千一百多元。尽管她还没在新单位工作满一个月，但观察局都是每月 5 日发当月工资。

楚稚水上次收到差不多水准的工资，应该是大一在大厂实习时，日薪 200 元，每月工作 20 天，算下来还比槐江观察局多一点。

楚稚水回来时做好了降薪的心理准备，但她还是深受冲击，好半天没有缓过来。

许多公司明令禁止员工互相打听工资，但槐江观察局又不是公司。楚稚水三言两语就将金渝哄过来，打算了解一下新单位的收入情况。

她怀疑是由于自己还在试用期，或者局里有其他绩效没有发。

“今天发工资啦？”金渝好像记不清日子，她在提醒下才反应过来，然后跟楚稚水互通消息，钦佩道，“你好厉害，比我还多点。”

“怎么可能？”

楚稚水凑到金渝电脑旁，她看清对方的工资，居然真比自己还少。

“这是没发绩效吧。”楚稚水推测，“一般来说，月底应该还有一笔钱。”

金渝眨巴着圆眼睛，懵懂道：“绩效是什么？”

楚稚水望着她无知的模样，内心涌起不祥的预感，耐着性子解释道：“观察局不是全额拨款单位，如果单位有自己的营收，就可以作为绩效，补贴给在职员工……”

她明明记得银海观察局有绩效，而且在职人员的收入还不错。

金渝似懂非懂，老实地摇头：“没听说过。”

“就是我们单位自己挣钱自己发……”

“我没遇到过，就这一笔呢。”

“……”

很好。

楚稚水确信自己掉坑里了，槐江观察局效益很差，应该属于发不出绩效的单位。现有工资远低于预期，让她感到很不适应。

她开始考虑如何养车，要是算上通勤油费及汽车保险，没准自己一年都在白打工。从目前的状况来看，想要生活水平不骤降，只能更换一份工作。

怀着重重心事下班，楚稚水驱车离开槐江观察局，打算顺路接一下在外买菜的母亲。她在超市附近寻找完停车位，又怕谢妍找不到具体方向，索性步行到门口跟对方碰头。

街边敞开的水果摊热闹不已，都是手拎布袋的附近住户。隔壁特卖店的扩音喇叭响个不停，喧嚣而机械地重复着降价通知，充斥着市井气。

楚稚水远远就看到母亲谢妍被人强行挽着，两人手中都提着满满当当的购物袋，看上去是刚刚从超市里出来。

“哎呀，这就是稚水吗，真是女大十八变！”中年女子衣着艳丽，集齐赤橙黄绿，高声招呼道，“你还记得我吗？我们以前一个院儿。”

楚稚水童年时住在父母单位的房子里，那时候大院里所有人都互相认识，连带知道其他家孩子的情况。

她推测此人是谢妍同事，还在脑袋里搜寻一圈：“刘阿姨好。”

“还记得刘阿姨呀！”刘柯美激动道，“稚水当年在咱们院里多有名啊，那是老师年年表扬的三好生，高考居然还考到银海大学，可不像我家那不省心的兔崽子，一本都考不上，好在工作还行……”

“哎，我听你妈说，你也回槐江工作啦，现在工资怎么样？”

楚稚水面对出言试探的刘柯美，又瞧瞧挤眉弄眼的谢妍，客气地答道：“对，就两三千。”

刘柯美紧绷的面庞瞬间舒展，她脸上像绽开了一朵花儿，忙道：“不错，挺不错啦，我儿子也才五六千，现在的年轻人都不容易。

“你看他吧，挣得也不多，还非给我买新手机，我都说不要了，光知道浪费钱！”刘柯美喜滋滋地从兜里掏出手机，那是一个型号较老的款，目前市价三千元左右。

楚稚水哪能不知对方想听什么，和气道：“孝顺嘛。”

谢妍：“对对对，你真是享福啦！”

刘柯美闻言更是喜上眉梢，脸庞快被得意挤满了。

片刻后，母女俩跟刘柯美在门口挥别，提着大包小包往自家车走。楚稚水替谢妍接过大半东西，在前方不紧不慢地带路。

谢妍跟着女儿过马路：“你居然还记得刘阿姨。”

楚稚水虚虚地拦住母亲，提醒对方避让路边的车，又道：“当然，忘记谁都不会忘记她。”

这可是当年说过“你家闺女成绩那么好，真可惜不是儿子啊”的大名人。

楚稚水将购物袋放后座，便准备载着谢妍返程。楚霄贺已经到家做饭，回去后很快就能用餐。

“别把她的话放心上，她一直就这样。”谢妍将安全带妥善系好，她瞧一眼注意路况的女儿，撇嘴道，“你买房买车的事，我和你爸都没往外说，不然轮得着她在那儿显摆。”

谢妍当然清楚刘柯美炫耀的小心思，但她不敢把女儿在银海市的收入往外说，那确实有点太刺激周围人。

“没事，大家不就喜欢听这些故事，高分低能还找不到工作，进社会就混得没起色……”楚稚水自嘲，“再说我现在确实工资两千一百元，今天局里刚发的。”

“行了，多少钱都没事，妈妈养着你。”谢妍出神地盯着女儿侧脸，她思及楚稚水方才的表现，突然笑着感慨，“你以前上学还不这样，当时多牙尖嘴利呀。”

谢妍还记得，楚稚水读书时，学校门口有光荣榜，来往路人都能瞧见名字。那时候的规矩是单科满分和年级第一上榜，然而有次考试难度过高，全年级都没有单科满分，老师就把最高分的楚稚水放上去了。

刘柯美当时借此批评儿子，她儿子还颇为不服气，在大院里狡辩道：“楚稚水根本没满分，她本来就没资格上榜，还不是会拍老师马屁！”

谢妍至今记得女儿听到此话后讥诮的语气。

“等他有本事上学校光荣榜，再来跟我讨论这个问题吧。”

高傲体现得淋漓尽致。

那一年，院子里的大人都借哄堂笑声翻过此事。

也是自此开始，楚稚水就常驻光荣榜，她再也没有掉下来过，直至考上银海大学。

谢妍轻声道：“现在学会给人留面子了。”

楚稚水专注开车：“她不就想用别人的不幸来佐证自己的幸福，哄她两句算了，还计较什么呢。”

十五六岁反唇相讥算情有可原，二十五六岁还要针锋相对，属实有些没意思了。她已经懒得跟人争强好胜，把自己的日子过明白就行。

“宝宝，你长大了。”

“嗯。”楚稚水一瞄谢妍黑发中显眼的数根白丝，又不动声色地挪回视线，语气柔和下来，“我也该长大了。”

再打开家门时满室温馨。

回家跟父母用餐是楚稚水一天中最快乐的时光。

这样的生活她已经缺席七年，从大学到工作都驻扎在银海，槐江市的点点滴滴对她来说都陌生又熟悉。陌生是重归故土的摩擦、适应，熟悉是幼年时的记忆偶尔会翻涌而出，而且随光阴发酵，形成更为独特的味道。

她在槐江市蹒跚学步、懵懂长大，又要在此处目睹父母华发渐生、慢慢变老。

每日家中的饭菜美味可口、搭配得当，更衬得观察局伙食简陋到让人难以下咽。

楚稚水从食堂出来，心情属实糟糕，思考要不要接受父母加餐，以后从家里带饭过来。这偏僻的鬼地方也不好订外卖，她对工作餐已经濒临崩溃的边缘，连带胃里都开始不适，也不知金渝是如何吃了二十年。

正午阳光过盛，只扰得人心烦。楚稚水都琢磨起下班了，谁料到午后横生枝节。

科长吴常恭大腹便便，他手握着两张单子，进屋就安排起工作：“先把手头的事儿放放，下午把这两件处理了！”

牛仕接过一张单子，他看清上面的内容，不满道：“赔偿不是财务科的事吗？”

“你等那老乌龟爬过去要等到猴年马月了，下午实在搞不完，今天就晚点下班。”吴常恭说完溜出后勤科，丝毫没有要参与的意思。

现场核对赔偿要离开观察局，两个地方还相距甚远，一来一回极耗费时间。牛仕已经前往仓库拿东西，准备待会儿需要的材料。

金渝无奈道：“看来得加班了。”

楚稚水听到“加班”二字瞬间炸裂，她头一次展现出强烈情绪：“为什么要加班？我们分头行动，五点前就结束。”

“但是这种工作必须成组，我们只有三个……”金渝怯怯地望她。

楚稚水领悟潜台词：工作需要两组，至少得有四人。她果断道：“这屋里正好有四个。”

“啊，你该不会要找他吧？”金渝惊慌地瞟一眼辛云茂空着的桌子，确信当事妖不在后才放松下来，劝道，“还是少跟他打交道为好。”

“为什么？”楚稚水挑眉，“他不也是局里的，天天偷闲还有理？”

楚稚水平常对这些睁只眼闭只眼，但要影响她按时下班，她绝对不会坐视不管。

“但他明显不会乖乖听话……”金渝面露难色，又欢声提议，“不然我们先处理一件，你到点就下班走人，我和牛哥晚点去弄下一件，不会耽误你回家吃饭。”

“那你们怎么办？”

“没事，我们不赶着回去。”金渝拍拍胸脯，豪气万丈道，“而且洪处长都说要多照顾你！”

楚稚水望着傻兮兮的金渝动容，她忍不住揉揉对方的小脑袋。

金渝迷惘被揉：“又要摸鱼吗？”

“嗯，摸鱼。”

金渝话是这么说，但楚稚水没脸这么做。她再想准时回家，也不能玩忽职守，趁着小同事去洗手间，索性从二楼下去找辛云茂。

自从“好人卡”事件后，楚稚水偶尔在楼道碰到辛云茂，便直接将对方当一团空气。他并不常出现在后勤科，经常躲在院中大树下晒太阳。

楚稚水坐在办公室窗边，恰好能瞧见他的身影，犹如一块墨黑的岩石。她发现同事们从不主动提及此妖，连科长吴常恭如此爱指使人的性格，也很少跟辛云茂接触。

外面光线强烈，唯有树荫清凉。辛云茂果然藏在树下，他身材颀长、双腿笔直，端正地坐在石质圆凳上伸展不开，干脆自由散漫地向后依靠树干，采用舒适的半卧姿态。

树下微风过后窸窸窣窣，真是让人怡然自得的好地方。

楚稚水走过去，她挥挥手中单子，公事公办地通知：“我们待会儿一组，过去处理下赔偿。”

辛云茂原本闭目养神，他闻声睁眼，认出楚稚水，迟疑道：“我以为你都放弃了。”

双方好长时间没说过话，辛云茂还当她知难而退，不再有心思纠缠自己。

楚稚水表情微滞：“……你的病还没好吗？”甚至癔症有愈演愈烈的趋势。

“一共两个地方，金渝和牛哥一组，然后我们一组，弄完正好下班。”楚稚水一本正经地解释，“平时不折腾你，就今天去一下。”

实际上，楚稚水现在填表都不叫他，无奈出去办事必须两人一组。

辛云茂听完此话神色平淡、一言不发，恨不得满脸写着“这跟我有什么关系”。

楚稚水紧盯着他，然而他毫无反应，跟金渝所说的一样，刺儿头是不会老实听话的。

僵持中，某种无法言表的情绪暗中蔓延、破土而出，彻底顶破表面完美和善的修饰，击溃她在成人社会练就的因循敷衍，进而激活骨子里沉睡的叛逆、锐利及攻击性。

她发现他的眼眸黑得纯粹，皮肤却白如润玉，浑身透着清冷疏离，也不知究竟是什么妖怪。

不在沉默中爆发，就在沉默中变态。

事不过三，楚稚水确信他刺激自己找回了当年的刻薄，现在必须给傲慢的对方施以颜色。

“辛云茂，我承认你的小把戏很成功。”楚稚水突然出声，她声音清甜，笑起来时目如弯月，绽放止不住的柔情，“我确实记住你了。”

这是她第一次叫他名字。

辛云茂迷茫。

“说什么我喜欢你还追出来，又自作主张说一通胡话，我原来不理解你的逻辑，现在总算是反应过来，你是在故意引起我的注意吧？”楚稚水温和道，“你是挺有手段的，幼稚但有效果，我接触过不少异性同事，确实对你印象最深刻。”

她要亲手将他要死不活的模样击碎，然后毫不留情地踩在脚下才行。

果不其然，辛云茂的眼眸刹那间燃起火焰，他不悦地抿唇：“你说什么？”

他似乎深感不可思议。

“我不过是把你做过的事重复一遍，至于这样吗？”楚稚水眼看他下颌线绷紧，冷硬的面庞染上薄怒，她不由得越发愉快起来，“明明就出去处理下赔偿，现在却拖着不肯动身，也是你欲擒故纵的小把戏？希望我明天继续来找你？”

她的笑容无害而灿烂，说的话却截然相反。

辛云茂犹记她初见自己时的仓皇，完全无法理解她的惊人转变。

殊不知，楚稚水的好脾气早被他消耗殆尽。

辛云茂眉头紧皱，驳斥道：“我没料到你会有这种妄想！”

她居然认为他在故意挑起她的兴趣！

“我觉得你是世界上最没资格跟我讨论妄想的。”楚稚水语气云淡风轻，又露出“白切黑”的微笑，点评道，“嘴上说离你远一点，却又悄悄给人留下靠近你的机会，你还挺有心机的。”

他眼底流光摇曳，好似酝酿着风暴：“胡臣瑞都不敢这么跟我说话。”

胡臣瑞是槐江观察局局长。

楚稚水：“没关系，你喜欢玩这种推拉游戏，那我就明天再拿单子找你，免得你以后找不到好借口……”

辛云茂一把夺过她手中的单子，冷声道：“现在就走。”

他绝不能容忍这个人类再抹黑自己的清誉！

Zhu and Zhi

第二章

离职惹风波

签名

楚稚水

槐江观察局

HUAI JIANG GUAN CHA JU

纸质赔偿单被夺，楚稚水却不在意。她成功将辛云茂激得起身，又回办公室告知金渝一声。

后勤科内，金渝和牛仕看到沉默寡言的辛云茂都面面相觑，他们从来就没将对方算在部门里，现在他要去处理赔偿，堪称开天辟地头一遭。

金渝小心翼翼地拉扯楚稚水袖子，惶恐道："……不然我陪你去吧。"

"没事，你告诉我流程就行，本来就是分内的工作。"楚稚水看出他们不愿跟辛云茂打交道，所以没有接受金渝的结组邀请，总不能让牛仕和辛云茂一组，估计牛仕心里也不乐意。

金渝显然也明白此理，她没有再坚持下去，告知了楚稚水处理程序，还让对方有问题随时联系她。

辛云茂全程没跟金渝和牛仕有任何交流。他脸上没什么表情，一声不吭地站在楚稚水身后，完全是置身事外的状态，好像看不见其他同事一样。

楚稚水跟同事们告别，又带着车钥匙离开，辛云茂才不紧不慢地跟上。

院子里，楚稚水径直朝停车的地方走去，辛云茂望着她的背影，冷不丁道："就这一次。"

楚稚水握着车门把手的手一顿，她反应过来后笑着点头："可以，那你最好尽心尽力，不然我会怀疑你故意漏下什么，还想制造以后交流的机会。"

辛云茂听闻此话脸色难看，他隐忍地握紧拳头，让楚稚水有种大仇得报的快感。

楚稚水开门上车，她用手机开始导航，又迟迟不见另一人进来，索性缓缓地放下车窗。

辛云茂僵立在外面没动，脸上神情变幻莫测，也不知道在想什么。

楚稚水误以为他在纠结座位，她一指副驾驶座，隔着车窗道："坐前面，我不想给你当司机。"

辛云茂终于伸手拉开车门，蜗牛般地在副驾驶座落座。他慢条斯理地扫视一圈车里，用余光偷瞄主驾驶座的情况，嘴唇微微抿起，身体略显紧绷，看上去颇为警惕。

楚稚水不懂他慢悠悠的动作，仿佛车内有什么洪水猛兽，难道还认为她对他心怀鬼胎?

楚稚水望着敞开的门，她耐着性子提醒："关门，系安全带。"

车门被关上。

"安全带。"楚稚水见他不动，她一扯自己身前的带子，正色道，"我不管你以前什么习惯，坐我的车必须系安全带。"

楚稚水觉得辛云茂在臭屁摆谱，不然为什么上车后就干坐着?

辛云茂顺着她的动作紧盯许久，总算从侧边抽出安全带系好。

楚稚水不再管他，根据地图导航出发，目的地离市区极远，恨不得要到山里。她有车，就挑了路程长的，不想金渝和牛仕太累。

辛云茂眼看楚稚水游刃有余地启动车辆，跟初遇时脸色苍白、鬓发凌乱的模样天差地别。她现在特别自如，就像重回自己的主场，将紧张和不适抛在脑后。

"前方道路畅通，请直行……"

辛云茂听见导航音："这是要去哪儿？"

"郊区的山边，看位置似乎是。"楚稚水随口道。

辛云茂质疑："你以前去过吗？"

"没有。"

"那要是迷路呢？"

"不会吧，这路又不难走，就是距离比较远。"楚稚水听他疑神疑鬼的发问，还有一上车坐立不安的状态，她突然想起什么，福至心灵道，"……你该不会没坐过车吧？"

金渝是妖怪，连电脑都搞不明白。

他也是妖怪，同理可能没乘坐过汽车，所以上车后显得有点呆。

辛云茂沉着脸没说话。

楚稚水顿时知道自己猜对了，她惊讶地将车停在路边，再次确认道：“你真的第一次坐车？”

辛云茂想要摆出冰山脸，却被她唇边笑意刺到，恼道：“我们从来不用这样的方式出行。”

如果她要出言嘲讽，那他立刻开门下车。

楚稚水察觉辛云茂态度不好，但她难得没感到被冒犯，反而认为有点好笑。

他那么跩，还不是没坐过车。

在楚稚水脑海中，辛云茂和贫困山区小朋友的形象忽然重合，她没计较他刺猬般的状态，伸手打开副驾驶抽屉，从中拿出一条金属盒装的薄荷糖：“薄荷糖，头晕的话可以吃这个。”

辛云茂愣神。

“我不知道妖怪会不会晕车，但你要是吐在车上就麻烦了。”

楚稚水将糖递给他，便重新启动车辆，还将车窗半开透气，尽量平稳地驶入主干道。

窗外是流动的淡云浓荫，在郊区笔直的大道上通行只余畅快。

微风涌入车内，薄荷糖香气和轻缓英文歌流淌、交融在一起，让浸泡在阳光里的辛云茂忍不住要合眼。他悄悄观察楚稚水，发现她在认真驾驶，并未注意副驾情况。

他索性靠着车边小憩。

良久后，楚稚水准确无误地抵达单子上的地址，找地方将车停好，叫醒副驾的妖怪。她不确定他是不是睡着了，主要她刚刚出声，他就瞬间睁眼，眼底一片清明。

“人类的交通工具有点无聊。”辛云茂下车时还捏着那盒薄荷糖，他懒洋洋地转动盒身，糖盒内发出阵阵响声，“……当然，也没那么无聊。”

楚稚水没搭理他的自说自话，已经跟现场老乡取得联系。他们现在位于郊区某村落，村民老李的小屋孤独地立在田野里，不远处群山绵延，看上去人迹罕至。

说实话，她来之前根本不懂要核对什么赔偿，等看到布满残枝败叶、满目狼藉的菜地，这才感到一丝微妙的不对劲。湿润的泥土被翻得乱七八糟，破败的庄稼上还留有奇怪的爪痕，俨然曾在此发生过一场恶战。

“这是怎么搞的？”

“哎呀，我哪里知道，你们局里人那天说要在这里处理点事情，回来时就搞成这样了。”老李发现楚稚水脸色不对，忙道，“他们可说好会赔偿的，同志，你不能赖账啊！”

楚稚水客气道：“好的，您不用担心，我们核对一下现场情况，待会儿也会让您填单子，确认没问题后才会走。”

“那就好，那就好，我刚撒完种还没发芽呢，可惜了！”老李望着烂菜地遗憾不已，又挤眉弄眼地暗示，“同志，他们说是野生动物捣乱，但我们这里哪有动物……你们到底在这儿干吗了？”

现场情况诡异，难免老李多想。

楚稚水心想她怎么会知道，但还是露出安抚的笑容，滴水不漏道：“确实是动物，谢谢您配合。”

楚稚水和辛云茂在现场拍照记录，清算一共赔偿多少东西。老李要回村拿点农具，不能在田边全程候着，说好过一个小时再来签字。

辛云茂下车后没跟老李搭话，漫不经心地跟在楚稚水后面，一副游手好闲的样子。

楚稚水没指望过他干活儿，核对赔偿本来就不难，要不是局里有规章制度，她自己来处理也可以。

地里被刨得乱七八糟，加上山边刚降过暴雨，踩着深一脚浅一脚，泥泞异常。

楚稚水见辛云茂踟蹰不前，说道：“你在那边等着也行，我去瞄一眼就回来。”

两人都跑过去有些兴师动众，而且还会把鞋子弄脏。

辛云茂刚想说他能直接过去，却发现她头也不回地走了。他望着她在田边竭力保持平衡的背影心情微妙，实在无法形容当下的感受，这是他自诞生以来的陌生经历。

她好像把他当成办公室里那条鱼了。

辛云茂偶尔撞见过楚稚水和金渝互动，前者完全像照顾幼儿般对待后者。

楚稚水跨过坑坑洼洼的泥地，她发现小屋后有片菜畦，旁边还有两三根翠竹，投下淡色的影子。

附近远离村落、人烟稀少，菜畦一侧立着不少深色爬架，老旧的木桶放置在下方，桶内快要被雨水及落叶盛满。

菜畦同样是一团乱，楚稚水拍照确认完情况，准备缓步往回走。

地上都是深一块浅一块的痕迹，不知是爬架落的影子，还是阴暗处的积水，让她实在无处下脚。

正值此时，地面的黑影突然扭曲起来，甚至离奇地拔地而起，波浪般朝她奔涌而来。

她清晰地感知到脚腕上冰凉的触感。

“呜哇！”

不远处，辛云茂听到声音一怔。

如果说楚稚水对自己在观察局楼道里的遭遇还能当幻觉，那她现在则是真切触碰到了某种滑腻阴冷的存在，浑身激起鸡皮疙瘩。她拔腿就想逃窜，却被泥泞直接绊一跤，控制不住地歪倒向一边。

背后是扑天黑浪，眼前是坚硬田埂，恐怕要磕得头破血流。

竹叶随风发出轻微声响。

下一秒，辛云茂就闪现到田埂边，他拉住快踉跄倒地的楚稚水，单手就将她扶稳：“慌什么？”

楚稚水目睹黑影笼罩在辛云茂头顶，如猎食的巨蟒般游动而来，将可怖的身躯高高弓起。她颤声道：“你背后……”

辛云茂回头，他眼眸黑得发亮，大拇指和食指轻捏，打了个响指。遮天蔽日的黑幕从中破开，顷刻间就被搅散，化作一场细雨！

雾雨淅淅沥沥，转瞬消散无形，落在潮乎乎的泥地里。

他松开楚稚水，又左右检查，散漫地随手插兜：“只是残存的妖气，连刚成形的小妖怪都能对付。”

“……行行行，被你装到了。”楚稚水惊魂未定，她声音还有些发软，头疼道，“但请你明白我是货真价实的人类。”

她以前就没见识过什么妖气！

辛云茂见她脸色惨白、惊悸不安，兴味盎然道：“有那么害怕吗？明明跟我搭讪时挺厉害，现在看到妖气却吓得说不出话。”

他确实不明白，她不怕妖怪，居然怕妖气。

“你根本就不理解！”楚稚水硬着头皮辩解，“我不是害怕妖气，是不喜欢未知无形的存在，比如说看不见摸不着的黑影，以及没有具体形态的东西……”

“哦——”辛云茂拖着长调，他思及她曾跟着自己下楼，似有所悟地翘起嘴角，“长得好看就追着跑，长得丑就怕得慌，你的喜恶确实直白。”

“……”

楚稚水深吸一口气，她被他一打岔，已经镇定下来：“你搞错了，不是长得好看就追着跑。”

辛云茂却并不相信，双臂环胸道：“那你当初有胆子跟我下楼？”

她斜他一眼，淡淡道：“我就是单纯不怕傻的。”

辛云茂：“？”

天潮潮地湿湿，绵绵雨纱消散后，空气都带着凉意。楚稚水下意识地揉揉胳膊，驱散从袖口处攀附而上的寒冷，询问道：“妖气到底是什么？”

“你可以理解为妖怪修行化人需要的东西，现在已经越来越少，普通人也看不到。”辛云茂盯着她眼睛片刻，“你应该是刚开眼不久，所以容易被妖气缠上。”

“开眼？”

“他们拿着一本名册，写上名字就能够看见没化人的妖怪，还有四处涌动的妖气。”辛云茂道，“还有些人类天生就有这种能力。”

观察局里都是能够化人的妖怪，有专门的科室处理闹事者，帮助维护现有的稳定，以及解决后续扫尾工作。

目前有四大观察局，分别是槐江、银海、漆吴、空桑，各自在区域内发挥着作用。村民老李的田地被搞得乱七八糟，也是由于局里曾在此抓捕妖怪。

“我以为自己只是人事信息被局里录入，但现在好像还被放进了什么奇怪册子里。”楚稚水麻木道，“我能选择看不见这些吗？”

据辛云茂所说，普通人只会感觉妖气汹涌的地方冷，绝不会实际看到或触碰到什么。

“这可是不少修行者求都求不来的。”辛云茂沉默片刻，他忽然伸出食指，在她额头上一点，“你是不太习惯吧？”

辛云茂的指尖一触即离，流动的暖意却从此扩散，缓缓浸润楚稚水在妖气中冰凉不适的五脏六腑。她好像在无边雪地中徒步许久，终于在温暖篝火边放松了身体。

“这样就好了。”

楚稚水摸摸自己的额头，她感觉浑身舒坦起来，总算有力气登上田埂。

辛云茂已经先一步踏上去，他趾高气扬地抬下巴：“先提前说好，我完全不会填他们的各种表，还有那些麻烦的手续我也不知道，你待会儿自己处理一下。”

“……你不会还那么跩？”楚稚水叹息，“本来就没指望你做。”

没过多久，楚稚水就站在田边跟老李核对名单，计算整片田地的赔偿总额，确认没有遗漏之处。

“哎呀，这边不是你们弄的，本来就是这个样子，不用特意赔了。”老李拿照片一一对照，还减少了一些赔偿区域。

楚稚水点头：“好的，那我给您留个电话，有问题随时再联系。”

“好好好。”老李在单子上签字。

楚稚水一边往停车的地方走，一边用手机整理拍摄的照片，突然觉得脚底轻快，连忙低头往下看，发现沾满泥土的鞋子变干净了，好似半点没在湿泥里踩过。她略感奇怪，不知泥巴何时脱落的，也没有再多想，继续完成手头工作。

辛云茂已经跟着她走到车边，他的脚底同样干干净净。

两人准备打道回府，楚稚水从后座包里抽出平板电脑，她随手摆弄两下，将其递给辛云茂：“你在上面签字。”

辛云茂接过陌生的电子产品：“签什么？”

“当然是报表。”楚稚水看他一眼，开车门坐进主驾驶座。

辛云茂凝眉：“照片呢？”

“放上去了。”楚稚水疑道，“你不是不懂手续，居然知道要照片？”

辛云茂低头望着平板电脑屏幕，果然发现报表后照片已排版好，也不清楚她什么时候做的。他见识过其他妖怪往日龟爬般的速度，没想到她从田边走到车边就能完成。

“你拿笔在这两张上签一下。”楚稚水发现他坐着不动，干脆利落地掰下触控笔，一边将笔塞他手里，一边快速拨动切换文件，“还有这张的右下角。”

辛云茂僵硬地握着白色笔杆，他在观察没有墨迹的笔尖。

楚稚水想取回笔示范：“没事，跟正常的笔一样，你这么往屏幕上写……”

辛云茂却被她的体贴搞奓毛，他飞速在单子上签字，闷声道：“不用手把手教，我不是不会用，只是更喜欢原始的方式。”

“原始的方式？”

“没错，你们人类的新发明质感廉价，还是没有笔墨纸砚手感好。”辛云茂硬气道。

“原始？”楚稚水翻了个白眼，“那我该让你下车走回去，坐车实在是不够原始。”

辛云茂闲适地倚靠在车窗边，嘲弄道：“我要是下车走回去，你不就白费心机了。”

“哈？”

“想要单独相处就直说。”辛云茂恍然大悟，“我居然还跟你出来，现在才反应过来，这应该是激将法，好像是你在频频制造我们交流的机会。”

“……”

楚稚水崩溃地揉揉太阳穴：“虽然我知道是强妖所难，但能不能麻烦你偶尔做个人，稍微说两句人话行不行？你不觉得自己的发言离谱吗？”

“难道不是吗？”辛云茂晃晃手里的糖盒，仿佛捏住了她的把柄，嗤笑道，“还说不是嘘寒问暖，瞧瞧你一路上做的事。”

他相当嘚瑟，一句接一句。

楚稚水被他搅得心烦，她故作恶意地讥讽：“你是不是没被人喜欢过，所以别人稍微关照你一点，就会想当然地曲解对方，你没感受过其他人的善意吗？”

她说完静候他不可一世的反击，谁料车内却莫名其妙安静下来。

车外湿润的凉风似乎侵入，原本吵闹的氛围顿时冷寂。

两人一言不发，时间仿佛停滞。

楚稚水扭头就看见辛云茂沉默地靠着车窗，他鸦黑的额发散下来，眼眸像被浓墨润泽，只留一点透亮的光，在角落里忽明忽暗。他的手臂横在胸前，潜意识在进行防备。

楚稚水面对他缄口无言的态度有些疑惑，她索性率先打破僵局：“为什么不说话？”

“说什么？”

“谁知道你会说些什么，但感觉你不该不说话……”楚稚水挥去心头别扭，她扯扯嘴角，没好气道，“按照你妄想的逻辑，不该是‘谁说的，你当初不就追着我下楼’之类的鬼话吗？”

反正不该是被戳破般的孤寂落寞。

“哦——”辛云茂瞬间神情松快，他一扫方才的静默，点头道，“有道理，你一见面就对我图谋不轨。”

气氛重新活跃。

“癔症又开始了？”楚稚水面色平和，“算了，随便你瞎扯吧，反正我也就干这两天，不知道下个人还能不能忍你。”

辛云茂一愣：“什么意思？什么下个人？”

“我离职的话位置空缺，应该会有新人过来的。”楚稚水不敢跟金渝提及此话题，但对着辛云茂却没什么顾虑。

辛云茂沉吟数秒，挑眉道：“为什么要离职？那条鱼不是天天缠着你，而且你跟他们都相处得不错。”

“你居然会关注办公室里的事？”楚稚水诧异，“所以平时在屋里是装不熟？”

辛云茂没正面回答，若有所思地望她："因为被我拒绝，所以选择离职？"

"不是！"楚稚水一口否认，生怕他再抹黑自己，既好气又好笑道，"你觉得我见识过今天的场面，还能继续在这里干下去吗？"

楚稚水得知观察局的主要工作，立刻明白自己不可能胜任。她在后勤科较少接触外面的妖怪，但同样意识到人类根本不适合这里。

"今天的场面？"辛云茂不解，"地里妖气已经被打散了。"

楚稚水无奈："不是这个意思……"

"我不是都过去了，你还在担心什么？"

他今天确实是过去了，但她以后没准还会碰到这种事！

楚稚水长叹一口气，她望着凝眉的辛云茂，循循善诱道："这样吧，我给你打个比方：有些人找工作会考编，考编人有的选择老家，有的选择不熟悉的外地，后者就经常会出现一种情况，在陌生环境人生地不熟，没人脉不好开展工作，然后感觉坎坷和孤独……

"虽然槐江观察局是在我老家，但我现在的情况像考外地的人一样，主要局里只有我是人，你们全都不是人类，明白吗？"楚稚水心平气和道，"我跟你们不一样，不是一个世界的。

"我以前从没见过妖怪，甚至没有见过妖气，不具备这方面的工作能力。"

楚稚水语气诚恳，一番话毫无磕绊，就像在她脑海里演练过无数次。

辛云茂思索片刻，低声道："不是一个世界的又怎么了？"

"你还是没明白……"

"并不是都是妖怪，就能算同一世界的，你们人类不也是？你自己刚才都说，只是环境不同，差别就大得很。"辛云茂头贴着车窗，端详外面的远山，他不知在回忆什么，又将视线转回来，平静道，"我跟他们不一样，但照样留下来，同理你也可以。"

他眼底蒙着暗雾，朦胧而捉摸不透，却又从中破出凌云意气。

"他们有他们的能力，你也有你的能力，即便以前没见过妖怪，但你会用这些奇怪东西，不也算是工作能力？"辛云茂耸肩，"所以没妖气也行。"

楚稚水听惯他的离谱话，不料对方竟一改自负，态度正经到让人陌生。

她眉毛微挑，轻声道："你说得倒轻巧，我又不是妖怪，再遇到刚才的情况，你们可以打散妖气，我……"

"这算什么大事？"他抿唇，"我以后再跟你出来不就行了。"

"啊？"

辛云茂面对她惊讶的神色，他好像也感觉答应得太痛快，又遮掩地补上一句："但报表得你做。"

楚稚水被他好说话的态度搞蒙，茫然道："现在不怕我纠缠你了？"

明明他先前还是冷酷漠然，现在却一改常态劝人留下。

辛云茂骤然语塞，他神色几经变换，最后憋闷地让步："没办法，你是情难自禁，我稍微忍忍吧。"

"……"

很好，她的感动消失了。

这妖怪说人话的时间撑不过两分钟，比体验卡使用时间都短。

楚稚水不咸不淡地反讽："你的用词能力真是登峰造极。"

"但我还是希望你控制自己，你是个人，你明白吗？"辛云茂用手指在车门边敲打，像煞有介事地告诫，"君子色而不淫，发乎情，止乎礼。不该由妖怪来教你做人的道理。"

他的语气郑重其事，已经搬出孔子言论，仿佛她当真是饥不择食的禽兽，还能逼迫冰清玉洁的他就范不成？

"……"

好半天后，楚稚水终于开口，岔开话题道："你知道在我们人类世界里，随便坐上异性副驾驶座，还说一堆模糊不清的话，甚至拐着弯儿约下次出行，会得到什么评价吗？"

辛云茂："什么评价？"

"不、守、男、德。"她露出轻慢的笑，睨视着他，"就像你。"

"？"

车停在槐江观察局门口时，手机屏幕上正好是17:03。如果不是闲聊耽误些时间，应该能比计划的提前一点。

楚稚水将数张报表单抽出来，随手递给副驾驶座的辛云茂："我已经把电子表发给局里，你把纸质版带回办公室就行，我不上去了。"

"你什么时候打印的？"辛云茂看着右下角的签名，俨然是自己刚在平板电脑上签的，现在已经变成纸质印刷版。

楚稚水："便携打印机，路上正好印完。"

辛云茂欲言又止："……你以前到底经历过什么？"

如果她先前的行为还能叫高效敬业，那随身带便携打印机，就略显夸张而变态了。

楚稚水深深望他一眼："社会上的事，妖怪少打听。"

"……"

辛云茂目送汽车离开，这才带着表格上楼。

办公室内静悄悄的，金渝和牛仕不见踪影，明显还没有回后勤科。不过这才是常态，现场核对赔偿一向速度慢，晚上赶制完表格基本到深夜了，很少有能准时下班的情况。

辛云茂将报表单往小桌上一丢，他知道吴常恭夜里会来收，却突然瞥见一摞细长表格。这是每日下班的打卡表，需要两人一组完成签字。她入职首日，他签过一次。

双方交恶后，楚稚水没再来找他，辛云茂也不管表格。

实际上，他在局里做事或不做事，存在或不存在，都不会有任何人过问和在乎。

修长的手指哗啦啦地翻着，辛云茂的视线逐一扫过，却发现每张单子都有两个签名。他明明记得自己就签过一次，然而只要左侧签有"楚稚水"，右侧必然会有"辛云茂"。

打卡表查得不严，但她没光填自己。

辛云茂抖抖手里的长表格，他漆黑如点墨的眸子盈满光，笑道："呵，仿得还挺像。"

次日，楚稚水准时来到办公室，没多久就看到疲惫的金渝。金渝眼底还残留着黑眼圈，明显被昨日的工作折腾得不轻，困倦而颓丧地趴在桌子上。

“你和牛哥昨天几点回来的？”楚稚水一边泡咖啡，一边出言询问道。

“六七点才回办公室。”金渝挠挠头，无力道，“然后做单子又搞到好晚，那位还啰唆好长时间，讲他以前的留洋经历。”

楚稚水知道金渝口中的“那位”是科长吴常恭，此妖跟一些偷奸耍滑、欺软怕硬的领导一样，仗着金渝资历浅、脾气软压迫对方，没事还要显摆一番自己的工作经历，像极了挣钱少又废话多的中年老男人。

“吴科长还留过学？”楚稚水面露迷惑，“你们也会讲学历吗？”

“什么学历？”金渝单纯地眨眨眼，“我是河里来的，他是海里来的，这不就是留洋经历！”

“……”

“唉，他原来是漆吴局里的，那边不是靠海嘛。”金渝撇嘴，“他调来后就老提，说槐江不如漆吴，附近连片海都没有，显得土里土气不高级。”

楚稚水诚恳道：“……我倒觉得海鲜不一定就比河鲜高级。”

“谁说不是呢，主要我们都是水里的，不然怎么会老被他抓着念叨。”金渝叹气，“你看牛哥就没这烦恼。”

楚稚水认为跟种族无关，纯粹是金渝太好欺负，可性格又岂是一朝能改的？她安抚道：“我看你脸色不好，要喝点咖啡吗？”

“啊，可以吗？”金渝早就嗅到满屋苦香，她其实很好奇咖啡的味道，但真被邀请又有点羞涩，生怕自己露怯，“但我没喝过。”

“只是速溶的而已，不是什么好咖啡。”

楚稚水给金渝也泡一杯热咖啡，对方全程眼巴巴地盯着，对深色饮料相当好奇。

“我听说还有叫奶茶的东西。”金渝好奇地观察，轻轻吹着杯口。

“确实有，但观察局附近没奶茶店。”

金渝小心翼翼地抿一口，绽放欢喜的笑容，心满意足道：“这个就很好喝了。”

楚稚水见她连速溶咖啡都喝得香甜，突如其来就涌生怜惜及母爱。

吴科长白天基本不出现，连带后勤科也安稳下来。

楚稚水随手将报表整理完，正打算浏览一下招聘网站，却意外接到村民老李的电话。她心里猛地一跳，快速在脑海里回忆流程，确定自己没在核对中有失误。

“喂，您好？”

“哎，同志啊，你们昨天忘东西在地里啦！”老李高声道，“你看不然给个地址，我给你们送过去吧。”

“忘东西？”楚稚水发愣，“我们应该没忘什么……”

“你们把菜都落在我地里了！我今天过去才看见！”

“什么菜？”

没过多久，村民老李坐着“三蹦子”抵达槐江观察局门口，金渝和牛仕帮忙将车上的新鲜蔬菜卸下。这些菜明显是刚从地里挖出来的，叶片处沾染清新晨露，根茎处还带着湿润泥土。

“我今早去地里干活儿吓一跳，后面的那块地里全都是菜，应该是你们昨天落下的。”老李丈二和尚摸不着头脑，奇怪道，“你们是开车搬过去的吗？”

老李本来没注意到异状，他走到菜畦边才发现，此处群英荟萃、蔬菜开会。

楚稚水在他的描绘中醒悟：蔬菜疯长的地方曾有妖气，辛云茂还将其打散化雨。

楚稚水见老李风尘仆仆地赶来，不好意思道：“您留着吃就好，还专门送过来，本来搞坏您的地就挺对不住……”

老李曾在泥土里撒种，还没萌芽就被搅烂，她怀疑残存的种子被妖气催发了。

“这哪儿行啊，一码归一码，地里东西都赔完了，这些拿去吃或卖，都可以值不少钱！”老李憨厚地挠头，“而且我也没全挖完，这车实在是放不下，不行我待会儿再拉半车来。”

“没事，别麻烦了，那些您留着吧。”

“不过你们的菜确实好呢，我家种过这些品种，品相完全不一样。”

老李认真地打量起来，“……怎么越看越像我家地里那几种？”

楚稚水听得心虚不已。

金渝已经搬完菜洗手归来，她在老李身后轻唤一声：“师傅。”

“哎，怎么啦？”老李下意识地回头。

半空中，一枚五光十色的泡泡飘出来，不偏不倚地撞在老李脑门，如同一碰即碎的幻梦。他看着满脸天真的金渝，迷惘地眨眨眼睛，想要说点什么，却又想不起来。大脑突然空白，某种记忆被截断。

金渝握拳：“成了！”

牛仕跟楚稚水相熟后，已经得知对方清楚观察局的真相，此时也没责怪金渝当着新人的面出手。他见怪不怪道：“送人家走吧。”

老李不再继续刚才的话题，他看上去举止正常，毫无异样地跟楚稚水告别：“同志，那东西放在这儿，我就先回去了啊。”

“好的，您路上小心，辛苦您还跑一趟。”

“不辛苦不辛苦！”

“三蹦子”离开后，楚稚水才浑身僵硬地看向金渝，头皮发麻道：“你们对他做什么了？”

“只是让他忽略不自然的地方。”金渝软声道，“我的泡泡能消除记忆，但不会给人造成伤害。”

楚稚水如梦初醒，难怪网上没有任何槐江观察局的奇闻，原来这帮妖怪还掌握着高精尖技术。

“这些菜怎么办？”牛仕询问，“你要带回家吗？”

楚稚水摇头：“不用了，牛哥，你拿到食堂吧，本来就该算局里的。”

“好嘞！那中午可以加点菜！”牛仕摩拳擦掌道。

中午，观察局食堂果然多了两个青菜，但仍没达到两荤两素的标准。

金渝扒拉着菜叶子却吃得津津有味，赞不绝口道：“这些蔬菜吃着好香！”

“因为是新鲜的吧。”楚稚水确实品尝出清脆鲜甜，但也仅仅是菜叶该有的滋味。

“不，不是的，我说不出来原因，就是尝起来特别香……”金渝站起身来，饥肠辘辘道，“我要去再拿一点，以前从来没吃过！”

楚稚水只当小同事干饭魂觉醒，说辞显得比较夸张，并未将此事放心上。

她还在盘算换工作的事，如果观察局拥有消除记忆的能力，那她想安然无恙回归日常很容易。倘若她从局里离职，名字就会从册子上消失，再接受消除记忆的泡泡，应该就会遗忘不合理的一切。

当务之急，是找到更合适的工作。

楚稚水的学历及工作履历过硬，银大好歹是名校。她在槐江市找工作不难，但找到合适的工作非常难。

槐江市房价五位数，经济发展水平却远不及银海，各类岗位的工资上限相当低，在银海随处可见的薪资水平，放在槐江都能算是高薪。

稳定单位是最好的选择，但前期准备周期太长。楚稚水不确定再跳到其他地方，会不会遭遇相同困境。

闲暇之余，楚稚水面试槐江市的其他公司，偶尔有待遇不错的岗位，但一打听就知道必然是卖命火坑，想要准点下班绝不可能，而且团队内派系斗争严重。

饭桌上，楚霄贺听闻楚稚水的想法，好言劝道："不然就在局里干着吧，工资低一点也没关系，反正家里又不缺什么……"

"你上回可把我和你爸吓坏了，我们没有别的要求，照顾好自己的身体，行吗？"谢妍担忧道，她知道女儿心气儿高，而且不会随意外露，经常自己拿主意。

楚稚水撞上满脸忧色的父母，他们明显还对旧事耿耿于怀。她心里微酸，忙道："爸，妈，我心里有谱，你们放心吧。"

一圈调查下来，新工作暂时没着落，但槐江市被转个遍，楚稚水还在驱车前往局里的路上发现家奶茶店。

后勤科内，楚稚水将奶茶袋子放桌上，呼喊一旁的金渝过来拿。

金渝听到稀里哗啦的塑料袋响声，她迷茫地抬起眼，又看清四杯饮料，惊喜万分道："这是……"

楚稚水笑着点头："你不是想喝奶茶？我在路上看到有。"

槐江观察局位置偏僻，金渝等妖很少进市区，自然没机会接触这些。

金渝没料到随口说的话会被记住，现在无措得满脸通红，干巴巴道："我、我把钱给你吧？"

"不用了，没有多少钱。"楚稚水思及自己打算离职，更不愿意计较这点事情。

金渝怪不好意思的，她抱紧楚稚水猛蹭，快要感动得嘤嘤："你是我见过对我最好的人！"

楚稚水已经习惯她直率的表达，温声道："那是你见过的人太少了。"

塑料袋里共有四杯奶茶，楚稚水和金渝分完以后，还在牛仕桌上放一杯。虽然她当时想着金渝，但也不能厚此薄彼，索性就都掏钱买了。

牛仕进屋后还特意道谢，不过他对奶茶兴趣不大，老大哥更喜欢喝纯粹的茶。

"这里还有一杯。"金渝小脸一皱，嘟囔道，"不会是给吴科长的吧？"

"当然不是，吴科长白天又不出现。"

楚稚水把饮料取出，她随手将塑料袋团起来，又把最后那杯奶茶放到自己后桌，那是辛云茂的位置。

金渝惊讶得瞪大眼，倒是什么也没有说。

现场赔偿归来后，辛云茂依旧在后勤科独来独往、行踪成谜，他每天只有一小段时间会待在办公室，而且大都是金渝和牛仕不在的时候。其余的时间，不是在院内树下躲清静，就是在偏僻的溪水边漫步。

槐江观察局所占面积很大，建筑面积却相当有限，院子仅是办公区域，剩下大片的野草连天，全是一望无际的荒原。

楚稚水坐在窗边看着这一切，她不太敢贸然深入这些区域，总感觉没准有东西在其中潜滋暗长。

待到日暮斜阳，荒原晒成金黄，某些妖怪就出现了。

辛云茂进屋时发现只有人类，他不由得轻巧扬眉，面无表情地走进去，却在自己桌上看到陌生饮料。普通的珍珠奶茶，已经从冰凉变成常温，一旁还放置着一根吸管。

辛云茂握起奶茶晃晃："这是谁的？"

"给你的。"楚稚水随口道，她瞟一眼电脑右下角时间，已经开始收拾东西准备下班。

辛云茂见对方低头整理包内物品，甚至不敢跟自己的视线接触，意味深长道：“啧。”

她柔顺的长发落在胸前两侧，垂首时露出一截白皙脖颈，玉色的肌肤。

她要是跟其他妖怪一样，他还能冷言厉色、面若冰霜，但她都羞赧得不敢看自己，反倒搞得他不好处理现状。

楚稚水听到声音，她拿车钥匙的手一顿，又有条不紊地装好遮阳伞，慢条斯理地开口：“是这样的，为了避免你误会，我给你解释一下，后勤科的都有奶茶，不是专门给你买……”

“好了，你不用解释。”辛云茂伸手制止，只当她嘴硬掩饰，“我都还没有问，你就直接张口？”

“因为已经领教过你的臆想能力。”楚稚水无奈，“而且说实话你的想法太容易理解。”

如果他不摆出拒人千里之外的冷漠脸，各类神态语气直白得跟儿童没差别。

辛云茂的手指在奶茶上轻敲，他摆出讲道理的态度，和煦道：“我那天回去后思考了一下，如果你继续在这里工作，我们这样僵持下去也不太好，你总对我念念不忘，实在影响日常状态。”

楚稚水敷衍地点头：“嗯嗯，你说得对，所以你该早点治疗。钟情妄想属于思维内容障碍的临床症状，常见表现就是认为异性喜欢自己，且对方反复澄清仍然无效。”

辛云茂却不管她的吐槽，反而掩唇思索许久，最终拍板道：“虽然我没法回应你人类的感情，但我自诞生以来还没有信徒，看在你真诚供奉我的分儿上，允许你做我的第一个信徒。”

楚稚水听他自说自话，提醒道：“……你有在听我说话吗？”

“这样再遇到危险，我帮你合情合理，毕竟庇佑信徒很正常。”辛云茂将木片般的东西塞进她手中，他不知是自我催眠，还是想说服楚稚水，又像煞有介事地重复，“没错，非常合理。”

这是一枚轻薄扁平、光泽莹润的片状吊坠，材质乍一摸上去如木头，仔细分辨纹理却像竹，被打磨得圆润无痕，还有一穿线的孔洞。平整微扁的吊坠颜色偏深，如雨季氤氲雾蒙的天空，表面却有略显青翠的釉质。

楚稚水望着吊坠发愣："这是什么？"

"你可以当作回礼。"他轻笑一声，"不用太感恩我的宽仁。"

"不是很理解你在说什么。"楚稚水感觉应该是奶茶回礼，她随手将其装在外套兜内，礼貌道，"但还是谢谢你的好意，不过以后类似这些话，不要再说给其他人了。"

"为什么？"辛云茂怔神片刻，他似有所领悟，了然道，"你的嫉妒心未免太强，现在就不接受别的信徒，不过我确实对庇护普通人、倾听他们的愿望没兴趣，这一点你大可放心，不会再有其他人的。"

楚稚水飞速打断："不是，跟这没关系。"

"那为什么？"

"你的东西我没收了，但还是要郑重提醒你，在公共场合这样讲，你会被当作异类的。"她拿包起身下班，临走前露出浅笑，"仅此一次，下不为例，不用太感恩我的宽仁。"

辛云茂听着熟悉的台词："？"

日子一晃而过。

如果不是观察局情况及薪资过于离谱，其实楚稚水对目前的生活还算满意。除了吴常恭外，同事们都很好相处，或许行为表现有差异，但待她都友善而无偏见。

吴科长也不是怀揣着敌意，仅仅是做小领导的毛病，喜欢临时指使人做事。自从他发现楚稚水的工作效率高，便开始有意识地安排她，可能认为她跟金渝一样好揉搓。

楚稚水已经决意离职，现在懒得横生事端，加上那点工作对她不算什么，暂时还没有跟吴科长起冲突。

槐江观察局远在郊区，附近配套设施不全，连喧闹的车声都听不到。院内无声无息，偶有柔和的微风拂过，将溪水吹起一层层涟漪。

楚稚水将车停好，沿着小路往办公楼走，忽闻一阵窸窸窣窣的声音。她还没来得及紧张，便见婆娑树影下蹿出一只黑猫，宛若黑色闪电般在密叶间穿行。

楚稚水下意识地追着看，黑猫的毛发油光锃亮、毫无异色，只有四只爪子洁白，乌云踏雪。

它好像观察力极强，连翻跳跃、身姿矫健，突然停下步伐，似有所感地回望楚稚水。一双金色猫眼，漂亮得不像话，还带着野性的灵动及警惕。

人类对猫科动物的称呼没准是全球统一。楚稚水见它紧盯自己，她索性蹲下身子，伸手呼唤道："咪咪。"

黑猫的身躯一僵，它又瞥楚稚水一眼，飞速跃进草丛中，眨眼间不见踪影。

楚稚水遗憾叹气，起身往楼里走。

后勤科内，楚稚水最近在准备离职报告，打算这两天找洪熙鸣谈谈。她中午跟金渝说笑一会儿，下午将日常事务搞完，原以为能够顺利下班，不料吴常恭踩点露面。

办公室门口，吴常恭突然探头进来，他用黑圆的小眼睛扫视一圈，惊得金渝不安地低头闪躲。牛仕在食堂忙碌，辛云茂不在屋里，现在仅剩两位。

"小楚，你把这些表弄下，今天处理完再走。"

最后，楚稚水成为新倒霉蛋，被迫接受科长的任务。她看一眼时间，现在是 16:50，距离下班还有十分钟。

"什么表格？"

"就这些。"吴常恭递过数张字迹潦草的单子，"你之前做过的。"

楚稚水粗略一扫，数据是昨天的，倘若今天上午给她，估计现在早就提交了。然而，吴常恭一整天不知在何处鬼混，非要赶在下班前才安排工作。

楚稚水平心静气道："好的，我明天上午做，您到时候来拿就行。"

"那我待会儿……"吴常恭一愣，"等等，今天不能做吗？你现在有事要忙？"

“没有。”楚稚水询问，“您明天上午有事要忙？”

“没有。”

“好的，那您明天来拿吧，截止时间正好是中午，您上午还能核对一下。”

吴常恭头一回被拒，他认为应当振一振威严，勃然大怒道：“我不都说了今天处理完，你有必要那么着急下班吗？”

他声音怒如惊涛，吓得金渝直发抖。

楚稚水被吼却无动于衷，她无波无澜地反问：“那您有必要那么着急旷工吗？”

“什么意思？”吴常恭见她软硬不吃，他想要抢回那些表格，不耐道，“算了，不跟你闲扯，金渝，你来做一下！”

“……好的。”

楚稚水却一扬手，没有交出纸质表，重复道：“我明天上午做。”

“楚稚水，你怎么那么有主意啊？”吴常恭恼道，“到底你是科长，还是我是科长？！”

金渝连忙朝楚稚水挤眉弄眼，她将头摇得像拨浪鼓，疯狂暗示对方别硬刚。

楚稚水眼看吴常恭满脸怒容，却没有着急辩驳，反而轻轻地笑了：“吴科长，现在可严打旷工吃空饷，说实话，您的行为捅出去，没准后勤科科长真能换人。

“从我入职以来，除了第一天外，您基本每天都在旷工，严重违反局里的考勤制度。”她说话声音柔柔细细的，脸上还带着温婉的笑，却半分没给领导留面子。

吴常恭脸涨得通红，驳斥道：“谁、谁说我旷工了？我明明天天在，只是稍微晚点！”

“每天中午勉强到岗，偶尔下午才会出现，难道还能算迟到吗？”楚稚水不紧不慢道，“非要今天将表格做出来，也是由于明天不想按时来吧。但凡您稍微客气一点，不要耽误别人的时间，我觉得大家和和气气就算了。

“不过您要真想折腾也行，不就是年底打个‘不称职’，听说您是从漆吴调来的，对这套应该不陌生。”

楚稚水一直好奇吴常恭如何当上的科长，后来得知他是调来槐江后提的正科，再加上言语间对漆吴的吹捧，基本就能猜个大差不离。

抛开爱吹牛的特性，吴常恭能放弃熟悉的漆吴来槐江，无非是在那边混不下去了。漆吴局里都知道他的底细，想要教训他很容易，要是不往外面跑，没准年底一考核，副科都被撸掉。

但他来到槐江就改头换面，不但被提成正科，还能忽悠小同事。

金渝和牛仕较为老实，还没给他打过“不称职”，楚稚水却不是好摆布的。

吴常恭听到此话，瞬间面如土色，惊道：“你知道什么了？”

“我能知道什么？”楚稚水一只手拿着表格，另一只手提起背包，笑意盈盈道，“吴科长，那我就先走了，明天上午见。”

她平时温和没脾气，看着就像好欺负的，却不想原来顶撞时也是这副无害面孔。

吴常恭见她头也不回地下班，气得在办公室里冒泡泡，尖声道：“金渝，你去把东西做了！”

金渝只觉得他莫名其妙：“可是单子被拿走了。”

吴常恭更为恼怒，他哪里会不知道，只是找人瞎发火，借此挽回一点尊严。

翌日，除了向来孤僻的辛云茂，后勤科居然难得都露面了。金渝和牛仕皆感到风雨欲来，只有楚稚水一如既往，气定神闲地坐在座位上。

片刻后，吴常恭终于出现，他脸色依旧很差。

楚稚水看见准时上班的吴常恭，她脸上还挂着灿烂笑容，主动打招呼道：“吴科长今天来得早。”

吴常恭破天荒地在上午赶到，他天性不爱白天出门，仗着局长出差在外，便偷奸耍滑惯了，谁料会被反将一军。

作息混乱让他神情阴沉，颇有些浑浑噩噩，却不愿再丢面子，怒道：“我就在这里盯着你做表格。”

他非要故意刁难一番不可。

“已经做完了。”楚稚水将纸质表递给他，“电子版刚发给您了。”

吴常恭犹如一拳打在棉花上：“你什么时候做的？”

现在明明刚上班，她连电脑都没开。

“昨晚。”

楚稚水打算今天提离职，不想在其他工作上费时。

吴常恭火冒三丈：“明明你昨晚就可以做，为什么要让我上午来？”

楚稚水斜他一眼，轻笑道：“明明您昨天白天就可以安排，为什么非要临下班再开口？”

这无疑是打击报复。

“楚稚水，你知不知道……”吴常恭被她激得横眉，要不是牢记洪处的吩咐，他恨不得直接钳死对方，口不择言道，“你不过是个……”

“不过是个人类？”楚稚水扬眉，“你也不过是只螃蟹。”

吴常恭，无肠公子，不就是螃蟹的文雅版称呼？

她一句话就戳穿吴科长本体。

吴常恭不料被她识破真身，他想起洪处的警告，顿时心慌意乱起来，下意识地望向另外二妖。

金渝和牛仕不约而同地错开视线，他们一秒就装出毫不知情的模样。

实际上，后勤科连同辛云茂在内，全知道楚稚水了解观察局的真相，唯有吴常恭至今还被蒙在鼓里。

吴常恭发觉自己踢到铁板。

楚稚水从容不迫道：“吴科长，你能开除我吗？”

“当然……”吴常恭话音未落，他又憋屈改口，“不能。”

除非有重大过失，槐江观察局是不会开人的。而且，局里的妖怪不可以攻击人类。

“你要是无权开除我，还在这里横什么？”楚稚水一笑，“希望你能长点记性，以后准时上班，少再折腾别人。”

吴常恭自从当上科长就没被人这么教训过！

他无法容忍楚稚水的肆无忌惮，怒不可遏道：“我凭什么不能横？我凭什么不能横？！”

咆哮如波涛汹涌的声浪，恨不得将墙壁冲得发响，展现出海拍岩壁般的愤慨不平。

金渝瑟瑟发抖。

牛仕劝和："好啦……"

屋里属楚稚水最冷静。

吴常恭摆出暴怒姿态，想要唬住嚣张的敌人，然而楚稚水却无反应。

她捏准吴常恭是欺软怕硬的纸老虎，连眼皮都没抬一下，根本不用正眼瞧他，若无其事地打开电脑。

果不其然，吴常恭发现她不搭理自己，夸张表演便像被针扎破，再张口气势就落于下风，硬邦邦道："我凭什么不能横？我们螃蟹都是横着走的！"

他说完便横着身子出门，也不觉姿势滑稽难堪，一如在沙滩上的海蟹。

"……"

雷声大雨点小。

他不敢再找楚稚水的碴儿，居然就这么息事宁人。

"这还真是……"金渝见吴科长步伐别扭，吞吞吐吐道，"横啊。"

楚稚水可没空顾及吴科长脆弱敏感的小心灵，她中午跟同事分享完自己带的爆香梭子蟹，下午就找洪熙鸣提交辞呈。

后勤科上午爆发争执，楚稚水下午就辞职，难免让洪熙鸣多想。

"小楚啊，上午的事我听说了，胡局已经在回来的路上。"洪熙鸣焦灼道，"你有什么委屈就说，千万不要冲动行事！"

楚稚水赶忙解释："不，洪姐，跟上午的事没关系，是我的个人原因……"

吴常恭还真没能力挤对走她，仅仅事儿赶事儿刚好凑巧。

洪熙鸣将信将疑，却好言安抚道："好好好，跟上午的事没关系，但我们不能由于个别妖，就一竿子打死一局妖，好歹等胡局回来吧。"

楚稚水觉得一点小事没必要惊动局长，无奈洪熙鸣坚持离职都得报给领导。她推托不过，只得答应了。

局长办公室位于四楼，恰好跟人事处正对着。

洪熙鸣打开门，她让楚稚水进屋稍等片刻，说胡局马上就赶过来。

屋里相当宽敞，一张古木的长条办公桌，一把皮革质的老板椅，一面琳琅满目的博古架。角落里还立着两排书柜，堆积着不少古籍，从封皮看不出书的内容。

墙上张贴着字画及古代星图，架子上陈列着青铜剑，偶有一处散落着两三古币，朴素却不失格调的布置。

楚稚水坐在一侧的小茶几前等待，此处应该是待客的地方，下方还摆着一套茶具。

走廊隐约传来脚步声，门嘎吱一声响起。楚稚水赶紧起身迎接，恰好就看到二妖进门。

花白头发的中山装男人气质儒雅、笑容亲切，他眼看她恭谨地站起，连忙摆手示意道："没事，坐坐坐！"

洪熙鸣出面介绍："这位是胡局。"

"胡局您好，我是楚稚水。"

"听说了，听说了，可惜一直没见到……"胡局笑呵呵道，"我是胡臣瑞，不好意思啊，刚从外面出差回来。"

楚稚水连忙礼貌寒暄。

胡臣瑞的头发是浅栗渐变银，乍一看很像老者的白发，但他的面相却并不显老，脸上的皱纹不多，明显还是中年人，有种老派绅士的架势。他有一双桃花眼，放在年轻时恐怕极受欢迎，现在却酝酿出几分岁月的沉淀，说不清是不是更吸引人了。

楚稚水初见胡局，便莫名感到亲和，简直说不出由头。她心里奇怪地打鼓，强行挥去这种感觉，直接让神经紧绷起来。

胡臣瑞眼睛微眯，关切道："怎么了？"

楚稚水当即回神，正襟危坐道："没什么，洪姐可能也跟您说过，出于个人原因，我考虑离职了，当然很感谢局里这段时间对我的培养……"

"我都还没回来，能有什么培养？"胡臣瑞打断她的客套话，笑道，"我听说你跟吴常恭有些矛盾，是由于这个吗？"

楚稚水不卑不亢："我和吴科长是在工作上略有分歧，但选择离职确实跟他没关系，金渝他们也对我很照顾。”

“那是别的原因？”胡臣瑞面露难色，“你似乎已经知道局里的情况，除了你以外，我们都是妖怪，你不能接受这种工作环境？”

“嗯……”楚稚水支吾，“其实习惯后还好，倒也不是为这个。”

胡臣瑞更为迷惑：“那是为什么？”

楚稚水含含糊糊地答不出来。

胡臣瑞自带种族天赋，普通人一般难挡他的魅力，大都紧张得说不出话来。

楚稚水非但没有被影响，还游刃有余地打马虎眼，确实不像惧怕妖怪的样子。这更让胡臣瑞想不明白，她有什么理由选择离开。

“小楚，说实话我们很难招到像你这种……”胡臣瑞委婉道，“不介意我们身份的人。

“所以大家还是很希望你能留下，想要听听你离职的真正原因，看看有没有什么解决办法。”

胡臣瑞语气真挚，措辞也挺有分寸。

这听着必须交底了。

楚稚水无奈地低头，语气相当别扭：“可能是身份的差异，胡局你们比较高尚，但我作为人类，想得比较世俗……”

胡臣瑞不解地听着。

她将心一横，索性坦言道：“我也想为人民服务，但现实情况不得不考虑。

“现在局里的待遇确实……咳咳……”她战术性咳嗽，“……比较那什么。”

“……”

胡臣瑞有一瞬间面色尴尬，好在他临场反应够快，抱歉道：“真是对不住，局里确实经费紧张，可能在薪酬方面不够令人满意。”

楚稚水忙道：“没事，胡局，我明白，这都有统一标准，也不是谁故意克扣，所以我说是个人原因。”

这种单位的工资有规定，上下的差距绝不会过大，更不可能单独给一人加薪。即便是局里领导，也仅仅是基数高一点，要是没绩效和奖金，从下往上推算一番，估计连胡臣瑞都收入一般。

所以她刚刚都不想挑破，实在没什么解决办法，双方好聚好散就完了。

“其实是这样，虽然熙鸣把你放在后勤科，但她当时应该也跟你说过，只是让你熟悉一下环境。”胡臣瑞语气和悦，“我知道你学历很高，毕业后也干得不错，招你进来主要是为了局里的经济开发科。”

“经济开发科？”

“没错，你应该也清楚，我们这种单位的营收效益跟员工绩效挂钩，经济开发科不会牵扯妖怪方面的事，主要就是帮助局里增收，给大家搞搞福利什么的。”

简而言之，帮助局里赚钱，再给员工发钱。

楚稚水沉默片刻，询问道：“胡局，冒昧地问一下，局里现在经济开发科效益如何？”

“这是新科室，不好聊效益。”胡臣瑞回答得含蓄。

“那科室里有多少人呢？”

“我们以前搞过一段时间，但成效还没那么快吧。”胡臣瑞笑着拍腿，“我记得你走的是人才引进，一进来应该就是副科级，那完全能独立组织新科室工作了！”

“……”

楚稚水都听到这里了，哪能不懂他的潜台词？这是想要她从光杆司令做起啊。

“可能是我刚才没跟您表达明白，但我觉得自己确实不太适合……”

胡臣瑞眼睛颜色较浅，细看还隐带橙棕色，他颇为郑重地问道：“小楚，你以后是打算就待在槐江吗？还会去其他城市吗？”

楚稚水脑海中有一瞬闪过银海市金贸中心的繁华夜景，但现在竟遥远如前尘旧事，连过往细节都逐渐模糊，那显然不是她的归处。

她垂眸道：“我父母都在槐江，不太会再变动了。”

“那我认为你完全没必要马上拒绝，一是虽然局里现在没绩效，但我们兄弟单位薪酬还行，等到经济开发科走上正轨，说不定待遇会比槐江的私企好。二是人有时候也讲究社会身份，不管内部情况怎么样，有的名头摆出去，还是能唬住人的。

“起码在槐江这片地方，观察局还是有点分量的。”

楚稚水知道胡局的话没错，否则她当初不会选这里。

人要活下来不难，但想活得够体面，必然要竭尽全力、付出代价。

“胡局，请问您有经济开发科的资料吗？”

“熙鸣，你帮我去拿一下吧。”胡臣瑞吩咐，“你知道地方的。”

洪熙鸣很快就递过来。

经济开发科的资料并不多，各类项目只能算半成品。

观察局不会直接出面挣钱，而是注册一家小公司运营，当然目前为止还没收益，甚至还有运营成本损耗。这类单位要是效益好，那员工绩效颇丰，创收手段也很多，比如高校的技术入股等。

楚稚水麻利地翻动资料，一目十行地了解情况。

胡臣瑞桃花眼一眯，在旁静候她的答复。

“胡局，您刚刚也说了，前提是经济开发科走上正轨，但现在明显跟目标相差甚远。”楚稚水故作为难，“如果最后结果不好，或者后续有变动，那恐怕就……”

胡臣瑞和颜悦色道：“当然，你要是能做起来，局里肯定不能忽视你的心血。”

楚稚水跟老狐狸扯皮一番，总算敲定出具体的细节。

胡局向她承诺：一是只要经济开发科实现盈利，不管有多少盈利，两年期满提她为正科。当然，这颇有“画饼”的意思，新科室里都没有人，讨论正副也无意义。二是楚稚水的绩效系数调至最高，算是多劳多得的激励。三是局内人员随她调动，以便快速度过经济开发科的艰难期。

“观察处是局里的核心业务部门，长期以来都在处理人类和妖怪、妖怪和妖怪间的纠纷，可能不会再有余力做其他事。除了观察处外，其他人你都可以随便用，只要你觉得能帮局里增收。”

楚稚水听他如此大度，出言不逊道：“包括胡局吗？”

胡臣瑞一愣，他倒也不恼，笑眯眯道：“只要你看得上，那我当然可以。”

领导礼贤下士，她不能不知好歹，无非是探一下态度。

楚稚水握着经济开发科资料，照理她不该立马答应，应当借口跟家人商量，然后回去仔细琢磨利弊，但眼前这一幕像极她初进前公司的情景。或者说，那时都还不是公司，仅仅是小小的工作室，后来搬到学校边的办公楼，再搬进宽敞的金贸中心大楼。

曾经有人同样将资料塞到她手中，最后却绞尽脑汁要她归还股份。

她不止一次想过，倘若她是组建团队的人，会不会有不一样的结局？年少气盛的冲动并未熄灭，反而风一吹又燃起火来，烧得她心口灼热难耐。

楚稚水突然不想推托，她当下有所决断，和缓地开口："胡局，我觉得后勤科的金渝说不定更适合经济开发科……"

新科室还没有人，好歹要组齐班子。牛仕主管食堂和绿化，必不可能离开后勤科，剩下的人员就不多。

"没问题，熙鸣，你安排一下。"胡臣瑞一口答应，大方道，"还有其他人吗？"

"还有后勤科的辛云茂。"

乍一听这名字竟有点陌生，主要局里人很少会提到他。

胡臣瑞和洪熙鸣皆是一愣，他们彼此对视一眼，一时不知该说什么。

洪熙鸣犹豫地确认："小楚，你说的是……"

楚稚水面色如常，解释道："洪姐可能很少看见他，他也是我们后勤科的。"

"其实他……"

胡臣瑞用眼神制止洪熙鸣的下文，好奇道："你觉得他适合经济开发科吗？"

楚稚水当然察觉二妖的目光接触，说实话辛云茂确实不够勤勉能干，难怪他们此刻神情古怪、欲言又止。他在后勤科懒散无神、神出鬼没，看上去就不似能担重任的样子。

楚稚水心虚地轻咳两声，就事论事道："他现在确实比较散漫，但跟科室环境也有关。我觉得将他放到新环境，找到更合适的工作，没准能调动他的积极性。"

这是她的心里话。

她觉得辛云茂没外表呈现的那么孤僻，仅仅是现有环境不够好，就像有人在初中时徘徊于群体之外，但升入高中就莫名其妙合群起来。如果真是冷漠的性格，不会在被人善待后，惦记着要做出回馈。

说实话，她暂时不确定他适合做什么，但在旧环境枯耗是一潭死水。有时候，只要给予改变契机，那就一切皆有可能。

胡臣瑞眉间微凝，他沉思许久，试探道："……你认为他想积极起来吗？"

楚稚水答得斩钉截铁："当然，想要变好可以说是一种本能。"

而且她都被委以重任，他也不能偷懒度日。

她暗戳戳地想。

胡臣瑞点头："好的，我答应你，我来安排这件事。"

明明都打算离职了，却变成业务开荒者。这是进门前没料到的事。

好在楚稚水态度转变够快，她索性跟胡臣瑞商议起来，条理清晰地抛出一些未来设想。

胡臣瑞全神贯注地倾听，他时不时赞同附和："小楚，我觉得你想法很好，我确实不擅长这些，不然新科室不会拖到现在。你就照着自己的规划来做吧，我相信你的能力。"

楚稚水微松一口气，她一朝被蛇咬，十年怕井绳，刚才在旁敲侧击胡局是否真的不管事。

双方交流愉快。

"哦，对了，还有一件事，既然你决定留下来，同事间相处就要注意点。"胡臣瑞说完正事，他又肃然起来，语气格外郑重。

这估计是秋后算账，清算顶撞科长的事。

楚稚水心中一凛，面上却恭敬乖巧，佯装不解道："胡局是指？"

她猜到吴科长会告状，但不信对方敢提表格，那将暴露他长期旷工。

胡臣瑞叹气："吴常恭说你在食堂将海蟹拆解分肢，以此向他示威，表达怨恨和不满，给他造成强烈的心理阴影。这种连环凶杀案场面，让他至今都坐立不安。"

楚稚水："？"食堂分肢？连环凶杀？

她突然反应过来，倍感荒谬道：“但我只是在吃爆香梭子蟹，吃蟹都是要掰开的，吴科长确实想太多了。”

这帮妖怪的脑回路就离谱!

她想着一无是处的领导只会硌硬到吃不下饭，她怎么可能用这种手段彰显残暴以及威胁他？！

真是给她打开全新的职场霸凌思路，也不知道吴常恭究竟是什么蟹类，应该让父母多逛逛菜市场才对。

“他说要不是故意针对，为什么你不吃河蟹，就只带着海蟹过来。”

“因为河蟹没到季节。”楚稚水实话实说，她一向才思敏捷，又意有所指，“而且阳澄湖大闸蟹比较贵，胡局，你也知道的，现在局里的薪资……”

胡臣瑞可不会同一个坑摔两次，他当即拊掌大笑，转移话题道：“其实我觉得海蟹不错，就吃海蟹吧，没什么不好！”

这就是不再追究的意思了。

临走前，洪熙鸣还将经济开发科的钥匙找出来，交给新官上任的楚稚水。

“小楚啊，经济开发科也在三层，你们明天看看还缺什么，这两天就可以抓紧补上。”洪熙鸣热情道，“我会去通知金渝的。

“有事需要我帮忙就说，你知道我办公室在哪儿。”

楚稚水接过钥匙，感激道：“好的，谢谢洪姐。”

院内的古树枝繁叶茂，编织出一片浓荫如盖。

胡臣瑞站在四层的窗口边，透过枝叶缝隙目送楚稚水离去，直至她的车缓缓驶离槐江观察局。他出神许久，才长叹一声，自言自语道：“行，我也该去通知了。”

槐江观察局面积很大，只是碍于经费紧张，很多地方都荒弃了，没有矗立任何建筑。浅滩边溪水淙淙，石块已滑腻生苔，很容易脚下哧溜。

胡臣瑞望着遥坐石壁上的辛云茂，竟不知道对方如何找到此处的。

他总是在槐江观察局四处漫步，或者说他一直在这片大荒地上闲游，也不清楚到底在寻觅什么。

辛云茂的存在远比槐江观察局要久远，倒不如说是他们在他的活动区域建局。双方井水不犯河水，一直保持安全距离。

胡臣瑞任职局长前，从没见过封神的妖怪，更不知道其秉性如何。实际上，他现在也摸不透辛云茂，偶尔认为对方心若游魂，万千情绪早在大战中被打散，已经遇到什么都不在乎。

一如现在，胡臣瑞都走到石壁下，辛云茂也没回头看他。

辛云茂孤坐在高石之上，如墨长发披散下来，朗目疏眉，清俊出尘，一动不动地盯着水面，倘若再拿一支鱼竿，还真有几分独钓寒江雪的意味。只是他手中空无一物，唯有身侧放一把青黑纸伞。

他褪去障眼法后，不再是现代打扮，而是着一袭泛青古袍，衣袂飘起却能瞧见深黑痕迹，既像浅色宣纸上晕染开的墨，又似在被翻涌不止的黑焰烧灼。

这是龙焰烫过的伤痕。

他曾被黑火烧透，又断掉对方一只手。

胡臣瑞下意识地看那把青黑纸伞，又不动声色地收回视线，主动开口道：“有点事情想跟你商量。”

辛云茂背对他静坐不动。

胡臣瑞见怪不怪，自顾自道：“局里新来一个人类小姑娘叫楚稚水，你们可能在后勤科碰到过，她本来打算今天从局里辞职……”

辛云茂一怔，他终于侧头，俯视胡臣瑞。

“但我们刚才商量一番，决定让她到经济开发科任职，只是她想把你也调过去。”胡臣瑞不知如何说服对方，硬着头皮道，“其实您本来也不算后勤科，当初就是找个地方休息，现在换一个……”

胡臣瑞话音未落，辛云茂便果断道：“可以。”

“嗯？”

“好，可以。”

胡臣瑞来时绞尽脑汁打腹稿，不料辛云茂连开头都没听完，便一口答应下来。他早就习惯对方淡然置之、无动于衷的态度，现在头一次遇到如此迅速的回复，还真是颇不适应。

辛云茂见胡臣瑞神色迷惘，还面无表情地再次重复：“我说可以。”

“……嗯，好的，经济开发科就在后勤科隔壁。”胡臣瑞连忙回神，他总觉得何处蹊跷，反正就是不太对劲。

胡臣瑞思来想去，为避免日后有纠纷，还是提前说好话：“她只是没有妖气的普通人，如果以后有什么冒犯之处，还望您可以海涵。”

双方并不是上下级关系，辛云茂都不算局里编制，但胡臣瑞一向有礼，总是对他很尊敬，跟许多妖怪大不相同。他希望对方别苛责楚稚水，态度越发客气，甚至躬身行礼。

一般来说，只要胡臣瑞讲过类似的话，辛云茂就不会再计较什么，他冷淡疏离、罕言寡语，向来不会过多回话，基本就默默地应下。

但今日胡局却弄巧成拙，辛云茂竟不按常理出牌。

“胡臣瑞，你才刚见过她吧。”他眉毛一挑，似相当不屑，嘲道，“我不比你了解她？”

“……”

这语气更奇怪了，倒像在攀比什么。

胡臣瑞咂摸一番，他算是琢磨出哪里不正常了，辛云茂不知最近是跟谁学的，颇有些人类阴阳怪气的劲儿。

Zhu and Zhi

第三章

经济开发科

签名

楚稚水

槐江观察局

HUAIJIANG GUAN CHAJU

家中，楚稚水晚饭后就在研究经济开发科资料，槐江观察局的资源确实不少，但将其变现成收益，且持续不断地运营下去，并不是一件容易的事。

既然决定留下，要么不做，要么做好。她索性翻起通讯录，瞧瞧有没有旧关系可用，却发现朋友圈里一片沸腾，紧接着眼睛就被一行字刺痛。

“龙知视频宣布完成近 1 亿元 A 轮融资，本轮融资由绿盈集团领投，千峰资本及创始人李龙科跟投。”

难怪前公司欢声笑语，原来刚把金主骗进来。

楚稚水说不出心里的滋味，就觉得“创始人跟投”很讽刺。她还没来得及联系旧友，手机就突然弹出来电显示，正是前公司的同事王怡文。双方关系很铁，至今没断交情。

电话刚一接通，王怡文声音便传来，愤愤地打抱不平：“你不知道今天陪他们庆祝，我差点被恶心得吐在现场，你学长怎么有脸吹嘘自己啊？！”

楚稚水笑道：“人家现在都是李总了，有什么话不敢说呢？”

“太无语了，我算是看透了，不要陪凤凰男创业，真够鸡贼！”王怡文恼火，“你就该把他低声下气回购股权的样子录下来，我直接帮你发公司群里，看他还敢不敢自吹自擂。”

这是一个老套的故事，龙知视频创始人是银大校友，李龙科主管技术和财务，楚稚水主管内容和运营，明明最初只是小打小闹，却莫名其妙赶上风口，势不可当地发展起来。这阵强风实在太盛，不但让公司声名远播，还直接将创始人们吹散。

从某天开始，李龙科认为楚稚水在公司里无足轻重，要不是跟他有同校之情，绝不可能混到今天的位置，自己才是龙知视频的灵魂人物。

楚稚水不懂人的性格为何能一夜变化，受过高等教育的人也能被贪欲腐蚀意志。她一直认为李龙科性格踏实、宽厚有礼，却不想财富能使人膨胀成这样；又或者他本来就是这样的人，只不过是曾经没资本膨胀，所以伪装出老实人嘴脸罢了。

她大病一场后突然觉得没意思，世上能为自己全心付出的唯有父母，剩下的不向她索取什么就算好的了，更不要提将她放在天平上估价权衡的人。

“那倒也不必，李总又不是没掏钱买股权，而且我回来后还混到一个人才引进。”楚稚水劝道，“大家都是成年人，告别该体面一点。”

王怡文听当事人无波无澜，她却忍不住长吁短叹：“但我就是看不惯小人一朝得势，说实话我现在都不想在公司干了。”

楚稚水觉得好笑：“那你最好抓紧时间跑，龙知要两年后不倒，我就改跟你姓，以后叫王稚水。”

“真的假的？你跟我开玩笑呢？”

“当然是真的，不然我能卖股份？还不多少折腾他一番。”楚稚水淡淡道，“我是没想到他会自己跟投，还以为就瞎圈一笔外人的钱，这是真的头脑不太清醒。”

李龙科的家境普通，绝不是富二代之流，这么搞可没人能兜底。

“你要这么说，那我真跑了，正好有人挖。”王怡文突发奇想道，“对了，你以后就待在槐江啦？你现在干什么呢，不然我跟着你干？”

“你跟着我干什么？”楚稚水语噎，“每月两千一，生活笑嘻嘻？”

“少来！你跟我还装什么穷！”

“……真没装。”

“没劲没劲，不想要我就算了，等我准备换新公司，你帮我瞧瞧哪家合适。”

楚稚水无可奈何地应下，谁料到说实话都没人信。

通话结束后，她又翻翻茶园的资料，只盼着经济开发科早日走上正轨，到时候能轻松一点。

月落日升，新的一天。

观察局内，楚稚水下车后，随手提起副驾驶座的饭盒，猛然间想起些什么，连忙打开盒盖检查。果不其然，楚霄贺今天给她装的是清蒸小黄鱼，现在隔着盒子还能摸到些许温度。

她昨晚忙着看新科室资料，忘记跟父亲说更换菜单。

楚稚水不知“食堂吃蟹案”是吴常恭刻意报复，还是妖怪们真有此类忌讳，便不好带鱼肉进单位食堂。虽然金渝说她是不可食用的鱼类，但没准也无法接受同类被烹饪。

当然，金渝昨天吃梭子蟹还挺香的，她应该能接受蟹类被做成菜。

楚稚水犹豫一番，考虑到同事心情，她还是取出干净筷子，打算在此解决清蒸鱼。

附近没有落座之处，楚稚水就打开车门，半坐在主驾驶座位置，双腿还伸到车外，享受半露天用餐的乐趣。林木蓊郁，微风和煦，在清晨品尝清淡鲜美、嫩软多汁的清蒸小黄鱼，倒是让人心情不错。

郁郁葱葱中传来一串细碎的脚步声，幽暗叶片下露出一双金色眼睛。

“咪咪。”

楚稚水认出黑猫，它的身躯隐匿在暗处，唯有猫眼漂亮得发亮。

黑猫被发现也没跑，不慌不乱地迈步过来，彻底暴露在光明之下，走到距离她三四步的位置。它安静地蹲坐在地上，两只前爪都优雅收起，一动不动地仰头盯着，黑色尾巴灵活有力地摆来摆去，还挺有节奏感。

“你要吃吗？”楚稚水看它目光投向饭盒，低头拿手机搜索起信息，“我查查你能不能吃。”

“喵。”黑猫就像听懂了她的话，居然还发表起意见，无奈人搞不明白猫语。

“油炸不行，清蒸可以。”

“喵——”

饭盒里共有两条清蒸小黄鱼，楚稚水用筷子夹起另一条：“分你一条。”

黑猫立马站起探身过来，望着半空中的小黄鱼。

楚稚水还思索该放在哪里，但她刚刚松开手中筷子，清蒸小黄鱼都没有落地，就被准确无误地咬住。

黑猫叼着鱼，向外跑两步，又转身回望她，黑尾巴高高翘起，在空中愉快地甩来甩去，颇像人类临走前挥手告别的模样。紧接着，它快速跃入密叶，眨眼间携鱼离去。

楚稚水没有追赶它，她吃完自己那条鱼，这才收好东西去办公室。

经济开发科位于办公楼三层，原本被局里锁着，昨天才找出钥匙。新办公室距离后勤科不远，楚稚水先到老地方逛一圈，发现屋里面还没人来，这才前往经济开发科。

她今天来得比较早，想着要收拾下屋子，没想到有人比自己更早。

经济开发科的门居然大敞，一进屋就看到辛云茂在老位置落座，依旧是靠窗的最后一排，桌上仍没有摆放电脑。他今天穿着藏青色上衣，正闲适地靠着椅背，合眼在微光里小憩。

屋内窗明几净、纤尘不染，连办公桌椅都摆放整齐。楚稚水发现自己落在后勤科的杂物已被搬来，如今被原样未动地放在桌上，她的位置还是在他前方。

“你已经打扫过了？”

楚稚水察觉诸多细节，她第一次在清晨见到辛云茂，产生太阳打西边出来的荒诞感。

辛云茂抬起眼皮，待看清是她，颇有些意外：“这么早？”

“这话不该我说吗？你怎么来这么早？”

他平静道：“我每天都这样。”

楚稚水一怔，她以前踩点上班，还真不知道此事，疑惑道：“你工作时间不出现，非工作时间瞎出现？”

辛云茂置若罔闻，反问道：“你为什么来这么早？”

“新科室第一天，当然要早点到。”楚稚水原计划是打扫办公室，谁知辛云茂悄无声息地先做了。这让她有点不好意思，不料他比自己更周到，说完她又观察起崭新的环境。

辛云茂紧盯楚稚水良久，直至她视线偏转一旁。她的皮肤在暖光下显得清透，由于白净脸庞不施粉黛，便能看清两颊自然的粉意，不知是脆弱的毛细血管还是无法倾诉的情绪将她的脸染上桃色，她错开目光展露赧颜。

她没有看他，一直望窗外。

辛云茂想起胡臣瑞的话，说她要把他也调过来，便低低地笑一声："把我调来这么高兴？你可以晚来一些的，我又不会出尔反尔。"

"……"

楚稚水方才在比照经开科的位置，按照窗外的风景来看，局长办公室就在头顶。她只是稍微走神一会儿，辛云茂就不知脑补出什么，开始习惯性发癔症。

人的忍耐力极限当真能被不断刷新，楚稚水最初对他的自恋无语至极，现在竟然已经习以为常，还能从中提取有效信息，这应该是一句关怀性质的话。

她不慌不忙道："我们打个商量吧。"

"商量什么？"

"国有国法，新科室有新规，以前是在后勤保障科，现在是在经济开发科。"楚稚水语气舒缓，"虽然我们的职级相差不大，我也不太在乎上下级称呼，但在某些特定的工作场合，你应该承认我是你的直属领导吧？"

既然她把他调过来，就不能接受他"摆烂"，需要建立一套新体系。

辛云茂用手撑下巴，他安静地思考片刻，冷不丁道："你好像都不承认你是我的第一个信徒。"

"这样吧，我们各论各的，怎么样？"楚稚水商榷道，"工作时间照我说的来，其余时间自由一点。"

反正他们就在工作时间碰面，先把办公室的局面稳住再说。

"可以。"

楚稚水听他上套，循序渐进道："那既然是工作场合，有些奇怪的话就要少说，尤其办公时不要总扯私人层面的事。"

"什么算奇怪的话？"辛云茂挑眉，又领悟过来，"你是指你内心的真实想法？对我情不自禁之类的？

"好，如果你被戳穿不好意思，我以后尽量给你留面子。"

他答应得爽快，听着颇好说话。

楚稚水深吸一口气，她直接开启耳部净化，过滤掉他部分废话，继续提出要求："还有一点，以前的事不归我管，但只要在经济开发科，希望你能遵循局里的规章制度，按照朝八晚五的时间上班。"

这是辛云茂最大的毛病，他总在上班时到处闲逛。

"不管前期有没有工作，起码态度要足够端正，不要出现迟到或旷工的情况。"

这一回，他沉默好久，明显迟疑了。

楚稚水紧盯着他，心里面却直打鼓，主要他确实太自我，没准一言不合就翻脸。

辛云茂神情古怪："我没有这些规矩，你可以自由地走动。"

楚稚水已经熟练掌握跨服聊天技能，耐着性子道："可我有这些规矩，你能按时出现吗？"

"可以是可以……"他眉头微蹙，不解道，"但你的生活就那么离不了我？"

他不知道别人的信徒什么样，但她似乎也黏得太紧了，无奈话是他自己放出去的。

楚稚水听他松口同意了，高高悬起的心终于落下。

她首次立规矩大获成功，自然不在乎他的胡言乱语，心情极佳地绽放笑容，像煞有介事地点头附和："对，我的生活离不了你，你就是我生命中最大的乐子，最幽默风趣的喜剧妖。"

楚稚水笑靥如花，明眸如细弯月亮，勾得人想捏一下她小小的酒窝。

辛云茂一怔，他不动声色地移开目光，手指却不安地敲打桌面，警告道："控制一下自己，只答应让你做信徒，收敛那些过于浓烈的感情。"

"好的，没问题。"

楚稚水好脾气地应声，她早就发现他只看态度，完全读不出话里的潜文本，果然丝毫没提乐子和喜剧妖的事，满意而愉快地在新科室落座。

没过多久，金渝同样抵达经济开发科，洪熙鸣昨日就通知了她调动的情况。

“怎么没有等我……”金渝看到楚稚水兴奋地打招呼，等她看清冷若冰霜的辛云茂，就像被人摁下音量键，下意识地慌乱起来，结巴道，“一、一起打扫？”

金渝小脸发白，明显吓得不轻。她很少在上班时间撞见辛云茂。

“没事，以后还有打扫机会。”楚稚水瞧出金渝的胆怯，她又瞟一眼辛云茂，主持局面道，“虽然我们彼此都认识，但难得有机会相聚，还是走一下流程，再互相熟悉熟悉。

“这是金渝，这是辛云茂，以前都在后勤科，以后都在经开科，说起来大家也有缘分。”

楚稚水就像幼儿园老师，温柔引导双方解除隔阂。

金渝老实地低头：“你好。”

辛云茂颔首。

这就算建立了第一次沟通。金渝过去在后勤科躲着辛云茂，辛云茂则干脆对旁人视而不见，完全不是良性的职场氛围，来到经济开发科就要缓慢改变。

楚稚水原本担忧辛云茂说离谱话，但她现在发现自己多虑了，他面对其他妖怪都默然。

金渝望着空荡的桌面，忙道：“我先去趟后勤科，把我的东西拿来。”

“我帮你吧。”

楚稚水来时就发觉，她在经开科的桌面跟后勤科的是一比一对照，连前一天签字笔随手摆放的位置都一样，也不知道辛云茂究竟是如何做到的。

但金渝的新办公桌还是空的，她的物品并没有被搬过来。

两人到后勤科跟牛仕打声招呼，又约好经常回来串门，这才抱着资料离开。

走廊里，楚稚水心底一直压着疑惑，她趁四下无人，终于能够询问：“金渝，你为什么那么怕他？”

她以前就知道辛云茂在后勤科格格不入，但不懂原因究竟出自哪儿。

“可能我还比较弱，做妖时间太短了，总感觉压迫感好强。”金渝嗫嚅道，“我跟他完全不是一个等级的妖怪。”

“你们妖怪还分级别吗？”

金渝老实地点头：“对，你是人类可能没感触，但我们天然就能分辨，像胡局、洪处啊，还有观察处的妖怪，都比我们搞后勤的妖怪厉害。我的能力就是消除记忆，他们还会有更强的天赋。”

楚稚水安慰道：“你还年轻嘛，前途不可限量。”

“而且我记得以前谁说过，最好少跟他接触，会有危险的事情……”

“危险的事？类似于什么？”

金渝绞尽脑汁回忆好久，她羞愧地低头：“对不起，好像是刚进局里时的事，但我现在记不太清了，忘记当时是谁说的。”

“没关系，这也符合科学依据。”

金渝不解：“什么科学依据？”

“鱼的记忆力不好。”楚稚水打趣，“说不定过段时间你连吴科长都忘了。”

“他那么烦人可忘不了，你不知道昨天洪处通知完，他在办公室里都气得跳脚。”金渝逃出魔掌亢奋不已，欢声保证道，“我以后会在经济开发科好好工作的！”

回屋后，楚稚水安排金渝用电脑录入经济开发科旧资料，因为辛云茂不擅使用电子产品，所以此类工作没办法交给他。

楚稚水原本还想解释两句，但金渝斗志昂扬地领命而去。她丝毫不介意昔日同事变上司，也没有对工作分配提出任何异议。

一上午相安无事，楚稚水查阅茶园资料，金渝进行信息录入，连辛云茂都安静地坐在屋里，没有在外面游荡。

午休时间一到，楚稚水伸个懒腰，她回头发现后桌空荡荡的，顿时讶异地眨眨眼，竟不知道他何时溜走了，明明几分钟前还在。

辛云茂熬到午餐时间一秒消失，他完美履行自己的承诺，依照局里的工时出现，休息时就不见踪影，绝不在办公室多停留。

楚稚水倒不介意，倘若他动作太慢，中午要不要邀请他共同用餐又是问题。

“金渝，我们去吃饭吧。”

食堂里，两人在角落找到牛仕，却没有瞧见辛云茂身影。楚稚水一边跟同事们用餐，一边说起未来的经营计划。

槐江观察局里有各类奇怪的资源，光是分门别类就需要时间，也不知道都是从何得来的。楚稚水翻阅资料后，发现统计过一片野生茶园，大概五十亩，规模不算大。

槐江本地倒有不少茶农，但槐江茶叶在国内名气不高，更没有形成集约化生产。有些人家不靠种茶营生，会留一两亩地的茶树，茶叶用干锅一炒制成绿茶，用于自留或送人。

楚稚水现在就打起茶园的主意，想着能不能将其运营起来。

“茶园？”牛仕思索道，“好像是有这么个东西，得有好多年了，一直没有人管。”

“现在正好是采茶的季节，再过段时间就不合适了。如果错过日子，今年就没收成。”楚稚水道，“槐江本来就产茶，不管是雇人采茶，还是速运销售，都比较容易上手，起码能找到渠道。”

金渝好奇道：“我们的茶叶能卖出去吗？”

“如果是卖给外地的客户，肯定拼不过专业茶商，别人的经营及规模都很成熟，我们现在就跟小作坊差不多，只是用来补贴局里的绩效而已。”楚稚水一笑，“但好歹有茶园就捞一点，到时候卖茶再想点办法，看看能不能发挥局里的优势。”

金渝似懂非懂。

“牛哥，我想过两天去茶园看看，你认识附近熟悉茶业的人吗？”

牛仕比吴常恭来局里还早，他管食堂能结识不少人，无疑最清楚周围的情况。

牛仕：“改天我帮你问一下。”

楚稚水连忙道谢。

万事开头难，经济开发科属于开荒期，不可能上来就搞出知名品牌。好在局里只有二十几人，倘若经开科每年能赚一百万，那就是人均一年多发四万元，核算下来月薪五千多。

这是楚稚水定下的短期目标，尽管跟以前的薪水仍相距甚远，但事情都是一步一步做，一口气也吃不成胖子。她最近经常回想在校的充实日子，那时候也奔波于各个场合，期盼自己的努力能结出成果，跟现在的情形如出一辙。

野生茶园说着高端，其实就是无人打理。资料上说品种主要是老龙井和龙井43。

绿茶最值钱的无疑是芽尖，早春的嫩叶很小，产量也绝不会高，价格能到千元一斤。随着绿叶茁壮成长，细叶颜色逐渐变化，产量便随之提升，但绿茶价格反而降下来。茶叶越大，产量越高，价格却越低，直至彻底过季。

而且绿茶还不能放，隔年的绿茶会丧失茶香，唯有新鲜的口感上佳。

茶山绿意绵延，坡度微微起伏，如同抖落在地的柔软翠纱。汽车无法攀上狭窄的小道，仅能停靠在茶山入口处。

楚稚水跟茶农们齐聚山下，仰头将满目碧色尽收眼底。她最近来茶园好几趟，咨询采茶和销售的环节，总算将五十亩茶园的情况摸透。

“你们五十亩茶也不算多，但肯定还是要雇人来采的，采芽尖有七八个人就行，然后再安排好炒茶的。后面等绿茶叶子大批量上来，那不得有十几二十个人搞啊。”

楚稚水虚心求教：“咱们这边雇人采茶都多少钱呢？”

“一般就这会儿太忙才雇人，有些算日薪，有些是打包。”那人上下扫视她一番，“你们要诚心想弄，我可以给你找人，到时候算便宜点，连带帮你们批发出去。”

眼前人是专门卖茶的，自然就有销售渠道，偶尔还会向农民们收茶。

楚稚水不置可否，索性将话题岔开，打听起包装及快递成本。她最近让金渝检查有无遗漏的经营许可证，反正局里以前注册过一家小公司，还真不一定要用批发价卖给其他茶商。

一行人临走前，茶商环顾繁茂茶园，他见她不接话茬儿，继续游说道：“我看你们也没时间弄，不然将茶山出租呢？这茶园荒好几年了吧，你听着茶叶价格高，每年却需要人维护，赚钱就这一两个月，说实话弄起来特麻烦，不如外租出去少操心！”

楚稚水听他一路坚持不懈地劝说，当下就领悟出来，局里茶园还不错。既然茶商有租山念头，那代表现有茶树品质出众，否则他不会如此积极主动。

楚稚水微笑道："您能给我留个联系方式吗？因为局里情况特殊，我也得给领导汇报下。"

"好好好，电话号码？或者微信我扫你？"

茶商忙于到处收茶，他留下联络方式，匆匆赶往下一站。

其他人眼看双方留电话，他们只等茶商一走，便在旁好心地接话："哎，小姑娘，劝你别租给他，你家茶园不错，换个人还能再卖高一些，他这种贩子都会压价的！"

楚稚水明显年纪尚轻，看着知书达理、温婉娴静，开的车在槐江市算中高档次，一瞧就像容易受骗的有钱小姑娘，由于家境较优渥，没受过社会的毒打。

众人只当她涉世未深，真要出租茶园给茶商，于心不忍地劝阻起来。

"谢谢您，不过茶园不是我家的。"楚稚水温和道，"您也是种茶的吗？"

"对，我家茶园离你这儿算近，还出些白茶什么的。"

"也是五十亩？"

"那不止，一百多亩吧。"

楚稚水面露敬佩："那很厉害啊，打理起来不容易。"

旁边人插嘴："这算什么？我家有两百亩呢，真要成规模不得上千亩！"

楚稚水仅仅是挑头，种茶话题就被展开，她借此了解到其他茶农的情况。其他人看她和颜悦色，七嘴八舌地闲聊起来。

茶园基本前两年难有收益，产量主要跟树龄有关，根据采摘方式的不同，还有单芽、一芽一叶、一芽二叶等区别。

她比较疑惑的是，按照茶农的说法，茶园需要细心打理，但局里的是野生茶山，没道理有那么好的茶树。

楚稚水获取完信息，她轻叹一声，感慨道："挣的都是辛苦钱。"

"可不是嘛，但不卖也没法儿，不卖怎么养家糊口！"

茶农们为压人工成本基本全家上阵，但真正能赚到钱的往往都是茶商。不过，茶农很少具备打造有价值品牌的能力，同时无法直接掌握销售渠道，只能提供原料赚点钱，这也是没办法的事情。

楚稚水清楚自己种茶比不过茶农，想多赚就要有其他门道。

多番考察过后，楚稚水还跟金渝说起此事。

金渝听得糊里糊涂，她搞不懂茶园经营，便问出最好奇的事："那我们出租的话，能赚多少钱呢？"

"应该就十几万，赚不到什么钱。"楚稚水道，"具体还得谈。"

金渝瞪大眼："那已经很多啦！我要好几年才能赚到！"

楚稚水哭笑不得："但这十几万是总利润，等到局里一分完，每人才能拿几千元。如果我们自己销售，利润还能更高一些。"

"但我们卖茶也要先找人采茶吧？"

"对，不接受他们的一条龙打包，那就得我们先雇人采茶，然后再想办法卖茶。"楚稚水思索道，"可能需要找局里批一笔前期雇人的费用。"

"找财务处吗？"金渝为难道，"我怎么感觉不太现实，连观察处都跟财务处天天为钱吵架。"

观察处是槐江观察局最牛的部门，申请各类经费都要经层层审批。

楚稚水当然明白此理，胡局倒是满口答应会配合，但真正落实到每个处室，处长们都不是吃素的，凭什么要搭理她一个新来的副科？

"看来还是得想点捷径才行。"楚稚水苦恼。

"什么捷径？"

"如何在合理范围内，将人工费压到最低。"

"？"

茶园运营让楚稚水忙碌起来，一连好几天都在外面奔波。

楚稚水没时间待在办公室，不少资料整理的活就落在金渝头上。虽然金渝并不在意，认为比后勤科事儿少，但楚稚水总归过意不去。

因此，她每次开车回局里，都顺路买三杯奶茶，带到经济开发科跟同事们分享。尽管她比较喜欢咖啡，但金渝偏向珍珠奶茶，而且最喜欢正常糖。

久而久之，金渝都不好意思，弱弱道："其实不用总带奶茶，我尝过一次就好了。”

“没事，是我喜欢奶茶。”楚稚水面不改色地宽慰，“想让你们陪我喝。”

“但你每次都不收钱，这么买花销多大啊。”金渝不安地低头，她感觉楚稚水金钱意识淡薄，虽然不像吴常恭到处吹嘘，但举手投足都流露出阔绰。

“没有多少钱。”

楚稚水没撒谎，以前银海市一杯奶茶的钱能在槐江市买三杯，现在确实不会让她感到有压力。她环顾二妖，和声细语道：“大家开心最重要，还是你们不喜欢喝？”

辛云茂在办公室一向话少，他倒无任何异议，安静地坐在窗边。

金渝面露羞涩：“我确实也喜欢，但是……”

楚稚水笑道：“喜欢不就好了，不用考虑太多。”

金渝就这么被忽悠过去，她总感觉哪里不对，然而又想不出细节。

经济开发科刚起步，各类事务着实不少，金渝偶尔都要离局处理手续，不会天天驻扎在办公室里。楚稚水一般挑金渝在的时候买珍珠奶茶，说实话她对甜腻的高糖奶茶并不太着迷。

办公室内，辛云茂眼看楚稚水空手从外面归来，他思及她最近的习惯，沉默地思考数秒，好奇道：“你这两天好像很少买奶茶，不喜欢喝那种甜水了？”

“金渝今天出去办事，估计要下班才回来。”楚稚水疑惑道，“你想喝吗？我感觉你对珍珠奶茶兴趣不大。”

她曾经打包过几家奶茶，观察过同事们的饮用速度，大致可以推断出他们各自的喜好。两妖都比较嗜糖，但金渝偏向特甜的珍珠奶茶，辛云茂偏向清淡点的水果茶。

“不是你喜欢……”辛云茂眉间微凝，他忽然醒悟过来，难以置信道，“你是专门给她买，顺手带给我的？”

她还说希望大家陪她喝，原来都是在陪那条鱼喝！

“是啊。”

辛云茂听她毫无愧意，更是气不打一处来：“你觉得这合理吗？”

竹稚

Zhu and Zhi

楚稚水发现他寒冰般的面孔染上薄怒，完全不懂他突然在闹什么脾气。

辛云茂深吸一口气，他没立马发作，冷声道：“如果按照上供的讲究，你这简直就是大不敬。我给你一个机会修改措辞，现在改口说是你自己喜欢喝这个，或者是专门买给我，顺手带给她。”

楚稚水茫然：“给我一个机会修改措辞？”

辛云茂目光幽幽：“没错，我已经足够宽宏大量，只要你改口就既往不咎。”

她的行为都不是简单的失敬或怠慢，完全就是奔着挑衅和侮辱去了。

然而，楚稚水毫不领情，反而泰然自若道：“我不改。”

辛云茂眼眸极黑，如同蔓延的夜色，他嘴唇微抿，提醒道：“这是你最后的机会……”

楚稚水语气悠然：“谢谢，但机会不就是用来浪费的吗？”

辛云茂见她不知悔改，终于被彻底惹恼，愤然道：“所以你觉得我跟那条鱼应该是同等待遇？！”

她要拿胡臣瑞跟他相提并论就罢了，但金渝仅仅算刚有意识的小妖怪。

辛云茂和金渝的差距，可能是满级大佬和新手菜鸟。

楚稚水一愣：“当然不是啊。”

辛云茂闻言脸色稍缓，心想她还算有求生欲。

楚稚水眨眨眼：“金渝的工作量比你大，待遇应该比你更高点，这不是理所当然吗？”

“？”

辛云茂从未如此怒火中烧，就连当初大战掐得天翻地覆，他的情绪都不会波动成这样。楚稚水确实从不说污言秽语，但她无心羞辱的水平一流，甚至杀伤力远超各类脏话。

“你是不是根本瞧不出我们的差距？”辛云茂第一次模仿楚稚水，他揉着太阳穴试图平静，厉声道，“就算有妖私下议论，面上却无妖敢对我不敬，你现在竟然说我不如一条鱼！”

“好妖不提当年勇，谁都曾经辉煌过，何必呢？”楚稚水劝道，“妖怪不能老活在过去，都要踏实地往前走，我确实瞧不出你们的妖气差距，但我具备判断你们工作水平的能力，总不能你以前厉害过，就一直拿历史说事吧?

“我们人类也是啊，考上好高中并不算完，还得考上更好的大学，毕业后再找条件优渥的工作，事情总是源源不断地来，某阶段成功不能代表全部，大家都成熟一点好吗?”

二十多岁的人类楚稚水苦心开解千年大妖怪辛云茂，希望他能认清当下、脚踏实地。

辛云茂冷笑:“你具备什么判断水平的能力?”

楚稚水侃侃而谈:“金渝作为妖怪，可能级别没有你高，但这就像人类的学历，现在同岗便是新起点，我们要参考更多的东西。她对工作有积极性，完成任务准时负责，具备学习态度。她跟你一样不擅使用电子产品，但私下会慢慢摸索、请教，而你至今连电脑都不碰，这就是差别。

“我们科室的资料都是她在整理，平时有什么文书工作也是她做……”

“不过都是些杂事，这也能用来判断?”辛云茂双臂环胸，嘲道，“你觉得这些事有难度吗?”

楚稚水心平气和:“即便是杂事，也能看出态度，再说你瞧不上杂事，那我聊有难度的，你就能听得懂吗?”

辛云茂不悦道:“这有什么听不懂?”

“好啊，那我们就聊点深入的。”楚稚水点点头，她连珠炮般发问，有条不紊道，“经济开发科刚刚起步，你工作的长、中、短期目标是什么?你觉得在业务和人员管理层面各有什么要注意的?你制定项目的ROI（投资回报率）标准是什么?你觉得什么样的业务考核及绩效制度能更好地提高经开科的工作效率?”

“……”

“如果局里出资注册一家公司，要你为其制定战略目标，根据现有资源及市场预测，你认为公司长期目标是什么?这个长期目标可以被分解成哪些短期目标?公司的各类项目又如何分配到局里各部门?想要促进各部门按时完成，该设立什么样的奖惩制度?”

“……”

辛云茂好半天答不上来，他面色铁青地僵立原地，看上去气得不轻。

楚稚水巧笑嫣然，温柔地询问：“不然我们还是聊回杂事？”

辛云茂用一双寒光凛凛的眼眸斜她，语气肃冷而笃定：“你是故意的。”

楚稚水瞧他吃瘪，恨不得当场捧腹，笑逐颜开道：“行啦，逗你的，没逼你真回答，只是让你少拿妖怪那套压人。”

她扬起明艳笑容，竟难得不是抿嘴笑，皓齿初含雪，真是乐坏了。

“你要实在气不过，以后就主动一点，干得比金渝多不就完了。”

辛云茂一言不发，他脸上乌云密布，眼底也暗潮翻涌，紧盯言笑晏晏的她，恨不得长达一世纪。他千年来见识过无数人，还真是第一次被肆意拿捏，恼得指甲都深陷掌心。

人类寿命明明很短暂，心智也堪称世俗浅薄，但她却是胆大包天，令他完全无法理解。

对了，她也不过是个人，只要用人类喜欢的方式，那一切就会迎刃而解。

辛云茂原本思绪混乱，现在骤然冷静下来，松开紧握的拳头。他眸色变深，如同看破她，讥诮道：“我懂了，搞这么半天，你是想看一下我的能力。”

人类无利不起早，无非是想要俗物。

楚稚水诧异：“你是说工作能力？你要这么说也行。”

“可以，凡人一向现实，虽然许诺让你做信徒，但我确实还没做什么，不怪你千方百计试探。”辛云茂冷淡地颔首，“就这一次，你许愿吧，以后就必须按流程走。”

如果按照世间常见的流程，人类一旦对妖怪有所求，便要无条件地服从对方，像她那样出言顶撞、挖苦取笑，早就不知道被折磨多少次。

他没有驱使人类的爱好，对她要求也并不严格，谁料她越发放纵起来。

现在她有所求，就没必要手软。

楚稚水不懂他又在发什么疯，重复道：“许愿？”

“没错，许愿吧，金钱、权势、地位、名声、健康、相貌，还是吸引他人的魅力？”他清逸的面孔浸染霜气，嘴角扬起微小弧度，莫名显露几分妖异，冲散往日的寡言冷峻。

楚稚水怀疑自己头昏眼花，眼前的场景逐渐变模糊。

辛云茂身着简约的黑衣黑裤，衬得他宽肩挺拔、身材颀长，如今落在他脚边的阴影却跃动、摇曳起来，宛若阴森妖冶的黑色火焰，如影随形地缠绕着他。他的脸庞冷白如玉，被黑焰照得明明灭灭，极致的黑与白，唯有眼底里有一团跳动的火。

楚稚水下意识地想揉眼。

有一瞬间，他好似披着玄色古袍，可细看确实是现代装。

“凡人汲汲营营一生，无外乎是功名利禄，只要是跟你相关的，只要是世间合理的，全都可以顺利实现。”他往常清朗的声音，忽地沾染戏谑及蛊惑，像梦魇般将人扯下深渊，“现在许愿吧，你想要什么？”

她望着陌生的他，莫名有种直觉。他就像俊美的黑暗使者，恐怕将用利刃收割什么。

楚稚水强压心悸，她认真地琢磨，回想他方才的话。

辛云茂看她歪头思考，耐心地静候答复。

良久后，她摇摇头：“没有想要的。”

“什么？”

“抱歉，我好像没愿望。”

这是她的真心话，没有迫切的事。

辛云茂沉默片刻，他眉头紧皱：“怎么可能？人类是世间贪欲的集合，绝对不可能没有愿望！”

“我要告你物种歧视。”楚稚水睁大眼，犹如被踩到尾巴，难得不满地震声道，“我们人类怎么你了？！”

辛云茂神色淡淡：“我从没见过无所求的人，不管外表多光鲜，全都逃不过私欲，只是羞于说出口，装作道貌岸然而已。”

楚稚水模仿他平常的自负口气，波澜不惊道：“那可能是我太完美，什么都不缺吧，我真没有愿望，做人过于优秀。”

“……”

辛云茂原以为看透了她，现在却又被骤然打乱。他抿唇道：“还在装模作样，你最近不就在烦恼工作，难道不会有事业顺利的愿望？”

经济开发科百废待兴，她明显不是一帆风顺。

“工作受挫不是很正常，我又不是没能力解决，再说就算确实没办法，这点小事还需要许愿吗？”楚稚水迷惑，“搞砸就搞砸，多大一点事儿，胡局也没能耐把我开了。”

她作为社会人，在调整心态上已经达到炉火纯青的地步，堪称油盐不进。

辛云茂一拳打在棉花上，追问道：“其他方面呢？肯定有缺的东西！”

“为什么突然想让我许愿？就为证明自己比金渝强？”楚稚水格外不解。

辛云茂被气笑：“我比她强还需要证明吗？”

她更感奇怪：“那你为什么要我许愿？”

辛云茂原本气势森冷，被她如此胡乱打岔，瞬间节奏凌乱起来。他不耐地挑眉：“只要你许完愿，一切就正常了。”

他隐隐有种预感，只要她想求取什么，所有事就能重归正轨。

他的情绪必然不会再被她左右。

“哈？”楚稚水愕然，她见他面色紧绷，又道，“我想到我缺什么了。”

辛云茂忙道：“缺什么？许愿吧。”

“我缺德，就不许。”

“？”

辛云茂开始后悔来经济开发科，楚稚水简直比任何妖怪都难缠！

他不依不饶地探询，绝不让她蒙混过关。

楚稚水不懂他的执着，她索性破罐破摔，敷衍道：“好好好，有愿望，我向你许愿行了吧？”

辛云茂听她松口，又心生狐疑，他面色古怪：“你的愿望不会是我吧？”

“当然不是！”楚稚水矢口否认，她停顿数秒，犹豫道，“不对，跟你也有点关系……”

“果然如此，我以前应该也说过，除了回应那种感情，其他愿望都可以。”辛云茂语带笑意，他发觉她过于狡猾，哪里是什么都不想要，明明是从未放弃最初的意图。

楚稚水无情地吐槽：“什么乱七八糟的，跟你说的不相关。”

“那你要许什么愿？”

“我向你许愿，希望你恢复高冷人设，安静消停一会儿，不说话两个小时行吗？”楚稚水语气轻快，“这么一点微小的愿望，像你这样厉害的妖怪，一定可以做到吧？”

她一边打开电脑，一边夸张地感叹：“请务必实现我的心愿，谁让我是贪婪的人类！”

“……”

这无疑是明捧暗讽了。

辛云茂正欲开口，又隐忍地闭嘴，闷闷不乐地回到座位。他双臂环胸、靠着椅背，默不作声地盯着前方的楚稚水，居然当真听从了她的愿望。

楚稚水被他憋屈的模样逗得乐开怀：“等我忙完手里的事，你要还想聊待遇，我们可以再谈谈。”

“我……”

辛云茂想说自己根本不关心待遇，刚蹦出一个字又思及承诺，反驳的声音戛然而止。他最后一只手撑着下巴，直接将视线转到窗外，甚至都不再用正眼瞧她，浑身散发着别扭而郁闷的气场。

说实话，楚稚水自诩遇见过不少同事，但她真没碰到过他那么搞笑的，连带心情都舒畅起来。她重新转过身去，背对辛云茂工作，摇头感慨道：“你可真是快乐源泉。”

本性也不坏，就是很好笑。

辛云茂如今是禁言模式，听到那一串悦耳笑声，更是被扰得心烦意乱。他的心情像风翻书页，哗啦啦地响不停，伸手想压住都没用，只能任由强风肆虐。

他察觉她也不再说话，忍不住用余光瞄过去，只瞧见她娉婷的背影。

她可真是人才。

胡臣瑞到底从哪里把她招进来的?

“她只是没有妖气的普通人，如果以后有什么冒犯之处，还望您可以海涵。”

辛云茂在脑海中无数遍回忆此话，他总算在人类手中受挫后，稍微找回一点大妖的体面。

只是想海涵她未免太难，都不能是简单的浅海。

楚稚水向辛云茂许愿，让他安静两个小时，确实是如愿以偿。不过愿望威力还真大，至今都留有后遗症，辛云茂不光闭嘴两个小时，连后续几天都不跟她说话。

楚稚水主动跟他打招呼，偶尔也会寒暄两三句，他却根本不回声，故作冷漠地侧头。

久而久之，金渝都在办公室感到氛围异常，她一向不敢跟辛云茂搭话，现在发现一人一妖最近闹崩了，待在屋里工作时更是惴惴不安。

楚稚水和辛云茂以前相处融洽，金渝才勉强在经开科有安全感，但近期科室内的低气压冻得她瑟瑟发抖。

直到午休时，辛云茂从屋里消失，金渝才缓过一口气，她惊惶地搓揉着胳膊，驱散深入躯壳的寒意，弱声道:“为什么突然就这样? 先前不是好好的? ”

“闹情绪呢。”楚稚水淡然道，“用的还是我幼儿园都嫌弃的把戏。”

“你们有什么矛盾? 不能和解吗? ”

楚稚水无意提及矛盾根源，索性用问句回答问句:“他出来上班还得我哄吗? ”

金渝磕巴地劝说:“真要这样也不是不行，他确实是妖气很强的妖怪，跟吴科长那种不太一样，还是不要得罪为好……”

金渝严重怀疑楚稚水对妖气不敏感，难道对方都没察觉屋里的压迫感?

“长得挺高，心眼却小，难不成这也跟妖怪级别有关? ”楚稚水瞄一眼身后的空座位，她又望向前方的金渝，笑着揶揄道，“你们妖气越厉害，平常生气越厉害？”

“不要这么说，容易被听到！”金渝张皇地四顾，她生怕瞧见正主，小声道，“到他那种级别，就算不在现场，没准也能眼观六路，耳听八方。”

妖怪都有各自的天赋能力，跟他们的本体息息相关。金渝看不破辛云茂的真身，所以平常一向小心谨慎。

“听到就听到呗，反正他现在听见，也不会主动说话，不爽也只能忍着。”

金渝惊得咋舌：“……虽然你没有妖气，但在某方面也很厉害。”

楚稚水知道辛云茂在故意示威，倘若他真要把关系搞僵，完全可以不来办公室，像以前一样在局里飘荡。吴常恭当初管不了他，楚稚水自然也管不住，一切就变回过去的状况。

但他天天冷着脸在科室里乱晃，四处散发寒气怒刷存在感，明显就是要她递台阶。

在楚稚水看来，做人做事都要嘴软心硬，平时小事上好说话、没脾气，你好我好大家好就行，但在大事上绝对不能让步，关键时刻必须要强硬，一击致命再态度回软。她平常不在意他的胡话及松散态度，然而涉及工作量考评，那就万万不可按闹分配，否则科室会乱成一锅粥。

楚稚水相当沉得住气，就像没察觉辛云茂的冷硬，每天照旧亲切地问候二妖，堪称一碗水端平，完全没落下把柄。当然，她也没有退让，黑不提白不提，进入对峙紧绷期。

金渝最近在经开科冰火两重天，辛云茂是风刀霜剑，楚稚水却是春风拂面。好在茶园的杂务够多，她经常跑出去办事情，可以躲一躲风头。

“对，好的，您十点到那边吧，我们在门口碰面，好的好的，待会儿见。”

楚稚水挂断电话，瞟一眼窗外的阴天，随手拿起挂在椅背上的外套，准备驱车到茶园门口跟人会合。她一边起身，一边穿外套，正好瞧见身后的辛云茂。

辛云茂本来在看她，撞见她探寻的目光，不动声色地扭开头。

"还生气呢？"楚稚水哭笑不得，"你到底气什么？"

辛云茂斜她一眼，又将头转回去，只留冷峻侧脸。

金渝今日没待在科室，要跑剩余没办的证件。楚稚水马上得赶往茶园，她犹豫要不要将辛云茂留下，让他独守饮水机挺不像话，但他在茶园也没什么事做，没准并不愿白跑一趟。

左思右想一番，楚稚水感觉今天要下雨，索性放他在局里享清闲。

"我先走了，你今天按时下班就行。"

辛云茂眼看她头也不回地离开，那双黑曜石般的眼眸，犹如刚从寒潭里捞出，浸润着凉凉的光。他无声地抿抿唇，最后还是没叫她。

不知以前是谁非要拉上他，现在她却跑得比谁都快。

茶园门口，天空中阴云连绵，缓缓随凉风飘荡。

楚稚水跟茶农们碰头，她原打算今天少量采茶，无奈天公不作美，隐隐有雨势渐来。这种细雨来得快去得也快，根本不在天气预报上出现，令人防不胜防。

目前还未有降水，但已经体会到凉意，楚稚水面露担忧："雨天能采茶吗？"

"一时半会儿下不来，反正你们采得也不多，赶在这场雨前先摘点。"茶农仰头望天，又看看茶树，估测道，"这雨要是一下来，等到明天再放晴，今天的嫩叶就变老了，都是一天一个样儿。不过我看你们茶园还能等等，估计再过段时间叶子刚好。"

楚稚水受教地点头，解释道："没事，今天也是试采，就这一两亩地，没打算都采完。"

"哈哈哈，就是体验一下吗？"

"差不多，做样品。"

楚稚水今日没有找太多人，计划做一批绿茶样品，先放出去探探销路。

如果现在就要大范围采茶及炒制，局里需要投入大量的人力和财力，不太可能从财务处批下这笔钱。她需要从外面募集订金，覆盖掉前期的人力支出，再找人采茶及制茶，将成品交付给对方。

普通的新人商家想这么空手套白狼较困难，但经济开发科说到底是槐江观察局的科室，并不是单纯的营利公司。

早在之前，楚稚水就开始通过牛仕联络兄弟单位，跟银海局、漆吴局和空桑局负责采买的人员沟通，暗示现在是购买绿茶的好时机。茶叶是各单位每年都会采购的东西，与其买外面品质参差不齐的绿茶，不如买兄弟单位自产自销的。

买别人的会担忧付完订金遭卷款跑路，但面对兄弟单位不会有这层顾虑，信誉度的基础就不同。

当然，“按头推销”也要讲究态度，好歹要寄一份绿茶样品，展现自身的诚意。

如果其他观察局都不愿意回应，楚稚水就筹划让胡局出去刷脸，既然局长提供不了资金，总该给予一些人脉帮助。如果情况更糟糕，胡局刷脸都没用，那今年就只能彻底搁置，接受茶商的一条龙低价，等来年茶叶季从头再议。

这就是她的初步规划，钱是肯定能赚到，赚多赚少的区别。

雾气氤氲，阴云叆叇。

一行人紧赶慢赶，总算抢下一批茶，在绵绵细雨前进屋清理、炒制。

新摘的嫩叶在竹匾里排开，挑出残次品及碎屑等异物，经过细心清理、摊放后，投入烧热的大锅里。片刻后，控制火候翻炒，用干净的手翻动、揉搓茶叶，让龙井叶子卷缩起来，便是手工炒茶的过程。

屋外是清凉雨帘，屋内却热火朝天，火光映照炒茶人的脸，整个过程要数小时，炒茶人全程都不能离开锅边。

楚稚水站在一旁请教，虽然她跟茶农们有说有笑，但总感觉屋外有异样响动。

咔嚓、咔嚓。

“您听到声音了吗？”楚稚水探头望屋外，“听着很清脆。”

炒茶人还在翻着叶片，回道：“没有啊，什么声音？”

“好像是茶田那边。”

“八成是什么小动物，这边可不像城里，什么玩意儿都有。”

楚稚水将信将疑，心想雨天还有小动物觅食，什么动物能比上班族还辛苦？她索性从旁边抽出一把伞，跟其他人打声招呼，决定到茶田里转一圈。

炒茶的小屋位于门口，距离茶田还有段路。放眼望去，青翠茶山一览无遗，除去潮湿雾气外，跟平日并无两样。

楚稚水打着伞，原想在边缘溜达一会儿，然后返回炒茶现场，却再次听到异响。

咔嚓。

这回声音离得更近，但视线里明明没人。

龙井茶树一般不算太高，却也足够遮挡蹲着的人。楚稚水心念回转，朝着一侧小路，循着怪声找去，很快竟听到三名男子压低声音交谈。

熟悉的咔嚓声又响起。

“哎呀，你到底行不行，怎么回事儿啊？走两步路就断？”

“……我也没办法。”

“他们还在偷我们的茶叶吗？”

“没，现在进屋了。”

“这帮人是太岁头上动土，居然偷到咱仨田里来，必须给他们点颜色看看！”

楚稚水听得满头雾水，茶园明明是局里的资产，怎么就变成陌生三男组的？

“老大，老大，那边有人啊！”其中一人发现不远处的楚稚水。

“别喊！再被发现了！”

“我已经看见了。”

一阵窸窸窣窣过后，三人都从茶田起身，在阴雨中露出真容。两名青年一个皮肤黝黑、个头不高；另一个面色发黄、身材偏胖。为首的是白须老人，他骨瘦如柴却精神矍铄，两只眼睛恨不得迸发出光来。

楚稚水跟他们相距三排茶树，就像被及腰高的栏杆挡住，没办法直接跨过障碍交谈。她面对三人不善的目光，凝眉道：“请问你们是什么人？如果没有特别理由，还请各位尽快离开，不然我要叫人过来了。”

白须老者阴恻恻地重复：“我们是什么人？”

“对，这里是槐江观察局的资产，没法说明身份的话，希望你们马上离开。”

“还会瞎搬靠山呢，当我们看不出来？”白须老者一眼就瞧出楚稚水是普通人，恶声恶气道，“我们是什么人？我们不是人——”

下一刻，万丈妖气袭来，声势如万马奔腾，一排排地簇拥着往前冲。阴森森的妖气并未伤及茶树，反而海浪般流淌而过，准确地涌向路边的楚稚水，恨不得将目标拍得粉碎！

“抓住她！”

白须老人一声令下，两名青年寻路扑来。

楚稚水忙不迭转身闪避，逃命般地蹿向炒茶小屋。

耳边尽是令人毛骨悚然的飒飒风声，将她嘴边的呼救声吞噬殆尽。

她内心迷惘不已，原以为是人类，不想竟然是妖怪。金渝曾经说过，妖怪不能袭击人，现在又是什么情况？

身后的妖气一击未中，在脚边绽开层层气浪，又扭曲成荆棘藤蔓般的妖气链条，想要缠住她的脚踝，妄图拦住她的去路。

雨伞在慌乱中滚落在地，浅色伞面早就溅满泥点。

楚稚水发丝被雨水浸透，湿漉漉地沾在脸庞上。她眼底都是摇碎的湿润的光，被求生欲点燃，像是小火星，还没遭浇灭。外衣也变得潮乎乎的，无法再阻挡冷雨，寒凉的空气顺着四肢蔓延而上，似要侵入骨髓。

左踝突然冰凉刺骨！

妖链锁住楚稚水的瞬间，她终于忍不住惊声尖叫，紧接着一头撞进谁的怀抱。

细雨里，她嗅到沁人心脾的清新味道，像雨滴轻打过枝叶，隔着薄薄的布料，触及一抹暖意。他体温不算高，甚至有点凉，不知是不是淋雨而来的缘故。

“你怎么每次都把自己弄得脏兮兮的？”

熟悉的男声响起，犹如一颗定心丸，让高悬的心落下。

楚稚水不知辛云茂何时赶到，但此刻无疑是抓住救命稻草了。

辛云茂一只手握青黑纸伞，另一只手将怀里的人扶稳，低头见她满脸狼狈、裤脚沾泥，可怜兮兮地浑身打战，心想她还真是每次进地里都一团糟。他正想要使用清洁法术，忽见不远处喷薄的妖气，索性将纸伞往空中一抛。

青黑纸伞凭空而起，张开的伞面旋涡般吸入浓浓妖气，雨水落在伞上眨眼间蒸腾成白汽。纸伞一转，伞檐飞溅而出的却不是晶莹雨滴，反而是灼灼黑炎！

三妖不料俊逸的黑衣青年根本不出手，光靠一把青黑纸伞就震退了汹涌妖气。

“龙骨伞！是龙骨伞！”白须老者见多识广，他此时汗毛竖立，惊道，“他是……”

黑焰破空，溅射在大汉们身上，只听一声凄厉的惨叫，黑瘦男和黄胖男就痛不欲生地跪倒在地。

辛云茂无暇顾及恐慌三人组，他上下扫视楚稚水一圈，又轻轻打了个响指，沾泥的衣物焕然一新，他这才有空去找罪魁祸首的麻烦。

楚稚水脸色发白、惊魂未定，她感觉身上的布料变得干燥而温暖，熨帖地贴着自己冰冷的手臂，连沾满泥点的裤腿都变干净了，惶惶的心总算陷进软棉花里。然而，她还没有彻底回过神来，又被接下来的场面惊到。

三妖的妖气被一招打散，取而代之的是黑色妖气。

黑色妖链直接将最近的黄胖男拖拽过来，黄胖男一路都在拼命挣扎，却只在地上留下数道泥痕，毫无尊严地趴伏在辛云茂面前。

“神君饶命，神君饶命！”黄胖男苦苦哀求，胳膊支撑着地面，想要扭身爬起来。

黑瘦男在旁帮腔：“神君，这是误会……”

“误会？”辛云茂听闻此话无动于衷，他容貌凛若冰霜，直接抬起一条腿，踩在黄胖男右臂，随即狠狠地蹍压下去，嘲道，“欺负没妖气的人类那么有成就感？”

撕心裂肺的嚎叫响起，还伴随着清脆的咔嚓声。

这一脚的力道完全没留情，直接将大汉的手臂踩断。

“他的胳膊……胳膊……”楚稚水差点说不出话，她已吓得魂飞魄散，“掉、掉下来了。”

辛云茂听她语气不安，他疑惑地回头查看：“对，怎么？”

楚稚水：“直接掉下来了！”她现在头皮发麻，根本不懂他的淡然。

辛云茂见她惊得小腿都发抖，沉静思索数秒，绽放出一丝浅笑：“差点忘记你的年纪，要是真论起来，你才属于幼儿，应该上幼儿园。”

说到底，楚稚水今年才二十五岁，在任何妖怪面前都是小朋友。

楚稚水一愣，不可思议道：“你听到那天……”

她那天跟金渝闲聊，说他冷战是幼儿园把戏，没想到真被当事妖听见。

龙骨伞一出，妖气便收尽，连细雨都停歇。辛云茂一只手插兜，另一只手夹伞，随意地踢踢黄胖男，冷声道：“把你的胳膊装回去，怪吓人的。”

黄胖男屁滚尿流地捡胳膊：“好的，好的！”

黑瘦男谄媚而生硬地吹捧：“神君不要说笑了，您怎么会被吓到？”

“我是说吓到人，不是说吓到我。”辛云茂挑眉，“不要让幼儿看见暴力场面。”

黑瘦男若有所思地望向楚稚水，对方无疑是在场唯一的人类。

黄胖男捡起自己的断臂，重新装回去，好像在拼接木偶玩具。他第一回还没装好，别扭地调整起位置，最后不耐地拆下重装。

楚稚水吓得捂嘴说不出话，总感觉此幕像极了惊悚电影。她特别怕超出常规认知的东西，眼前景象明显也不合常理。

辛云茂望着她血色尽褪的面孔，愣怔道：“怎么感觉更害怕了？”

“这合理吗？”楚稚水指向黄胖男的胳膊，连白皙的手指都发颤，质疑道，“这不合理——”

辛云茂皱眉望向黄胖男，只差将“不满意”写在脸上。

黄胖男唯恐激怒大妖，他摆出双手投降的姿势，赶紧看向楚稚水，惊惧交加地保证：“我保证没有暴力场面！”

辛云茂解释：“他本体是生姜，根茎类妖怪都这样，断胳膊断腿很正常，没什么大不了的。”

楚稚水经他提醒，认真地打量黄胖男，果然发现相似特征，甚至隐隐闻到方才被雨势掩盖的辛辣姜味儿。

“神君真是见多识广、博学多才。”黑瘦男溜须拍马道。

“给你们一打岔，还跑掉了一个。”辛云茂瞥见不远处泥地里的孔洞，漫不经心道，“让胡臣瑞他们去追吧，本来就是他们的事儿。”

白须老者已不见踪影，他刚才站立的地方，只剩下一个像被土拨鼠挖掘出来的泥坑。

“神君说得对，本来就不是您的事儿，那我们也先走了……”

黑瘦男和黄胖男蹑手蹑脚地离开，然而他们没走两步，就被两条妖链缠住，一路倒退着跌回原地。

辛云茂猛地伸手一拽，便将二妖拖回来，漠然道：“谁说你们能走了？”

黄胖男和黑瘦男遭链条封嘴桎梏，随即就被丢到一边，等待接受局里的拷问。

楚稚水没有胡局电话，她不知这类事该找谁，只能联系洪熙鸣和金渝。洪熙鸣听说茶园被妖怪袭击大为惊异，一边好言安抚楚稚水，一边承诺火速联络观察处和胡局，让她千万不要害怕，后续的事交由局里处理。

金渝更是相当自责，忙道：“今天该跟你一起去才对，我现在就赶过来……”

“没事，现在都结束了，你专程跑一趟太累了。”楚稚水思及金渝白天还出去办事，担忧对方现在赶来是超负荷工作。

“不累不累，你在茶园等我，我很快就到了！”

辛云茂不悦地啧一声，很想说金渝跟来也没用，他不信那条鱼能一打三，最后还是强忍住没开口。

楚稚水经历完洪处和金渝的嘘寒问暖，她现在勉强安定一点，却仍然心情恍惚、思绪混乱，还没从刚才的惊险中彻底脱身，六神无主地站在茶园一侧。

辛云茂见她无精打采，宛若被雨打蔫的花枝，嘀咕道：“你也就这会儿老实一点，平常说的话能把我气死。”

楚稚水一愣：“妖怪也会死吗？”

“如果不是被打得魂飞魄散，一般化人后就不会轻易死亡，要是到了我这种级别，那连被打散的机会都没有。”辛云茂慢条斯理地解释，他忽然想起什么，又不满地告诫，“但这不是你能气我的理由！”

虽然辛云茂闪现来茶园，但他没忘记双方在冷战。

“我哪里有气你？”楚稚水小声吐槽，又见他耿耿于怀，赶紧岔开话题，“你怎么过来的？”

辛云茂闻言脸色稍暖，他用手一指她的外套口袋：“东西倒收得挺好，居然还随身携带。”

楚稚水下意识地摸摸靠近心脏的上衣口袋，隔着布料触碰到异物，她忽然想起什么，将吊坠从中取出。青墨色的片状吊坠，他上次给的奶茶回礼，当时被她放进外套兜内。

这件外套一直被她挂在办公室，她天冷的时候外出就会穿一下。

“是这个？”楚稚水用指腹摩挲吊坠。

“嗯。”

楚稚水脑海中冒出离谱的猜想，问道：“你是从办公室瞬移过来的？”

他上回也是突然出现在菜畦，加上神奇的清洁法术，瞬移同样不是没可能。

“每次需要特定的媒介，也不是哪里都能去。”辛云茂蹙眉，兴师问罪道，“为什么不叫我的名字？”

“啊？”

“天天顶撞我时话那么多，遇到麻烦却不叫我名字。”他漆黑的眸子掠过一丝光，“如果一开始就叫我，我能更快赶过来。”

楚稚水被一句话打蒙，她面露纠结，干巴巴道：“……我可以叫你吗？”

“为什么不行？不是都答应过你？”

他的态度理所当然，一改冷战时的别扭，倒让她有点接不住。

楚稚水摸摸鼻尖，软绵绵地应声：“好的，谢谢，下次……”

她有点难以启齿，总觉得哪里不对，自己本来就不常求助，一向都奉行独立解决问题，偏偏妖气又确实是她搞不定的。

辛云茂不察她局促，他愉快地接下去：“下次就该聪明点，直接叫我的名字。”

"……"

楚稚水认定自己还有后遗症，她又开始心跳加快，心口烫得怦怦直跳，跟被妖袭击时一样。假如换个妖怪说这话，她没准就客气地应下，但辛云茂总将她搅得一团乱。他会为一点小事闹脾气，然而她真遇到危险，又千里迢迢地跑过来。

仔细想来，他们每次互动都乱七八糟，纠缠得像理不清的毛线团，不是他让她无语，就是她让他无语。

楚稚水垂下睫毛，她遮掩地轻咳："虽然我很感谢你，但还是纠正一下。"

"纠正什么？"辛云茂气定神闲地插兜看她。

楚稚水抬眼道："下级对上级才叫顶撞，上级对下级叫作指导，我指导你的工作态度没错。"

辛云茂不怒反笑："你是变着花样以下犯上？"

楚稚水好声好气："我们讲讲道理，当初说好工作时间你要承认我是你的直属领导吧？"

辛云茂憋闷："……所以工作时间什么时候结束？"

"反正今天还没到。"楚稚水低头看眼手机，想起正事又振作起来，"我去看看茶叶！"

她跟他闲聊一番，整个人变得轻松，开始有精神琢磨科室工作。

炒茶小屋内一片祥和，茶农们都在室内躲雨，并未察觉茶田的异动。据说，妖气本身就有迷惑感官的作用，倘若楚稚水没被加入名册开眼，她也感知不到附近的蹊跷。

金渝抵达后，还可以用消除记忆泡泡清理，必然不会留下任何蛛丝马迹。

楚稚水独自出去，却带着陌生青年归来，自然引起众人的注意。辛云茂一见外人就不说话，他静静地跟在她后面，无奈气质夺目，让人无法忽视。

旁人好奇道："哎，这位是……"

楚稚水赶忙介绍："也是我们局里的，一个科室的同事。"

“哦哦哦，你们局里颜值很高，全都是俊男靓女啊！”

楚稚水连忙笑着说些客套话。

辛云茂一扫屋里情况，他犹豫地俯身询问：“这些人又是谁？”

“来帮忙采茶和炒茶的人，如果以后要大面积采摘，估计还得雇更多的人，不过局里启动资金太少了，现在做样品就先找几个。”楚稚水小声说明，又疑道，“为什么躲在我后面？”

辛云茂像影子般追在她身后，明显就不想同外人打交道。他好像不光排斥局里的妖怪，而且跟谁都不愿意热络起来。

他避而不答，反问道：“雇更多的人？”

“对，现在茶园还没到收获季节，后面采茶量会越来越大。”

“你让门口那两个来采不就行了，他们都是植物类妖怪，很擅长做这些事。”辛云茂随意道，“等你们采完茶，让胡臣瑞把他们丢妖火里，先烤个两三百年，再考虑要不要挫骨扬灰。”

“生姜不能烤着吃吧？”楚稚水被他残忍的主意惊呆，“而且用完就把他们烤了，是不是有点……”

“反正袭击人类被抓必受火刑，再加上你还是名册内的人类，基本上就盖棺定论了。”辛云茂语气懒散，“不然你以为胡臣瑞那帮妖怪是干吗的？”

楚稚水似有所悟，槐江观察局主要功能就是处理人妖、妖妖的纠纷，惩治及逮捕危险妖怪是其责无旁贷的义务。黄胖男和黑瘦男都不仅是简单袭击人类，还是袭击妖怪界的公职人员，从重处理很正常。

如果将二妖看作犯人，那采茶就算劳动改造，听上去竟然挺合理。

楚稚水感慨：“终于找到能降低人工成本的办法。”

辛云茂：“？”

她神情微妙：“那就是不用人来劳动。”

没过多久，金渝和洪熙鸣风尘仆仆地赶到，关怀备至地围着楚稚水询问。

金渝抱住楚稚水猛蹭，她吓得冒泡泡，后悔不迭道：“你没有事吧？我该跟来的！”

“没事……”楚稚水被她的巨力拥抱搞得窒息，“金渝，我有点喘不过气了。”

金渝担忧道：“是不是被袭击你的妖怪吓的？！”

“……不是，是你抱太紧了。”

金渝连忙松开楚稚水，她还像小狗一样原地打转，仔细检查对方有无受伤。

洪熙鸣软言安慰：“小楚，你别怕，我已经通知胡局和苗沥，局里会把后续处理妥当的。”

楚稚水不好意思道：“洪姐，居然还麻烦您跑一趟……”

洪熙鸣职级比楚稚水高，主管工作也跟这些无关，其实通知完胡局就可以了。洪姐以前热情地说有事找她，楚稚水还当是礼貌的场面话，现在领悟对方确实是认真的。

“没关系，我怕观察处来得慢，索性跟金渝一起过来。”洪熙鸣道，“金渝帮我清理下现场，然后你们科室先回去，这边我来守着吧。”

“这不太合适……”楚稚水明白留下就是加班，哪有让领导独自坚守现场的？

“合适，很合适！”洪熙鸣紧握楚稚水的手，郑重道，“小楚，你千万别说气话，不要老想着离职就行。”

“……”

主管人事的干部为留人真是无所不用其极。

楚稚水忙道：“主要我还有点事想跟胡局商量。”

“什么事？我不确定是胡局还是苗沥来，不然你明天在局里找胡局吧，或者我帮你转告一声。”

楚稚水给洪熙鸣解释一番茶园的事，希望能让黄胖男和黑瘦男采茶，节省局里卖茶的人工成本。

洪熙鸣听完，她颇感神奇地瞟向全程冷漠的辛云茂，立马猜出此事不是楚稚水的主意。人类小姑娘还不太熟悉妖怪间的规则和秩序，刚进来时连妖气都没见过，更不可能知道局里如何处置袭击人类的妖怪。

洪熙鸣方才见到辛云茂挺意外，现在细细一琢磨，更觉得不可思议。

“洪姐，洪姐，这事儿可行吗？”楚稚水发现对方出神，轻声唤道。

洪熙鸣笑道："可以，这都是些小事，不用劳烦胡局，我明天跟苗沥说一声就行！"

苗沥是观察处的处长，主要就负责抓妖工作。

楚稚水微松一口气，事情比她想的简单。

洪熙鸣和金渝清理完现场痕迹，洪熙鸣就留下看管黄胖男和黑瘦男，同时催促经济开发科回局里，争取早点下班。楚稚水推托不过，又连连感谢洪姐，终于带着二妖离开。

不承想，返程却是一个问题。

楚稚水只知道，辛云茂通过吊坠瞬移，却不清楚金渝如何过来的。

茶园门口，熟悉的车停靠在平地，外层的雨水已经干透。楚稚水拉开车门，她正要招呼二妖上车，却发现金渝和辛云茂在另一侧对峙。

金渝下意识就要拉开副驾驶座的门，辛云茂却双手环胸站在旁边。他冷眼望着此幕，惊得她一动不动，又瑟缩地收回手。

楚稚水以前分别载过辛云茂和金渝离局办事，都安排他们坐在副驾驶座，如今同时乘车还真是头一遭。她思及某妖的小心眼，出面打圆场道："金渝，你坐副驾。"

金渝还没有答话，辛云茂却轻嗤一声："凭什么？"

楚稚水迷茫："什么凭什么？"

辛云茂："为什么她坐前面，我却得坐在后面？"

"不是你爱讲究嘛，后面是贵宾坐的。"楚稚水好脾气道，"不然你们都坐后面？"

楚稚水最初担忧二妖都坐后排尴尬，她其实对车内座位没什么感觉，有没有被当成司机也无所谓。

金渝听闻此话，吓得大气不敢出，将头摇得像拨浪鼓，疯狂地摆手拒绝："不不不……"

辛云茂同样不乐意，似笑非笑地嘲弄："你发现糊弄不过去又换说法？"

"我糊弄什么了？"楚稚水不知他为何没事找事，不耐道，"我从不骗人，你自己去查。"

他将信将疑，语气凉凉道：“你从不骗人，但我不是人，谁知道呢？”

“来来来，你自己看，后面是不是贵宾位。”楚稚水索性用手机搜常识，将屏幕递到他面前，以证自己的清白，反唇相讥道，“上面还说副驾会更危险，现在大少爷你满意了吗？”

辛云茂明显还不满意，他慢悠悠地挑眉，阴阳怪气道：“容易遇到危险的话，不更该她坐在后面，你觉得她遇险时能比我强？”

“怎么又扯到这里？”楚稚水既好气又好笑，她开始按揉起太阳穴，想建议他去工地抬杠，比待在经济开发科有前途多了。

“呵，毕竟你有前科。”

“……”

金渝面对剑拔弩张的场面吓得噤声，原本不懂双方前不久如何闹矛盾，今天却看到现场版。她不太好形容感受，双方语气很像吵架，但好像又有点不一样？

金渝决定此刻做条河滩上的死鱼，期盼战火不会波及无辜的自己。

楚稚水深吸一口气，麻木地做起心理建设，心想他今日好歹算救命恩妖，一些臭毛病能忍就忍吧。她做人要懂得包容和感恩，不能跟幼稚冷战的妖怪置气。

他还是适合禁言模式，可惜她不能再次许愿。

“行了，我就不该跟你纠缠，直接重来一遍吧。”楚稚水退让道，“金渝，你坐后面。”

“好的！”金渝毫无异议，她一秒拉开后车门，好似等待此话许久。

辛云茂这才露出满意的神色，不紧不慢地打开副驾门。

两妖平时在科室从不交流，辛云茂一向对金渝视若无睹，金渝也早就习以为常。然而，金渝上车时却看见大妖怪斜了自己一眼，他带着轻蔑及傲慢，俨然是胜利者姿态。

金渝：“？”

车门一关，终于落座，经济开发科准备回局里。

“你可以调下座位。”楚稚水目睹他开门上车，两条大长腿却无处安放，也不知道他究竟图什么，非要挤在前排的副驾驶座。

辛云茂依言照做，扭头发现她紧盯自己，好半天都没收回视线。

她澄澈的眼眸盛满他的倒影，也不知道在无声观察什么。

真是毫不收敛，一直盯着他瞧，连掩饰的意思都没有。

他忍不住唇角微扬，手指轻敲着提醒："看什么呢？又不是没见过。"

"我以前觉得你很高冷，没想到还挺胡搅……能言善辩。"楚稚水平和地改口，又收回目光，真挚道，"今天说得很好，以后不要再说了。"

"……"

Zhu and Zhi

第四章

茶园和黑猫

签名

茵沥

槐江观察局

HUAI JIANG GUAN CHA JU

茶园遇袭事件显然惊动了局里，此事不亚于流氓地痞冲进派出所寻衅滋事，完全是嚣张挑衅，让领导勃然大怒。尽管黄胖男和黑瘦男大喊冤屈，坚称不知观察局新招了人类职工，但此话并没有浇灭观察处妖怪们的怒火。

胡局怒斥观察处玩忽职守，命令苗处搁置其他工作，火速逮捕在逃的白须犯人，否则唯他是问。

楚稚水晚上还接到胡局的慰问电话，她刚开始不知陌生号码是谁，接通后就听出胡局的声音。胡臣瑞先愧疚地连声道歉，又亲切地嘘寒问暖，保证会给她一个交代，最后反复暗示她不要离职，跟白天洪熙鸣的意思差不多。

"胡局，没事的，其实我还好……"楚稚水一只手握着手机，另一只手捏捏片状吊坠，小声道，"大家都来得很快。"

"好好好，你没事就好，千万不要由于这事，就跟我们心生隔阂，大多数妖怪真不是那样。"

楚稚水笑道："是，我知道，您放心吧，我不会辞职的。"

"那就行，你早点休息，我也不打扰了。"

"胡局，您也早点休息。"

楚稚水寒暄完挂断电话，她先将胡臣瑞的手机号储存，又开始翻找起手边的首饰盒，取出一条细细的银链，将片状吊坠当作项坠。青墨吊坠在灯光下流溢盈盈光泽，颜色跟辛云茂今日携带的纸伞相仿，只是表面多一层光滑釉质。

她收拾好东西，看了一会儿茶园资料，便跟父母道晚安入睡。

阴雨过后轻云浅淡，舒暖的微风一吹，让人心旷神怡。

虽然昨天的事情惊心动魄，但楚稚水晚上竟睡得不错。她如往常般驱车抵达局里，刚下车就看见草丛中的黑影，还有摆来摆去的灵活尾巴。

“咪咪？”

白爪黑猫从叶片中探头，它用透亮的金眼睛望她。

楚稚水经常在早晨碰见黑猫，大多数时候都是遥遥唤它，偶尔投喂鱼虾能将其吸引过来，无奈黑猫叼着食物就走，基本上不让她近身触碰。

流浪猫都是机敏而野性难驯的，楚稚水也没有强行撸过猫，任由它频繁蹭饭、来去自如。

她第一次还没拿饭盒就看到黑猫，自然感到讶异，索性蹲下身子：“你在等我吗？”

“喵。”

黑猫优雅地走过来，亲昵地围着她蹭来蹭去，还用调皮的尾巴圈住她手腕，一改平常吃完鱼就跑的果断。

楚稚水受宠若惊地摸摸猫头，感受黑猫前所未有的热情和体贴，抚摩它温暖而柔软的身躯。她蹲着撸猫，却心生错觉——它好似想安慰自己，专程在此处等待好久。

“不行，我得走了，要到点了……”

楚稚水瞟一眼时间，发现不能再沉湎，赶紧起身准备上班。

“喵——”

黑猫跟她告别完，闪身消失在草丛。

经济开发科内，楚稚水进屋时不到八点，金渝还没有露面，只有黑衣的辛云茂。她发现此妖偏好穿深色衣服，款式细节各有不同，但以墨色为主。

茶园遇袭后还有一事发生变化，那就是经开科的一人一妖结束冷战，重新开始正常交流。

楚稚水一边放包，一边主动打招呼：“早上好。”

辛云茂刚要回话，忽然眉间微皱，狐疑地扫视起她：“你刚见什么人了？”

“我能见什么人？”楚稚水茫然，“局里不就我一个人？”

“不对。”辛云茂站起身来，他凑近她一点，视线来回扫射，语气极其肯定，“有味道。”

“什么味道？”楚稚水见他疑神疑鬼，她索性拿起一缕秀发，放到鼻尖嗅一嗅，只有洗发液的芬芳，“昨天淋雨后洗澡了……”

“不好闻。”

“……”

他毛病可真多，这种事还抱怨，居然挑剔别人的洗发水味儿。

“你怎么连这都要管？”楚稚水吐槽，“天天黑衣半永久好意思说我？”

辛云茂忽略她的微词，他伸手轻轻打了一个响指，冷硬的神情顺势舒展开：“现在好多了。”

楚稚水不知他做了什么，并未感觉哪里有变化，发丝依旧沾着香气，她随手将其拨到一边：“莫名其妙。”

辛云茂正要坐回去，低头却被微光一晃。那是一条银色细链，在她干净的脖颈上几不可见，只有阳光照射才让其粼粼闪烁。

他伸出两指轻轻一挑，没有触及她的肌肤，钩出熟悉的片状吊坠，挂在银链上光华流转。

辛云茂一怔：“原来戴上了。”

吊坠被她的体温浸染，暖意缓缓侵入他指腹。

楚稚水直接拽回吊坠，淡淡道：“注意一点，快八点了。”

按照双方约定，工作时间她是科室领导，他不能胡说八道、没大没小。

辛云茂不置可否，他没有回归座位，反而出去晃了一圈，没一分钟又进来，改穿一袭浅色上衣。棉麻的质地，带着点青色，不再是深色系，气质温和不少。

楚稚水满脸发蒙，又见他缓慢地经过自己，不由得越发无语。

偶像包袱真重，别人是来上班，他是来走秀的。

她有一瞬间怀疑，辛云茂该不会光天化日在走廊换衣服，但思及他打响指的神奇法术，应该不存在这种尴尬而滑稽的场面。

片刻后，金渝准时出现在办公室，她跟楚稚水问好后，又说起处置的结果："洪姐说昨天的妖怪已经被安排到茶园，如果你不太想跟他们接触，以后就让我多到那边盯着。"

金渝对制茶一窍不通，以前常在局里办手续，前往茶园的次数不多。

"没事，我去就行。"楚稚水迟疑，"应该不会再有危险吧？"

"观察处已经给他们戴上脚铐，肯定没有问题了，你看见后就知道。"金渝欢声道，"我待会儿跟你一起过去吧。"

楚稚水不太懂观察处的办事流程，便答应金渝的提议，让她帮忙说明一番。

茶园内，黄胖男和黑瘦男果然露面，他们身上不再有妖气链条，取而代之的是左脚的脚铐。玄铁的质地，表面刻满繁复而绮丽的神秘花纹，正中央有槐江观察局的徽标，那是简约的眼睛图案，旁边还略有装饰。

楚稚水刚看见二妖还挺警惕，毕竟他们现在没被捆着，谁知道会不会突然发难。然而，黄胖男和黑瘦男满脸菜色、筋疲力尽，丝毫没有反抗的余力，似乎一夜间憔悴很多。

"观察处昨晚好像审讯他们挺久。"金渝道，"戴上脚铐后就被管制，需要听从观察处的安排。洪处说限定是不能离开茶园，要是我们有其他需求，就给观察处打个报告，也可以改动现有设置。"

"好智能。"楚稚水感慨，"那我怎么给他们安排工作？"

"直接下命令就行，只要在名册上面，就能调动戴脚铐的妖怪。"

楚稚水左右瞧瞧二妖："他们有名字吗？怎么称呼？"

"戴上脚铐应该就用编号吧。"金渝蹲下身观察脚铐，她苦恼地抓耳挠腮，"我忘记编号写在哪里了，不然你想怎么称呼都可以……"

"好，那一个叫小黄，另一个叫小黑。"

"真不错！"

二妖原本无精打采，听她们自顾自地取名，又气不打一处来，无奈身陷囹圄没法反击，只得出言奋起抗议。

黄胖男恼道："什么真不错？我们有名字！"

黑瘦男不满地附和："化人后自有天地赋予姓名，我们可不叫什么小黑小黄。"

金渝认真地纠正："没有名字，戴上脚铐就被没收名字，这是局里的规矩。”

楚稚水看他们气得跳脚，平静道：“你们原名也不出彩吧。”

“谁说的……”黄胖男气急败坏，“我原名相当响亮，让天地闻之变色！”

“应该就是什么葱姜蒜，让人闻完会流眼泪。”楚稚水眨眨眼，“生姜？姜生什么的？”

黄胖男惊道：“你不是没妖气的人类吗？怎么会知道我叫姜大生？”

“猜这个又不需要妖气，另一个估计是黑色根茎的植物。”楚稚水已经逐渐总结出规律，随口道，“该不会是何首乌？”

“……我叫吴何首。”

楚稚水和善地点头：“好的，小黄，小黑。”

二妖因被取名愤怒不已。

“你这个人类！要不是你跟他们一伙儿，我们怎么会沦落至此？！”

“哪有人类会来这里工作？”

他们仗着槐江观察局灯下黑，一直龟缩在无人打理的茶园，谁料楚稚水新官上任闯进来，不但直接将茶园收走，还让他们把牢底坐穿。观察局里从未有人类，袭击她比打伤妖怪判得还狠。

“如果我不是局里的人，难道你们就能攻击？这逻辑也不对吧。”楚稚水皱眉，又询问金渝，“我要是不再需要他们，应该交给谁来处理呢？”

金渝意外道：“不需要他们采茶了吗？那会被观察处丢进妖火里烤吧，不过他们罪行较重，可能不烤就被打散了。”

二妖神色骤变：“……”

黑瘦男谄媚一笑，瞬间变脸道：“大人不要开玩笑了，哪能不需要我们啊？小黑我一直待在这里，平时最喜欢种茶和采茶，为您排忧解难、在所不辞！”

楚稚水：“但我可能只需要一个来采茶……”

“哎呀，您看他又胖又碍事，估计手脚也不灵活，可能不适合茶园。”

“谁说的，我干活有的是力气，他油嘴滑舌一瞧就不是好妖，当初来茶园还是他撺掇的呢！”

“那明明是老头的主意！跟我有什么关系？！”

“我才是被你们当枪使的可怜妖，大人，您要明鉴啊——”

曾经的妖怪盟友掐得不可开交，他们恨不得彼此怒踩两脚，当场抱团扭打在一起。

金渝望着互相撕扯的二妖，愣道：“那我们留谁？”

楚稚水从包里抽出一张时间表，随手将其递给身边的金渝，拍板道：“这样吧，他们都先留下来，共同干一段时间，我看谁比较符合局里精神文明建设的要求，到时候就留用谁。”

金渝低头看表：“就让他们照这个工作吗？”

“对，不过再加一条，在晚上七点定时观看新闻。”楚稚水挑眉道，“他们必须接受新时代思想的教育。”

“好的。”

小黄和小黑被安置在茶园，按照时间表接受劳动改造。因为妖怪的体能跟人不同，连观察处都二十四小时值班，所以他们劳动改造也是全天制。

茶园拥有免费的劳动力，各类工作就轻松不少。小黄和小黑每天定时采摘嫩叶，还能将其精细炒制，看来确实待在茶园很多年了，据说是趁局里疏于打理资产钻的空子。

新鲜出炉的绿茶被精美包装后，作为样品分别寄给银海、漆吴和空桑三局，以便开拓经济开发科的卖茶大业。令人遗憾的是，楚稚水只收到银海观察局的回应，另外两局都没有明确答复，跟石沉大海差不多。

实际上，楚稚水能获取银海局的回复，也是使用了一些小手段。毕竟她在银海市学习和工作多年，还算认识不少朋友。她托王怡文带茶叶上门，当场给对方烧水沏茶，这才算将事情打通，面谈永远比信息及电话有效。

双方联系过后，银海局一口答应买茶的事情，但还有一个特殊要求，他们只买其中一种绿茶。

楚稚水听闻此事大为不解，她没有立刻答应银海局，反而先到茶园询问二妖。

“如果我没有记错的话，最近寄出的绿茶应该是同品种吧。”楚稚水手持两罐茶叶，怀疑道，“你们是用不同方式炒制？还是中途偷工减料了？”

按理说，两罐茶叶都由小黄和小黑采摘及炒制，应该没有任何差别才对。

“怎么可能？我们勤勉工作，绝对青天可鉴！”小黄猛烈摇头，见她神情严肃，又连忙补充，“……最多在看新闻时走神一会儿。”

“但人家反映茶叶不同，现在只愿意接受一种。”

“哪里有不同？都是新炒出来的。”

小黑上前拆开包装，他用手抓取茶叶，开始细细地用手指捻，还时不时放到鼻尖嗅闻。

楚稚水没有阻止，她见对方又检查另一罐，问道：“有区别吗？”

小黑将另一罐茶叶捻碎闻味儿，突然脸色微变，忍不住猛吸气。他颇有些陶醉，恨不得飘飘然起来，紧接着恍然大悟：“我懂了，确实有区别，是那位妖气的作用！”

楚稚水面露不解：“哪位？”

“这罐茶叶是在我们袭……”小黑忙不迭改口，“是在我们跟您相遇的那片茶田里摘的，可能受过那位妖气的影响，所以就跟其他茶树不太一样，我当时也觉得那里的茶树长得特别好。”

楚稚水一愣，她灵光乍现：“妖怪闻着会感觉特别香，对吗？”

她第一次跟辛云茂离局办事，次日就收到老李一车蔬菜，金渝那天品尝后赞不绝口。

小黑坦白：“其实也不单单是香，而是对妖怪有滋养作用。茶本来就聚天地之灵气、吸日月之精华，相比其他植物对这些更敏感，味道自然也不一样。”

这代表茶叶比当初的蔬菜效果更明显。

“你们的妖气对茶叶没用吗？”楚稚水道，“他说植物类妖怪很擅长这些。”

“我们哪儿能跟那位比啊！”

“要不是碰见那位，也不会踢到铁板……”

楚稚水不闻二妖碎碎念，她没想到竟是专利技术，开始琢磨让辛云茂管理茶园。他在经济开发科一直没合适的岗位，长此以往绝对不行，或许这是个好机会。

颈部还挂着青墨吊坠，她捏着项链犹豫片刻，试探道：“辛云茂？”

下一刻，一道黑缝裂空而现，浓黑火焰从中蔓延，在她身后聚成人形。黑发青年凭空落地，他今日没拿龙骨伞，仍然惊得二妖面色惨白。

“叫我做什么？”辛云茂凑近她，他又瞧见二妖，眼眸如浮满碎冰的湖泊，疑道，“他们戴上脚铐还不听话？”

小黄和小黑被他眼神一刺，当场吓得魂亡胆落，嘴里颠来倒去“饶命饶命”那几句，手忙脚乱地往茶田逃，眨眼间踪影就消失了。

“你来得还真快。”楚稚水愕然，他确实说过叫他名字就行，但亲眼所见依旧惊人，闪送小哥都没他效率高。

辛云茂啧一声，犹豫道：“你该不会就是想叫我名字吧？”

“……当然不是。”

他面露怀疑。

楚稚水硬着头皮询问：“你的妖气对植物生长有帮助吗？”

“应该有。”辛云茂坦言，“我不太关注。”

楚稚水温和道：“既然如此，不然你来管理茶园吧，你好像不喜欢待在科室，可以来这边转转、透透气。”

他以前就喜欢在局里溜达，经常在绿树浓荫下小憩。

辛云茂斜她一眼，断然拒绝道：“不要。”

“为什么？”

“怎么不让那条鱼管？”他眉间浸染笑意，好像抓住了她的把柄，讥刺道，“用人朝前，不用人朝后，你觉得有那么好的事？”

楚稚水沉默片刻，她小声地嘟囔：“但你不是人啊。”

“一边出言侮辱我不如一条鱼，一边要我召之即来，挥之即去，你是真认为我没脾气吗？”

“……”

好家伙，她只是说了一句实话，金渝本来就比他工作量多，这就上升到出言侮辱。

辛云茂故作冷傲，如不容玷污的雪山，他的余光却不时掠过她，显然在无声等待着下文。

这表情真是太好懂，根本不是拒绝工作，而是借机拿乔，想让人递台阶。

哄哄我。

脸上就差写这句话。

楚稚水开始自我反思，她当初是有多想不开，将这位祖宗招进经济开发科。好在他属于典型的嘴硬心软，基本上也不会特别难搞，无非就是想听些漂亮话而已。

楚稚水莞尔："没有，我是感觉你的气质，比金渝更适合茶园。"

"气质？"

"对呀，茶园氛围很贴近你，绿茶本来就聚天地之灵气、吸日月之精华，而且茶文化源远流长，茶的意境又一向高远，非常符合你的身份和品位。"

辛云茂神情稍缓。

"我看到绿茶不会联想到金渝，但自然而然就会想到你，你看连这身衣服都特别搭……"她的视线落在他上衣，笑眯眯道，"浅青色，很风雅。"

辛云茂原本绷着脸，他听完一番话面色软化，嘴角扬起微小弧度："你真觉得我的气质跟茶园更贴合？"

"贴合，当然贴合。"楚稚水露出无懈可击的笑容，"我确信没人比你更懂绿茶和茶园了！"

一边说怪话送吊坠阴阳怪气使性子，一边强调没法回应那种人类的感情，"绿茶"精髓都给他懂完了，茶园园主非他莫属。

辛云茂获得她的赞美，脸色彻底阴转晴，似有若无哼一声："这还差不多。"

"那管理茶园的事？"

辛云茂眉头一跳："我会考虑的。"

楚稚水一眼看破他即将松口，她趁热打铁地提议："待会儿忙完开车回局里，我们顺路去买水果茶吧。"

"为什么？"

"我感觉你好像喜欢水果茶。"楚稚水一笑，"这边开车正好路过，其实店里还有甜点，到时候挑一些带回去，下午可以跟金渝一起吃。"

辛云茂愉悦地挑眉："这回是专门买给我、顺手带给她？"

"你在店里就能挑自己喜欢的。"楚稚水没正面回答，诚恳道，"以前不常跟你们出去，我也不确定该选什么口味，每次都只能试着来，你今天过来就好了。"

辛云茂还想继续摆谱，谁料她三言两语一打岔，很快被哄得通体舒畅。

楚稚水态度乖巧端正，辛云茂都挑不出毛病，稀里糊涂就答应了她的要求。

茶园内，小黄和小黑鹌鹑般地缩在角落里，他们眼睁睁望着黑发青年用妖气浇灌茶树，还听到对方承诺今后会定时来查看情况，此刻面色如土、心若死灰，深感前途一片灰暗。

他怎么能如此轻易实现人类的愿望？

他们并不想经常面对手持龙骨伞的大妖怪！

辛云茂兴许察觉二妖幽怨的眼神，他闲暇之余竟回头冷眼审视，随口问道："他们好用吗？"

"他们……"楚稚水一瞄二妖，"还行吧，怎么了？"

"不好用就烧了。"

楚稚水眼看不远处二妖吓得直抖，劝道："别，有的用就行。"

辛云茂用妖气灌溉茶园很快，薄纱般的雾气将茶树笼罩，妖气催化后吹来一阵淅淅沥沥，细密而轻柔的水汽迎面扑来。

楚稚水感受到微凉的雨点，她正要返身回屋拿雨伞，没料到有人先行一步。只听"扑棱"一声，伞面被撑开，抬眼便见青黑纸伞替她遮挡雨意。

她发现大半纸伞偏向自己，忙道："挪过去点吧，你要淋到了。"

"这本来就是妖气，我淋到也没关系。"

辛云茂单手持伞，带着她继续往前。

楚稚水犹记他方才还双手空空，不知他从何处取出青黑纸伞。她认真地打量起纸伞内构造——伞柄如有力而狰狞的骨骼，撑开青色的纸面；像被三昧真火烧过一样，手柄及伞面都被大片的焦黑色覆盖，颜色较浅处也留有火星喷溅的灼痕。

“这把伞叫龙骨伞？”楚稚水问道，她想起白发妖怪那天的呼喊。

“他们好像是这么叫。”

“那你是怎么叫？”

“我一般……”辛云茂停顿片刻，坦白道，“不叫它，或者就叫伞。”

楚稚水颇感新鲜地眨眼：“所以你是龙吗？”

“当然不是。”辛云茂睨视她一眼，似是被她的言语气笑，“你明明在供奉我，却不知道我是什么？”

“我怎么会知道？”楚稚水无辜道，“是你自己非要我当什么信徒，你又不是不清楚我没妖气。”

说起来，她至今都不明白，为什么自己要供奉他。

辛云茂扭过头，他莫名气闷：“算了，我早该知道……”

楚稚水好奇道：“所以你究竟是什么？你直接告诉我，我不就知道了。”

“告诉你也没意义。”辛云茂语气极淡，“反正你就是看脸的人，一直在觊觎我的皮囊，我是无论如何都不会改变外貌的。”

“……”

楚稚水不懂自己缘何被扣上黑锅，她深吸一口气，无可奈何道：“不是，我一直不理解你为什么老这么想我，凭良心讲我没对你做过逾越的事吧？”

辛云茂分外笃定：“你没做过，但你想过。”

“……说实话，不是你自我感觉太良好吗？”楚稚水端详他微变的神色，循循善诱道，“可以，我承认你有几分姿色，但现在信息资讯如此发达，网上的帅哥视频一大把，靠颜值的男艺人也很多，我又不是没见过长得帅的，你有没有想过是你杞人忧天？”

她既摆事实又讲道理，试图打破他的妄想。

他嗤笑一声：“怎么可能？”

“怎么不可能？”

辛云茂笑意收敛，他眼底微光闪烁：“好，那你现在说一个名字，你觉得人类男性里谁比我强？”

“男艺人吗？”楚稚水竟被问蒙，“我想想……”

“说不出来了？”

“不是，我又不追星，根本不关注这些。”

“那就从你身边找一个人，你有见过比我强的吗？”

“……”楚稚水语噎，她衡量完两者的难度，镇定道，“你等一下，我现在立马上网，认识一下当红男艺人再告诉你。”

辛云茂露出自得的笑：“艺人说不出来，身边的人也说不出来，你还认为是我杞人忧天？”

楚稚水头疼地辩驳：“这纯属是误会，不是我的问题。”

“那能是谁的问题？”他懒洋洋道，“难道还是我的问题，怪我化人时长这样？”

辛云茂用高深莫测的眼神打量她，还带着点胜券在握的小得意，恨不得满脸都是“我早看透你”的欠扁模样。

明明是想撑他，不料却被反杀，现在搞得她好像真是心怀不轨。

“反正不是我的问题……”楚稚水被他刺得恼羞成怒，索性一咬牙，气急败坏道，“是这届男人的问题！”

辛云茂听她语出惊人：“？”

她口不择言后，越发理直气壮：“都是这届男人不行，你要是让我报美女的名字，我现在能当场报十个，开车进市区三秒就能找到漂亮的，但街上长相端正的男生就是少得可怜，跟女生完全没法比！”

辛云茂表情微妙：“这理由也太牵强……”

“哪里牵强了，这就是现实，你以为是你多出色吗？那是由于这届男人水平太差了，否则你们男妖怪哪有脸猖狂？”

“……”

“如果我是男的，比你强一万倍。”楚稚水面无表情地总结，“没错，不是你优秀，是全靠同类衬托。”

“你说什么？”辛云茂气得脑袋疼，冷声道，“你是不知道我在妖怪里的水平吧！”

楚稚水嘲笑：“你也不知道我在人类里的水平吧，咱们当年就该一起参加高考，你会清楚双方的差距有多大。”

“？”

辛云茂眼神幽幽，他恨恨瞪她一眼，语气颇带些怨气：“你刚刚可不是这么说的。”

她求妖办事时可不这样。

楚稚水思及他刚浇灌完茶园，她一秒变脸，又轻咳两声，柔声道：“时候不早了，你想吃什么，顺路买点呢？”

战火被适时止住，没有再燃烧蔓延。

一人一妖离开茶园后，先买完水果茶及糕点，又将车停在便利店前。路上没有像样的餐馆，楚稚水倒是吃点心就能饱，但她感觉辛云茂长那么高，估计还是需要一顿正餐。

便利店内没什么顾客，空间不大但光线充足，收银员正坐着玩手机。

“附近没有好餐馆，中午就凑合一顿，你有想要的盒饭吗？”楚稚水见他在货架前漫步，又道，“那边有热关东煮，还可以买到小吃。”

辛云茂好似第一次进便利店，他迷惘地在屋里打转，最后就只紧跟她走，一路晃荡到冷柜区。

楚稚水没见过他吃饭，她从架子上取下梅子饭团，又看他跟着自己拿了一个，提醒道：“那边还有金枪鱼的。”

辛云茂瞥她：“这么喜欢鱼，什么都要提？”

“……”

总觉得这问题到处是坑，一不留神又要争锋起来。

她发现自己经常被他刺激出真面目，初识没多久就暴露牙尖嘴利。明明在职场摸爬滚打多年，刚刚又硬是被他搅出好胜心，居然公开争执谁比较强。

楚稚水没打算继续跟他斗嘴，索性老实地收声，等他挑选完食品。然而，辛云茂在货架前细致地逛完一圈，最后手里只拿着梅子饭团，默默地将其放在收银台上。

“就吃这么点？下午不饿吗？”楚稚水诧异，她正要结账，宽慰道，“你不用有顾虑，想要什么就拿。”

她只当他没带钱包，没准感到不好意思，所以挑的时候相当收敛。

辛云茂摇头。

“行吧，那路上你看到其他想吃的再说。”

辛云茂没说的是，他其实不用进食，拿饭团单纯是好奇她挑的是什么味道。

两人都没有选择加热饭团，站在便利店门口撕包装。

楚稚水轻轻一扯，包裹紫菜的饭团就完好无损地露出，正好可以用包装袋捏着享用。

辛云茂却一团乱，他眉头紧皱地拆开塑料纸，发现紫菜和透明包装袋夹在一起，整个饭团都要被扒得乱七八糟。

“这个要从中间撕开。”楚稚水见他手忙脚乱，她递出手里的饭团，好笑道，“刚才忘告诉你了，你吃我这个吧。”

“不用……”

辛云茂还未说完，他手里的失败饭团就被取走，取而代之是被剥好的完美品。

楚稚水三下五除二拆开另一个，慢悠悠地咬下第一口，品尝外观较差的那个，没再跟他交换饭团。

辛云茂不料她如此迅速，他收回手来，抿了抿唇：“你好像经常这样。”

“什么？”她若无其事地站着享用食物，细嚼慢咽的动作不像待在便利店门口，反倒优雅自在如身处高级餐厅。

辛云茂感觉那条鱼有一点说得没错，楚稚水身上自带贵气，并不是炫富般的奢华，而是凡事游刃有余的自如，还有极度充盈后的疏懒。即便她出手帮助旁人，举手投足也随意自然，是完全不放在心上的状态。

“习惯性照顾别人。”他平静道，“对那条鱼不也是？”

“这算什么照顾？”楚稚水一愣，“只是一个饭团，没那么夸张吧？”

辛云茂不言。

楚稚水咬着饭团，又见他不动声色，她不禁眉间微蹙，露出欲言又止的神色。

辛云茂观察到她的小表情，问道：“你想说什么？”

“算了，不说了，说完又得吵……”她还是别找事比较好。

殊不知，越是半遮半掩，越让人想知道。

辛云茂固执道：“你说。”

她相当心虚：“说完你会指责我故意气你。”

“你说吧。”他信誓旦旦地保证，“就这一次，不指责你。”

楚稚水思及他长久以来的荒诞痴想，怀疑是不是自己的言行让他误解，将这种小事都当作刻意示好，嘟囔道：“我在想，你该不会很可怜，从没被人照顾过，所以说得那么夸张。”

不然换饭团算得了什么大事？

平心而论，她都觉得这话拱火，说出去属实挺冒犯。

辛云茂却不恼，他眸色深沉，波澜不惊道：“确实没有。”

她睫毛忽闪：“……你这话就让我没法接了。”

辛云茂第一次吃饭团，他慢条斯理地咀嚼，感受梅子味道在舌尖蔓延，激活每一个沉睡许久以至于钝感的味觉细胞。清新、酸涩、微甜都混杂在一起，新奇而刺激，是陌生的鲜活。

他吃完后，开口道：“我还要一个。”

“去拿吧，我就觉得你不够。”

两人重新结账出来，辛云茂将饭团递给身边人，一言不发地注视着她，似乎在等候着什么。

楚稚水倒没有抱怨，她随手把包装袋撕开，单手将其递还给他，悠然道：“吃完回去了。”

她握着饭团的手指细白，淡粉的指甲圆润而小巧，很容易让人晃神。

“嗯。”

他默默吃完第二个，只觉得比上个更酸甜。

经济开发科内，楚稚水和辛云茂带着下午茶归来，呼唤留守办公室的金渝来拿。

金渝兴高采烈地奔来，例行提出将钱打给楚稚水，被婉拒后才道谢接过饮料及糕点。新鲜的蛋糕刚一入口，她忽然想起正事，鼓着腮帮子道：“对了，胡局刚刚来找你。”

楚稚水：“找我吗？”

“说是有点事。”

“行，那我去一趟。”楚稚水随手从塑料袋里取出那罐新买的饼干，想了想又放回去，询问道，“金渝，上回的绿茶放在哪里？”

“我放在柜子里，现在就给你拿。”

“你帮我拿两罐吧，谢谢。”

“好的。”金渝疑道，“两罐吗？是要做什么？”

“送礼不送单，拿给胡局的。”楚稚水见她眼睛瞪得滚圆，安抚道，“没事，就送这点东西，不会让胡局受罚的。”

“……我倒不是怕这个。”

楚稚水抱着两罐茶叶出发，不知道胡臣瑞会有什么事，索性带点东西以防不测。

单位里，不能不在领导面前露脸，这显得工作没积极性，也不能老在领导面前露脸，太容易被挑出毛病来。总归得把握好度，不远不近地待着。

楚稚水站在局长办公室前调整好表情，她轻轻地敲门，听到胡局应声，这才慢慢推门进去。

“小楚来了啊。”胡臣瑞和蔼道，“上午去找你，你不在。”

他看上去心情不错，应该不会是坏事。

“我上午去盯茶园那边了。”楚稚水解释完，轻声道，“然后给您带了点东西……”

“哎！这不合适！”胡臣瑞看到桌上的茶罐连忙推拒。

“没有，这是经开科新出的产品，就是局里茶园摘下来的，最近大家都在忙这个。”楚稚水柔和地笑道，“您可以试一试，也帮我们提些建议，看看哪里还能提高。”

“这都是你们搞的？”胡臣瑞取过一罐茶叶，他看到上面的品牌名“观局”，惊叹道，“还挺像模像样的，看着很不错呀。”

“只是样品，您觉得哪里不合适，还可以再继续改动。”

“我觉得挺好。”胡臣瑞满意道，“找你就是要聊这个，你们跟银海那边联络过吧？叶局长昨天给我打电话，聊起你们科室的新产品，好像还没签单子是吗？”

叶局长是银海观察局的一把手，跟胡臣瑞在槐江局地位相同。

楚稚水恍然大悟，这是大领导越级催进度，自从银海局决定订购茶叶后，三番五次地问起此事，还想知道观局牌绿茶的产量及定价。她当时摸不准两种绿茶的差异，又发现对方过于迫切，自然没有立刻回复，客气地敷衍起来，至今都没有报价。

当然，她还有点议价的私心，想要拖一拖打心理战，谁料到叶局会打电话。

楚稚水忙道：“是的，前面有些流程要走，现在弄得差不多了，很快就能……”

胡臣瑞赶紧摆手：“不急不急，小楚，你也别老加班，年轻人要轻松一点。”

楚稚水：“？”

胡臣瑞轻咳两声，关切道：“咱们跟银海局关系不错，我听说你们还没有定价，再做做市场调研，按部就班就行啦，不要熬得太辛苦，一天到晚惦记工作。”

双方都不是脑袋笨的，楚稚水更是一点就透。

“关系不错”等于“单子不会跑”，“市场调研”等于“价格报得高点也没关系”，“按部就班”等于“拖点也没事，不用那么上赶着”。

楚稚水望着胡局发亮的眼神，她心念回转后反应过来：“我明白，主要也怕叶局他们太想照顾我们生意，稀里糊涂就买走了，冲动消费是不可取的，稍微冷静一点再定价，不要造成资源的浪费……”

“没错，说得没错。”胡臣瑞悦然拍手，“哎呀，我每次跟你说话就觉得特容易！”

楚稚水顺杆而上，虚心请教道：“那您觉得怎么定价合适？”

胡臣瑞眼珠子一转，反问道：“现在市面上最高价是多少？”

楚稚水沉默数秒，她没想到老狐狸那么黑，答得相当婉转：“胡局，市面上绿茶价格参差不齐，根据品相及工艺各有不同，如果胡乱地定价，可能会扰乱市场。”

“我听叶局的意思，他们想都买下来。”胡臣瑞振振有词，“我们的茶叶是直接卖给他们，只要没有流入市场，那就不算扰乱市场定价，不会被市场监管部门找的！”

“……”

好家伙，胡局可真够狠的啊。

或许察觉到她的微表情，胡臣瑞还找补两句：“小楚，你可能不太了解局里的情况，我们跟银海局关系一直不错，这些年局里事业费少不了人家帮忙。叶局还经常跟我聊经营方面的事，当初经济开发科也是他出谋划策，他们各类收入不少，手头还是挺宽裕的。”

楚稚水点头：“确实，我听说银海局员工绩效不错。”

“哎呀，还不是地理位置好，真比业务不如咱们……”胡臣瑞道，“总之，你不用有顾虑！”

楚稚水似有所悟，虽然胡臣瑞嘴上说两局关系好，还获得过对方事业费支持，但必然是赔笑脸才换来的，估计以前没少被叶局挤对，现在心里还有小小怨气，难怪开价毫不留情。

胡局和叶局是平级，槐江市却比银海市发展差得多，其他方面的收益自然比拼不过。这跟楚稚水回槐江市工资减少一样，槐江局的同事就算实力比银海局强，可在赚钱方面还是处在天然的弱势环境。

楚稚水想通其中关节，应声道：“好的，不然我给您看一眼茶叶品质，研究一下应该如何定价？或者您说个报价区间，我们回去琢磨也可以。”

胡臣瑞要是了解银海局的经济情况，她就能倒推叶局他们的报价底线。

“好好好，我们现在就商量，也别回去再讨论了！”

胡臣瑞从茶几下取出干净的茶具，直接烧水准备沏茶，顺手就拆开茶叶罐。楚稚水伸手想要帮忙，却被胡局出言婉拒，他泡茶的手艺明显娴熟得多。

热水一冲，白烟袅袅，卷曲的茶叶就舒展身姿，化作一壶清透醇香的茶水。

胡臣瑞鼻尖微动，他忽然挺直背部，停下泡茶的动作，愣道：“你们的茶叶是怎么做的？”

“辛云茂用妖气浇灌过茶园，据说这样长出的茶叶，对妖怪会有滋养作用。”楚稚水老实道，“但我也不知道是不是真的。”

她作为人类，对妖气极不敏感，只能尝出绿茶味道不错，却不会有妖怪们的惊艳。

“你一直这样直呼他名字？”胡臣瑞欲言又止，凝眉道，“不对，这居然是他弄的，他怎么会愿意呢？”

楚稚水疑道：“还好吧，科室安排的工作，为什么会不愿意？”

胡臣瑞古怪地看她一眼，见她浑然不在意的模样，他顿时肃然起敬，发自肺腑道：“小楚，你真是管理团队的人才，当初局里没招错人。”

可谓初生人类不怕妖，简直是敢想敢做第一人。

“您谬赞了。”

“那开高价更没问题，这价值可大不一样。”

没过多久，一人一妖就商议出定价。

胡臣瑞果然开出天价，楚稚水在心里一换算，除去成本及税款等，竟快达成小目标了，利润将近一百万。如果年底作为奖金全部发出，均摊到全年每个月，人均月薪五千没问题。

当然，她还可以留些资金做新产品开发，争取在今年剩下的日子里搞出点名堂。

胡臣瑞对楚稚水的赚钱能力赞不绝口：“小楚，这要早二十年把你招进来，咱们局里的账估计能好看不少！”

楚稚水：“胡局，二十年前我还在幼儿园，雇用童工是犯法的。”

“这倒是。”胡臣瑞和煦地点头，“没事，这几十年局里会多考虑提拔你的，毕竟我们没你时间那么紧，五六十岁就退休了。”

“……谢谢您的体贴。”

双方聊完价格，胡臣瑞还再三确认辛云茂愿意支持长期量产，这才彻底放下心来，跟楚稚水闲聊近况。

“最近还适应吗？有什么问题就跟我说，联系不上我找熙鸣也行。”

“目前一切都好。”楚稚水答完，她忽然想起一事，好奇道，“对了，您知道辛云茂本体是什么吗？”

胡臣瑞苦笑：“你都这样直呼其名，为什么不当面问他？”

"我当面问过，他没告诉我。"

楚稚水想探究一二，又不愿追问辛云茂，显得对他过于上心。她绝不给他自恋的机会，索性拐个弯儿询问胡局，以免再次惹来戏谑调侃。

"小楚啊，你可能不知道一件事，妖怪的名字跟人的不同，都具备特殊的力量。"胡臣瑞委婉道，"所以你喊出他名字之后，今天可能就不方便告诉你了。"

楚稚水动作一顿："不方便的意思是指……"

胡臣瑞笑眯眯道："直呼其名就像拨打对方电话号码，我们现在的对话没准会被他听到。他不想告诉你，我却越俎代庖，实在不太礼貌。"

当然，胡局没提及的是，大多数妖怪都不会无聊到去听，此举实在大费周章、耗时耗力。

楚稚水："……"

怪不得他们从来不叫辛云茂名字，怎么会有如此令人尴尬的设定？！

她原本就怕他得意才私下问，现在更像做贼心虚、欲盖弥彰，估计他已经在办公室乐开花了。

胡臣瑞发现她脸色不对，他赶忙安慰："没事，你别有心理压力，说不定没被听到。"

楚稚水更感窒息，无力道："这就是墨菲定律了。"

人生总是怕什么，偏偏就会来什么。

楚稚水从局长办公室归来，她站在经开科门口，没有立马迈步进去，状似无意地扫视一圈。

金渝不在屋里，好像去后勤科搬东西了，只有辛云茂趴在桌上闭目养神。他鸦羽般的睫毛静静地垂下，不知是不是浇灌完茶园疲惫，沉湎在轻柔的梦乡里。

楚稚水微松一口气，小心翼翼推开门，蹑手蹑脚地回去，丝毫不敢大意。正当她以为自己运气不错，却忽闻身后的窸窣声，顿时心里惊得一咯噔。

辛云茂缓慢伸懒腰，他轻轻抬起眼睑，瞧见背影僵硬的楚稚水，索性悠然撑头欣赏起来，一动不动地盯着她看，也不知道在思考什么。

楚稚水故作镇定：“吵醒你了？”

辛云茂不言。

她继续安抚：“接着睡吧。”

最好彻底睡晕，什么都不要提。

无奈该来的总归会来。

“这么想了解我？”他语气夹杂惺忪睡意，但明显就是听到了楚稚水和胡局的对话，轻松道，“不知道我本体又怕我生气，所以偷偷找其他人打听？”

楚稚水的羞耻心刹那间上涌：“你误会了。”

“又是我误会了？”辛云茂意有所指，笑道，“你让我误会的可真多，一天能有两次。”

楚稚水木着脸，破罐破摔道：“只是恰巧今天误会多。”

“这种事还需要问胡臣瑞吗？如果你实在很好奇，只要承诺供奉好我，我可以大发慈悲告诉你。”

“……”

耻辱！真是莫大的耻辱！

她以后要再好奇他的事就是狗。

楚稚水想要快速摆脱尴尬，连忙岔开话题：“你提胡局的名字不会被听到吗？”

“他听不到。”辛云茂态度笃定。

“为什么？不是说名字具备力量，提起名字就会被听到？”楚稚水起疑，“等等，你上回是不是也听到我说你，但那次我明明没提名字。”

她曾向金渝吐槽幼儿式冷战，然而那回没说辛云茂真名，照样被他莫名其妙听到。

辛云茂语噎：“……有吗？”

“怎么没有？那次没说你名字，但你依然听到了，还取笑我该上幼儿园。”楚稚水迷惑，“你们叫名字的规则到底是什么？我怎么搞不明白？”

“你记错了。”辛云茂目光闪烁，莫名别扭起来，他语气硬邦邦，“而且我不一样。”

“只问你两句而已，干吗那么不耐烦？”楚稚水挑眉，“不用名字都能听到，就跟滋养植物一样，也是你的独家技能？”

“算是吧。”他垂眸，“……没有不耐烦。”

楚稚水不疑有他，只当对方天赋异禀，还奇怪他这回没嘚瑟太久。

辛云茂见她不再探询，紧绷的神情这才松弛。

这哪里是他的独家技能，总不能说是因为对她过于好奇，那段时间对她投入的关注太多，甚至不提真名，仅仅描述到自己，他都会特别注意。

妖怪的名字具备力量，他们确实可以听见旁人的议论，但基本都不会关心或在乎，否则全天在线能被活活累死。

辛云茂觉得被她知道此事太过丢脸，完全没有平时高高在上的矜持，自然不愿意多谈。

观局牌绿茶总量不多，作为内部销售产品，被高价卖给银海观察局。经济开发科跟对方核对完流程，很快就签订单子，收到第一批定金。接下来，只要用定金继续生产，完成所有的绿茶订货单，就可以收到全部回款。

调动资金需要财务处审批，楚稚水曾听金渝谈其效率，特意提前准备好申请表。

财务处和观察处位于办公楼二层，相对于其他楼层的清幽，二层楼道就显得闹哄哄的。

楚稚水刚踏进二楼，便见狭长楼道里人影穿梭。他们皆看不清面貌，走动间留下数道浓黑残影，来去无踪。

黑色披风，胸前眼睛形状的银扣，永不消失的阴森气息，这是观察处人员的特征。

尽管楚稚水早被科普观察局职责，但首次来二楼还是颇不适应，场面过于阴森，连温度都偏低。金渝和辛云茂平时跟人无异，甚至不会随意释放妖气，偶尔会让她遗忘工作环境的特殊。

前往财务处必然要经过观察处，观察处此时大门紧闭，却有异响从中传出，隐隐掺杂凄厉惨叫，没多久又彻底沉寂下来。

楚稚水佯装不闻，脚下步伐加快，想一口气冲过观察处，偏偏遇到屋门开启。迎面是一群黑衣妖，他们从观察处办公室出来，周身萦绕的妖气遮蔽面容，笼罩着模糊而晦暗的雾。

“烦死了，那人参妖擅长遁地，在山区真发挥不开。”

“胡局定的期限快到了，现在怎么办？”

“苗处，您在听吗？”

楚稚水跟他们擦肩而过，隐约听见黑雾中的对话。她径直走向隔壁财务处，没有察觉一旁的视线。

直到财务处的门轻轻一关，打头的黑披风妖怪才回头：“在听，从东边搜查过去，把他往山外面逼。”

二楼走廊里黑影重重，财务处内却相当正常，跟普通办公室没两样。

屋内女同事一边敲键盘，一边还出言抱怨：“隔壁屋也太吵了，为什么咱们处室必须挨着他们？”

“别提了，他们上个月赔偿又超标，这账就没有好看过。”

“从食堂调呢？”

“还调啊？老牛会发火吧？”

“您好，请问贺处长在吗？”

闲聊的女同事们闻言一愣，她们抬眼看见楚稚水，赶紧收起满腹牢骚，手忙脚乱地指方向：“贺处在里面的小房间……”

“谢谢。”楚稚水带着报表往里走。

“是人类吧？好像是人类？”

“今年居然有人进局里？！”

楚稚水听见背后的窃窃私语，她索性停步转身，和气道：“不好意思，刚刚忘打招呼，我是经济开发科的楚稚水，前不久才进局里，我确实是人类。”

两妖不料她听到停下，顿时脸庞涨得通红。

“对不起，我们没什么恶意，就是太惊讶了，没想到有人愿意来，还挺想不开的……”她们疯狂摆手，“不是，这么说也不对！”

楚稚水：“没事，其实是想开了，就是钱少一点。”

“那你真厉害，我来局里一百多年，钱少这事儿至今想不开。”

“……”

楚稚水跟财务的姑娘们认识完，便走到最里面的房间，去寻财务处处长贺寿贵。

女同事们说自家处长耳背且脑袋糊涂，楚稚水还没有当回事儿，等她真正见到贺处长，这才意识到妖怪不按时退休果然不行。

贺寿贵是身材佝偻的干瘪老头，他独自缩在小房间里，目光呆滞地盯着屏幕，动作缓慢地敲击键盘，此幕简直像静止画面。

楚稚水礼貌地递上报表：“贺处长，我是经济开发科的楚稚水，想麻烦您批一笔经费，这是胡局签过的单子。”

贺寿贵慢悠悠回头：“什么单子？”

楚稚水解释：“经济开发科的研发经费，我们跟银海局的订单，需要预支一笔钱生产。”

贺寿贵迷惘：“什么科？”

楚稚水耐着性子：“经济开发科，胡局应该跟您打过招呼……”

贺寿贵愣神：“什么局？”

“……胡局，胡臣瑞局长。”

“什么胡？”

“……”

怪不得金渝说财务处工作效率低！

贺寿贵见她不言，他摇头晃脑，双目呆愣道：“老了老了，记性不好。”

楚稚水扶额：“……算了，您先帮我查一笔银海局汇款，他们说最近把定金打到公司账户。”

这回倒是听得挺清晰，贺寿贵二话没说就动手查询，他看清屏幕上的巨额数字，颤颤巍巍地转过身来，难以置信地望向她，再次确认道：“……银海局汇款？”

“对，您帮我看一眼有没有到账，应该前两天打来第一笔钱。”楚稚水疑道，“没到吗？”

“到了，到了——”贺寿贵无神的眼睛迸发光亮，连带敲击键盘的动作都迅速有力，热切道，“楚科长刚刚要批什么单子？”

“……申请生产经费的单子。”

贺寿贵一改往日的磨磨蹭蹭，噼里啪啦地操作起来。

因为楚稚水说生产交货后才有尾款，所以他恨不得将键盘敲出火花，生怕耽误经济开发科的赚钱大业。

楚稚水办好手续，她云里雾里地走出来，不懂贺处的川剧变脸。

屋外的观察处人员见她出门，他当即拿着报表敲门进屋，同样钻进贺寿贵待的小房间。

没过多久，二妖的交谈声就飘出来，传进楚稚水的耳朵里。

“贺处，这是昨天山里的赔偿单……”

“什么山？”

“不是山，赔偿单，苗处让我拿来给你看。”

“什么处？”

“苗处，然后赔偿单——”

“什么苗？”

“不是苗，赔偿单……怎么每回都那么费劲？”

楚稚水站在门口，她听完熟悉的话术，忽然间就明白了什么。

片刻后，财务处的女同事们看楚稚水归来，随口道：“贺处今天还糊涂吗？”

“你们处长脑袋不糊涂，就是需要充值到位。”楚稚水思索数秒，“跟下载软件差不多，平常都卡得不行，只要会员一开通，速度瞬间哗哗的。”

“？”

生产经费落实后，茶园就走上正轨，按部就班地制茶及发货。

辛云茂现在定时浇灌茶树，楚稚水每次用吊坠叫来他，然后开车跟他一同回局里。每当辛云茂在茶园里露面，小黄和小黑就被吓得拼命工作，让人见识到妖怪们惊人的工作潜力。

只有辛云茂不在场，二妖胆子才大一点。

“大人啊……”小黑紧张地搓搓手，他发现楚稚水脸色不对，忙不迭改口，“不是，楚科长，有件事想叨扰您。”

楚稚水：“什么事？你说吧。”

“您当初不是说只选一个留下来，再过段时间茶园工作就结束……”

“你一说我想起来，你们有新产品研发方向了吗？”

绿茶生意总有时效，采茶季结束就没了。楚稚水给二妖布置新任务，为经济开发科建设出谋划策，倘若有可以实践的好主意，那他们就能继续留在茶园里，不用去观察处饱受皮肉之苦。

小黑眼珠子直转：“我最近想到一个生发配方，据说现代人都有脱发困扰，没准我们的产品会有市场。”

“生发配方？”楚稚水突然醒悟，“对了，你是何首乌，怪不得会往这方面想。”

小黑献媚道：“是啊是啊，我为了给您和局里帮点忙，这段时间绞尽脑汁，终于琢磨出这个点子……”

“怎么是你绞尽脑汁？这配方明明我也有出力！”小黄躲在暗处，听完此话忍无可忍，勃然大怒地跳出来，戳破同伴的捞功谎言，“楚科长，您要明鉴，这最初是我想的！”

小黑不料被搅局，他怒而狡辩：“什么你想的，治脱发关键是何首乌，生姜防脱纯属谣言。”

“胡说八道，专家还说何首乌会造成肝功能损伤，你好意思搞什么生发配方？”

“那是可能造成，凡事都讲用量，你有没有科学精神？！”

小黄和小黑你一言我一语地争锋，只把楚稚水吵得脑袋嗡嗡响。她无奈地制止：“行了，别吵了，你们就想出这一个点子？”

二妖同时收声，喏喏道：“……是。”

“有什么具体方案吗？现在生发类竞品那么多，你们的产品有何优势？”

二妖哑然。

楚稚水不偏不倚道：“你们商量着写个方案，我再看看能不能执行，不合适就都回观察处。”

“不行不行，您三思啊——”

“不要嚷，害怕就一起好好写方案，然后再想点别的赚钱主意。”

小黑苦思冥想一番，他摸了摸下巴，嘀咕道：“这要是老头在，那就容易多了，当初不还养大那小姑娘……”

小黄嫉恨地拍腿：“他当年值钱得都被挖走，咱俩怎么在人类社会卖不上价呢？！”

“你们在碎碎念什么？”

“没、没什么，那楚科长您先忙，我们下去商量了。”

楚稚水最近事务繁忙，自然顾不上他们，核查完茶园的事，便开车返回局里。她驾驶后略感疲惫，晃晃悠悠地往楼里走，居然难得在下午碰到黑猫。

“咪咪。”

楚稚水已经跟黑猫熟悉，她出声一唤，它灵敏跳来，用柔软的身躯来回蹭。一人一猫最近总是碰面，黑猫不再像初识时遥遥望着，反而频频主动靠近她，恨不得天天蹲点等揉。

黑猫的毛发油光水滑，它亲密无间地挨着楚稚水，愉悦地紧贴她游走。

猫咪果然是缓解压力的药剂，楚稚水从小就想养猫，无奈父母一直不感兴趣，好在现在有机会独居。她思及准备装修的新房，琢磨着要是跟黑猫打好关系，就将它带回家养，免得降温后流浪猫颠沛流离、居无定所。

楚稚水蹲着跟它玩耍一会儿，这才恋恋不舍地起身告别。

黑猫没有挽留，长尾巴一摆，跃身消失在草丛里。它不会待在此处太久，但这两天总会出现，跟生物钟一样准时。

片刻后，楚稚水回到办公楼，不同于二层的喧嚣，三层静悄悄的，走廊里没有人。她途经后勤科看到熟悉的身影，索性进屋跟金渝和牛仕打声招呼。

“你回来啦？”金渝闻声回头，“我找牛哥拿点东西。”

“对，没见到吴科长？”楚稚水左右环顾一圈，她将金渝调到经济开发科，等于要走吴常恭的得力干将，据说惹来对方好一波抱怨。

“还不是老样子，没事就不露面。”

“牛哥最近忙吗？”

“跟以前差不多。”牛仕随和道，“又不是观察处，来局里那么久，基本就没变样。”

牛仕资历较老，他待在后勤科不似金渝诚惶诚恐，倔脾气上来也能不给吴常恭面子，倒没有被科室内人员调度影响到工作。

一人二妖是老熟人，索性聚在一起闲聊琐事。

“牛哥，局里流浪猫多吗？”

“应该是有不少动物，猫倒是没怎么看到，但荒地里有小菜蛇。”

“那你要看见流浪猫，帮我留意下位置吧，最近老碰到一只，我想要带回家养。”

“可以啊，改天帮你逮住，那猫长什么样？”

“是黑猫，白手套，应该算大猫了。”楚稚水回忆道，“不用帮我抓，有位置就行，我买完猫箱自己来，正好回去路上给它打疫苗，然后再找时间做绝育。”

金渝愣道：“白爪子的黑猫？”

“嗯，还挺漂亮的，很大的一只。”

“好像有点印象？”金渝迷糊地挠头，她感觉哪里不对，又想不出所以然，干脆说起另一件事，“对了，正好你来了，现在就给你吧。”

金渝伸出手来，手心里躺着一瓶喷雾罐，朴素无奇的设计，瓶内装着几毫升透明液体，就像正装香水附带的小样。

楚稚水接过小喷雾瓶，疑道：“这是？”

“这是我的泡泡水。”金渝露出赧颜，嗫嚅道，“平常拿你那么多东西，我感觉你也不缺什么，所以找牛哥要了个瓶子，你要是不嫌弃就拿着喷。”

楚稚水思及对方能力，惊讶道：“是消除记忆的泡泡水？”

金渝点点头，羞愧地支吾：“我也没什么别的天赋。”

“这就很好啦，我都没天赋！”楚稚水拧开瓶盖，新奇地晃起小瓶，“就这么直接喷吗？”

金渝发现楚稚水当真开心，她的脸色也变轻松，开始讲解起来：“对，不过只对人类有效，然后对部分特殊的人效果会比较弱，以后泡泡水不够了，你再找我要就可以。”

楚稚水大感新鲜，她郑重地收起来，思索道：“谢谢你，我都不知道该怎么还礼了。”

金渝慌张摆手：“不不不，不用还礼！”

“但泡泡水有钱都买不到。”

“没事，金渝说她平时总被你照顾，那她还你也是理所应当的。”牛仕劝道，“你可能不知道，我们妖怪有一套法则，如果跟人打交道的话，有来有往才是正向循环，否则对我们自身也不利。”

楚稚水一怔：“法则？”

“人类和妖怪能力不同，想要长久共存下去，就有约定俗成的规矩，不然会招来厄运灾祸。我们局里逮捕的妖怪很多都违背过法则。”

“所以我不收，金渝就犯错了？”

“算是吧。”

楚稚水为难道：“那我以后是不是得注意点，免得你被迫要还……”

“不是被迫还的，只要没有契约或仪式，正常互动完全没风险，你不用有心理压力。”金渝赶忙解释，“没刻意要求，就不会生效。”

“法则是根据动机来判定的。”牛仕补充，“你放心收着吧，就当我们的习俗，人类不也有人情走动。”

楚稚水了解地点头，又望向金渝，真挚道：“谢谢，我会好好用的。”

金渝挠挠头，颇有点害羞，开始冒泡泡。她送完礼物后，接着聊起别的：“牛哥，最近二楼妖气好足，是有什么事情吗？”

“观察处赶业绩，我看都回来了，没准是搞大行动。”

“财务处没意见？”

“有意见也没用，那工作总得做，就这么凑合过。”

楚稚水有一搭没一搭地听着，她一只手握着自己兜里的小瓶，另一只手下意识地摸向颈部的吊坠，忽然领悟辛云茂过去的自说自话。不管是“供奉”，抑或是“信徒”，没准都类似于法则，也算是妖怪的习惯。

Zhu and Zhi

第五章

观察处往事

签名

辛云茂

槐江观察局

HUAIJIANG GUAN CHA JU

阴雨连绵，妖风四起。

猛烈气浪冲破山缝，在田野上呜呜地响。

山内自建的小楼屋门紧闭，苦苦抵御可怖的狂风，钢珠般的雨点噼里啪啦地砸在房檐上。晦暗不明的雨夜里，一扇透着澄黄暖光的窗户亮着，成为阴冷中唯一的明灯，照出窗边黑色的少女剪影。

屋内，女孩穿着白净到几乎褪色的校服，端坐在漆色的旧书桌前，埋首于厚厚的高三试卷及教辅书籍。她握着黑色签字笔，正全神贯注地写着，却听到一串被阴风吞噬后的敲门声。

模模糊糊，不甚明晰。

甚至像是错觉。

女孩不敢耽误，她匆匆推门出去，还没来得及打伞，便顶着呼啸风雨，高声道："须爷爷，是你吗？"

门外没人影，只有竹篮子，上面盖着布。野果从软布下透出青红面庞，被室外的雨水打湿，雨水凝结成晶莹的泪滴，顺着果实往下流淌。

小楼前的院内湿地也无脚印，连院门的大锁都安然无恙，偏偏篮子凭空出现在门前。

女孩打着伞在院中转一圈，无奈除了地里的泥洞再无发现，只得提着果篮回到屋里。

雨还在下。

次日周末，暴雨停歇，阴云密布。

楚稚水起床后还收到了王怡文的消息，对方应该是周六上班极为不满，便开始找人闲聊。

"楚总，想念你在公司的日子。

“我看星座你今天有桃花劫。”

楚稚水回她一条：“我不看星座你今天有事业劫。”

“……进我司以来周末有不劫的时候吗？”

楚稚水跟好友瞎扯两句，又说晚上要参加婚宴，肯定要被人聊结婚问题，这才安抚住王怡文浓烈的怨气，对方宁肯加班都不想遭遇这些。

婚宴是正式场合，楚稚水出门前挑好衣服，甚至难得地化了一个淡妆。

暮色时分，酒店门口挤满婚车车队，深色轿车被玫瑰花束点缀，连接出爱心形状，洋溢着喜庆氛围。一条红毯直通大门，新人亲属们在外忙碌，为赴宴的客人送上笑脸。

楚霄贺环顾一圈：“幸好我们没开车，过来就得被堵住。”

楚稚水跟随父母踏入酒店，她在外地无暇参加各类宴席，回到槐江自然躲不过。今日结婚的是父母同事的女儿，她以前跟对方在院子里打过照面，但现在彼此都记不清了。

“对了，你待会儿要是碰到刘柯美，就稍微躲一躲。”谢妍突然想起什么，她看向女儿，面露难色道，“或者你要中途无聊，先回去也行。”

“怎么？”

“唉，她上回不是在超市见你一面，然后她有个儿子，跟你原来是同学……”谢妍支吾，“……就，你懂吧？”

楚稚水心领神会，疑道：“孙鞘不是有女朋友？据说都谈好几年了。”

谢妍一愣：“啊？真的吗？”

“当然是真的，刚回来时出去聚，忘记听谁说的了。”

楚霄贺打趣：“你居然在槐江还有眼线交换情报，比你妈消息都灵通。”

“巴掌大的地方，能有什么秘密？”

楚稚水心知自己回来后没联系过几个人，但她在观察局工作的消息必然也传遍了，小地方就是这样，稍有点风吹草动，恨不得满城皆知。

谢妍思及刘柯美近日的热络，她茫然地喃喃：“我真不知道这事儿，那就是我会错意啦？”

片刻后，一家人进入晚宴现场，寻找自己的座位。长条舞台两侧布满大圆桌，跟楚稚水同一桌的人，基本都是父母的同事及其子女，免不了一阵客气寒暄。

话题无非就是工作及感情状态，尽管观察局工资极低，但外人又不知道细节，名头听起来还算体面。至于感情问题，楚稚水走一套“嗯嗯啊啊您说得对”糊弄战术，也算有惊无险地解决了大部分对话。

中年人攀比完儿女成就，又进入强迫孙辈表演的环节。一群小萝卜头满脸不愿地轮流亮相，他们敷衍地扭动两下，没多久就蹿离座位，恨不得满场子瞎跑。

刘柯美稍晚才露面，还带着儿子孙鞘。她看到楚稚水眼前一亮，拽着身边人就来打招呼：“哎呀，稚水，你跟孙鞘好久没见吧，还记不记得以前高中老碰面？”

孙鞘站在刘柯美身后，他点头跟周围人问好，一米七几的个头，长相普通端正，看着成熟一点，有几分工作后的老练，跟楚稚水记忆中大声污蔑她拍老师马屁时不一样了。

“确实。”楚稚水望向孙鞘，礼貌道，“好久不见。”

刘柯美发现儿子干站着不动，她恨铁不成钢地猛拍他：“跟人家聊两句啊，这么大人还害羞！”

孙鞘瞄一眼楚稚水，他侧过头，被迫应声：“聊，聊……”

楚稚水不动声色，谢妍却满脸尴尬。

其他人恍然大悟：“对了，他俩是同龄？”

刘柯美听到此话大为欢喜，挤眉弄眼道：“当初都住在院子里，还是同校同年级呢。”

“那是得多聊聊，这青梅竹马呀！”

外人一起哄，气氛更微妙。

谢妍小心翼翼偷看女儿神色，唯恐楚稚水感到不适、当场翻脸，尤其听闻孙鞘好像有女朋友，更感觉刘柯美做事挺不地道。

楚稚水发现孙鞘态度回避，只当他也被赶鸭子上架，没准是刘柯美一头热。她不好在别人婚宴闹事，便流程式地尬聊两句。

孙鞘见她神情自然，也有来有往地回着，不再有初来乍到的局促。

刘柯美高兴道："瞧瞧，还是像小时候一样亲！"

酒过三巡，新婚夫妇问候完，楚稚水抽身欲退，她给父母使个眼色，决定悄无声息地溜走。

刘柯美一直紧盯楚稚水动态，她见人起身，忙道："怎么啦？"

谢妍："她有点工作没搞完，就先回去处理一下。"

"孙鞘，你送送人家，现在天色多晚哪。"

楚稚水再三婉拒，无奈刘柯美不答应，只得让孙鞘跟着出来。

酒店门口，孙鞘握着车钥匙，说道："你等一下，我开车过来。"

"没事，不用送了，这边离得近，就溜达两步。"楚稚水挥手告别，"你回去吧。"

天色渐暗，楚稚水穿着浅色高领薄羊绒衫，她出来后感到微凉，穿上带着的呢外套，细腻的面孔在路灯下晕染着柔光，一派知书达理的婉约气质。

孙鞘听她语气温和，他心里莫名就一动，坚持道："我送你吧。"

坦白讲，孙鞘最初极其排斥母亲的主意，主要他高中时对楚稚水印象不好，只记得她为人相当强势，在长辈面前周全懂事，但看他时总在无言中透着一股轻蔑。她当年成绩特别好，是被大人们捧上天的存在，即便不多说什么，也显得高高在上。

但她现在归于平凡，回槐江找了份安稳工作，性格变得温柔，好像又有所不同。

相比另一人，她的学历和家境确实没得挑，工作和长相也更拿得出手。

"真不用了，外面挺冷的，你快进屋吧。"

"那不更该送你。"

楚稚水见他如此固执，直白道："老同学不用讲究这些虚的，别到时候搞得你女朋友误会。"

"我女朋友？"孙鞘表情一僵，干巴巴道，"什么女朋友？"

"我听学校的人说，你不是谈好多年了，下次是不是就到你结婚了？"

"啊，那不是我女朋友，他们起哄瞎说的。"孙鞘度过最初的慌乱，他飞速调整状态，解释道，"就一个玩得好的朋友，她经常联系我，但我们不合适。”

楚稚水挑眉：“不合适？”

“她家村里的，来槐江打工。”孙鞘无奈地笑笑，“你应该也明白，没什么可能性。”

楚稚水沉默。

她应该也明白，她能明白什么？

听说那女孩工作和学历不出彩，倒也不难琢磨透孙鞘的态度。

某些男人真是现实而诡计多端的生物，楚稚水只怀疑该不会她扮猪太久，竟让孙鞘认为高攀得起自己，这可是一件恐怖的事情。

气氛突然凉下来，孙鞘自知失言，忙道：“不说这些了，我开车送你。”

楚稚水停顿数秒，她突然绽放微笑，点头道：“你刚说得对，确实不合适。”

孙鞘双目放光，他微松一口气：“是吧，成长环境不同，聊不到一起去。”

“是，以你目前的收入，身高外貌不出众，大学也不太厉害，确实跟谁都没什么可能性。”楚稚水上下扫视他一圈，露出甜甜的小酒窝，笑道，“但你有自知之明，知道自己条件差，没耽误人家女生的时间，也是挺有责任担当的人。”

“……”

孙鞘脸色青一阵白一阵，被她直接损得下不来台。

楚稚水可不怕他发难，兜里揣着失忆泡泡水，真动手谁倒霉还说不准。她懒得再看他的表情，转身随意地摆摆手：“先走了。”

孙鞘好半天才回过神来，气急败坏道：“楚稚水，你怎么还像高中时那么傲？！”

她现在不过是个普通人，做一份乏善可陈的工作，据说工资也才两三千元。

“哦。”夜风中传回悠然女声，“你不也还像高中时那么烂。”

孙鞘愤愤地站在酒店门口，眼看她背影消失于夜色。

夜市街角繁华热闹、人来人往，两侧皆是亮着招牌的门店。

楚稚水走在街头，她要刚才没嘲讽一通，估计心里得硌硬更久。晚宴被刘柯美母子搅得不安宁，她左右看看想吃点夜宵，迎面却被诡异阴风一扫，内心升腾起不祥的预感。

她警惕地四下张望，只瞧见逛街的人类，没有其他新发现。

撞见妖怪多了，怕不是有经验了？

楚稚水以前对妖气毫无感应，最近确实锻炼出来了，不再是麻木的凡人。她知道妖怪不会在人多的地方出手，原理是闹市里的气息凌乱，人气会直接冲散妖气，让妖气很难聚集起来。

然而，她不可能一直待在夜市，总要经过比较安静的地方。

步行街尽头通往一条越河长桥，跨桥后就是灯火通明的小区，唯有桥面是灿烂夜景中的暗处。高高的路灯投下昏黄的光，只要稍一抬眼仰望，不远处就是万家灯火。

时值夜晚，长桥上既无车辆，也无晚归的行人。

楚稚水独自走在灯下，她随意地往下一瞥，看到脚底的灯光被阴影吞噬，犹如倾倒的墨水四处漫延。

开始了。

桥上的路灯突然闪烁，接触不良般时暗时明，似是夜色中妖怪眨动的厉目。

行人道旁有狭窄的绿化带，泥地里有一幽深孔洞，从中弥漫出深色的妖气，逐渐扭曲而凝聚在一起。

飕飕凉风中，洞里传来老者的声音："小姑娘，我们谈谈……"

"辛云茂——"

楚稚水看清妖气拔腿而逃，她头也不回地往长桥尽头跑，甚至没心情细听老者的声音。

"哎，等等，你别叫人啊！"那妖怪听她大声呼救，语气明显也慌乱起来。

"我叫的不是人！"

下一刻，黑色身影出现在前方，楚稚水心下一松，她快步地奔过去，却没瞧见熟悉面孔，反而被银色冷光一闪。那是眼睛形状的金属扣，来人被深黑披风包裹，阴森妖气环绕左右，让人看不清此人的容貌，像是恐怖片中夜间拿镰刀的无头死神。

好像认错妖了。

她顿时一惊，连忙停下来，还倒退一步。

黑披风发现她的退却，忽然就伸出手来，不知是要触碰，还是想拦住她。

楚稚水连连后退，后背却撞上什么，挡住她的逃生通道。

她无暇回头去望，眼看黑披风越发逼近，指尖都伸到自己眼前。正是束手无策之际，身后人的手却从她肩部越过，青墨色的衣袖，冷白色的手指，一把握住黑披风手腕，迫使对方没法再靠近。

辛云茂站在楚稚水后面，他一袭古装，竟束发戴冠，还斜她一眼，不满道:“你怎么连方向都跑错？”

“我又不知道你在我身后。”楚稚水听清声音，她忙回过头来，见他长发古装，也是两眼发蒙，“……你还是汉服爱好者吗？”

为什么他大晚上是古风打扮？！

“你那么喊，没时间换。”辛云茂拦截的手纹丝不动，依旧横在楚稚水脸侧，他望向黑披风，似乎认识对方，皱眉道，“你没听清吗？她喊的是我。”

两妖半空中僵持数秒，黑披风率先收回手来。

“胡局让我们最近多盯着，保证她的安全，不要再出事。”黑披风道。

楚稚水推测是观察局同事，她盼望辛云茂介绍一下，他却眉头一挑不再说话。

“放开我，我是来自首的，让我跟那小姑娘谈谈！”

楚稚水转过身来，这才发现背后被黑披风妖们包围，中间跪地被制住的是白须老者，正是袭击她后逃跑的妖怪。小黄和小黑被抓时，他趁乱离开茶园，好像还是三人组头目。

越河长桥上都是铺天盖地的黑影，无数黑披风犹如招摇的旗帜，被晚风吹得猎猎作响。天上，地下，栏杆上，路灯下，只要是视线所及之处，都是观察处的出勤人员，宛若夜行的漆黑蝙蝠群。

妖气凉得彻骨，简直如坠冰窟。

楚稚水拢起呢外套，下意识靠向辛云茂，总感觉他那侧没冷风。

辛云茂淡淡道："苗沥，把镇妖袍摘了，收起你的妖气。"

"为什么？"黑披风下传来男声，"我好像没理由听从你的命令。"

"她讨厌妖气，还有长得丑的妖怪。"

"……"

黑披风略一停顿，缓缓转向楚稚水。

楚稚水已经领悟黑披风身份，忙道："……不是，我真不是以貌取妖的人，苗处长不用听他瞎说，你们正常工作就行。"

抓妖怪还不许用妖气，听起来就够不讲理的。

"不用这么叫我，像以前那样就行。"苗沥伸手摘掉披风帽子，他五官深邃、金色眼眸，带有些混血感，抱歉地微笑，"不好意思，我忘记人类不习惯妖气。"

连帽黑披风似乎叫镇妖袍，苗沥露出真容后，妖气明显就和缓，不再锋利而寒凉。

"你们也把帽子摘了。"

其他妖怪听从处长指令，他们陆续摘下帽子，都露出真实的面孔，还跟楚稚水打招呼。

"我第一次看到局里那么多人。"楚稚水改口，"那么多妖。"

观察处果然是核心部门，恨不得占局里大半编制。

"如果你还觉得不舒服，我可以……"苗沥朝楚稚水伸出手，似乎要触碰她的肩膀。

辛云茂身着古装，低头整理起衣襟，他一捞宽袍大袖，随手就扫开对方。

苗沥手臂被扫，颇感莫名其妙，又继续要伸手。

辛云茂故技重施。

"怪不得。"苗沥看破他的把戏，此时心下了然，"我还一直奇怪，印迹总是消失，原来是你弄的。"

辛云茂冷嗤："化人还改不掉动物习惯，喜欢在别人身上留味道。"

苗沥秉公无私道："我的天赋是辟邪，人类开眼后会招东西，这样对她比较方便。"

“有什么用？”辛云茂扬眉，“不还是招来了。”

“观察处自会严惩不贷。”苗沥停顿片刻，似极为新鲜，疑道，“我头一次听你说这么多话。”

观察处妖怪不好在桥上停留过久，容易被太多人目击，后续扫尾工作难做。他们用妖链锁住白须老者，汇报道：“苗处，那就先把他押走了。”

白须老者声嘶力竭：“放开我，让我跟她谈谈——”

“谈什么！回观察处谈吧！”

“我跟你们没什么好谈的，你们又不明白高考，好歹让我打声招呼……”

负责逮捕的妖怪重新戴上镇妖袍的帽子，二话不说就将白须老者拖走，一行妖的身影被妖气吞噬，在长桥上消失得干干净净。

苗沥好奇道：“高考是人类的考试吗？”

“对，但我高考也过去很多年了。”楚稚水问道，“苗处不跟大家回局里，是还有别的工作吗？”

其他观察处的妖怪来无影去无踪，现在长桥上就只剩下一人二妖。

苗沥笑道：“现在天太黑了，我先送你回去，再回局里就行。”

辛云茂嘴唇微抿，难以置信道：“你要让他送你回去？”

楚稚水面对一左一右、站如护法的二妖：“……”

为什么今天所有人类和妖怪都觉得她没能力自己走回家？她已经是成年人，并不需要由谁送。

而且苗沥还是观察处处长，职级比自己高，刚刚才认识他，却要一路回去，想想就快窒息了。

楚稚水委婉道：“谢谢苗处，但待会儿您还得回局里加班，一来二去实在辛苦，我走两步就到家，不用专门再送了。”

“没关系，不辛苦。”

“苗处，我家就在那边，真不用特意送。”

楚稚水生怕苗沥坚持，还一指桥那头的小区。

“不用总叫我苗处，我以为我们的交情，可以不用这么客气。”苗沥面露失落，他察觉她的抵触，又看一眼辛云茂，索性放缓语气，“好吧，那明天局里见，回去早点休息。”

“您也早点休息。”

苗沥戴上镇妖袍的帽子，跟他们告别完，也被妖气逐渐环绕。他神情颇落寞，流金般的眸色，莫名就有些眼熟，像只被抛弃的心碎大猫。

镇妖袍如跳动的黑火，包裹着苗沥凭空消散。

辛云茂瞥她：“你跟他交情很好吗？”

苗沥离开后，楚稚水矢口否认：“我今天第一次见他。”

辛云茂将信将疑。

她回想方才的对话，忽然感到一丝不对：“等等，苗处本体是什么？”

“猫。”

“……黑猫吗？”

“今天第一次见他，知道得却很清楚？”

“……”

楚稚水最近碰到的黑猫就一只，难怪苗沥一副跟自己很熟的样子。她万万没想到，妖怪还能以本体出现，而且跟普通动物没两样！

路边的野猫不要撸，她天天对楼下领导喊“咪咪”，还将苗处长猫身摸来揉去，这简直是职场“社死”时刻！

楚稚水一向面皮薄，一抹粉云浮上面颊，连耳根都烧红起来。她回想以前的事，只觉得热血涌上大脑，尴尬得要脚趾抓地，现在提离职还来得及吗？

辛云茂发现她的异状，他稍微凑近点观察，质问道：“你脸红什么？”

“我有脸红吗？”楚稚水下意识摸脸，确实灼灼发烫，夜风都吹不凉。

辛云茂不可思议：“你对他有什么可脸红的？”

楚稚水不愿自曝蠢事，她本就凌乱，仓皇地扭头，含糊道：“我跟你说不清。”

辛云茂眼神复杂，震惊道：“虽然早知道你贪图皮囊，但是不是太荤素不忌？他也能让你脸红吗？”

“我不是，我没有，别瞎说。”楚稚水恼羞成怒，“少给我头上扣黑锅！”

“你最好不是。”辛云茂见她反应强烈，脸色稍缓，又轻哼一声，“人和妖怪是没有好结果的，而且你现在供奉我，不该随便改变。”

楚稚水："我从没改变过。"

辛云茂颔首赞许："这还差不多。"

"自始至终，我一直相信自己。"楚稚水乜斜他一眼，铿锵有力地反击，"从没相信过别的！"

"……"

辛云茂露出讽刺的笑："你不是我信徒，还要叫我名字？"

"你的名字还不能叫吗？"楚稚水自知理亏，她声势渐弱，嘀咕道，"……而且不是你上次让我叫你的。"

明明是他在茶园说有情况喊他。

所以她才喜欢独立解决，不然一旦承情，吵架都没法赢。

只可惜人类没法拥有妖气，她倒是向金渝请教过此事，然而对方吓得连连摆手，劝她千万不要有这种念头。如果人类拥有妖气，那要付出巨大的代价。人和妖怪相处都必须正向循环，人类掌控妖气是更可怕的事。

鸟雀天生会飞，海鱼生来潜泳，妖怪自有妖气，人类用工具及努力能解决前两项，却至今没法攻克妖气难题。或者说，没有妖气反而是一种对人的保护。

楚稚水今日略施粉黛，五官比往日更精致，面庞好似笼上雾状轻纱，皮肤在暖光下朦胧如玉。她那双眼睛亮得很，透着倔强和不服气，偏偏语气又夹杂一丝委屈。

人类本来就没法拥有妖气，拿这个说她确实不讲道义。

"算了，我既然说出口，就不会出尔反尔。"辛云茂沉默片刻，他也不再呛声，率先抬腿，"走吧。"

"去哪儿？"

"送你回去。"

楚稚水一愣，脱口而出道："不用了。"

她是婉拒了苗沥，不代表要辛云茂送。

辛云茂冷嘲热讽："然后你路上被袭击，再把我叫过来一次，故意耍我吗？"

"不是，我怎么可能做这种事？别把人想得那么阴暗。"

"那就走。"辛云茂转身，留给她背影，"你戴着项链能辟邪，但对化人的妖怪没有用。”

“等等，你先停一下！”楚稚水赶忙拦住他，打量他的着装，小心翼翼道，“……你确定要穿这身上街？”

“有什么问题吗？”

裁剪合体的青黑古袍，芝兰玉树的挺拔身姿，他现下长发束冠、衣袂翩跹，确实矜贵不凡且毫无瑕疵，但为什么下班时间召唤他会解锁古装皮肤？

她不懂却大为震撼，尤其是那被束起的如墨长发，甚至让她想伸手摸一摸，分辨一下真正的材质，总感觉假发质量没那么好。

楚稚水婉转道：“气质没问题，朝代有问题。”

银海市经常看到汉服同袍出没，但在槐江市还是会显得扎眼一点。

“你那是什么眼神？”辛云茂不悦，“你觉得不好看？”

楚稚水无意冒犯穿衣爱好，她毫无灵魂地拍手称赞：“嗯嗯，好看，挺好看的。”

“巧言令色。”他忍不住弯起唇角，又认真地端详起她，“刚刚就想说，你脸上涂了什么？”

她的妆面很干净，在强光下有细闪，但要仔细瞧才能看出来，整张脸都光彩熠熠。

楚稚水坦然道：“化妆而已，没见过吗？”

“确实没见你化过。”辛云茂好奇，“为什么平时不涂？”

“粉底液很贵，局里面不配。”

“？”

楚稚水都做好心理准备，辛云茂要穿古装上街，谁知他打一个响指，转瞬便被黑火笼罩。

长灯下，幽幽冷火舔舐过衣摆，深青长袍及墨发玉冠都消失，化为纯黑的防风外套、干净利落的短发。他眉清目秀，又是平日的现代装束，古装打扮如镜花水月，再也找不到半分痕迹。

楚稚水心想，此幕真有游戏里小动物一秒变装的感觉。

辛云茂察觉她新奇的目光，他严肃地皱眉，斥责道：“就这么直勾勾地看我换衣服？你都不知道非礼勿视吗？”

楚稚水：“？”

她大感冤枉，无辜道：“不是，你又没有脱，我好像不用回避吧。”

辛云茂语气凉飕飕：“你还挺遗憾？”

“……”

为什么和他好好交流那么难？

楚稚水很想跟辛云茂从容对话，但她总觉得他偶尔真是欠骂，她被一激就板起脸来，索性放肆地上下扫视，将他从头看到尾。

辛云茂狐疑：“你那是什么眼神？”

“你都没有脱，我怎么知道是不看遗憾……”楚稚水视线炽烈，从他的脸庞下移到身材，仿佛在透过外套窥探，吊儿郎当道，“还是看了更遗憾？”

辛云茂闻言愕然，惊得喉结上下微动，一下子就说不出话，怔怔地注视着她。他眼底波光粼粼，是摇晃碎的月色，清透又朗润，闪过些惶惶。

他嘴唇动了动，却什么都没说，好像被人一锤敲灭气焰，被大胆的发言弄得不知所措。

楚稚水还等他自负反击，谁料对方竟然蒙在原地，空气瞬间焦灼而躁动起来。

薄凉的夜风一吹，非但没有缓解僵持的局面，还让气氛越发旖旎和暧昧。

她内心万分崩溃，明明他平时说过好多不知廉耻的话，为什么这时候却摆出懵懂清纯样儿？！

这搞得她好像调戏良家男妖一样！

楚稚水深呼吸，她想驱散古怪氛围，索性率先打破僵局，声音放软道：“我们能不能都友好些？正常一点说话，大家和睦相处。”

辛云茂眸光微闪，他终于缓过神来：“你觉得谁不正常？”

当然是你不正常。

楚稚水暗自腹诽，面上却故作公允：“我和你都不正常。”

“哪里不正常？”

“你觉得咱们天天这么交流，正常吗？”楚稚水正义凛然，“我想跟你做同事，你却跟我讲相声。”

她就不提平常跨服聊天，要不是他老胡言乱语，刚刚怎么会刺激得她言语过线?

辛云茂抿唇:“你提醒我了，现在不在朝八晚五。”

楚稚水一愣。

“按照你当初说过的，你该承认是我的信徒。”辛云茂挑眉，“人类都这样言而无信吗?”

楚稚水心想，她明明说私下自由一点，自由又不代表要做信徒。但他一句话就上升到人类群体，她也不好再细究当初的用词，显得人类不大气。

“好好好，我承认。”楚稚水叹息，“我是信徒，我供奉你。”

辛云茂第一次听她认下来，愣道:“真的?”

楚稚水已经破罐破摔，开始继续跟他讲相声:“真的，当然是真的，我们都将诚信、友善刻进骨子里。”

“供奉仪式需要许愿。”辛云茂道，“你有什么愿望?”

“我要世界和平。”

“愿望必须跟你有因果业力，而且联系比较强。”

楚稚水思索:“那就父母身体健康。”

“你在故意戏弄我?”辛云茂面色微沉，“说了要跟你有关。”

“父母健康还不跟我有关?”

“只有出于一己之私的强烈欲望，才能缔结仪式，否则都没有用。”

楚稚水醒悟过来:“等等，那我们现在还没经过仪式，你凭什么说我是你信徒?”

辛云茂哑然。

“欺负我不懂你们的规矩?”

“我欺负你?”辛云茂气得想揉太阳穴，冷笑道，“如果我想以大欺小，你今天还能看见我?需要的时候叫我名字，不需要的时候连一点尊重都没有，甚至至今都不肯承认敬奉我。”

“我什么时候不尊重你了?”楚稚水头疼，“还有你这台词也太《教父》了。”

她脑海中浮现电影《教父》里的经典对白——“但你对我一点尊重

也没有，你并不把我当朋友，你甚至不愿喊我教父”。

“你公然看轻我，说我不如一条鱼，明明叫我名字，却又跑向那只猫。”他面露讥嘲，“还是说，苗沥说会多盯着你，你现在就有恃无恐，觉得以后用不到我，终于连装都懒得装？”

明明戴着他的信物，却跑向其他妖怪，人类真是朝三暮四的存在。

辛云茂话里带着一股不自知的酸意：“你最好搞清楚，他有两分实力，但差我还远呢！”

“什么乱七八糟的？”楚稚水的火气噌地蹿上来，“我不过是把他认成你了，大晚上的看不清楚，你总爱穿黑色衣服，换谁不都容易认错！”

辛云茂被吼，他微睁大眼，似分外错愕。

楚稚水怒指他的纯黑外套：“你看看，现在还是黑的，毫无时尚创意，你好意思指责我？！”

苗沥是黑披风，辛云茂是黑外套，换谁都有可能眼花。

双方突然戗起来，开始大眼瞪小眼。

空气凝固，一人一妖对峙，时间漫长得像度过一世纪。

“你就那么不喜欢黑色？”片刻后，辛云茂先一步避开她眼睛，他听完她怒气冲冲的解释，胸腔里的愤懑也烟消云散，低声道，“算了，我本来也不是这颜色。”

他打一个响指，又是一秒换装，这回是白上衣。

他轻轻道：“这样行了吗？”

楚稚水见他为一句话换衣服，还专门询问自己的意见，她骤然就熄灭怒火，不知道该说些什么。

她刚才音量渐高，不过是反感他的尖酸，话里话外仿佛她在利用他，但不管是遇到妖怪还是茶园生意，明明都是槐江观察局惹来的，她要没在局里根本不用管这些。这场面跟过去实在太像，明明是为龙知视频，却要被污蔑是最大的既得利益者。

她做事问心无愧，当然听不得他刻薄。

可他偏偏又退让了。

楚稚水深知，人和人能否长久相处，绝不依靠初遇的印象，那是本能伪装出的客套面具，完美而易碎。只有逼到声嘶力竭、面红耳赤、暴跳如雷的时刻，这个人真正的所思所想才会展现出来。

她展露尖刻时，大部分异性都无法接受，从李龙科到孙鞘皆是如此，脆弱的男性脸上会挂不住。

这男妖怪却正好相反。

明明平时脾气冷不会说话，但吵架时性情居然挺软，给她整不会了。

辛云茂发现她不说话，犹豫道："白色也不行？"

"白色……"楚稚水目光微妙，她努力平复情绪，欲言又止道，"行，行吧。"

"你怎么好像很勉强？"辛云茂一指她的纯白呢外套，"你穿的不就是白色。"

这就是她感到勉强的原因！

为什么他要在街上跟她穿相同颜色的着装？

妖怪估计没有情侣装概念，楚稚水快被他的脑回路搞疯了，好脾气道："说到底，为什么非让我做你的信徒？"

"人和妖怪相处要受法则约束，不然就会打破世间的平衡。"辛云茂平静道，"那你给我一个理由，如果没有敬奉关系，为什么我今晚要出现在这里？"

"不能是你心地善良，路见不平拔刀相助？"

辛云茂面无表情："这世上，只有无缘无故的仇视，没有无缘无故的善待，一切都明码标价，必然要有所偿还。"

"所以我丢给你一支笔，你还要往桌上放颗糖？"楚稚水吐槽，"你们的法则也太斤斤计较，居然能小心谨慎成这样子。"

"就是有太多怀揣侥幸心理的人和妖，胡臣瑞他们每年才会搞那么多烧烤。"

楚稚水思及观察处内的惨叫，又想到被逮捕的妖怪必受火刑，迟疑道："你犯错也会被烤？"

辛云茂不屑："他们配烤我？"

"……"

楚稚水现在大致搞懂妖怪法则：人和妖的能力及寿命相差过大，倘若牵扯过深，必然惹出麻烦。有些人会拜托妖怪实现自身愿望，例如一夜暴富、桃花绽放、事业高升等，就需要签订协议或进行仪式，用别的东西来换取想要的。

如果是等价交换，妖怪会从中汲取信仰之力，精进自身的天赋及能力。它们偶尔还会派遣自己的信众做事，通过各种各样的方式获得妖气。

当然，人类签劳动合同都可能闹仲裁，人妖间的协议就更加麻烦，观察局抓妖是家常便饭。

楚稚水虚心求教："所以庇护我平安之类的愿望行吗？"

"不行，这些就是添头，不算你的私欲。"辛云茂自傲地睨视她，"他们都有不同的天赋，但一般就专精一两项，管不了全部事情，只有我能做到有求必应，这可是你千载难逢的机会。"

楚稚水无奈："但我觉得你业务也不太广泛，说半天都没让我心动的项目。"

"该反思的不是你吗？我千百年来没见过像你这么难伺候的。"

楚稚水试图参考案例，问道："你以前实现过别人的什么愿望？"

"你是不是根本不记我说的话？"辛云茂道，"我明明说过……"

"哦哦哦，我是第一个！"她见他不悦，突然想起什么，安抚道，"没有忘，记着呢。"

辛云茂这才收声。

楚稚水面对小心眼的千年大妖，感觉他这么多年没开张很正常，做推销的都这副态度早失业了。她无心跟他过不去，左右就是帮忙凑工作成绩，打商量道："这样吧，我答应供奉你，但确实想不出你说的那种愿望，现在就先攒下来，等以后想到再说。

"如果你需要我做什么，直接告诉我就行，避免打破了平衡，这么做可以吗？"

说实话，她就没愿望，要不是怕对方违纪，或许都不用这一遭。

辛云茂停顿数秒，诧异道："这样的供奉，我闻所未闻。"

"这就像充值卡一样，我先多充点，以后慢慢花。"楚稚水道，"不然一笔算一笔也行，比如你今天过来，我改天请你吃饭，每次有来有往，最后还是等价。"

"请我吃饭？"辛云茂回忆起酸甜的味道，"饭团吗？"

“那次是例外，下次吃好的。”

楚稚水原以为他排斥便利店，还打算找一家正经餐馆，谁料他听完却好似有点遗憾，也不知速食饭团有什么值得留念的。

双方终于就供奉一事达成一致，依旧朝八晚五轮班制，回去路上没再聊别的。

一过跨河长桥，小区近在眼前。这一路风平浪静，唯有月辉伴人影。

小区里，白天嬉闹的孩童们早就回家，小花园里静悄悄的，偶尔会有树影沙沙。楼内尽是万家烟火，总有一盏灯等夜归者。

“你怎么回去？”楚稚水站在小区门口，她取出手机，又点开软件，“我给你打车？”

“我能直接回局里，就跟你戴着的一样。”辛云茂微抬下巴，示意她佩戴的吊坠，每次瞬移需要特定媒介，他可以自由地来回穿梭。

楚稚水疑道：“那以前每次浇完茶园，你是不是也不用坐车，其实可以直接回去？”

一人一妖最近经常去茶园，都是她把他叫过来，然后再开车回局里。

辛云茂发现她极敏锐，他身子一僵，重新审视她：“你什么意思？”

楚稚水茫然：“什么什么意思？”

他下颌线紧绷，闷声道：“你该不会认为我喜欢坐车吧？”

“没，我以为你怕我无聊，所以专程陪我回来，心想你还挺体贴的。”楚稚水思及他乘车经历较少，她似有所悟，眨眨眼道，“原来你喜欢坐车兜风吗？”

回想起来，他第一次坐车束手束脚，或许这对他相当新鲜，就像童年明明家里有饭菜却闹着吃方便面，没营养但是很快乐。她觉得坐车没劲，没准他感到有趣。

“……”

辛云茂一时间也不知，究竟体贴陪她回局里比较丢脸，还是喜欢坐车兜风比较丢脸，反正都不是让他脸上有光的回答，自觉失言地闭上嘴。

尤其她眼眸发亮，又露出平时看那条鱼的眼神，说得好听点叫怜惜且充满母爱，说得难听点叫观察没见过世面的傻子，只让他浑身都不自在。

“走了。”

他避重就轻地应声，甚至都没脸正视她，直接跨进深黑裂缝，丝毫不敢多待下去。

楚稚水看辛云茂落荒而逃，不料他还有这种反差爱好，忍不住笑出声来。

家中，客厅内亮着一盏小灯，尽管路上有所耽搁，但父母还没有回来。

楚稚水洗漱一番，又核对一遍茶园的账，这才听到门口处响动。她从屋里探出头来，跟晚归的二人打招呼：“回来了？”

“嗯。”谢妍正在换鞋，她斟酌着措辞，询问道，“你跟孙鞘说什么啦？”

刘柯美安排孙鞘送人，然而他却光速归来，坐下后脸色极不好看。刘柯美当然连声追问，母子俩窃窃私语起来，没过多久说话就夹枪带棍，话里话外都在谴责楚稚水。

楚稚水一乐，饶有兴致道：“孙鞘跟你们说什么啦？”

楚霄贺摆手：“行啦，不提了，跟她说这些干什么？”

“爸，聊聊呗，我想听。”

谢妍叹气，婉转道：“孙鞘没说什么，主要是刘柯美，说你心高气傲，不能这样下去。”

“那不还是孙鞘给他妈告状，他从小不就只会这一套。”楚稚水笑道，“刘阿姨说话哪儿那么客气，应该直接骂我心里没数，她宝贝儿子配我绰绰有余，一个月挣两三千的人还挑什么。”

刘柯美乍一看热情，一旦不合她的心意，就要阴阳怪气数落别人，她说楚稚水没自知之明，当初考上银海大学是很牛，但风水轮流转、莫欺少年穷，如今在观察局也没挣几个钱。

“没直说，差不多这意思。”谢妍无力道，“她那个大嘴巴，估计没过两天，就要到处编派你。”

楚稚水拍手：“编，让她编，我就盼着她四处嚷嚷。”

“你还挺高兴？”

“我当然高兴啊，快让她出去宣传，以后就没有不长眼的瞎给我介绍对象。我回槐江是返乡工作，可不是返乡收破烂儿，不要什么垃圾都往我手里塞。”

楚霄贺和谢妍见女儿如此豁达，竟被她的话逗笑，一时间也没脾气了。

“那要真有条件不错的，听完她的闲话误会呢？”

“这么容易就相信，估计也不太聪明。”楚稚水悠然道，“那我就砸你们手里呗，还要把我扫地出门不成？”

谢妍感慨：“我们哪能扫你出门，你愿意回家就不错。”

“就是，在家待着挺好，我看周围也没靠谱的。”楚霄贺恼道，“都是什么狗屁倒灶的玩意儿，配不上我闺女！”

一家人都不再提婚宴上的插曲，聊两句闲话，便收拾睡觉。

槐江市地方不大，消息倒是传得快。

楚稚水后来确实听到些风言风语，无非是刘柯美说她性格刁钻心气儿高，再过两年成大龄剩女才知道厉害。不过，槐江的熟人也知道孙鞘那点儿烂事，嘲笑刘柯美吃不到葡萄说葡萄酸，他们碰见楚稚水还出言安慰两句。

外人是褒是贬，楚稚水倒不在意，小地方都是这样，人家对着自己肯定开解，没准对着刘柯美就附和，全是茶余饭后的消遣话题罢了。

她突然惹到一家疯狗，心情也不算太好，干脆找胡局批条，宣布本月起发放绩效工资。

孙鞘不是月薪五千元吗?

那她就绩效上浮 100%，这月先发八千元再说!

这一消息在槐江观察局引发轰动，局里居然会有绩效工资，而且第一回发就是双倍，实在让群妖大感震撼。楚稚水还没认清观察局所有妖怪，经济开发科就先一步声名远扬。

办公室内，金渝一遍又一遍地查看账户，生怕看错工资数字，她激动得眼泪汪汪：“天呢，我白捡两个月的工资！”

楚稚水纠正：“什么叫白捡？那是我们付出劳动，靠辛勤工作挣来的。”

金渝将头摇得像拨浪鼓："不不不，我在局里辛勤工作那么多年，大部分劳动都没挣到钱。"

楚稚水："……"这话真是悲惨得催人泪下。

"但不是说要计划好再发吗？还说年底发比较合适。"金渝疑惑，"怎么这回一下就发双倍？"

茶园生意的资金逐步回笼，账户里确实有钱，但楚稚水压着没发。一来是要留出研发经费；二来是发绩效要有步调，最好是逐月微增，年底发一笔大的，让局里职工们过个好年。

"茶园就快结束了，跟大家分享快乐，也不是每个月都上浮。"楚稚水坦白，"而且我心情不好，想奖励一下自己。"

有钱难买她高兴，有气不能憋心里。

金渝微睁大眼，小心翼翼道："那你以后能经常心情不好吗？"

"？"

金渝怯怯地商量："……不然就发薪日前心情不好也行。"

"行啦，好好工作，好好赚钱，未来还会有绩效的，争取早日纳税、建设祖国。"楚稚水忍不住揉揉金渝，"现在算下全年收入，都没到个税起征点，这才哪儿到哪儿啊。"

金渝心怀期盼，诚恳道："那希望祖国让我早日有机会建设。"

槐江观察局发绩效是一大奇事，财务处人员将经济开发科捧上天，则是近期另一大奇事。金渝过去到财务处办点事，必然要经历曲折复杂的手续，现在足不出户，单子就送过来。

财务处女同事专程来到三层，她们轻敲两下经开科房门，柔声道："楚科长，您的表盖完章放这里啦。"

"好的，谢谢。"楚稚水一愣，"还麻烦你们爬上来，叫我下去取就可以。"

"楚科长别客气，一点都不麻烦！"

正值午休时间，楚稚水和女同事们聊两句，时不时响起银铃般的笑声，随风就飘到隔壁屋内。

楼道里，吴常恭倚门而立，听见欢乐笑闹声，心里着实很郁闷。财务处的女同事们向来爽直泼辣，真发起火来敢跟观察处掐架，什么时候花枝乱颤地围着人打转过？

“副科算什么科长？什么单子还要结伴送？”吴常恭语气酸溜溜的，他一转眼看到上楼的贺寿贵，连忙拦住佝偻老头告状：“贺处，正好您来了。”

贺寿贵被拦，他慢慢停下，神情颇为呆滞。

“您瞧瞧，这新来的是不把您放眼里。”吴常恭朝经济开发科挤眉弄眼，那边恰好爆发一阵哄笑，也不知楚稚水说了什么，把女同事们逗得如此开心。

“什么——”贺寿贵拖着长调，他耳背似的凑过来，慢半拍道，“新来的把我放心里？”

“不是，我是说楚稚水，总是指使财务处，这样下去肯定不行！”吴常恭着急道，“您得管管啊，都是您的人，就这么围着她！”

贺寿贵恍惚：“哦——楚科长这样下去肯定行！”

吴常恭：“……”

“老了老了，耳朵不好。”贺寿贵说完就继续爬楼，应该是要去四层办事情。

“老乌龟又跟我装蒜，蛇鼠一窝，沆瀣一气。”吴常恭勃然改口，“人龟一窝，沆瀣一气！”

牛仕坐在后勤科里，听他嘀咕就心烦：“别叽歪了，待会儿被听见，下月你没钱发。”

吴常恭当即识趣闭嘴，谁都不会跟钱过不去。

经济开发科内，楚稚水正跟女同事们聊天，忽闻一阵规律的敲门声，抬眼就看到苗沥金色的眼眸。他今日没穿镇妖袍，显得挺休闲，正浅笑着挥手。

“苗处……”财务女同事们面色微变，顿时身躯紧绷，说不出是畏惧，还是有些抗拒。

金渝更是惊得缩起手，她感受到天敌气息，开始疯狂冒泡泡，磕磕绊绊道：“我、我出去处理一下泡泡！”

“我们陪金渝一起！”

一时间，屋内一哄作鸟兽散，只剩下楚稚水一人，还有门口的苗沥。她上一回遇到众妖避之不及的情况，还是发生在某千年大妖怪身上。

楚稚水不好解释其他妖怪的逃离，她被迫独自应对此景，温声道：“苗处出场果然不一样。”

“以前为批单子，会稍微用点手段，没想吓到她们的。”苗沥下意识挠挠脸，他带着猫科的狡黠，歪头道，“没吓跑你就行了。”

楚稚水笑着打哈哈。

“这两天很少碰到你，”苗沥眨眼，“以前还能碰一面。”

楚稚水心虚地侧头，干巴巴道：“最近总往茶园那边跑，有时候上午不在局里。”

苗沥笑眯眯：“原来如此，那我就放心了，还以为你在躲着我。”

“……”

好家伙，猫科动物的敏锐是天赋技能吧，观察处的猫妖简直是黑猫警长！

楚稚水面对他洞察一切的金眸，完全是如坐针毡，根本没办法答话。她以前确实天天跟黑猫玩耍，但自从知道黑猫的真面目，没法再直视这段羞耻的记忆，当然要千方百计地跟苗沥错开。

苗沥好似看透她的局促，他失落地垂眸，不解道：“为什么突然这样？我做错什么了吗？”

“没。”楚稚水忙道，“苗处没做错任何事……”

“那为什么躲着我，说话还那么客气？”

“……我只是稍微有点不适应。”

楚稚水被问得头皮发麻，她感觉自己像渣女，总不能说他以前是柔软猫身才忍不住摸，现在一想到他会变成男的就索然无味，进入无波无澜的状态，甚至恨不得删除尴尬相遇的经历。

猫猫就该一直是猫猫，为什么非要变成人形？

就是咪咪才可爱啊！

楚稚水心疼得要滴血。

“不适应？”

“嗯。”

“对了，以前不是这样见你。”苗沥若有所思，“那这样呢？”

话音刚落，苗沥发丝间就冒出毛茸茸的猫耳，连带一根黑尾巴慵懒地摆来摆去，比猫形时的尾巴还长一点。他展露出部分本体，金色瞳仁炯炯有神，乖巧而驯服地盯着她。

楚稚水惊讶地看着那根尾巴，目光控制不住地追随它调皮的动作，莫名其妙就有些手痒。黑尾巴没有一丝杂色，看上去柔软丝滑，摸着肯定很舒服。

苗沥猫耳一动，他将尾巴灵活地晃来晃去，问道：“要摸摸看吗？”

楚稚水轻咳两声：“这不好吧。”

“没关系，其实跟本体没什么差别。”

这话简直就是诱人犯罪，撸猫只有零次和无数次。

楚稚水望着摇到手边的猫尾巴，她试探地伸出手，正想要抚摩一把，却有另一只手抢先一步。骨节分明的手指毫不留情地握紧，直接将黑尾巴拽到一边，让她的手在半空中摸个空。

辛云茂突然出现，他冷漠地捏住猫尾，锐利的视线来来回回，认真审视一人一妖，仿佛他们有不可告人的关系，恨不得在他们脸上盯出个洞。

楚稚水都能看出他眼底的潜台词，赫然写着“世风日下，孤猫寡人，共处一室，必有苟且”，冷飕飕的气息迎面扑来。

苗沥被揪住尾巴，瞬间面色难看：“真晦气。”

下一秒，猫耳和猫尾巴骤然消失。

“这是我的台词。”辛云茂随手从桌上抽一张纸巾擦手，嫌恶道，“我没想到那么多年，你化人还不熟练，居然能露出马脚。”

妖怪一旦化人就不用本体出现，露出原形代表实力不够，谁料苗沥还能玩这一出。

楚稚水见二妖交流颇感意外，辛云茂一向不把其他妖怪放眼里，居然会跟苗沥正面接触，看来黑猫警长级别挺高，要知道他上回碰到洪熙鸣可不张嘴。洪处和苗处都是处长，但观察处无疑更厉害。

苗沥：“我正在跟她说话，你在这里很碍事。”

“可笑。”辛云茂傲慢地嗤道，“不要总过来转悠，你觉得她都见过我了，还会对你感兴趣吗？”

苗沥扬眉：“我觉得她感兴趣。”

辛云茂果断道：“你感觉错了。”

“我感觉错了？”苗沥望向楚稚水，惨兮兮道，“尾巴被他捏得好疼。”

楚稚水一愣：“啊，猫尾巴是不是会骨折……”

辛云茂见不得他矫揉造作，无情地讥讽：“果然改不掉猫的恶习，平常装着爱搭不理，一找机会就卖可怜，圆滑狡诈的嘴脸。”

“你才是猫嫌狗厌。”苗沥奇怪道，“以前不都一个字一个字往外蹦，今天怎么那么多话，还对我那么大敌意。”

楚稚水在内心偷答，因为他是间歇式高冷，轻易不张嘴，张嘴不会停，尤其抬杠的时候。

“算了，我是来传话的。”苗沥无心再纠缠，又望向楚稚水，“那天抓的人参妖喊着要见你，你想去观察处跟他聊聊吗？”

“见我？”

“对，不想去也行，其实无所谓。”

辛云茂啧一声，心道：既然都无所谓，苗沥还跑来做什么？

楚稚水试探：“会打扰你们工作吗？”

“不会，你可以三点左右来。”苗沥主动提议，“你要感兴趣，我带你转转，观察处面积很大，地下还有一部分。”

“地下还有一部分？”

“对，虽然局里叫槐江观察局，但抓的妖怪可不光是槐江的，相邻的几个省都在辖区内。”

正因如此，观察处经常出差，日常工作量极大。

楚稚水没想到还有隐藏区域能解锁，她将苗沥送出经济开发科，回头就看见面部紧绷的辛云茂。他浑身上下每一个毛孔都散发着不愉快，明显对黑猫警长充满排斥及反感。

楚稚水叹气：“不要对同事不友好。”

辛云茂皱眉：“不要去。”

“为什么？”

“那里关押的妖怪都很丑，到时候你又被吓得发抖。”

"不要说得我胆子很小一样。"楚稚水嘀咕，"我已经逐渐适应局里了。"

辛云茂紧盯她许久，双臂环胸道："不要去，我都能猜到那妖怪要跟你说什么，你去了也没意义。"

"他会说什么？"

"妖怪没一个好东西，无非看你是人类，比别的妖心软好求情，再给你惹来一身麻烦。"辛云茂冷笑，"不管是被抓的妖怪，还是抓人的妖怪，都是一样的，包括那只猫。"

"你这是指向性攻击啊。"

"我可没挑拨的意思，你非要去当然也行。"他胸口发闷，语气颇为不爽，"但事先提醒你，不要跟那只猫走太近。"

"理由呢？"

"他没法给你未来的，你们不可能在一起。"

"？"

楚稚水闻言嘴角微抽，惊叹于他的脑回路："这都什么跟什么？你是妖怪界的教导主任吗？"

不然他为何热衷于严抓早恋，恨不得摆出"灭绝师公"的嘴脸？

"人类和妖怪牵扯过深容易变得不幸，要是不小心触犯法则，你的好日子就会变得一团糟。"辛云茂板起脸，想让她提高警惕，傲气道，"他可没有我品行高洁，又不克己复礼，没准把持不住，到时候倒霉的是你！"

妖怪的存在会打破既定因果，说不定反让人失去现有幸福，法则约束人妖，有得就必有失。

虽然苗沥应该不会做坏事，但她以后还会碰见其他妖，他把后果说严重点没问题。

"谁会自夸品性高洁？"楚稚水吐槽完，她又想起什么，迟疑道，"所以你才说没法回应人类的感情？"

辛云茂最初严防死守、整天防卫过当的架势，说不定就跟这点有关系。

辛云茂点头："这是原因之一。"

"热知识，人类是可以不用恋爱结婚的，不要看到一对男女，想象力就如此跃进。”她没好气道，“而且你的话不准确，应该是跟男妖怪牵扯过深容易变得不幸。”

“什么意思？”

楚稚水神色坦荡：“我跟金渝她们相处挺幸福的。”

“你觉得遇到我不幸福？”辛云茂愣怔片刻，他反应过来，愕然道，“甚至不如遇到那些小鱼小虾？”

“讲讲道理，不是你刚才说人和妖怪打交道会变得不幸？”

辛云茂一噎，当即改口道：“那我现在收回这一句，你再重新说一遍那话。”

楚稚水斜他一眼，又默默转向电脑，一副懒得搭理他的模样。

辛云茂一向争强好胜，他一听自己不如鱼，就咽不下这口气，不依不饶道：“我不是都收回了，为什么不重说？”

“重说什么？”

“就幸福那句。”

“不说。”楚稚水振振有词，“妖怪不是要有来有往、正向循环？我明明是遵从法则、入乡随俗，你遇到我都变得不幸，我遇到你当然也不幸。”

“这还不简单？”辛云茂眉头微蹙，不满她东推西阻，理直气壮道，“我遇到你很幸福，现在你重说一遍，遇到我也很幸福！”

“……”

楚稚水听到他结婚誓词式的豪言，被火烫到般转过头来，慌得整个人瞳孔地震，见鬼一样看向他，根本说不出话来。

辛云茂惊觉自己说出什么，他也身子一僵，表情相当精彩：“……”

片刻后，有火烧云不知不觉爬上脖颈，他用冷白手指挡住大半脸庞，但暖玉般的耳根仍旧红得滴血。他侧脸线条绷紧，浑身动作生硬滞涩，除了眼底泛着暖阳下的波光，跟山崖上的石像毫无差别，一动不动。

绘画讲究点睛之笔，再好的作品点睛失败就死了，再愣的石人明珠一点就活了。他一言不发且毫无动作，却像点睛成功的雕像，浸染羞愤的眼眸说了很多，甚至直戳人心。

夏季的风还没有吹到槐江，办公室内却闷热黏稠起来。

楚稚水面对他的失态，只感觉空气躁动，同样脸热得要命，明明是他说错话，搅得双方都变奇怪。

她深吸一口气，又收回目光，轻声解围道：“让你平时好好说话……”

现在终于嘴欠翻车了吧？

搞得他们都挺尴尬。

楼道里，一人一妖的影子斜在墙上，此景跟初遇时格外相仿，又是从三层走到二层。不同的是，楚稚水走前面，辛云茂走后面，位置颠倒过来。

辛云茂的失言弄得双方扭捏，连下楼时都寂静不已，难得没有斗嘴。

楚稚水其实情绪平复得很快，她一向不是爱自作多情或浮想联翩的人，现在已经基本掌握跟他交流的窍门。他很看重妖怪的法则，妖怪蒙受照顾就会回报，像金渝送泡泡水一样，所以他一直表现得很配合，这是有来有往、正向循环。

他说没法回应人类的感情，人类和妖怪纠缠过深不好，应该很大程度上也是真的。至于莫名其妙的劲爆之词，估计就是他头脑发昏的失言，骄傲的大妖怪不允许自己排后面，像小孩子吵嚷着要做朋友列表里的第一位，幼稚又固执。

如果用较单纯的逻辑分析他，其实他想法很纯粹，没什么值得多想的。

然而，在楚稚水安静思考时，辛云茂却慢慢顶不住，总感觉这段路着实太长，甚至静谧得有点不像话。

她一直没说话，跟平时不一样。

无声中，他偷偷观察她的神色，发现她什么表情都无，又开始顾虑冷场窘境，不知是不是惹她发恼了。她要不撑他，基本就没情绪波动，外人什么都看不透。

“为什么不说话？”辛云茂耳根温度降下，他故作自负，轻哼一声道，“你听完这话，不该偷着乐吗？明明对我心怀不轨。”

“真是要脸和不要脸一键切换。”楚稚水听他缓过来，无语地斜对方一眼，撇嘴道，“你再这么说话，我就咣咣两拳。”

辛云茂目光闪烁，他沉吟片刻，随即伸出手臂：“好吧。”

楚稚水一愣：“你又有什么毛病？”

“确实是我说错话，给你打两拳也行。”他手臂还悬在半空中，又上下扫视她一番，好似在衡量实力，“不过你那点儿小力气，我怕你打完自己手疼。”

楚稚水看他欠扁，气得真给了他一拳，砸在对方上臂。

辛云茂猛然挨打，终于放心下来，心知事情过去了。他浑身松懈，甚至悠哉道：“使点劲儿。”

楚稚水被激得拳头紧握，这回准备动作加长，在他背部猛捶一下，无奈依旧造不成伤害。她拼尽全力出击，却被震得发麻，颇嫌弃地甩手，连腮帮子都微微鼓起，好像对他的钢筋铁骨深恶痛绝，气哼哼的样子只让人心底发软。

“不痛不痒。”他盯着此幕，眼底一汪春水潋滟，藏不住漾起的笑意。

楚稚水心想，这家伙真是欠揍又扛揍，怪不得横行那么久，还没被人直接打死。

不过，这样一折腾，她和他的相处气氛倒是回归正常。

楚稚水晃着手腕，又听他语气得意，开始来回地打量，不满道：“浑身上下都跟你脸皮一样厚。”

辛云茂闻言呼吸一窒，突然想起她那晚的话，还有肆无忌惮的窥视目光。

他下意识就拉拢衣领，谨慎道：“不要总惦记看不见的部分。”

楚稚水：“？”

Zhu and Zhi

第六章

人参和女孩

签名

苗沥

槐江观察局

HUAI JIANG GUAN CHA JU

办公楼二楼，观察处今日安静得多，不再有黑披风穿行。楚稚水和辛云茂抵达时，走廊里空空荡荡，没有任何异常身影，看上去冷清如节假日。

“奇怪，上次明明很热闹。”楚稚水一边左顾右盼，一边轻轻敲响房门，等待屋内的回应。

辛云茂一言不发，他手随意地插兜，紧跟在她身后。

好半天后，门咯吱一声响起，苗沥从中探出头来，他看到辛云茂，语气不悦道：“为什么你也来了？按照局里面的规定，观察处不接待外人。”

楚稚水一怔：“不接待外人的话，我是不是不能来？”

“你可以来，他不可以。”

辛云茂冷声道：“那我只能把这里砸了，等胡臣瑞赶过来，你再跟他聊规定。”

苗沥脸色复杂，发出不善的气音，跟猫哈气颇相仿，最后还是将门打开，给一人一妖放行。他紧盯辛云茂，露出金色竖瞳，意有所指道：“安分一点。”

“我要想出手，你们早完了。”辛云茂语气冷硬，寒凉得像冰，尖锐不已。

楚稚水古怪地扭头瞧他，就好像看陌生人一样，总觉得他态度不正常。虽然辛云茂平时不搭理金渝，但他也勉强称得上友好，不会像刚才那句话，透出露骨的恶意。

“干什么？”他撞上她打探的视线，又恢复常态，轻笑道，“眼睛都黏我身上了。”

“……没什么。”

楚稚水抛却杂念，这自恋的状况，证明他应该挺正常。

观察处办公室跟隔壁差别不大，依然是标配办公桌及饮水机，但房间内却不见任何人员。这间屋在背阴处，只有几扇不大的小窗，采光不够好，莫名有些凉。

惨白的墙皲裂后掉下碎片，估计是被积聚的潮气腐蚀，四周都显得不敞亮。

楚稚水跟随苗沥进屋，她犹记那天经过时的吵闹，现在发现科室内空荡荡的，好奇道："其他同事呢？"

"被不速之客赶到下面了。"苗沥睨辛云茂一眼，心想他好大的官威，恨恨道，"我们坐电梯下去就能看到。"

"电梯？"楚稚水疑道，"局里有电梯吗？"

她每天都爬楼上三层，从不知道楼里有电梯。

"不是用电的，说妖梯也行。"

苗沥在前带路，他踏出一步，忽然被漆黑镇妖袍包裹，翻飞的衣角止不住地响。蓬勃的妖气凝聚在一起，逐渐吞噬周围的空间，像是有一只巨大的章鱼在上方吐墨，让黑暗完全笼罩此处。

楚稚水感觉此幕眼熟，她第一天进局里就是如此，稀里糊涂迈进没有出口的地方。

苗沥途经之处留下一串小小的猫爪印，在暗色中发亮，像是指引图标。

妖风飒飒，天光骤暗，平凡无奇的办公室彻底消失，只余眼前老旧的方状木梯。

四根雕刻繁复图案的木柱子立在地上，最上方刻有眼睛花纹，正中间有一幽幽空洞，与其说是下降的电梯，倒更像前往地底的深井，不知道下去会遭遇什么变幻莫测的事情。

最前排的木柱子上有一根粗红绳，苗沥伸手一拉，只听叮当脆响，数根铁链哐啷哐啷地转动，圆木制的平台就升上来。三侧被铁链简陋一拦，剩下一侧面向一人二妖，显然就是木平台入口。

楚稚水咽了咽，犹豫道："这种设施不会由于危险被查封吗？"

她想破头都不明白，朴素办公楼如何建出地下场所，估计跟妖气一样又是不好解释的。

“放心，普通人是不会来这里的。”苗沥抬起手来，他摆出邀请姿势，引导她上木平台。

楚稚水小心翼翼地踩上去，她感觉还算稳当：“但我现在就来了。”

“所以从今天起，你不是普通人。”

“……”

楚稚水想感谢苗处，他至少没说从今天起她不是人，这奇怪梯子要中途掉下去就绝了，活人身份都要保不住。

铁链吱扭吱扭地向下，透着不祥的冷光，就像恐怖电影一样，“闹鬼”前总要烘托森然氛围，先放一组诡异的空镜头。木平台载着一人二妖下降，呼呼的风声掠过，越发有坠机的感觉。

辛云茂闲适地倚着柱子，纯色衣领被风吹开，依稀可见两截锁骨，黑幽幽中一抹月白。他发现楚稚水站在木平台中央，根本就不靠近边缘区域，问道：“怕吗？”

“还好。”楚稚水将视线放在脚下，没有四处向外张望。

辛云茂凑近她一点，他饶有兴致地观察。

楚稚水面露不解：“干什么？”

辛云茂：“我还以为你又要吓得脸色发白。”

楚稚水咕哝：“都说我胆子没那么小。”

辛云茂一耸肩，他态度豁达，大方地提议：“他们这里的妖怪都不好看，你要难受可以盯着我的脸。”

楚稚水：“……”为什么他总认为她害怕丑的？

说实话，楚稚水其实有点怕，毕竟去游乐园都不坐升降机。她工作就够忙碌了，受不了大刺激，更何况局里的升降设备还自带鬼屋滤镜。

然而，她瞥见洋洋得意的辛云茂，突然就没那么心慌意乱，可能由于他搞笑妖的身份，她莫名觉得恐怖片都带喜剧效果。

苗沥作为观察处处长，颜值突然遭贬低，漠然道：“你以前说话有那么讨厌吗？”

苗沥仔细回忆辛云茂过去的言谈，然而脑海里却没有印象深刻的画面，只记得对方自诞生以来就罕言寡语，从本体来看不该是这副欠揍嘴脸。

木平台陆续经过数层，遥遥可见无数古旧炉子，时不时还传来异兽嘶叫，无间炼狱般的景象。

楚稚水听到怪响："这是？"

"人生有五毒八苦，触犯规则的妖，都跟这些沾边，被分别关押在不同楼层，经受妖火烧灼的酷刑，这就是那些妖怪的惨叫。"苗沥道，"越往下层的妖，所犯罪行越重，根据服刑情况会逐年上移。"

"那底层关押的是什么妖怪？"

"什么都没关，是我们办公的地方。"

没过多久，木平台停在最下层，空间果然豁然开朗。这里的环境正常很多，观察处人员身披镇妖袍抱着文件夹忙碌，他们跟苗沥打一声招呼，便远远绕开一人二妖。

苗沥热络地做导游："先带你转一转，然后见人参妖。"

楚稚水新奇地四处看："没想到下面有那么深。"

苗沥叹息："胡局还后悔呢，不该将办公楼建在上面，时不时就有妖气往楼上墙壁蹿。"

"那为什么不重新规划区域？"

苗沥哀怨地瞄她："局里面的食堂难吃，是我们不想吃好的吗？"

楚稚水恍然大悟，不管是敷衍的食堂，还是分区不当的办公楼，背后都只有永恒的原因——没钱。

世上的工作场所都布置得千篇一律，一人二妖在底层的办公处转一圈，重新登上木平台到其他楼层。

妖梯缓缓升起，楚稚水站在柱子边，大着胆子向下一瞄，俯瞰底层的全貌。半空中，地面图案隐隐浮现成庞大狰狞的龙头，身在其间还看不出来，唯有高处能瞧出端倪。龙的神态扭曲，称得上龇牙咧嘴，被镇压在最下方。

片刻后，他们抵达人参妖所在的楼层，此处摆满造型独特的丹炉，时不时冒出黑火，发出刺啦的声响。

“要吃爆米花吗？”苗沥不知从哪里掏出玉米棒，提议道，“给你找个植物妖怪来爆，比如甘蔗妖什么的。”

“对不起，我胃不太好。”楚稚水伸手制止，婉拒道，“吃得比较讲究。”

苗沥了解地点头，回忆道：“那倒是，你家里的菜都很好吃。”

辛云茂原本一声不吭，他闻言蹙眉，停下了脚步，神情颇警觉：“为什么他知道你家里的菜好吃？”

楚稚水：“这事说来话长。”

苗沥故作惊讶：“不会吧，不会吧，不会你真没吃过楚科长家的菜吧？我以为经济开发科都尝过呢，毕竟连我都经常能吃到。”

辛云茂脸色发黑，他难以置信地望向楚稚水，源源不断地制造冷气，一副马上闹情绪的架势。

楚稚水骤然“躺枪”，她忍不住瞪挑事的苗处一眼，心道猫的讨巧和恶劣真是与生俱来的，轻而易举就能发起战争。

辛云茂瞧见她的小动作，他更感受挫，惊声道：“你还看他？不该解释一下吗？”

“……我没有看。”

准确的动词叫作“瞪”。

楚稚水斟酌措辞，她视线上下飘移，含糊道：“不管你相不相信，其实我只是不小心犯了错，一个全天下人类都会犯的错……”

辛云茂沉默地盯着她，竟莫名显得幽怨。

说到底，为什么她要像投喂野猫的饲养员一样遭遇家猫的眼神谴责？

周遭空气似乎不再流动，漫长的对峙中，唯有锅炉声响。

刺啦——

辛云茂听到动静，他忽然神情严肃，直接朝她伸手，郑重道：“过来。”

“怎么？”楚稚水没躲开，她料定他不敢做什么，疑道，“为什么用言情小说男主的口吻？”

辛云茂不言，他的手搭她肩上，一把将她拉过来，还把她挡在自己身后。

楚稚水正感诧异，便听见异响。

没过多久，旁边炉子离奇地火苗乱冒，宛若即将爆炸的高压锅，嗡嗡地晃动颤簸，像岩浆要喷发出来，还刺啦刺啦地冒出热气。

楚稚水一怔：“这是什么？”

辛云茂和苗沥都冷眼看着此幕。

滚圆的炉口凝结出一张丑陋的脸，想要一头撞破禁制，然而丹炉金光一闪，他就被牢牢困在炉内，发出一阵吓人的冲击声。观察处的炉子特殊，妖怪一旦被关押，基本就反抗无力。

刺啦——刺啦——

炉内妖怪被烈火焚烧，早就看不出本体形态，但他的目光凶恶，朝着途经炉边的一人二妖叫嚣：“辛云茂，等龙神大人苏醒，绝不会放过你的！”

这声音嘶哑而凄厉，凝结着不散的仇恨。

楚稚水从未听闻其他妖怪叫他名字，没想到第一次会在观察处，对方的喊声带着冰冷彻骨的敌意。

“原来都过了这么多年，他居然移动到这里。”苗沥眨眼，“一直被火烤还没散去。”

辛云茂奚落：“你们设施真是老旧，这么点东西都烧不透。”

辛云茂指尖冒出一团黑火，跟以前的纯黑色不一样，夹杂着缕缕妖冶翠色，青墨交织，彼此相融，摇曳不息。

他手指一弹，青黑火苗就掉进炉内，微小的火星稍一触碰，便势不可当地燃烧起来，转瞬间让炉口火光冲天，诡异的青火威势惊人。

一声哀鸣从炉内传出，像用骨刺钉穿猛兽。

“他不放过我？”辛云茂语带轻蔑，声音凉如夜风，喃喃道，“正好，我还不放过他呢。”

他脸上什么情绪都没沾染，默默地注视烈焰焚烧，妖火高低明灭，更衬得他面若霜雪。

楚稚水安静地看着这一切，突然就想起初遇的情景，他是疏离、警惕、锋利的，脸上基本没有笑意，说两句就要匆匆离去，跟现在的神态如出一辙。

炉口溅起滚烫明亮的星子，将万千嘶叫都付之一炬。

片刻后，炉子内再无声音，黑森森的一片寂静。

辛云茂神色平淡地回头，他见她目不转睛地望炉子，倏忽间又想起什么，愣道：“吓到了？”

“没。”

辛云茂观察一番，确认她当真没事，他自得地点头：“哦——那就是被我的神威折服了。”

楚稚水见他故态复萌，她眉头微跳，踟蹰道：“不是，只是你这么玩火，容易……”

“容易什么？”

“玩火容易尿床。”

“？”

这么随意丢火，存在安全隐患，不建议其他人类和妖怪模仿。

“噗。”苗沥忍不住笑出声来，举爪掩盖表情。

辛云茂瞳孔微缩，他脸色青一阵白一阵，恼羞成怒道：“我跟掉毛生物可不一样，不需要这些肮脏的行为！”

楚稚水疑惑：“你光吃不那啥，难道是貔貅吗？”

辛云茂：“……”

他听到那一串笑声背景音，怒视忍得肩膀发抖的黑猫，咬牙道：“苗沥，你再笑下去，尾巴别要了。”

“她说的你，你威胁我？”苗沥满腹牢骚，扭头看楚稚水，劝说道，“刚刚就想说，真不考虑跟我缔结仪式吗？他明明那么讨人厌，人类都更喜欢猫吧。”

辛云茂冷酷地纠正：“人类喜欢的是绝育完还不挠家的猫。”

苗沥卖乖道：“我不会做那种事的。”

楚稚水：“缔结仪式？”

“对啊，只要我们缔结仪式，我会好好保护你的，也不用付多少代价，只要给我吃鱼就行。虽然听着有点生分，但要长期接触的话，还是有仪式对你比较好。”

“以后我可以再带鱼……”楚稚水为难道，“但仪式就算了吧。”

苗沥被拒，瞪大眼道：“为什么？”

辛云茂沾沾自喜地抬下巴：“我都说了她对你不感兴趣。”

“你已经跟他缔结仪式了？不可能，我没感觉到。”苗沥道，“真要选他吗？他跟我们不一样，相比局里的我，他明显更不可靠。”

实际上，楚稚水不想选任何一方，她面对自荐的二妖，总觉得不靠谱，随口道：“他不也是局里的？”

苗沥：“他不是。”

楚稚水惊讶地回头：“你不是局里的？”

“你终于反应过来了？”辛云茂淡然道，“当然不是。”

她迷惘道：“那你当初怎么会在后勤科？”

如果辛云茂不是局里的，为什么要在办公室工作？

辛云茂忍不住翘起嘴角：“现在明白了吧，我跟他们不同，你作为我唯一的信徒是多大的荣耀……”

他可是当世少有的封神妖怪！那条龙被封后就无妖能敌！

“你是派遣来的？或者是合同工？”楚稚水若有所思，一本正经地宽慰，“没事，现在没编制也没关系，我们科室都一视同仁，只看重工作能力的。”

“？”

苗沥笑到猫耳冒出，恨不得满地打滚，着实欢乐不已。

辛云茂气不打一处来，着实佩服她的思路：“你得出的结论应该是我最强，胡臣瑞都没法管我，为什么会是合同工？！”

楚稚水听他怒气冲冲，安抚道：“好啦好啦，扫地僧最强，合同工最强，别纠结这些了。”

辛云茂如鲠在喉。

“选他也可以选我，两边又不耽误的。”苗沥看完笑话，他收起耳朵，继续挖墙脚，出言诱惑道，“他总有顾不上的时候，总不可能全天待命吧？”

楚稚水瞥见辛云茂的眼神激光，心知自己要是敢应下，对方就会当场闹起来，她吞吞吐吐道：“……目前好像不用。”

苗沥左右看看，他发现一人一妖神色有异，震撼道：“难道他真是全天待命？”

辛云茂微抬下巴：“我怎么可能像你那样不负责任、玩忽职守？”

“也不是吧。”楚稚水小声道，“但叫他都会来。”

“合同工就是闲。”苗沥眼神微妙，“我是没法接受天天围着人打转的。”

辛云茂脸上挂不住，话里像掺杂碎冰：“尾巴真不要了？”

苗沥遭猫身威胁，当即气愤眯眼，他不知想到什么，又幸灾乐祸道：“不过你跟当年差别真大，明明以前都是死人脸，要让他们看见就有意思了。”

闲聊过后，二妖继续向前，都不再提炉子，仿佛那是无关紧要的小插曲。楚稚水回头，发现刚才的炉火已经熄灭，就好像尘埃里的旧故事，全被青火烧成灰烬，只留下彻底的虚无。

苗沥终于将经开科人员带到人参妖面前。

无数炉子分列两侧，其中空地有一石台，白须老者手脚都被镣铐锁住，失魂落魄地瘫坐在上面，缕缕长髯还带着深色焦痕，像刚从火炉里掏出的老红薯。他可能最近遭遇折磨，如今眼神涣散，浑身提不起劲，看着狼狈不堪。

楚稚水询问：“他叫什么名字？”

苗沥慢悠悠道：“懒得查看编号了，你想怎么叫都行。”

白须老者声音沙哑，颤巍巍地发声：“我叫须加科。”

楚稚水沉吟数秒，她只觉分外拗口，从善如流地点头：“好的，老白，你找我有什么事？”

人参妖喜提新绰号：“？”

楚稚水态度和气，无奈身侧站二妖，一左一右的冷面门神。他们漫不经心地瞄向老白，那感觉就像看烧黑的炉渣，恨不得将其扫进垃圾桶内。

老白紧张地咽咽唾沫，低声下气道：“是这样的，我心知以前冒犯大人罪无可赦，但能不能烦请您大发慈悲，满足我最后一点微小心愿……”

楚稚水凝眉，纠正道：“不要喊大人，多说大白话。”

她发现这些妖怪总带着些旧社会的气息。

老白哀求："好好好，我不喊，那能不能麻烦您帮我去看一个人？"

"看什么人？"

"她叫陈珠慧，还是个学生，住在附近村里，马上就要高考了。"

楚稚水原以为老白要求情，拜托她向苗沥讲好话，或者调他到茶园劳改，没想到是这么一件事。

陈珠慧是附近的高中生，父母离世后跟爷爷生活，一直住在村边自建楼里。前两年，她爷爷也走了，小姑娘被亲戚当皮球来回踢，加上她已经成年了，最后哪家都没有去，如今独居备考中。

老白跟陈珠慧爷爷有些缘分，他早些年差点被采参人挖走，是陈爷爷救下一条参命。他近年经常照看小姑娘，给她送些吃食和钱，报答她长辈的恩情。局里茶园茶树品质不错，就有白黄黑三妖组出力，他们偷偷采茶卖钱，然后补贴给小姑娘。

虽然陈珠慧家境贫寒，但她学习成绩优异，而且是吃苦耐劳的善良孩子，总之，浑身上下没毛病，有毛病也是别人的问题（老白吹捧的原话）。她那么长时间没见到老白，肯定心里担忧，没准影响考试。

"我原来隔一阵给她送点东西，但最近被追得太紧……"老白慌张补充，"当然，我没有说苗大人不是的意思，只是这段时间都顾不上，也不好跟她正式道别，怕她担心，想麻烦您一趟。"

楚稚水："为什么要我去？"

"您应该是个知识分子吧？"老白瞧她一身书卷气，试探道，"还是那种有文化的，知道高考是什么东西，没准能鼓励珠慧两句。"

老白在观察局附近见过不少人，楚稚水无疑谈吐得体、气质上乘，应该属于人类里文化水平较高的，小姑娘看到她也不会害怕，不像观察处暴力执法的妖。

苗沥露出尖牙，他皮笑肉不笑："你是说我没有文化吗？"

辛云茂一扯嘴角，不屑道："就你那对前爪，字都写不好吧。"

"这还用楚科长去看吗？"苗沥不耐道，"多大点儿事，我们直接清除她记忆就行。"

老白惶惶摆手："别别别……"

"真是自己感动自己，你以为她跟你扯上关系，最后能有什么好结果？”辛云茂慢条斯理地嘲道，“说是送她东西对她好，没准让她状态越来越差，人不懂法则，你还不懂吗？”

老白送陈珠慧东西，却没有收取回报，长时间积累下去，没准好心办坏事，反让对方倒霉起来。

老白奋力争辩：“她爷爷救过我，我们有因果的，不会影响到她！”

“她爷爷都没了，因果也就散了。”

老白悲从心中来，他嘴唇颤了颤，最后颓丧道：“算了，您说得对，这样对她也好，不然就忘了我吧。”

苗沥：“好的，现在事情说完，可以丢回炉子了！”

老白老实起身，神情还带有哀色，仿佛世界崩塌，彻底浑浑噩噩。

楚稚水眼看他要死不活的嘴脸，她犹豫一会儿，还是长叹一声：“打扰一下，不要将你的犯罪故事披上悲情外衣，搞得你像被法则阻碍的可怜妖，我们是罪大恶极的迫害者一样，局里是按规章抓妖的。

“地址是什么？”她平静地询问，“我这两天没空，周末才能过去。”

“可以可以，她平常在学校寄宿，周末才回家！”老白双眼放光，惊喜道，“您真的愿意去吗？”

“对，不是为你，只是为她。”楚稚水道，“多倒霉啊，你偷茶叶就算了，理由还是为了她，想想就晦气。”

老白忙留下地址，又一顿千恩万谢。他这回再进炉子轻松不少，甚至主动推销人参爆米花，要给楚稚水补补身体，但是遭到无情的拒绝。

事情落定，一人二妖坐妖梯回去，迎接地面柔和的阳光。

“你真要去？”苗沥将他们送到门口，他一只手握着门把手，大半身子还在屋里，“做这种事没什么意义，让我们来处理就好了。”

楚稚水面色平和：“意义都是事情做完后总结出来的，还没经历过，谈什么意义？”

“不明白。”

“这就像有的人一辈子都没过完，却天天嚷嚷活着没意义，话说得还太早了。”

苗沥似懂非懂。

辛云茂傲慢地扬眉：“没文化真可怕，什么都不明白。”

“说得好像你明白一样？”苗沥愤愤哈气，他猫爪子一拉，猛然将门撞上，“观察处以后不欢迎你！”

楚稚水工作日有事情要忙，决定在周六的下午过去，这也是陈珠慧为数不多在家的时间。

槐江观察局本就位置偏僻，自建楼却处于更远的郊区。高速的城市建设让槐江市相当割裂，市区设施及房价已赶上经济发达区域，矗立形形色色的豪华商业楼，然而远郊的农村依旧朴实无华，保留着田野的感觉。

楚稚水从没开车去过那么远的地方，她干脆先驱车到局门口，然后就地开始查地图，继续向下一站进发。

私家车没在局门口停留太久，但一眨眼副驾驶座就被某妖占据。

辛云茂不知何时上的车，他老神在在地靠着车窗，眼瞅着楚稚水用手机导航。

“你什么时候上来的？”楚稚水抬头一扫，被冷不丁现身的辛云茂吓一跳，“我要去陈珠慧家，今天周末不去茶园。”

他是不谙世事的妖怪，莫非分不清工作日和周末？

辛云茂沉默了好长时间，他像个铁面机器人，面上强作镇定，一字一句道：“我喜欢坐车兜风。”

“……”

一人一妖上回闲聊，楚稚水抛出两个选项：一是“体贴陪她乘车”，二是“喜欢坐车兜风”。辛云茂那时哪个都没选，他自觉丢脸地拔腿而跑，现在却僵硬选择其中之一。

片刻后，楚稚水摇摇头，她颇感好笑：“你确实很擅长说反话。”

他别扭道：“……该走了。”

车子缓缓启动，驶入主路大道。

楚稚水一边开车，一边想起什么，闲聊道：“对了，你的编制不在局里，那你工资是多少？”

苗处说辛云茂不算局里的，或许不是一套薪酬体系，他周末还跟出来更辛苦。她以前都不知道这事，要是比金渝还少，那着实过于可怜。

辛云茂听她又提合同工，脸上变化莫测，戒备道："又想挖坑取笑我？"

他可不会继续上当，他发觉她套路太多。

"问问嘛，真小气，不想说就算了。"楚稚水还琢磨给加班费的事，又看他一副视金钱为粪土的模样，她思考片刻改变主意，温声道，"这边风景都差不多，下回可以载你去城里转转。"

去茶园和陈珠慧家沿途的景色相差无几，既然他喜欢坐车兜风，没准会向往新环境。看他也不缺钱，倒不如投其所好。

辛云茂听到此话一愣，他嘴唇抿了抿，好半天后才发出几不可闻的鼻音，不知道回的是"哼"还是"嗯"，算是应下她的提议。

远郊，朴素的自建楼映入眼帘，楼前还有一小片院子，被简陋的墙壁围着。院门口贴着旧春联，黑色毛笔字并非印刷，而是由人亲笔书写，但在风吹雨打中也斑驳起来。

楚稚水将车停在一侧，还透过车窗观察门牌号，确认无误后下车。

辛云茂跟着下来，他见她又从后座取出一摞书，好奇地打量一番，发现都是练习册。

前院传来有节奏的敲门声。

"来了！"

陈珠慧在楼梯上听到动静，她当即丢下手中杂物，脚步匆匆地奔来开门。院门一开，她嘴里的"须爷爷"没喊出口，却发现来人是一男一女，倒都气质出众，只是容貌陌生。

"你好，请问是陈珠慧吗？"

"我是。"

打头的女子清丽温和，后面的男子冷峻漠然，皆跟村里环境格格不入。陈珠慧看到男子身侧隐隐的黑雾，更是神色一愣，颇为不知所措。

陈珠慧在观察他们，楚稚水也在观察她。小姑娘扎马尾、穿校服，一张脸素面朝天，普通的高中生模样，可能刚才干活将袖子挽起来了。

楚稚水打完招呼，将崭新的习题册交给陈珠慧，和气道："老白……不，须老托我们过来一趟，他最近有些事情要处理，可能没法再来村里面，让你高考加油，考出个好成绩！"

陈珠慧缓慢地接过习题，她音量渐小，不安地低头：“姐姐，须爷爷是不是出了什么事？或者犯什么错了？”

楚稚水一怔。

“您先进来吧，进屋里面坐。”陈珠慧忽然想起什么，当即将院门推开大敞，邀请他们进屋，热络道，“我给您倒点水！”

“啊，不用客气……”

楚稚水刚想阻拦，陈珠慧已经一溜烟回屋，开始迅速地张罗起来。

“那人参真是个脑袋不灵光的。”辛云茂盯着陈珠慧背影，淡声道，“这个人已经开眼了。”

相比其他妖怪，辛云茂能看到更多东西。每个人类都有自己的气场，就像万物有不同颜色，陈珠慧明显比一般人多点什么。

妖怪和人类接触频繁会打破平衡，原因就是妖怪的存在会给人抹上新颜色，或许是造成好转变，或许是坏转变。

楚稚水惊讶：“那她岂不是……”

“对，她知道他是妖怪。”

须加科还以为陈珠慧是普通人，谁承想自己身份早就暴露了，只是小姑娘以前没有戳穿。

辛云茂奇怪的是，陈珠慧身上颜色过深，不像人参妖能染上的。

片刻后，楚稚水和辛云茂进屋，房间内没什么大件家具，倒是被收拾得干干净净。陈珠慧用开水烫过杯子，又动作麻利地倒水，她原本还说要沏茶，被楚稚水婉言制止。

楚稚水：“珠慧，你刚才提到出事，是知道点什么吗？”

“姐姐，你可能不信，我从小能看到些奇怪的东西，最开始很困扰，但习惯就还好，只是大人们觉得不吉利。”陈珠慧看辛云茂一眼，犹豫道，“须爷爷跟其他人不同，还有您身边这位也是……”

辛云茂不言，他随意靠在一边，若无其事地站在楚稚水身后。

“我有一次跟须爷爷去地里，眼看着他从山坡摔下去，腿都摔掉一截，可等我跑过去，他什么事情都没有，还以为我没看见他摔倒。”

楚稚水心想老白确实脑袋不灵光，这确实把小姑娘当憨憨了，不暴露身份才不正常。

“他是不是在外面犯事儿了？这两年他经常拿钱给我，我不要就送东西过来，我都没有动。”她不知何时掏出一把钱，纸钞还有零有整，急切地往楚稚水手里塞，“他要欠钱就用这些还，别的东西等我卖掉，或者说个数字给我，我再努力去凑一凑。”

陈珠慧身世坎坷、自幼成熟，听闻过村里人欠债被打的事，还有做不法生意被抓的新闻。

“我们长得很像讨债的吗？”楚稚水不敢接钱，赶紧摆手婉拒，“不不不，虽然跟钱有关系，但不完全是因为这个，还有别的原因。”

陈珠慧闻言，顿时脸色煞白，心慌意乱道：“还有更严重的事吗？”

楚稚水为难道：“珠慧，你应该也知道须老身份特殊，他其实不是人类，犯的不是人类的法，主要是妖怪的法。”

“他犯了什么妖法呢？”

楚稚水不好作答，虽然老白袭击自己，但陈珠慧又没作恶，有些话不该对孩子说。

“那他犯的错跟我有关吗？”陈珠慧见她不言，眼睫毛震颤起来，哀声道，“大家都说我会给别人带来霉运，从爸爸妈妈到爷爷，现在又是须爷爷……”

她因为莫名其妙的能力饱受亲戚唾弃，好不容易跟不在乎的爷爷和须爷爷度过一段安宁生活，谁料事故频出，真像诅咒一样。

她有时候都怀疑自己确实沾染了不干净的东西，否则跟她接触的人为何总是事事不顺？

楚稚水错愕，随即速答道：“跟你没关系。”

“但是……”

“跟你没关系，不管犯法的理由是什么，都该由那个做错事的人或妖承担，只要你没有犯罪或教唆犯罪，那就跟你没有任何关系。”

楚稚水眼眸清透，态度斩钉截铁。她语气不紧不慢，莫名就使人信服，让陈珠慧收声。

“好啦，不要用别人的过错惩罚自己，须老是怕你担心，打扰你高考，所以让我们来一趟。”楚稚水捏着兜内的失忆泡泡水，柔声道，“不过，他不知道你能看见妖怪，现在你有个选择机会，要不要忘掉这些事情？”

陈珠慧愣神：“忘掉？”

楚稚水点头：“对，忘掉妖怪的事情。”

辛云茂突然开口：“我还能让她闭眼，再也看不到这些。”

楚稚水惊讶地回头看他一眼，又转向陈珠慧，耐心征求意见：“怎么样？你刚才也觉得看见妖怪很困扰，需不需要我们来解决一下？”

陈珠慧相当意外，从未想过这种能力能够被消除，这简直是童年时梦寐以求的事情。如果是小时候，她肯定二话不说就应下，彻底摆脱变化无常的生活。

楚稚水静候她答复。

陈珠慧低头垂眸，双手握拳放在腿上，指节用力捏得发白。好半晌后，她才轻轻地发声：“我不想。

“虽然能看见很麻烦……”她偷偷抬眼，观察二人反应，鼓起勇气道，“但我不想忘掉这些，我还想见到须爷爷。”

她的声音发颤，透着些许紧张，生怕激怒面前二人。

楚稚水沉默片刻，她松开手中小瓶，了解地点头：“行，那就遵从你的意愿吧。”

陈珠慧不料她如此痛快，讶异道：“你们不强行让我……”

“怎么会？”楚稚水绽放笑容，“你又不是犯人，我们是正经单位，当然不会实施暴力，连逮捕都按手续来。”

陈珠慧听对方语调轻松，她离奇地产生安心感，低声道：“姐姐，你真是人类吗？”

除了学校老师和妖怪外，她很少跟人和谐交流，尤其没见过像楚稚水那么好说话的人。

楚稚水下意识摸脸，眨眼道：“你不是能看到，难道我不像人？”莫非她跟妖怪工作一段时间模样都变了？

“不不不，就是觉得很神奇，尤其你的工作还……”陈珠慧急得结巴，“还挺特殊的。”

楚稚水自如道：“会进局里也是意外，我听说你马上要高考，想好报哪里了吗？”

“暂时还没定，老师说去大城市，比如银海市什么的。”

“那欢迎报考银海大学，期待我们能够做校友。”

“……分数有点高，我努力一下。”

楚稚水随意话起家常，彻底让陈珠慧松懈下来，气氛变得融洽愉快。她比较会聊天，加上高中时刻苦用功，跟小姑娘还真有不少共同语言，甚至能在填报志愿上给一些建议。

陈珠慧听得连连点头，很快就变得求知若渴，尽管她跟须爷爷亲如家人，但确实无法向对方请教人类社会中的经验，尤其是离开槐江市这块地界的事情，现在无疑是接触到一扇新窗口。

辛云茂一声不吭地盯着二人闲聊，观察着她们身上的气场流动，就好像高耸的背景板。

片刻后，楚稚水圆满完成任务，也不再过多逗留，起身道：“好了，那我们就不多打扰，你在家好好备考吧。”

陈珠慧虽意犹未尽，却是懂事的孩子，礼数周到地将他们送到门口，这才打道回府。

刚一进屋，她就看到桌上的练习册，发现封面崭新却没塑封膜，便随手翻阅起来，突然看到夹在其中的白信封。白信封上面印着眼睛形状的图标，拿在手里颇有分量，打开一看都是钞票。陈珠慧一惊。

院门口，楚稚水和辛云茂已经上车，正在掉头准备驶离小楼。

“姐姐，这钱我不能要，我有申请补助！”陈珠慧握着信封追出来，她看着车内的二人，慌张道，“其实那些钱，你都应该拿走，更不能再给了。”

楚稚水没收走须爷爷拿来的钱，居然还留下新钱，怎么想都不合适。

“拿着吧，真想还我的话，要不要高考后来我们单位实习试试？”楚稚水放下车窗，她握着方向盘，鼓励道，“好好学习，考个好大学，没准有机会再遇到你想见的人。”

单位实习？她想见的人？

陈珠慧停顿数秒，她本想要将钱塞回去，忽然又领悟对方暗示，不禁眼前一亮，胸口溢满难以自制的激动，郑重其事道：“我会努力的！”

楚稚水一笑：“我们先走了，高考加油。”

陈珠慧朝他们挥手告别，她站在家门口，目送汽车离去。

楚稚水当初答应过来，不过是认为小姑娘有知情权，起码不该全程稀里糊涂，或者被直接删掉记忆。人的自由并不完全取决于贫穷或富贵，更多在于是否握有选择权，即便选择后的结果不好，但只要是自己选的，那就是自由的。

老白在茶园的事牵扯出“因”，但或许该让莫名卷入的陈珠慧有机会用自身意志来选择“果”。

车内，楚稚水冷不丁想起一事，请教道：“对了，我这么做会打破妖怪和人之间的平衡吗？”

辛云茂闻言，靠着车窗瞄她，对方正在专注开车，目不斜视地盯着前方，留下干净而流畅的侧脸线条。她周身有一层浅浅的颜色，基本跟自身轮廓融为一体，没掺杂半分杂质。

他从第一次见面就确信，楚稚水是没妖气的普通人，但气场相当明澈，基本不沾染恶意。这代表她情绪稳定、能量很强，要是没进槐江观察局，估计一辈子不会撞邪。

即便她产生担忧、恐惧或恼怒的负面情绪，也能快速调节和消化，甚至跟陈珠慧接触完都没被影响。所以他最初被她叫住确实发蒙，一旦人或妖无所求，他就彻底看不明白。

静水流深，水善利万物而有静。她作为凡人很弱很弱，但某些方面却非常强，连妖怪都没法长期维持这种状态，以至于他都误会她初见就心悦自己，后来才发现她好像对谁都是这种颜色，一直发光体般向外释放热量。

虽然他最开始确实犯傻，但她现在承认是他的信徒，他跟其他妖怪还是不一样的。

“法则正常，什么都不影响。”他唇角微扬，轻巧地合眼，作势就要小憩，“你让她过来，没准是好事。”

茶园内，老白灰头土脸地站在楚稚水面前，身边还有神情莫测的小黑和小黄。

老白听说楚稚水非但没吓到陈珠慧，还给小姑娘留下学习资金，更是感激涕零，只恨自己过去不识好人心，居然有胆子袭击楚稚水。

老白只差当场泪奔：“大人，您是大善人，您的大恩大德，小的没齿难忘——”

小黄一把制住老白，将他摁跪在地上，恶声恶气道：“叫什么大人，要叫楚科长！”

小黑在旁帮腔：“你以为局里是黑社会吗？懂不懂规矩，楚科长最讲平等，会不会说话啊？！”

老白面对态度骤变的昔日同盟：“？”

老白不知所措，他惴惴不安地抬眼，只得寄希望于大善人，迷惘道：“大、楚科长，他们这是什么意思……”

楚稚水满脸笑容，她的语气让人如沐春风：“我给珠慧包了三千元的红包，你应该能给局里挣三百万元吧？”

老白：“？”

“你该不会以为我是圣母冤大头，真被你三流的卖惨故事打动，打算什么都不计较？”

楚稚水不紧不慢地上下打量老白，好似在寻找从哪里下刀，她和煦地感慨：“命运有时候确实不公，你应该感谢自己的本体，让你有戴罪立功的机会，甚至比你的共犯还容易点。”

小黄和小黑是生姜和何首乌，相比起老白，只能赚辛苦钱，不太好发财。

成年人要照顾小孩，然后将恶人捶地上，这才是正确的事，世界会更加美好。陈珠慧是学生，楚稚水不计较，老白都是一把年纪的妖怪了，那她就没必要再手软。

小黄和小黑站在一边附和。

“楚科长，我们这就抓他去卖身，拿他的卖身钱给局里填账！”

“对对对，卖他个几百次，不行就卖上千次！”

“你们说什么？”老白惊慌地拉紧衣服，还被自己的脚铐绊一跤，恐惧道，“我卖艺不卖身的！”

楚稚水凝眉：“你在胡说什么，我们是正经单位，卖的是‘人参’的‘参’。”

人参妖愤愤不平：“卖身和卖参对我来说又有什么区别吗？！”

“……”

楚稚水在老白心里的形象，很快就从光风霁月的善人，一举跌为残暴的衣冠禽兽。

当然，楚稚水并不在乎人参妖的想法，她琢磨的是研发生姜、何首乌和人参产品，浇灌妖气的绿茶只对妖怪有吸引力，放在人类市场竞争力就较低。好在五十亩茶园出产的绿茶被银海局全部买下，算是每年的固定收入，近几年应该挺稳定，保证人均月薪五千元没问题。

银海局买东西也有额度，贸然扩大生产，只卖东西给妖，并不是长久之计。

新产品主攻方向是人类市场，最好能在年底前有成绩，过年直接发一笔大的。

经济开发科内，楚稚水坐在电脑前忙碌许久，她看一眼时间，又瞄向门口，疑惑道：“今天没送单子呢？”

最近，财务处同事们常常来送单子，顺便跟楚稚水和金渝闲聊玩闹，都快像上班打卡一样准时。两位女同事一个叫小虫，一个叫小下，她们都是午休时过来，恰好辛云茂不在屋里，房间里都是姑娘。

然而，今日午休结束，时间都到下午，她们也没露面。

金渝闻言看了看日历上的数字，支吾道：“她们今天可能不会来。”

“为什么？”

“今天是报销最后期限，苗处可能待在财务处，那她们就不会过来了。”

楚稚水疑道：“这跟苗处有什么关系吗？”

“你不会以为那只猫脾气很好吧？”辛云茂一只手撑下巴，他一向不在办公室发言，竟难得加入对话，轻飘飘道，“媚上欺下是这类动物的常态。”

楚稚水：“……你对苗处确实有很大敌意。”

“但其实也没有错。”金渝怯懦地附和，又连忙补充道，“当然我对苗处长是没什么意见，只是猫很喜欢做不好的事，总用尾巴将鱼捞上岸，不吃就晾在地上看……”

辛云茂嗤道：“猫的劣根性。”

楚稚水头一次见他俩意见统一，堪称开天辟地头一遭，惊讶道：“你们居然还有同盟的时候？”

金渝碰到辛云茂吓得说不出话，辛云茂见到金渝则是爱搭不理，现在双方同仇敌忾，让楚稚水大感意外，莫非是天下苦猫久矣？

楚稚水瞥一眼电脑，她索性放下鼠标，起身道：“我去财务处拿一趟单子好了。”

“她们可能顾不上你，我猜今天龟飞虾跳。”

“？”

办公楼二层，财务处。

楚稚水礼貌地敲门，没有得到回应。她听到嘈杂声响，试探地走进屋里，这才领悟金渝的话是什么意思。

财务处此时一团乱，好像被轰炸过一样，各类旧文件飞得到处都是。这架势就像有一群哈士奇途经此地，只将所有东西都蹂躏得粉身碎骨，根本找不到落脚的地方。

“有人……”楚稚水四处张望，“有妖在吗？”

外面的房间没有回应，唯贺处的小屋子有动静。

楚稚水靠近小屋门口，遥遥就瞥见身披镇妖袍的苗沥，还有角落里瑟瑟发抖的贺寿贵。她颇为疑惑，正要上前打招呼，却被突然出现的身影拦住，正是小虫和小下。

财务处女同事不知何时冒出来，她们扯住楚稚水不让对方过去，慌乱道：“楚科长怎么来啦？你先避避吧！”

“我来拿单子。”楚稚水询问，“屋里是被炸了？”

“哎呀，没事的，每个月都要被炸一回！”小虫一把将单子塞她手里，“你等苗处一走，一切就正常了。”

“你们在干什么呢？”

“观察处上个月赔偿额超标，贺处不愿意批单子，苗处就过来找麻烦……不是，找贺处谈谈。”

楚稚水做过现场赔偿，好奇道：“这不是正常的工作流程吗，为什么会搞成这副样子？”

观察处抓妖弄坏物品，局里就要给苦主赔钱，就像当初赔老李菜地一样，都是稀松平常的日程。

“楚科长，我们也不是对苗处有什么意见啊……”

楚稚水一听这开头，就明白肯定有意见。

“但你作为人类应该也知道，猫就是有些改不掉的习性。”小虫探头打量，她确信苗处无暇顾及此处，偷偷嘀咕，“比如说，你看这个杯子在桌边放得好好的吧，但他就喜欢在周围蹭来蹭去，等你注意到杯子时，明明刚才什么都没发生，偏偏这会儿就被他推下去！”

“对对对，而且他总是一边推着，一边观察你的反应，就要看你绝望的样子。”旁边的小下赞同，“性质非常恶劣！”

楚稚水：“……”

她的脑海中已经冒出黑猫撞翻水杯后肇事逃逸的背影，说不定它还会漫不经心地回头看，露出天真无辜的乖巧嘴脸，浑然不为自己的罪行羞愧。

这就是观察处和财务处的矛盾，贫困局里百事哀，苗处认为自己执行任务造成的损失都该被赔，贺处却怀疑苗处心情不好时随意生事，经常搞一些没必要的破坏。明明可以收着一点，却每次搅得一团乱。

因此，赔偿单经常被拖到最后一天，然后以苗处暴打贺处做结尾。

“苗处要打贺处？”楚稚水想到佝偻的贺寿贵，惊道，“这不合适吧？”

“没事，贺处看着弱，本体有龟壳，耐揍。”

“？”

楚稚水着实听不下去，决定前往小屋子阻止乱战，连小虫和小下都拦不住。她一进门就看到房间角落里有一巨大龟壳，苗沥正焦躁地围着打转，好像苦于从哪儿下手。

楚稚水忙道：“苗处……”

苗沥置若罔闻，他找到龟壳缝隙，打算亮爪掏一掏。

“苗处，苗处。”

苗沥不为所动，依旧忙着抓龟。

楚稚水一连喊几声都没让身缠妖气的苗沥回头，她终于伸手一把扯住镇妖袍的帽子，高声道："苗处！"

苗沥比楚稚水要高，披风帽子耷拉下来，她正好一抬手就拽住，那感觉像是捏猫的后脖颈。

苗沥被揪住后脖颈勃然大怒，他回过头就要翻脸，等到看清是楚稚水，刹那间绽放笑容，切换成友善的脸："原来是楚科长，找我有什么事？

"你改变主意要跟我缔结仪式？"苗沥眨眨眼，歪头道，"只要每天给我小黄鱼就行。"

"不不不，不是这件事。"楚稚水松开帽子，她一瞥巨型龟壳，委婉道，"这样为难老人家不好吧。"

贺寿贵年迈枯槁，如今被逼到绝境。

苗沥性情乖张，附和道："楚科长说得对，我年纪比他大，他这样为难我不好。"

楚稚水："？"

楚稚水瞄一眼混血脸青年苗处，再回想干巴巴老者贺处，惊叹于财务处事务繁重，让贺寿贵未老先衰成这样。

贺寿贵听闻有人主持公道，他转瞬收起龟壳，化为干瘪的老头，哀叹道："楚科长，你评评理，哪有这样批单子的——"

苗沥不悦地龇牙："还不是你先拖着不批？"

"那是我不想批吗？那是没有钱批呀，上次就挪用食堂钱，这回真抹不平账啊！"

"怎么可能抹不平？你们财务的工作不就是将账做平？"苗沥挑眉，"总归有办法吧？"

"做账是做账，不是做假账，做假账是违法的。"贺寿贵震声道。

楚稚水赶紧出面打圆场："贺处，到底差多少钱？"

贺寿贵看她一眼，报出一个五位数。

"加上食堂缺的呢？"

"超过十万元了。"

楚稚水叹气：“从公司账户调吧，把赔偿单子批了，然后食堂缺的钱也填回去。”

经济开发科账户里有绿茶收益，本来掐算着按月发绩效，全年就是月薪五千元。她最近还琢磨着要赚更多，谁料本就贫困的局里雪上加霜，前面竟有洞没有补，甚至影响食堂伙食。

说实话，她早难以忍受糟糕的工作餐，想吃正常的两荤两素一汤。

贺寿贵深受触动，热泪盈眶道：“真的可以吗？”

“可以，这些钱本来就是发给局里职工，还有逢年过节买礼品的。”楚稚水道，“总要让大家吃好饭。”

经济开发科赚钱就是为改善职工生活，平时多绩效，过节发粮油，年底有奖项，再厉害一点建新办公大楼，但槐江观察局短期指望不上建楼了。

“好好好，太好了。”贺寿贵抹泪，“只要账填得平，你让老牛把我炖了做汤都行。”

小虫和小下窃窃私语：“不要吃，贺处耳背又糊涂，喝他炖的汤会变笨。”

楚稚水：“……”你俩这看领导热闹的毛病也挺厉害。

苗沥在旁听着，他忽然想起什么，饶有兴致地询问：“那要是食堂餐标正常，是不是就能吃小黄鱼？”

楚稚水望着罪魁祸首，她眉头微跳，反问道：“小黄鱼？”

仔细想来，黑猫警长以前都不让摸，关系转折点就是她喂了鱼。

苗沥怀念道：“对啊，就是你带过的那种，既然要大家吃好饭，可以让食堂做鱼吗？”

这只惹事的馋嘴猫居然还在惦记吃鱼？她没带他去绝育都是仁至义尽，据说手术后的猫就不会有旺盛的破坏欲。

“苗处，在人类社会里一向有共识，搞破坏的猫没有罐头和猫条。”楚稚水笑眯眯道，“局里也应该学学人类那套，我会拜托牛哥为您定制工作餐猫粮。”

苗沥瞪大猫眼：“？！”

观察局食堂重新获得足额经费，让食堂主管牛仕大为高兴，隔天午休就拜访经济开发科。

牛仕将食堂单子递给楚稚水，豪气地放话："来来来，以后菜单你做主，你只管写菜名，我照着来上菜！"

金渝："牛哥好久没这么开心了。"

"那可不是，自从食堂被扣钱，这工作做得越来越没意思。"牛仕感慨，"巧牛难为无米之炊，但现在可不一样，终于能展现手艺！"

楚稚水犹豫："我来写菜单不好吧？"

"没关系，你不写也是我写，那就按照最近菜价排了。"

牛仕会根据近期菜价来规划食堂饭菜，他现在将部分权力放出，让楚稚水选喜欢的食材。

楚稚水写上两道菜，又问道："金渝喜欢吃什么？"

"啊，我吗？"金渝思考，"我喜欢炸知了。"

楚稚水望着金渝软萌的圆脸，震撼道："……这么硬核吗？"

"松仁玉米也可以。"

楚稚水写上几道金渝喜欢的菜，她发现辛云茂没待在屋里，想了想又添上一个水果茶，再增加几款味道清淡的甜汤。

"这是饮料和汤？"牛仕意外道，"也行，醪糟汤圆不难。"

牛仕估计觉得经济开发科写的菜都不隆重，为庆祝食堂重归正轨，居然还在首日买了海蟹。

避风塘炒蟹作为美味可口的名菜，蟹肉和蒜香完美融合，配上脆而不煳的面包糠，令人食指大动。蟹块风味浓郁，蟹沙鲜辣焦香，简直让人回味无穷。

楚稚水望着丰盛的工作餐，赞不绝口道："牛哥确实有两下子，以前是没机会发挥。"

食堂的饭菜过去被钱所困，现在不但规格正常，而且荤素搭配、健康好吃，尤其大锅翻炒还添有家里欠缺的锅气，滋味更不一样。她现在开始期盼午饭，吃饭不积极，思想有问题。

"听说吴科长知道中午吃蟹闹好久。"金渝道，"但牛哥并没有搭理他，不会怪到我们头上吧？"

“无人妒忌是庸才，哪有时间管他啊，格局要打开一点。”楚稚水揉揉金渝脑袋，语重心长道，“等以后你就明白，人只要到达一定高度，世界就会变得很善良。”

金渝好奇：“为什么？”

“因为获得过你帮助的人会自发收拾对你不善良的人，所以提升自己往上走很重要，千万不要回头纠缠，那就直接掉档次了。”楚稚咬下一口蟹块，懒散道，“人不要和食材计较。”

观察局不存在小人或恶人，只有可食用的昂贵食材，看谁不舒服就炖谁。这个世界没有打脸反派的剧情，只有“舌尖上的槐江观察局”。

用餐过后，楚稚水还让牛仕帮忙打包一份饭菜，她从未在食堂看到过辛云茂，不知他究竟在哪里吃饭，没准以前觉得食堂的饭不可口。现在伙食改善，总要通知一声。

办公室内，楚稚水将饭盒放在辛云茂桌上。

她只是出去取一趟文件，回来就发现一次性饭盒消失。空气中完全没残留食物的味道，但那颗饭后吃的薄荷糖被他丢进糖堆里。

辛云茂桌上有一小堆糖，他会将晶莹剔透的糖纸整理好，有条不紊地摞在一起，不好看的糖纸直接丢掉。这可真是充满少女心的行为，不过楚稚水平时不敢点评，生怕他恼羞成怒、气急败坏。

楚稚水一瞄垃圾桶，里面空空如也，附近干干净净。

他这么爱干净，还真让人意外。

大家同处一个屋檐下，就会遇到常见的定律，打扫卫生的总是最看不得脏乱差的人。因为其他人认为还能忍受时，最挑剔的家伙已经坐不住，总感觉哪里都是灰尘。

目前，经济开发科无法容忍脏乱差的排名从高到低是：辛云茂、楚稚水、金渝。所以，辛云茂成为科室内最坐不住的那个，基本看到一点垃圾就要处理掉。

茶园工作收尾，新品研发起步。

楚稚水刚开始搞茶园，还托王怡文去银海局送茶叶，却没料到此事会引出支线。

家中，她站在窗边跟王怡文打电话聊起近况。

“你上回不是让我到银海局送茶叶，我那天是跟一个朋友去的，他闻到茶香眼睛都直了，回来就追着问我这茶怎么卖。”王怡文询问，“你那里有多少货啊？他好像搞直播卖货，据说还挺厉害的！”

王怡文在龙知视频工作，主要负责推动商业化，帮助视频平台营利，跟各行各业都打交道。她不是懂茶的人，甚至都不喝绿茶，却也记得那天沏茶后满室芬芳，清透缠绵的茶香徘徊不去，让人无法忘怀。

槐江茶叶在国内不算有名，王怡文的朋友就嗅到商机，没准能拿到高性价比的货品。

楚稚水不料还有此事，无奈道：“跟你朋友道个歉，我们茶叶被订完，今年可能没货了。”

“这么快？”王怡文惊道，“你前不久不是说，有可能卖不出去？”

“当时确实没签单子，主要我们产量也低，其实总共就没多少。”

而且，楚稚水觉得浇过妖气的茶叶不适合卖给人类，这种绿茶对妖怪有滋养作用，才能被卖到“天花板”价格。但人类没准不能接受，觉得性价比不够高，这个价格都能去买顶尖龙井了。

王怡文敬佩：“楚总不愧是楚总，依然跟以前一样，效率实在是高！”

“还叫什么楚总，谁家老总月薪几千元，说出去都好笑。”

“但我还觉得你是楚总啊，还想着咱们一起奋斗的时候。”王怡文刚才还兴致勃勃，她听到此话又沮丧起来，“你说人啊生活啊，为什么总是在变？”

楚稚水一怔。

“我真佩服你能回去，最近不是想往外跳跳嘛，偶尔也琢磨不然回老家吧，但又特别不甘心，真回去当初干吗出来？在家肯定还被我爸妈催婚。”王怡文询问，“你家里人现在催吗？”

“他们不太管。”

“那也太幸福了，我每年回家就被念，然后心里面烦得要死，过完年回到银海也难受，说实话在这里工作那么多年还是个外乡人……”王怡文哀道，“现在连你也回去了。”

楚稚水察觉电话那头隐含哭腔，安慰道：“只要你需要我，我们随时联系。”

王怡文瓮声瓮气：“我还记得刚进公司那年，你带我去医院看病的事，咱俩当时真完全不熟，甚至我先前还觉得你假，你记得我们刚开始不对付吧，就那回我才知道你人真的好……”

楚稚水哭笑不得：“带你看病也不是什么大事。”

“就是你老这么说，之前才觉得你假。”王怡文吸吸鼻子，难过道，“我也不知道今天怎么了，反正累一天回来心态就崩了，你说我是不是废物啊？出来混那么久没名堂，也不知道未来该去哪儿、干什么。”

“当然不是，你只是下班累了，睡一觉就会好的。”

“可我没法像你一样想得明白，也没法像你那么好。”

楚稚水轻声道：“怡文，并不是我人好，其实是你人好。”

“嗯？”

“带你看病不是什么大事，但你至今都记在心里。我以前做过很多这样的事，可有些人并不会在乎，包括我离职之后，只有你主动联系我，还想着要帮帮我。”楚稚水语调柔和，“所以并不是我人好，其实是你人很好，不要再贬低自己了。”

电话那头是细微的呼吸声。

“虽然现在没人叫我楚总，但他们管我叫楚科长，感觉也挺新鲜吧。”楚稚水失笑，“你也会越来越好的，洗个澡早点睡，明天就不一样。”

“嗯。”王怡文情绪好转，“等我年假去槐江旅游，楚科长做向导。”

“可以啊，不过这边好玩的不多，怕你到时候失望。”

“没事，就是去看看你。”

成年人情绪崩溃及重建一向迅速，倒不是有多么坚强，只是崩完还得生活。楚稚水和王怡文现在天各一方，她也没法面对面安慰好友，唯有期盼未来能到银海出差。

经济开发科内，楚稚水让金渝将前不久整理的资料发给自己，茶园起步时做过不少槐江茶调研，现在可以用来完善手里的方案。

虽然局里不需要向外卖茶，但她还是要来王怡文朋友的联系方式，又找胡局询问一番槐江市相关部门的渠道，想要找到当地负责特色农业扶贫项目的人员。

槐江观察局的工资再低，有些事还是摆得平，类似体系的单位互相交流容易，只是局里以前不爱掺和。

她当初就觉得槐江茶叶有潜力，无奈当地人打不出品牌，如今没准可以牵线搭桥。槐江市有关部门提供政策扶持，直播人员帮忙带货，茶农借此提高收入。

“但这些跟我们和局里有关系吗？”金渝疑道，“你做方案平白增加工作量，也没有人掏钱。”

槐江茶方案听起来是槐江市相关部门、直播人员和茶农三方共赢，唯独跟观察局不沾边。

“短期来看没关系，但只有盘子做起来，整个大环境变活跃，未来才会有机会。”楚稚水道，“如果槐江茶可以做起来，那相关产业链都会发展，甚至能辐射到其他商品，局里的新产品没准会受益。”

人在江河日下的环境里爬起无疑困难，顺风起势无往不利，逆风而行处处碰壁。她当时参与创建龙知视频是相同道理，每年的创业公司那么多，学历高又履历佳的人才比比皆是，凭什么幸运儿是她？总归要借风往上飞。

平心而论，谁都会对怀揣目的靠近的人心怀戒备，认为这样的人功利又世俗，这年头没人缺一箱酸奶或水果，没必要为点蝇头小利出手帮你。

但双方都僵持住，事情就办不下去，总要有先迈出一步的人。

人脉都是越用越活，只有调动东边的资源置换成西边的资源，才能生生不息下去。楚稚水以前在银海市的关系不用也会慢慢消失，倒不如花点力气变成槐江市的关系，适当出力是必要的。

前期资料齐全，方案也不难做。楚稚水一边对着电脑噼里啪啦，一边突然想起什么，转身询问后面的辛云茂：“对了，这么一想你还是农业种植好手，有什么值得分享的种茶经验吗？”

方案里放些种植人才访谈看上去更有可信度，小黄和小黑都能想出生发配方，没准辛云茂也略通此道。

“种茶经验？”辛云茂蹙眉，语气幽幽道，“我都让它们好好长，它们还敢不听吗？你以为都像你一样，一天到晚跟我作对。”

“……”

楚稚水严重怀疑他不跟自己开战就难受。

“不是，我今天确实没做什么吧？”

她到底哪里又招惹他了？

辛云茂嗤道：“呵，我是比不得什么鱼什么猫的，他捅的娄子你来收拾，掏钱的速度比谁都快。”

金渝：“？”

前排的金渝突然被点，她顿时心里一咯噔，只盼日常争锋快点结束，大妖怪一个月总有那么几天看谁都不爽。现在，她不再怕这位的妖气，而是怕这位阴阳怪气。

“讲讲道理，局里账目总得填平，真要让贺处急死吗？”楚稚水耐心道，“而且你得承认新食堂很好吃吧，我看你最近用餐也挺愉快的，打多少吃多少，一点都没浪费。”

她本来怕他挑食，但他好像什么都吃，从没有剩下过。

“哼。”

辛云茂不置可否，他直接将视线抛向窗外，都不愿意跟她正面对视，显然还对挪钱补洞一事耿耿于怀，也不知究竟从哪儿得来的消息。

楚稚水盯着他紧绷的侧脸许久，她突然放软语气，冷不丁道：“我突然又发现你一个优点。”

辛云茂一愣，本来还不想转过头，终究忍不住瞄她：“什么优点？”

他表情故作冷酷，但眼神莫名期待，语气听着漫不经心，却一动不动地等下文。

“你不但能够种茶，说不定还能葬花。”楚稚水像煞有介事道，“毕竟上一个这么说话的人就喜欢干这个，没准你们妖怪也是这样的。”

“……”

他现在说话一股子黛玉味儿，让人怀疑他不但能浇五十亩茶园，说不定还能顺手葬五十亩花园。

Zhu and Zhi

第七章

银海观察局

签名

楚稚水

槐江观察局

HUAI JIANG GUAN CHAJU

槐江茶方案交上去后，楚稚水很快跟槐江各部门取得联系，帮助王怡文朋友和相关人员沟通。

她近期频频要到市里处理些事情，对接的负责人姓秦，态度倒挺好，交流还不错。秦主任在市政府附近工作，那一片都是形形色色的机关单位，位于槐江市中心，距离她的期房近。

天朗气清，阳光明媚，正是不热又不冷的好时节。

窗外微风吹进屋里，缓解办公室的沉闷。金渝到财务处整理单子，只有楚稚水和辛云茂在房间里。他们平时一般会开车去茶园，但最近那边的工作暂时告一段落。

“我今天要去市里。”楚稚水握着车钥匙，她忽然想起承诺，问道，“要不要坐车兜风？”

辛云茂瞄她一眼，眉头微扬，一口回绝道：“不要。”

“为什么？”

“我不喜欢坐车兜风。”

“？”

但他那天拜访陈珠慧时明明说喜欢坐车。

楚稚水一琢磨，推测他又闹别扭，简直跟小朋友一样，喜欢玩具却嘴硬说不喜欢，然后等大人真将玩具拿走才开始委屈或郁闷，让人难以理解脑回路。他连食堂补钱都能生闷气，现在要真看到她二话不说离开，说不定能自己气死自己。

楚稚水望着窗边表情紧绷的某妖，和煦道：“哦，那你要陪我去市里吗？”

“……”

“或者你要陪我坐车兜风吗？”楚稚水道，“二选一，你选吧。”

“……”

辛云茂什么都没选，他缓缓地站起身，走到科室的门口，然后一声不吭地回头望她，好像在等待她拿东西出门。他站在门边，背部宽阔挺直，还真像一棵高耸而沉默的树。

不要试图改变树的硬度，直接将树干劈成想要的形状拿着用就行，这就是楚稚水跟他交流的技巧。不要试图让他亲口承认什么，直接将他逼上选不出的绝路。

槐江观察局门口，汽车驶入主路。

不同于往日的开阔原野，今日车窗外的风景越来越热闹，先是一片矮矮的平房建筑，紧接着是两三层的农村小楼，跨过一条清波荡漾的长河，各式各样的高楼大厦映入眼帘。

街道两侧的门店早就开张，工作日的白天行人不多，只有鹤发童颜的退休老人拉着小车来采购。

阳光给槐江市披上金辉，一切都暖融融、轻飘飘，有着舒缓的节奏和步调。这座小城没有银海市的繁华及喧嚣，朴实又平凡无奇，充满生活气息。

汽车停在红绿灯前等待。

楚稚水握着方向盘，她的余光扫向副驾驶座，发现辛云茂在观察外面，问道：“你以前来过这边吗？”

“没有。”

楚稚水惊奇：“你一直都待在局里？”

“差不多。”辛云茂停顿片刻，补充道，“这边人太多了。”

“那是你没去过别的城市，槐江市的人口算少的了。”楚稚水疑惑，“总待在一个地方不无聊吗？为什么不出去转转，说不定能认识其他人类或妖怪。”

观察处好像经常出差，胡局也总是离开局里，妖怪应该是会移动的。

“我不需要去其他地方，也不需要认识其他人或妖。”辛云茂孤傲道，“他们不配跟我搭话。”

“……”

楚稚水赞同地点头："也是，如果老跟你搭话，没准会发现你总讲笑话，暴露你喜剧的本质。"

他不张嘴还能被误以为高冷，一张嘴就是搞笑艺人属性。

辛云茂："？"

汽车重新启动，车窗外是川流不息的街景，各类店铺越来越多。

辛云茂一直盯着街上看，应该还是感觉挺新鲜的。

"虽然我也很久没回来，但还是给你介绍一下，这边是老城区。"楚稚水开车行驶在熟悉的路上，她望见不远处的浅色大楼，随意道，"那边有个恒源商城，十几年前是槐江最有名的商场，不过现在不行了，没什么人再去逛。"

辛云茂听完她的话，视线顺着看向一旁，那座商城在周围建筑中拔地而起，看上去气势确实不一样，表层在风吹雨打下染上一些沧桑的黄。大楼上挂着"恒源商城"的招牌，曾经是市里的标志性建筑，现在却什么都不是了。

辛云茂平静道："十几年很短。"

"现在回过头来看是很短。"楚稚水不知想起什么，她沉吟数秒，笑道，"我小学的时候还在那里买过一个水晶星星，你可能不了解人类的水晶品牌，那个牌子现在会被嘲档次不高，但当时售价还挺贵的，反正在槐江算很贵了。"

"水晶星星？"

"对，恒源商城那家水晶店开张的时候，在槐江非常轰动，有好多人跑去看。那时我上学第一次考第一名，我爸许诺奖励我一件礼物，只要是商场里的，什么都可以，我就看上了挂在门口的星星，年纪小不知道价格，没想到我爸妈身上的钱加起来都不够。"

现在再看到恒源商城，记忆一瞬间回到十几年前，明亮而崭新的玻璃橱窗内挂满闪闪发光的水晶饰品，外面都拥满第一次见如此华丽装潢的槐江市民。

年幼的她被迷得目不转睛，伸手一点就选水晶星星，谁料会让父母窘迫得无法付款。

辛云茂："那你后来怎么买到的？"

“我爸当时说：‘对不起，爸爸现在买不起，下个月再买给你，行吗？’”楚稚水苦笑，“然后他下个月发完工资就带我去买，我妈稍微有点纠结，倒也没有多说什么，真让我爸给我买了。”

辛云茂一怔。

她的声音明快起来：“其实知道价格那天，我想着不然就算了，买来星星也没什么用，但说实话拿到的时候还是开心得不得了。”

后来，水晶星星被收起来，因为设计实在不合理，做项坠有些大，做别的怕磕碰。

她现在有钱买那个牌子的任何东西，却再也没有小时候发昏的冲动。水晶星星绝对是不保值的，当年买黄金没准能翻好几倍，可在她心里依旧是无价之宝。

楚稚水初高中时从没有贫富概念，她是上大学到银海市后，才逐渐意识到自己是普通家庭。家里不算很有钱，也不算特别穷，比上不足比下有余，但她觉得没什么大不了的。

家庭富裕的同学从父母手中获得很多，可她照样也有水晶星星，并不比别人差什么。

辛云茂听着她娓娓道来的从容口气，心底升腾起一种难以言喻的滋味，酸涩、甘甜、柔软、温暖，有岁月酿成的古木味道，或者是阳光晒过的芬芳，没法用准确的措辞形容。

他忍不住偷偷打量她。

她真的很奇怪，是一个凡人，却没有愿望。

还有一种无坚不摧的脆弱感。

明明看到妖气或妖怪就脸色发白，但真要遇到事情却松弛又镇定，好像没有能摧毁她的变故。一如波光粼粼的小溪，被搅得溪水四溅、波涛汹涌，但落地后没多久便重新汇聚，继续不紧不慢地流淌下去，甚至能够用时间侵蚀一切事物。

正因如此，他没法从她的气场或颜色中看出什么。

楚稚水见他好长时间没说话，误以为他新鲜劲过后无聊，说道：“这座城市本来就不大，没什么特别有意思的。”

“我觉得有意思。”

楚稚水一愣。

辛云茂垂眸："……很有意思。"

市中心，办公楼前挂满银光闪闪的铁牌，上面都是各类单位的名称。来办手续的人神色匆匆，或在门口来来往往，或在树下高声打电话，为自己的生意忙碌奔波。

孙鞘最近嫌上班受气，他冷不丁冒出个主意，非要撺掇着父母掏钱开小卖部。刘柯美本来百般不愿，却耐不住儿子软磨硬泡，勉强同意此事。

然而，母子俩着手开店才发现麻烦，这根本没孙鞘说得那么容易，光是前期跑手续就相当麻烦，不可能一拍脑袋就将事情办成。

他们被工商注册、审批、登记等事搞得焦头烂额，加上自己前期不爱做功课，每次都是跑到现场追着工作人员问，效率自然低下。各单位工作人员一般都负责自身板块，不可能越权处理其他事务，帮他们一条龙弄完。

刘柯美抱怨："哎，你还说开店比上班轻松，这两天还不够累的呢。"

"那万事开头难嘛。"孙鞘不耐，"妈，你别唠叨了，我有自己的主意！"

两人将车停在一边，然后步行前往办公楼，以此来节省停车费。

槐江市最近为整治乱停车现象，将马路两边都画出停车位，不但有电子眼拍摄，还有人来回巡查贴条。由于单小时收费较高，办公楼前停车位上的车辆很少，加上单位人员有自己的停车场，只有来办事的人会稍微用一下这里。

孙鞘才不会将车停门口，他宁愿停远一点，没准能省一包烟钱。

正值此时，一辆中高档轿车驶来，精准地停靠在门口，引起孙鞘的注意。知名的汽车品牌，低调的车型设计，高性价比的配置，它的出现在槐江市挺亮眼。

男人都喜欢研究好车，买不买得起都琢磨。这款车的售价不低，倘若换一个品牌，同价格能买到更炸街的车型，只能说买这辆车的车主都不是张扬性格，就好这一口。

刘柯美看清车上下来的人，她连忙疯狂捅儿子，惊道："哎哎哎，那是不是楚稚水啊？！”

孙鞘仔细一瞧，果然看到楚稚水打开主驾驶车门，副驾驶位置还走下来一个墨发青年。母子俩离得远看不清青年容貌，但依旧能从身高和气质判断他长得不错，站在大街上有种鹤立鸡群的清冷感觉。

楚稚水握着车钥匙，她随手一摁就锁好车，跟英俊青年结伴往里走。

刘柯美两眼发蒙：“……这是不是有哪儿不太对？”

孙鞘同样面色恍惚，完全认同母亲的话，他们都觉得两个人在车上位置不对。

如果青年来开车、楚稚水坐副驾驶，他们可以理解为她傍上“高富帅”，这事儿也不算离奇。

但楚稚水开车、青年坐副驾驶，这是什么剧情发展？！

她下车后没还钥匙，自然地揣在包里，那感觉就像她才是“高富帅”，带人办事来了。

他们看不懂却大为震撼。

办公室内，楚稚水、辛云茂和秦主任顺利碰面，她先给双方介绍一番，又跟秦主任聊起正事。辛云茂在外一向装哑巴，默默地站在她后面听。

“我们已经跟那边联系上啦，辛苦你这几天跑前跑后的，然后我找了几个口才不错的茶农，看看到时候怎么跟带货的人配合下。”秦主任激动道，“方案很好用，真是谢谢啦，实在麻烦你！”

楚稚水客气道：“没事，其实我们局里也种点茶叶，不过不往外面卖，平时还种点别的，就是顺手的事情。”

“你们局里也有产业啊？”秦主任恍然大悟，“哦哦哦，对，你们跟我们不一样，那敢情好啊，咱们多交流，你们现在主要做什么？”

“不是什么高端的，就投一些技术，然后产品走量。”楚稚水确信小黄、小黑的生护发产品配发成本够低，就是不知道效果如何，也不敢将话说得太满。

“那更合适了！我们也搞不来高端的！”

楚稚水和秦主任聊聊工作，又聊聊产业，再聊聊政策，等到正事聊得差不多，就到聊私事时间。

秦主任听楚稚水聊得头头是道，尽管以前跟观察局接触不多，但他现在生出一丝好奇来，随口打听道："哎，那你们今年能发多少啊？"

楚稚水瞬间领悟，这是此类单位最质朴的寒暄方式，碰面时就交换下薪资数字。这倒不是攀比什么，反正大家都不会辞职，基本一个单位干一辈子，无非是扯闲篇。

"那应该比不了您。"她坦白，"你们底薪要高吧。"

"嗐，别提了，今年我们能发这个数就不错。"秦主任伸手比画，叹气道，"日子不好过喽。"

楚稚水一伸手："我们发这个。"

"不错了。"秦主任佩服道，"我都怕我们发不出来，早知道当年也该进能赚钱的单位，这都耗到要退休了。"

"但退休金比我们高。"

"那倒是，就高一点。"

事情办完后，秦主任将他们送到大厅，便被楚稚水婉拒不用再送。

大厅内都是单位的人，他们很多都认识秦主任，还主动地打起招呼。

"秦主任好。"

"欸欸欸，你好啊！"

孙鞘和刘柯美站在大厅里，他们眼睁睁看着楚稚水被领导模样的中年男送出来，身边还跟着方才下车的冷峻青年。

"稚水呀。"

楚稚水刚挥别秦主任，她一回头看到母子俩，心道真是冤家路窄，面上却礼貌地叫人："刘阿姨好，怎么在这儿碰到您？"

刘柯美瞄一眼神色淡漠的辛云茂，又瞧向身边其貌不扬的儿子，她莫名就矮了半个头，说话都没往日中气十足，拘泥地笑道："我们来办点事儿。"

楚稚水不愿跟他们多聊，沉稳道："原来是这样，那您先忙着，我们走啦。"

"小楚，稍等一下，我突然想起刚刚有件事没说！"谁料此时秦主任突然扭头跑回来，"有个评奖的事儿忘提了。"

旁边人打招呼："秦主任好啊。"

"好好好，你也好。"

秦主任赶到楚稚水身边，他本来想就在这里说，但看到孙鞘等人颇为迷惑，迟疑道："不然咱们还是回办公室说？"

"好的。"

"你同事要来吗？也不是啥大事。"

刘柯美听到此话微松一口气，感觉全身都活过来，原来只是同事而已。然而，她下一秒就仿佛心梗，青年确实只是同事，但车真是楚稚水的。

楚稚水心想办公室折返够累的，估计秦主任就是想避开孙鞘等人，便没打算让辛云茂白跑一趟。她索性将车钥匙掏出来，交到辛云茂手里："你去车里等我吧。"

她感觉他对车的兴趣比对人大多了。

辛云茂老实接过，他眨了眨眼，好奇地打量钥匙。

楚稚水跟随秦主任回办公室，刘柯美则站在一旁排队等办手续。

辛云茂抬腿正要回车里，却没想到被一名男人挡住。

"你好，我是楚稚水的高中同学孙鞘。"孙鞘笑着询问，"你是她同事？"

辛云茂斜他一眼："嗯。"

"你们是今年同一批进去的吗？"

"不，我比她早。"

辛云茂答得言简意赅，他本来就不喜欢跟人交谈，连局里的妖怪都懒得理，现在完全是看此人挂着"楚稚水同学"的头衔，才漫不经心地回两句。

孙鞘面露奇怪："那你为什么不跟进去？这要聊工作你不听吗？"

辛云茂这回思索很久，他面无表情地答道："工作时间，她是科长。"

当然，他心底已经开始得意和炫耀，作为这件事的交换，她剩下的时间是他的信徒。

不过孙鞘不具备从辛云茂面瘫脸上窥探细节的能力，完全没感觉到对方内心绽放小花的愉快，甚至朝着反方向解读大妖怪的冷硬语气，判断他早就对楚稚水心怀不满。

“你比她先进单位，她却做你的科长？”孙鞘惊叹，他露出了然于心的表情，安抚道，“啊，不过她一向这样，我们高中上学的时候，她就经常被老师选为班干部，说话特别讨长辈和领导喜欢。”

孙鞘摆出一副为辛云茂痛惜的表情，似有深意道：“你跟她共事不容易啊。”

这一番话明夸暗贬，加上神态怪里怪气，就差直说楚稚水拍领导马屁压辛云茂一头。

辛云茂沉默片刻，他随手插兜，轻嗤一声道：“因为没被她看上，所以来给她添堵。”

孙鞘脸色微变：“什么？”

“不是吗？”辛云茂用冰凉目光上下扫视孙鞘，他一改刚才的寡言，言语锋利如寒刃，嘲讽道，“她看不上你不是很正常？要是她眼光沦落成这样，那对我会是一种莫大侮辱。平时跟别的妖比就算了，要是还得跟你比，那我真忍受不了。”

“你……”

孙鞘原以为能引起辛云茂共鸣，不然最多惹对方不快，谁料此人说话不留情面，三言两语就开始疯狂输出。

辛云茂看着孙鞘怒而不敢驳斥的嘴脸，不屑地啧一声，更感对方是个㞞包。这种人就只敢对比自己弱的人嚣张，但凡碰到强势的，连大气都不敢出。

他最近跟她相处太久，还真被同化得差不多，都快忘记大多数人的丑陋模样。

真倒胃口，但这才是常态。

以辛云茂现在的能力，他能看到人类的气场和颜色，包括他们身上沾染的五毒八苦。

五毒是贪、嗔、痴、慢、疑，八苦是生苦、老苦、病苦、死苦、爱别离苦、怨憎会苦、求不得苦、五阴炽盛苦。人类毕生都难以拥有妖气，原因是他们存在五毒心，妖气只会放大其恶业。

即便有些人跟妖怪缔结仪式，最后也会由于欲望引火自焚，人类就是贪得无厌的生物。

眼前的孙鞘沾染着无数他厌恶的人类陋习，纵欲、贪婪、懒惰、嫉妒、无能，会两面三刀地诋毁别人，稍有不顺就大发脾气，只会伤害最亲近的人。

“不管是人类世俗意义上的能力，还是精神世界的高度，你都相差她太远了。”

孙鞘后背发凉、脚心冒汗，体会到一种说不出的古怪，宛若被人定在原地僵住，身体上压着万吨巨石一样。

辛云茂本来就比孙鞘高，他眼眸如圆润泛冷光的黑曜石，居高临下地蔑视对方：“她在人类里的水平应该跟我在妖怪里差不多，至于你，甚至都不如办公室里那条鱼，肮脏丑陋得像臭水沟里的垃圾。”

辛云茂收到来自天地的启示，就是善待世间一切有灵之物，不管是妖怪还是人类。

但他不要这么做。

他不用像那条龙一样被追捧，这简直是一件愚蠢至极的事情，被利益操纵的凡人有什么善待的必要吗？只要满足愿望就拥过来，不合他们心意就一哄而散。

妖怪需要他的力量又忌惮他，有些人类则是无利不起早。

他喜洁。

但他们都好脏。

他没有被善待，也不要善待他们。

“虽然她没有向我许愿，但是你自己跑来冲撞我，法则可不会保护你。”

孙鞘惶惶地面对此幕，思绪像被人抽出，卷入深不见底的黑洞。他不知道自己的记忆是怎么了，最后画面是俊美青年的冷笑。

青年冷白皮肤，唇红齿白，笑意妖冶又凉薄，黑眸如深不可测的湖底。

片刻后，孙鞘浑浑噩噩地回到母亲身边，这才感觉浑身疲软、大汗淋漓，好像刚从炼狱里爬出来一样。

刘柯美问道："你刚刚跟楚稚水同事说什么呢？耽搁那么久？"

"说什么？"孙鞘惘然，"……我忘了，我不记得。"

"待一会儿她出来了，让她帮忙介绍一下，我看她跟这边领导很熟，没准有门路帮咱们办事。"刘柯美见儿子失魂落魄，她使劲捅他一下，催道，"我跟你说话呢，你听没听见哪？都那么大的人了，稍微有点出息行不行！"

谢妍什么时候操心楚稚水的工作？只有她还没福气地跟着儿子奔波。

刘柯美越想越泛酸，简直是恨铁不成钢。她一直知道楚稚水比孙鞘有能力，但她至今无法接受这件事，否则编织出的幸福假象就会支离破碎，就像赝品在真品面前黯然失色。

孙鞘此时头脑混乱，他根本就没走心，敷衍道："听了听了。"

没多久，楚稚水和秦主任走出来，手里还拿着评奖的资料。

楚稚水遥遥就看到辛云茂，对方的身影实在扎眼，诧异道："不是让你在车里等吗？干站在大厅里不累？"

辛云茂没有回答，他神情波澜不惊，跟平时没有差别，只是视线追随着她，好像站在原地等人的大狗狗。当然，看脸的话是威风凛凛的高贵狼狗，但联想性格就是呆头呆脑的二哈。

楚稚水见他不言，她忽感思虑不周，犹豫道："你是不是不会用车钥匙？摁一下就打开了。"

辛云茂将钥匙还给她："走了。"

"好，走吧。"

楚稚水生怕跟刘柯美等人扯上关系，她不再耽搁，快步往外走。

刘柯美想要拦住楚稚水，无奈她猛拍孙鞘两下，对方丢魂儿般没反应。最后，刘柯美气得不再管儿子，自己冲上去叫住秦主任，想要借此机会探探门路。

"这事儿我帮不了，也没什么可帮的。"秦主任惊得连连摆手，"你们在那边排队按流程来就行，我们这都是一个环节，有专人负责处理表格。"

"秦主任，我看您刚刚不还跟稚水去那边聊过。"

“你们认识观察局的小楚？”秦主任拍手道，“那你们该找她呀，人家局里发展得比我们好，没准绩效都比我们多！”

刘柯美愣怔，脱口而出道：“怎么会？不是说两三千元？”

“嗐，我底薪也两三千元。”秦主任眼底闪过一丝讥诮，“那谁也不爱秀这些啊。”

秦主任在职场里浸润久了，早看出刘柯美和楚稚水不熟，估计就是随便攀关系，自然不会瞎接茬儿。他料定对方不敢找楚稚水，说不准双方还曾经有矛盾。

另一边，楚稚水和辛云茂准备开车返程。

上车后，辛云茂瞄她一眼，他轻飘飘来一句：“你同学喜欢你？”

“别用词那么过分行吗？”楚稚水瞬间鸡皮疙瘩冒出来，她被这话硌硬到，差点没操作失误，惊道，“你哪只眼睛看出来的？”

他两只眼睛都看得出来，除她以外，大部分人类对他没秘密。

辛云茂修改措辞：“他在追求你？”

“他在追求我的学历，追求我的工作，追求我的家境，追求我在社会上的体面，但他没有在追求我，我真谢谢你。”楚稚水郑重其事地解释，她又瞪他一眼，嘀咕道，“说话怎么傻里傻气的？”

他该不会以为那样就算喜欢或追求吧？

辛云茂听她说得条理清晰，他肯定地点点头：“不错，看来你很清醒。”

楚稚水：“？”

“虽然我瞧你想得挺明白，但还是要认真地提醒你，少跟那种不三不四的人打交道，以后碰到外面的人也要擦亮眼睛。”辛云茂面露严肃，态度宛若家长，厉声告诫道，“从古至今，所有痴男怨女的故事都是女的倒霉，你作为我的信徒，不要怪我没告诉你！”

“你刚刚到底在外面受了什么刺激？”楚稚水翻了个白眼，“我爸妈都没这么耳提面命操心。”

为什么她要被最不懂人情世故的他教导？这就是学渣勇于给学霸讲题的信念感吗？

楚稚水吐槽：“谢谢你的关心，但我对男人过敏。”

辛云茂终于心满意足，他露出孺子可教的表情，赞同道：“这还差不多，男人都不是什么好东西。”

楚稚水露出异色，狐疑道：“为什么你还跟着附和？所以你也不是好东西？”

她平时跟女性朋友闲聊，王怡文等人附和就算了，换成辛云茂感觉好像哪里不太对。

众所周知，男的说这话相当于“渣男免责声明”，基本就可以直接拉警报了。

“我又不是男人。”辛云茂一本正经道，他乜斜她一眼，模仿她原话，“说话怎么傻里傻气的？”

“……”

楚稚水一抿翘起的嘴角，憋笑道：“嗯，你不是男人。”

“当然不是。”

她面对他自傲的神色，虽然知道他说的是实话，但还是莫名感到一丝滑稽。

楚稚水深感不能在男人话题继续纠缠，否则她真会被他逗乐，赶忙打岔道：“是不是孙鞘刚才跟你搭话了？”

他没有上车等她，还突然说一大堆，肯定有原因。

辛云茂没有回答。

楚稚水推测孙鞘私下抹黑自己，不过她倒不担心辛云茂误会，一是他作为妖怪少根筋；二是他对孙鞘态度鄙薄，不然不会义正词严地敲打她半天。

“行了，碰到那种人确实倒霉。”楚稚水一边启动车辆，一边出言宽慰，“幸好秦主任跑出来说我们是同事，不然我都能猜到要被怎么瞎编派。”

秦主任后来要没为评奖追出来，她基本就是跳进黄河也洗不清，绝对被造谣一箩筐。

辛云茂一愣，他突然顿悟：“这也不失为一个好办法。”

“什么？”

辛云茂面色镇定，宽宏大量道：“虽然我没法回应人类的感情，但我不介意帮你撑门面，你可以带我出去跟人炫耀，这不是什么大不了的事情，我不会戳穿你的。”

“？”

“谢谢，你可真大方。”楚稚水麻木地反讽，“为什么你的体贴总用在一些不必要的地方？”

辛云茂语带笑意：“毕竟你是我的信徒，别人都有你没有太可怜了，满足你小小的虚荣心没问题。”

“……”

苍天呀，大地啊，她上辈子做了什么才碰到这个不普通却超自信的男妖怪？

楚稚水深呼吸，她握着方向盘，淡淡道：“能请你不要在我开车时说这种话吗？容易让我直接开车撞树，最后导致咱俩同归于尽。”

“同归于尽？”辛云茂错愕，“我建议不要，你会受伤，但我不会。”

“……”

楚稚水观察着路边情况，将车缓缓地停在一旁，确认没有妨碍正常交通。

辛云茂感受到停车，不解道：“为什么突然停下？”

“因为我拳头硬了。”

“？”

辛云茂还没反应过来，他胳膊就被猛捶一下，不敢置信地扭头看她。他嘴唇微动想说点什么，又看她面无表情地盯自己，最后眸光闪烁，还是什么都没说，只是有些不服气。

“看什么看？”楚稚水铁面无私道，“说错话就要挨打。”

这可是他上回说的。

妖怪自恋的毛病就该被正义的铁拳好好扳一扳。

“哼。”

辛云茂不敢还嘴，用微弱气音抗议，又换回一记攻击。这次，他终于老实闭嘴，不再胡言乱语。

轿车重新启动。

楚稚水揍完他神清气爽，她一向奉行君子动口不动手，但对他这种情况不做君子才能解气。

辛云茂坐在副驾驶座偷瞄她，他被捶两下倒是不痛，刚刚被她气势震慑，这才没有继续发言。

什么叫无欲则刚？她就是无欲则刚。

他就没见过她这么凶的人类。

楚稚水跟秦主任碰面后，便开始着手评奖的事，没过多久居然听到一则趣闻。

家中，谢妍筋疲力尽地回来了，一边换鞋一边抱怨："这 237 路公交车来得真慢，根本不准时。"

"我俩等你好久了。"楚霄贺起身，"我盛饭去。"

"为什么不让我去接你？"楚稚水比母亲先到家，她洗完手正摆放碗筷，"我多绕一点也就十分钟，肯定比你坐公交车快。"

"最近千万不要去接我，我们单位门口特别乱，吓人极了！"

一家三口在饭桌边落座，谢妍稍微喘一口气，又夹了两筷子热菜，这才有余力朝家人们八卦起来。

她唏嘘道："刘柯美儿子的女朋友打上门了，前不久天天在单位门口闹事，把我们好多人都吓坏了，保卫处的人赶都赶不走。"

"打上门？"

"对啊，我才知道你上次说得没错，孙鞘确实跟附近哪个村的小姑娘谈恋爱，然后小姑娘最近身体有点不舒服，到医院一查怀孕了。"谢妍为难道，"但孙鞘家里不乐意，说孩子不是孙鞘的，反正就一直拖着，你也知道刘柯美那德行，估计还对小姑娘说了不少难听话。"

楚霄贺皱眉："这叫什么事儿，好好负责就完了。"

"可不是，然后小姑娘一生气，直接叫自己哥哥们过来，把孙鞘堵家门口暴打一顿。他们当时还有人报警呢，警察过来后那小姑娘就往地上滚，哭闹着骂孙鞘是杀千刀的负心汉，还叫嚷着让警察抓她吧，反正她也不想活了，就这么一尸两命吧！"

楚稚水已经能想象现场警察的绝望，她表情古怪："那警察同志们怎么办？"

"能怎么办？带到派出所劝和，让小情侣别瞎吵，好好回家过日子，两边都打不得骂不得，冤家宜解不宜结，赶紧挑日子结婚，传出去对谁的名声都不好。"谢妍道，"接着小姑娘家提结婚要求，孙鞘得掏一百万彩礼，婚礼费用另算，要大张旗鼓办！"

楚霄贺点头："还行，他们家凑凑能凑出来。"

楚稚水："爸，不是，人家要是你这个思路，就没前面那档子事儿了，孙鞘家绝对不同意……"

"当然不同意啦，说结婚可以，彩礼没有，一分钱都别想让他们多掏，这不就拉横幅到我们单位门口闹事。听说去过孙鞘和他爸那边了，估计得闹到两人真结婚。你不知道那群哥哥多浑不懔，他们就聚在门口不走，还嬉皮笑脸说到时候请我们保卫处的人喝喜酒。"

"没有人管吗？"

"谁也管不了啊，警察来过了，他们说'同志，这是我和我妹夫的家务事，你们就不要瞎掺和了，谁家两口子都会吵架，不是啥大事儿'，还说'你们拘留我干吗，拘留结束我还来，反正家里兄弟多得很，轮换着拘呗'。"

楚稚水："？"

楚稚水惊叹："还能有这种操作？又不是驾照销分。"

楚霄贺："这是碰到狠人了啊。"

谢妍显然憋坏了，她绘声绘色道："不光有警察来，还有槐江电视台记者跑过来报道。记者还问他们'这么闹不怕妹妹嫁进去受苦吗'，这些人一点不带害怕的，面对镜头都不慌，张口就是'新夫妻结婚都有摩擦，不听话再接着打，打着打着就磨合好了，人一辈子不都这样，一睁眼一闭眼活完了'。

"咱们家是不爱看电视，没准这两天就有报道。这事儿确实最先是刘柯美家不地道，谁让孙鞘想着白睡人家小姑娘，但我听单位的人说小姑娘也不是善茬儿，一直都不愿意到医院检查，孩子是谁的确实不好说，反正就闹成现在这样了。"

世界之大，无奇不有。刘柯美和孙鞘再鸡贼，也不料能够踢到铁板，简直有苦说不出，估计真得被女方家揉捏一辈子。

其他人没见识过这种事，堪称最近劲爆八卦第一名。这消息传得沸沸扬扬，不光是单位同事知道，连槐江电视台都播报了，彻底将孙鞘等人的名声搞臭，今后在槐江市抬不起头来。

楚稚水感慨道："大快人心啊。"

大家都求仁得仁，可谓社会正能量。

槐江观察局内，窗外的大树越发浓密，枝头的嫩叶被暖风吹成深绿，等到气温继续升高，炎热的夏季就要来临。

楚稚水用手机看一眼天气，人参播种分春天、夏天、秋天三个时期，也不知道老白在茶园附近的地里忙得如何。各地区的温度有所不同，人参种子在适宜的气温里播完最好，否则会影响到出苗率。

最近是经济开发科的悠闲时光，茶园工作结束，新产品在开发，偶尔忙着评奖，每天准时下班。

楚稚水给秦主任做的方案获农业扶贫项目奖，不但有助于槐江当地的茶农，连带经开科后续产品也有政策扶持。如果有企业选用观局牌产品，可以获得一些优惠条件，提升新产品竞争力。

秦主任对获奖一事感到高兴，这毕竟也算他的工作成绩，还热情安排楚稚水去银海市领奖。他心里想得很明白，没有楚稚水穿针引线，这件事没那么容易办成。

楚稚水有点犹豫，她确实没什么事，但就为领奖跑一趟，实在有些小题大做，没马上回复秦主任。

食堂里，金渝听完此事，她震惊地瞪大眼，迷茫道："你要去银海出差？那我怎么办呢？"

楚稚水疑道："什么怎么办？我就去一两天。"

"但办公室里就只剩下我俩了！"金渝慌得手足无措，"说不定你回来只能在食堂饭菜里看见我！"

"等等，你不是不可食用的鱼类？"楚稚水无奈，"而且牛哥烧鱼的时候看到了，也会认出你让厨师捞出来的，否则就得启动食堂食品安全事故应急预案。"

金渝深感性命垂危，她将头摇得像拨浪鼓："不行不行，你去的话，我会死的。”

楚稚水见金渝如此排斥，心说不然带她一起去，然而想到辛云茂又感觉不行。这是激化群众矛盾，而且会让局里的差旅费压力比较大。

这样一寻思，不然就算了，谁料接下来银海的事情没个完。

下午，楚稚水接到陌生号码来电，号码所在地竟然是银海市。

“喂，您好，请问是楚稚水吗？”

“您好，我是。”楚稚水对电话那头的男声并不熟悉，“请问您是？”

“我是新透视频的齐畅，托朋友要来您的联络方式。您可能不太熟悉新透视频，我们是一家被绿盈集团投资的新公司，听说您刚刚从龙知离职，不知道接下来有什么意向，方不方便见面聊一聊？”

楚稚水有所领悟，对方八成想挖人，答道：“不好意思，我目前不在银海市。”

“没关系，那您什么时候回来？”齐畅礼貌道，“我们到时候约个时间？”

“我确定好时间立马答复您，好吗？”楚稚水一边用电脑搜索公司名，一边和气地说道，“我跟您加个微信，如果有什么需要我提前了解的资料，您也可以发给我。”

新透视频创建没多久，网上的信息实在太少，但绿盈集团还挺靠谱的。龙知视频当初也有绿盈参投，现在再投资建立新透视频，只能理解为要“养蛊”搞竞争，想一口气吞掉全部市场。

片刻后，楚稚水看到齐畅发来的资料还挺惊讶的，她原以为齐畅是公司 HR，没想到他是新透视频大老板，类似于李龙科在龙知视频的位置。他能够亲自打电话，看来挖人很有诚意。

楚稚水倒没有回银海市的念头，但她记得王怡文想要换工作，没准是个好机会。

当然，她得先跟齐畅见一面才行，那就必须去银海市出差了。

局长办公室内，胡臣瑞听闻楚稚水申请前往银海市出差，他倒没有任何异议，二话不说就拍板答应，话里甚至透出一丝欣喜：“小楚，不然你多待两天吧，也别急匆匆地往返，银海局那边有招待所，他们到时候都会安排好，你过去不用担心！

“按理说弄完茶叶这事，我也该跟叶局联络一下，但最近一直抽不出空来，不如你就代表我出面过去，反正茶叶能卖成也是你的功劳。”胡臣瑞笑呵呵道，“我会跟叶局提前说一声的。”

楚稚水心想，她和局长职级差那么多，怎么可能代表胡局出面？叶局知道也会感到不快，但胡局似乎完全不在意此事。

“胡局，这不合适吧？”

“合适，非常合适。”胡臣瑞思索一番，他语气放缓，意味深长道，“小楚，你是能成大器的人，跟叶局见面时能忍就忍，你要实在忍不住，我给你一个纸袋，到时候打开纸袋就行了。”

胡臣瑞从办公桌抽屉里掏出一个鼓鼓的白纸袋，最上方被严密封住，捧在手里颇有分量，有点像面包店装吐司的食品袋，只是看不见里面的内容。

楚稚水道谢完接过，她从办公室出来后晃一晃，只听纸袋里哗啦啦作响，好像装满颗粒状的东西。

古有诸葛亮锦囊妙计，今有胡局的神秘纸袋？

机票很快订好，楚稚水要去银海市出差，自然要告诉科室的同事。

金渝听完疯狂冒泡泡，她恨不得当场哭出声，坚决不肯让楚稚水走。楚稚水只能私下建议，金渝实在害怕得不行，可以到后勤科牛仕那边躲两天，自己办完事情一定会尽快回来。

辛云茂则对她出差的事毫无反应，谁也没法从他脸色上看出什么。他无动于衷地听完，只是单手拨弄着糖堆，好像并没有放在心上。

楚稚水原以为他会使小性，没想到他竟如此平静，一时间颇感意外，说不出什么滋味。

银海市，机场气派开阔，国际和国内航班各有通道。

银海市作为国内经济最发达的城市之一，刚一落地就能感受到其时尚繁华及历史底蕴，机场外侧被设计成高科技空间站般的亮眼形状，机场内的店铺门面却布置得古色古香，摆着当地的特色小吃，方便游客们出发前购买手信。

这里既有琳琅满目的美食商铺，也有光鲜昂贵的奢侈品店，每年的销售额度相当惊人。

楚稚水上大学后对银海市逐渐熟悉，她在机场里穿梭，打算要是局里面没有安排，就先跑到王怡文家里借宿。两个人好久没见，等王怡文下班后，还能晚上出去喝点小酒。

胡局说会给银海局打招呼，但她一向对局里期待值不高，来之前就跟王怡文说过，实在不行到对方那里住。

谁料观察局这回挺靠谱，楚稚水还在转盘等行李，突然接到陌生电话号码。

电话那头是略尖的男声，客气道："您好，请问是槐江局的楚科长吗？我是银海局的杜子规，您叫我小杜就行，我已经在接机口等您，拿完行李出来就能看见我，我拿着牌子的。"

"好的，辛苦您了，稍等一下，我马上就拿完行李。"

果不其然，楚稚水一出来就看到杜子规，还被他一路引导往停车场走。

杜子规个头不高，满面笑容，嗓音极具特色，一见到她就热情地张罗起来，不是抢着拉行李，就是帮忙开车门，连上车后都在源源不断地寒暄，真跟大多数人类机关单位里的科员差不多。

"楚科长，招待所那边的房间开好啦，最近银海气温变化挺快，估计您刚从槐江来不适应，要是有什么需要就跟前台说。招待所旁边是咱们局，您最近外出要用车就给我打电话，我到时候开局里的车来接您。"

"好的好的，您费心了。"

楚稚水被这一串话都搞蒙了，她小心翼翼地打量杜子规，总感觉这里跟槐江局不太一样，一度怀疑妖怪该不会派个正常人来接她吧。

这自来熟的态度和周全的待客方式，真不像妖怪该有的，实在让人不习惯。

楚稚水暗中观察杜子规，想要看他是否有异常，就像金渝吐泡泡一样。

杜子规正在开车，他察觉她的视线，疑道："怎么了吗？您要是口渴，旁边放着水。"

"好的，谢谢。"楚稚水欲言又止，"您也是……"

杜子规似不理解她的意思，他停顿片刻，恍然大悟道："啊，对，我是妖怪，忘记您是人类，看不出我们的。"

"嗯，谢谢您，我没什么特别的意思。"楚稚水得到答案，终于松一口气，不知道如何形容，委婉道，"……只是您真的很像人，比好多妖怪都要像，我确实有点认不出。"

不是化人后的相貌多出色，而是现代交际手段极好。

杜子规喜不自胜："谢谢夸奖，谢谢夸奖，您也很像妖怪！"

"……"

银海观察局位于银海市寸土寸金的地段，他们坐车行驶在开阔的马路上，没多久就看到古建筑屋檐，在繁华都市中若隐若现。

年代久远的沧桑古楼和现代化的办公建筑相结合，让银海局别有一番风味，尤其待到暮色四合，一片喧嚣的灯红酒绿中，静谧而安详的古建筑更显悠远。

楚稚水上大学时经常坐车路过此地，她和同学们当初还想到古楼附近转转，却被遗憾告知那是被保护的古建，而且从不对外开放，目前归银海观察局。

威严的铁门拦住去路，她们那时透过栏杆偷看，正前方的办公楼外是来办事的人员，灰檐白墙的高耸古楼坐落在后方，距离大铁门有好远一段路，被其他楼众星拱月般围着。

本地同学当时还介绍，她从小也没有靠近过古楼，据说这里跟银海市的风水有关，特殊节日还有达官贵人到访。每座城市都有些奇奇怪怪的趣闻，大家听完一笑带过，全都没有当回事儿。

现在，楚稚水故地重游，她乘车进入大铁门，真正站在古楼脚下，这才领悟同学当年的话。

古楼有着尖顶，翘起的灰屋檐，肃穆的白墙面，在夜色中灯火通明，宛若奔涌海面中指路的灯塔。它单拎出来跟纸醉金迷的银海市格格不入，但真正矗立在城市里又异样和谐。

杜子规将车停好，他帮忙将行李取下来，回头发现楚稚水被古楼吸引目光，笑着介绍道：“那是银海局观察处工作的地方。”

“观察处工作的地方？”楚稚水一愣，“整栋楼都是吗？”

杜子规从未到其他地方工作，好奇道：“对，观察处和其他部门不在一起，槐江局不是这样吗？”

“……我们是建在地下。”

“那应该也很气派！”

楚稚水回想咯吱作响的木楼梯，反正她没感觉出任何气派来，忍不住又回头瞄一眼古楼。别人局里的猫窝就是大，一点不怕被抓坏挠坏，居然还用的是古建筑。

银海局面积比槐江局小，但所有地方都实打实被开发了。职工食堂不但是丰盛的自助餐，旁边还配备网咖和健身房，甚至有人才公寓供职工居住。

楚稚水逛一圈才发现银海局财力惊人，怪不得胡局是宰大户的态度，这条件比不少人类大公司都好。

为什么他们会这么有钱啊?

这就是同妖不同命吗？！

楚稚水想到金渝可怜兮兮的工资，她实在不明白妖和妖的差距为何那么大。

杜子规将楚稚水带到招待所，还殷勤地帮她办理入住，招待所听起来很土，但环境其实很不错，完全就是人类酒店的配置。前台的服务员满脸微笑，她还亲切地为楚稚水介绍如何使用客房服务。

楚稚水拿好房卡，她在楼道里等电梯，犹豫道：“她也是……”

“不不不，她们都是普通人类，只是来这里上班，完全不知道我们的事。”杜子规解释，“这家招待所分两部分，里面这边是接待局里宾客的，外面那边是接待人类散客，也是局里的营收手段之一。”

“原来如此。”楚稚水了解地点头。

银海房价是槐江的十倍，房租等也居高不下，让不少刚工作的毕业生叫苦不迭。槐江局的大片空地没开发、无人问津，银海局的土地却投资回报率很高，稍微经营就有不少钱进账。

“我们局里还有不少类似的店面，服务人员基本外聘，一般都不是局里的。”杜子规笑道，“说起来，您是我见过的第一个有局里编制的人类！”

“谢谢，我很荣幸。”

只要他别夸她像妖怪就行。

楚稚水入住后跟杜子规告别，约好明天再到局里碰面，便关门开始收拾行李。房间的隔音效果很好，床头有暖黄色的阅读灯，连遮蔽光线的窗帘都是电子遥控的。

楚稚水休整完，还跟金渝打电话，询问对方今日情况。

“你今天是待在牛哥那边吗？”

“没有呢，就待在我们这边。”

“啊？”楚稚水疑道，“你不是害怕吗？”

“他今天没有出现，办公室里只有我。”金渝老实地回答，“不过我也没什么事可做，报表什么的都弄完了。”

这段时间确实是经济开发科空闲期，不然楚稚水不会来银海市出差。但她没料到辛云茂会翘班，仔细一想他确实只在朝八晚五出现，而且都是她也在办公室的时候。

楚稚水大度道：“没事，没事做就摸摸自己吧。”

金渝：“？”

既然没工作，都放松一些，让他们放飞自我好了。

次日，楚稚水醒来后就到银海局报到，终于见到大名鼎鼎的叶华羽局长，刚一见面就被对方夸张的打扮吓一跳。

叶华羽身材略壮却头小脖子细，他浑身穿戴都是名牌，银光锃亮的皮带，珠光宝气的手表，活脱脱一副暴发户形象，连西装颜色都格外浮夸。

叶华羽倒没什么架子，他根本不在意楚稚水代替胡局过来，高声道：“小杜，你这两天带人家转转，到银海的各个景点转一圈，这边跟槐江可不一样，好玩的东西多着呢！”

杜子规立马跟在后面点头：“是是是，叶局，我已经安排好了。”

“那就行，别招待不周！”叶华羽热情洋溢，“我们局里不差钱，小楚，你放心玩吧！”

楚稚水礼貌道："没事，叶局，您不用客气，其实我大学是在这边读的，也没什么想逛的地方，这回主要就是来做点工作，顺便替胡局给您带声问候。"

"原来你来过银海市。"叶华羽惊讶，"老胡真客气，问候什么啊，每年拨事业费的关系，我俩不用搞这些虚头巴脑的。"

叶华羽撩起袖子看时间，露出闪瞎人眼的名表，说道："我们在局里转转？"

楚稚水赶忙应声："行，那我也跟着您学习一下。"

说实话，楚稚水不喜欢陪领导到处逛，她以前跟胡臣瑞都有事说事，没事各回各屋忙业务，但对着其他局长不能这样。

银海局里，叶华羽一路不但大肆夸耀，还招呼杜子规干这干那，反正嘴皮子就没闲着过，不但摆出来领导的威风，还一副狂秀家底的土财主模样，磨得楚稚水耳朵都快起茧子。

她现在理解了胡臣瑞的话，什么叫作能忍就忍，叶局到底是什么鸟，脑袋没被胡局的狐爪打爆？

片刻后，叶华羽第无数次撩起袖子，他看一眼手表，提议道："待会儿就该用餐啦，小楚有去我们食堂吗？山珍海味什么都有，跟槐江局可不一样！"

"昨晚去过一次。"楚稚水看他坚持不懈地看时间，她内心麻木，但面上不显，故作好奇道，"叶局的表看着不一般，价格一定很贵吧。"

她脑袋又不迟钝，一秒识破他频繁瞧时间的缘由，必然是希望有人提到此事。

有那么多钱买表却挑这么土的款式，这品位确实不一般。

叶华羽终于等到想听的话题，他瞬间喜笑颜开，滔滔不绝道："其实不算贵，看着还行吧？我跟你说，手表这个东西学问大了，当时买表的时候他们向我介绍，戴什么样的表就彰显什么样的身份，展现出你的特点来……"

楚稚水："……"是的，这块手表就展现您审美不高的特点。

叶华羽状似不经意地问："穷玩车富玩表，对了，老胡买表没有？平时没看见他戴过呀。"

“我对手表研究不深，所以不太关注这些。”楚稚水自然地岔开话题，她从兜里取出白色纸袋，温和道，“您稍等一下，胡局还让我带来点东西。”

胡局以前为讨要更多事业费，该不会每次都受一肚子鸟气吧？楚稚水想想就辛酸得眼泪往下流淌。她不想再陪聊无趣的奢侈品，决定打开胡局送的纸袋，瞧瞧究竟是什么纸袋妙计，能够让聒噪的叶局彻底闭嘴。

纸袋里应该不会装着枪吧？城市内开枪打鸟可能违法。

她明年要让茶叶涨价，以两倍价格卖给银海局，算作她刚刚的精神损失费。

楚稚水脑海里闪现无数主意，她打开白色纸袋却一蒙，里面装的居然是黄澄澄的咸蛋黄玉米粒，拆开后咸香扑鼻，还有一次性手套。玉米粒脆香可口，颗颗包裹着咸蛋黄，难怪会在纸袋里哗哗作响。

救命，怎么会是吃的？

这是什么意思？

楚稚水大脑一片空白，她索性伸手递出去，僵硬道：“叶局，来点吗？”

这语气真像递香烟，递出的却是玉米粒。

叶华羽探头往袋里一看，顿时眼睛一亮，欣然地戴上手套：“哎呀，老胡还记得我喜欢吃这个！”

叶华羽开始嘎嘣嘎嘣咀嚼，他吃这个似乎有点费劲，无暇再说炫耀之词，也没法指使杜子规。

世界重归宁静，可谓岁月静好。

楚稚水长舒一口气，她发现狐狸不愧为狐狸，兵不血刃就能获取胜利！

叶华羽吃完玉米粒，他回味一番，继续道：“这个是好吃，但老胡没吃过更好的，我们当初在五星级大酒店……”

楚稚水戴着一次性手套，她坚定地掏出一把，塞到叶华羽手心里，郑重道：“叶局，您再来点儿。”

“咦？好吧好吧。”

叶局继续嘎嘣嘎嘣，世界再次安静下来。

楚稚水就靠一包玉米粒坚持到午餐，没有再受叶局的茶毒，争取到来之不易的清净。

食堂内，楚稚水趁打餐跟叶局拉开距离，生怕听到他炫耀伙食。她悄悄走到杜子规身边，随口道："请问叶局是孔雀吗？"

杜子规："啊，真厉害，您看出来了吗？"

"是，挺明显的。"

怪不得，搁她这儿开屏呢，嘎嘎叫得人头疼。

饭后，日理万机的叶局终于要去办正事了，安排杜子规负责楚稚水的后续活动。

楚稚水放松下来，她调动为数不多的精力，佯装客气地送叶华羽，陪他走到办公楼附近。

叶华羽故态复萌，又开始显摆办公大楼，说槐江局只有一栋楼过于冷清，应该建议胡臣瑞再花钱修盖才对。

楚稚水无奈："局里经费比较紧张。"

"经费怎么会紧张？"叶华羽惊叹，"我一直很好奇，为什么别的局里挣不到钱呢？我们赚钱很容易啊。"

"……"

因为你们在经济发达的城市，当然有优势！

你们这种情况那不是直接用局里土地建楼收租都能赚？只要脑袋正常就能经营明白！

楚稚水认为胡局不该在纸袋里装玉米粒，他还是应该往里面装枪，一枪打爆这花孔雀的脑袋。她决定明年要以三倍价格卖茶叶，当初还是年少轻狂不懂事，不听胡局作为过来妖的话，就不该想什么兄弟单位情，叶局被宰属实是他活该。

正值此时，办公楼前突然喧哗起来，一名衣着高档的男子在门口痛哭流涕、咚咚磕头，他声嘶力竭地不知在喊些什么，很快被局里的保安带离现场。

之后依稀飘来一句："我有钱！你让我掏多少钱都行！"

楚稚水一怔："这是怎么了？"

"啊，不用在意，估计又是想加塞儿的。"叶华羽嫌弃道，"局里天天都有这种人，认为全天下该围着他转，不给他把事情办完就来闹。"

"他撞邪了？"楚稚水道，"或者跟妖怪有纠纷？"

"撞邪的人多了，跟妖怪有纠纷的人也多了，我们都是按轻重缓急排序，但总有些人想花钱走后门尽快办事。"叶华羽道，"你可不要同情这种人，他们在这里哭得凄惨，走出去那都硬气得很，精明算计叫一个厉害，残害同类从不手软！"

银海市整体经济发达，自然汇聚名流富贾。很多富人的发家史都不干净，他们跟妖怪缔结协议，等到真正发财又翻脸，最后闹得满地鸡毛，少不了让观察局解决。

除了天生开眼的人，很少有普通人跟妖怪沾边，正常人都踏踏实实过日子，谁会想靠歪门邪道发财或迫害旁人？

叶华羽眼睛微眯，轻飘飘地笑道："你是人类更应该明白这个道理，不是吗？

"……"

楚稚水沉默。

她想说不是，人类有好有坏，就像妖怪有好有坏一样。

但她觉得现在这么说没意义，在叶局眼里她也是人类，听着就像为人类无力辩护。

双方并不熟悉，还在工作时间，这种跟业务没关系的辩论不需要出现。

楚稚水轻笑一声："您刚刚说得对，银海局确实跟槐江局不一样。"

槐江局的妖怪是不可能直接对她说这种话的，那都是些傻妖怪，每天都在说傻话，却说得都比叶局动听。

叶华羽听她岔开话题，他也顺着往下讲，兴奋道："我们局里条件更好吧！快让老胡把你调过来！"

"谢谢您，不过我是槐江人，还是更适应那边。"

她是不可能接受在银海局工作的，原因是体会到叶局等妖从骨子里对人类透出的不屑。即便他们嘘寒问暖、出声夸赞，夸的也是"你真的很像妖怪”，但倘若人类在他们眼里是被轻蔑的存在，这一句话对她来说就是莫大的讽刺。

那她还是不要像妖怪，更像一个人类比较好。

银海局里的工作弄完，楚稚水婉拒杜子规开车载自己的提议，打车前往另一处地方跟齐畅见面。

她来银海市一是为观察局的事务；二是收到新透视频 CEO 齐畅的邀请，琢磨如何将工作机会介绍给王怡文。

咖啡馆内，三十岁出头的齐畅面容清秀，他文质彬彬、斯文儒雅，说起话来也有条不紊，确实是值得被绿盈集团选中的人才。

“其实绿盈投资龙知视频，当初也是寄予厚望的，但很可惜李总给出的成绩一般，他们没有看到明显的变化，这才考虑让我创建新透视频。”齐畅道，“明明烧钱的速度很快，最近数据反而有所下降，确实让我们挺不理解的。”

楚稚水从容道：“龙知早期依靠的是富有特色的用户生态群，实际技术水平远不如其他公司，李总融完 A 轮主要拓展技术层，开始大量引进和效仿其他公司的运营模式，反而冲淡最初的特点，增量下降很正常。”

这个小破公司当初能创业成功，就是因为在市场里别具一格少竞品，否则哪有逆天气运被发现？但李龙科非要快速扩张效仿其他公司，最后无疑是死路一条，这才是刚刚展现颓势。

她离职时就猜到有这一天，但良言难劝该死鬼，慈悲不度自绝人。

不过她也知道李龙科在想什么，他其实就没打算好好做公司，只想疯狂招人加快速扩张，借机继续找人融资。只要报告上的数字够大，总有投资人能被诓到，然后再用投资人的钱给自己开高额年薪，顺带使用公司里的豪车四处招摇，过着骄奢淫逸的生活。

如果他的骗钱大业够顺利，没准龙知视频真能上市，再把手里股份一次性套现。龙知视频会在上市后跌破发行价，前期膨胀式扩张的公司会飞速裁员，最后彻底变成一潭死水。

但那时大股东都财务自由，谁又会来收拾烂摊子呢？

只有普通员工和股民受伤的世界形成了。

这些衣冠楚楚的投机分子赚钱都玩这套，在金融投资行业里根本不算什么秘密。

她能做但不屑做，所以她选择走了。

齐畅面露钦佩："你说的跟我们内部分析的一样，所以我们希望新透视频能在市场上长期立住脚，做一家真正内容独特的品牌公司！"

"……原来如此。"

楚稚水没好意思说她听过这段，李龙科当年也说过这话，后来他融资完又撤回了。

好在她不必再用时间验证齐畅是否会成为下一个李龙科，左右就是给王怡文找个新平台，先让好友跳槽大赚一笔再说。

双方交流还算顺利，楚稚水聊得差不多了，先遗憾表示自己已入职，又借机推出王怡文，点明对方在龙知视频任实职，绝对比离职的自己更了解情况。王怡文还没竞业协议在身，简直就是被挖的不二人选。

齐畅最开始惊讶于楚稚水不来，但他很快也接受她的推荐，愿意跟王怡文面谈看看。

天色渐暗，霓虹闪耀，晚上的银海市像一座不夜城，完全被星河般的灯光环绕。

楚稚水和齐畅从咖啡馆出来时，正巧能看到城市最美的夜景。

"但你不能来真的可惜，不过以后还可以联系。"齐畅看一眼时间，主动道，"附近有家日料叫竹都，很有名，我刚刚订到他们家位子，不然我们晚上到那边用餐？"

楚稚水听到熟悉的店名，她错愕地看向齐畅，脱口而出道："啊？"

"怎么了吗？你不喜欢吃日料？"齐畅声音放轻，"但他们家食材还不错，说不定会改变你的印象。"

她当然知道食材还可以，毕竟她以前经常去竹都吃饭。这家日料简直是谈事或泡妞的最佳场所，以贵到离谱的价格和高端至极的环境闻名，连服务员都穿一身定制服饰，超级有范儿。

她想不明白的是，事情都已经谈完，还去竹都做什么？

楚稚水恢复镇定，提醒道："竹都还挺贵的。"

“请漂亮的女士吃饭值得破费。”齐畅一笑，“愿意赏脸吗？”

“……”

楚稚水望着齐畅清秀的脸，心叹他真是高情商的人。他刚刚谈正事时没透露半分暧昧，现在却游刃有余地切换出绅士风度，要说哄过的女生没有两位数都没人相信。

成年男女的试探都暗流涌动、充满张力，但楚稚水不知为何从不会被心动击中。她凭实力单身至今，脑袋里天然就有一块冷静面板，现在开始自发地分析起来，无法立刻进入松弛状态。

齐畅真的很聪明，假如楚稚水选择入职，他绝对不会说越线的话。如果是职场恋情搞掰，那必然是高风险隐患，他不会做如此鲁莽的事。

但楚稚水没选择入职，自动就被他放到另一区，所以他从咖啡馆出来后态度变了。

很现实也很理智，符合多数人思维。

楚稚水笑着婉拒：“不好意思，我晚上一般不吃饭，现在都不太饿。”

“一点都不吃吗？”齐畅怔神，“他们家甜点也还可以。”

“对不起，确实不习惯吃晚饭。”

齐畅面露遗憾，他倒也不纠缠：“那下次有机会约午饭吧。”

楚稚水客套地应下，又婉拒他开车送自己，心里清楚不会有下次。

大家都是合得来就聊，合不来就散，高效又快餐式的接触，几顿昂贵的仪式感饭菜、几个新款的专柜名牌包、几次奢侈的海外酒店游，有钱男人们常见又老套的把妹手段，但在人类社会里就可能被称为浪漫好男人，主要剩下的男人更抠更差。

只是她可能真的是山猪吃不来细糠，即便在银海市假扮都市丽人很多年，依然还是没法接受这一流程，总觉得跟这些男人吃饭好累，时时刻刻都得表演最佳状态。他们很假，她也得假。

因为她曾身处暴利行业，所以见识过太多事情，总是怀揣着戒备心理。

高学历又富有的精英不代表人品出众，甚至能坏得理直气壮。

楚稚水思及此，忽然露出自嘲的笑，白天时还不赞同叶局的话，但她的潜意识早翻涌出什么，不然不会有被踩到痛脚的感觉。

她知道李龙科赚一票就跑是残害同类，她知道圈子里有人男女关系乱而对齐畅心怀警惕。

她作为人类确实更明白，因为见识过这些情况，所以对叶局的话发恼，更有种哀其不幸、怒其不争。全人类名声被少数败类抹黑，甚至沦落到被银海局妖怪指点的地步。

她可能真是小城市长大的土人，跟大城市里的洋气人玩不到一起去，也跟大城市里的洋气妖玩不到一起去。

土人就该跟土妖一起玩，圈子不同就不要硬融。

凉爽的微风拂面，楚稚水缓过神来，她突然想起什么，打开钱包检查起来，果然看到竹都的会员卡。原本早就遗忘这家日料，谁知被齐畅提醒过后，想起以前在店里储值过。

因为她过去常在竹都跟人聊工作，所以干脆一次性储值了高额度，这笔钱自然被龙知报销，但现在好像还剩下一点，应该可以再吃一顿？

她好像还欠某个妖怪一顿饭，用来偿还老白出现那晚，他赶到桥上来搭救她。

“辛云茂。”

楚稚水没怀揣太高的期望，她找了一个角落试探着喊出声，等当真看到熟悉的黑色裂缝，还是讶异得合不拢嘴。

缝隙中，辛云茂身着简约的白衣，夜晚朦胧的灯光让他冷峻的面庞显得柔和，连漆黑的眼眸都在霓虹灯中泛起点点光彩。他一只手插兜，随意地踏出来，又见她挺愕然，扬眉道：“为什么这副表情？不是你叫的我？”

“不是，我就是试一试，居然真叫得出来。”楚稚水两眼发蒙，“我现在可是在银海，你怎么能从槐江跑过来？”

他这技能可以节省好多差旅费，难怪对她出差这件事如此淡定。

“你是我的信徒，跑到天涯海角，我都能找到你。”

辛云茂停顿片刻，他鸦黑的睫毛垂下，语调轻缓如夜风，补充道：“只要叫我名字，只要你想见我。”

她是他唯一的信徒，当然是有求必应。

Zhu and Zhi

第八章

竹都显真身

签名

辛云茂

槐江观察局

HUAI JIANG GUAN CHA JU

暮色降临的银海市像璀璨的星空，城市夜景如满天繁星让人眼花缭乱，但白衣墨发的辛云茂却似如洗的月光。即便他身上没有任何点缀，依旧能不动声色地压住星辉，一如明月从浅云中露面，众星就在黑夜里暗淡。

楚稚水难以形容此刻的感受，就像古人仰头赏月时词穷，心底被妙不可言的月辉触动，然而话到嘴边却说不出来，唯有目不转睛地用肉眼记录下这动人的一刻。

这座城市巨大而繁华，大到没有任何人指责你的行事做派，也大到没有任何人关心你的独居生活。她曾经习惯这种保持距离的状态，人和人互不打扰，都在安全范围内。

但他说了一句奇妙的话。

只要你想见我，我就会来找你。

单纯的妖怪还不懂这句话对都市人的杀伤力，这是忙碌而疏离的日常中至高无上的承诺，代表不管遇到多繁杂的事都愿意赶来的决心，代表无形中挤压自己的学习、工作和休息时间，代表排除万难将对方放在第一位的迁就和纵容。大家都有各自的生活，越长大越不会这么做，可能只有妖怪才会傻乎乎的。

楚稚水沉默良久，她轻轻地感慨："神君真厉害。"

辛云茂一怔，不可思议道："你叫我什么？"

"神君？"楚稚水疑道，"茶园的妖怪不都是这么叫你的。"

辛云茂呼吸微窒，他一时有点无措，除了八面玲珑的胡臣瑞外，妖怪们一般都是挨打完才这么叫。这种称呼代表对他封神身份的认可，但不是所有妖怪都接受他的存在。

这是她第一次这么叫他，瞬间叫得他心慌意乱，凌乱的思绪如风中摇摆的嫩叶，只能随清风飘来荡去。

辛云茂略感别扭，他下意识地侧开视线，又用余光打量楚稚水，冷不丁狐疑道："为什么化妆？你要见谁吗？"

楚稚水在槐江局素面朝天，她根本不在意时尚搭配，但现在妆容精致、衣着得体，细腻的脸庞闪着微光，明显跟平时不一样。

"今天还能见谁，不就是见你嘛。"

"……哦。"

辛云茂含糊地应声，他伸手捏捏耳垂，发现自己化人后有新功能，在某些情况下耳根会莫名发烫。

"你是不是心情不好？"

"有那么明显吗？"楚稚水惊异地抬眼，"连你都看出来了。"

辛云茂没有回答，他一直都能看到。

楚稚水恍然大悟，难怪他今日露面后格外正常，非但没有自恋地胡言乱语，甚至措辞都小心翼翼，时不时还要偷瞄她的脸色。他有点像小动物一样，平时故意跟她对着干，还总说一些令人无语的言论，但感受到她情绪低落就安静下来，只在她身边默默地蹭来蹭去。

因为他不知道说什么话能哄人开心，所以就一声不吭地待在她旁边，相当朴素的安慰方式。

"确实有一点。"楚稚水失笑，"但没有关系，吃顿好的就行，不是还欠你一顿饭?

"今天不去便利店吃饭团，带你去人类的昂贵餐厅。"

竹都，清新雅致的装潢门面，溪水绕竹的景观设计，氤氲暖黄的灯光氛围，以及定价不菲的套餐规格。这家日料店位于大厦高层，说实话位置挺隐秘，但永远不缺闻名而来的客人，还频频登上点评软件的黑红榜。

喜欢它的人大加吹捧，将其称为银海第一日料，不喜欢它的人打低分狂踩，放狠话绝对不会再来。两极分化的评价丝毫不影响它的火热，无人讨论才是高端日料店的原罪。

衣着笔挺的中年经理正面无表情地在电子屏前核对信息，偶尔对用餐结束的顾客报以清浅而矜持的微笑，再说一句“欢迎下次光临”的送客语。

有对情侣手挽手地走过来，好奇地打量起竹都，交谈道：“不然晚上吃这家？”

“你们家有菜单吗？”男子询问中年经理，“拿给我们看看？”

中年经理抬起头来，他不紧不慢地扫视对方，假笑道：“先生，不好意思，请问您有预订吗？”

“没有。”

“那您今天可能没法用餐，我们晚上的位子排满了。”

女子开口道：“我们可以等位，你先拿下菜单。”

“女士，实在不好意思，我们是预约制度，每个时间段位子有限，今天晚上确实没空位。”中年经理随手取过菜单，双手将其递给对方，和煦道，“当然，您可以看一眼菜单，只是每天菜品也会变化，这是我们的套餐设计。”

女子翻开菜单，她顿时被数字吓到，惊叹道：“这么贵！”

竹都日料不需要点餐，菜品早被搭配好，根据价格选套餐就行，一顿饭可以吃掉普通人一个月的薪水，堪称每一口都是“金钱的芳香”。

“走吧走吧。”男子赶忙揽她离开，“我们还是去你喜欢的店算了。”

中年经理满脸笑容，他轻松而轻蔑地收回菜单，目送小情侣逃离的背影。同样的事情每天都发生，简直像太阳东升西落一样准时。

没过多久，另一对男女抵达日料店，他们话都不说就往里进。

中年经理见过这种“莽撞情侣”，他发现二人气质不错，连忙挤出营业微笑，提醒道：“不好意思，我们是预约制度，今晚已经没空位……”

轻缓的女声响起：“那就去包间。”

一张纯黑色的卡片出现在中年经理视线内，上面有竹都料理的标志，右下角有片小小的竹叶。这是店里的会员卡，只有消费达到一定金额或一次性高额储值才能办理，优点就是直通包间不用坐大堂。

大堂需要预订，包间只给会员。

楚稚水递出会员卡，又看经理没反应，迟疑道：“包间有人了？”

她当时储值就是觉得包间适合聊工作，但李龙科等人都喜欢大堂，一般来说包间不会有人。

“没有没有，我这就为您带路，两位小心脚下台阶。”中年经理一秒切换态度，亲和地在前引路，领着一人一妖往包间走。

曲径通幽后喧嚣再起，大堂内都是用餐的客人，昂贵不代表环境安静。

酒过三巡，后劲较大的清酒染红客人们的脸庞，众人在发烫的氛围中高谈阔论，或跟同行聊着手中项目，或跟伴侣吹嘘自己的社会身份，一派物欲横流又灯红酒绿的场面。

辛云茂看到喧闹的人群，凝眉道：“我们要在这里吃饭吗？”

“你想在大堂吃吗？”楚稚水道，“这里有点吵吧，你要是在大堂吃，很快就能听到隔壁桌的大项目，没准他们要聊个两万亿什么的。”

不少客户喜欢在大堂聊事，享受的就是炫耀的快感，这年头嘴上的钱不带“亿”都吹不出口。

辛云茂不解：“两万亿？拿去做什么？”

“谁知道呢。”楚稚水调侃，“我每次来这里都新奇，就感觉人人手上几百亿。”

中年经理硬着头皮道：“包间到了。”

包间是素雅的榻榻米，将大堂噪声隔绝在外。一旁的竹筒接着潺潺流水，等到撑不住就当啷一声发出清脆的声响，是竹敲春雨的意境。

楚稚水在榻榻米边落座，她眼看辛云茂坐过来，赶忙一指对面位置，解释道：“这里要上菜的，你可以坐那边，跟坐车不一样。”

辛云茂一愣，坐到她对面。

没过多久，身着和服的女服务员进屋问好，紧接着优雅有礼地上菜。她将无数精致的小盘一一摆上桌，分别放置在楚稚水和辛云茂面前，轻声解释食物吃法，随即悄无声息退下。

精美小碟中东西不多，颜色相当鲜艳，但都只有一点。鲷鱼、鱼子酱、鮟鱇鱼肝、蓝鳍金枪鱼、海胆，新鲜的食材井然有序上桌，五彩缤纷地摆得满满当当。

辛云茂看着桌上的鱼类百科，他眉头微皱：“都是鱼？”

“日料基本都这样。”楚稚水眼看他老毛病犯了，“金渝没法食用的，你不要发散思维！”

“哼。”

楚稚水温声道：“尝尝看呢？”

辛云茂握起筷子，他漫不经心夹起一块，细嚼慢咽后就吞下，只感觉没滋没味的，说不出来有哪里好。他其实不用进食，喝水和晒太阳是本体习惯，没有植物会拒绝光合作用。因为她给他带饭，所以他平时才吃，但今天的饭菜是其他人端上来的。

辛云茂抬眼望向对面的楚稚水，她正在专心致志地用餐，看起来没有注意这边的情况。他思考片刻，将筷子放回筷托，不打算继续食用。

套菜是两人份，餐具都分开的。楚稚水吃完一些，她发现辛云茂面前的食物基本未动，惊讶道：“你该不会吃饱了吧？你在外面偷吃什么了？”

他日常食量绝不是这样，今天怎么会变成小鸟胃？

辛云茂遭她抓包，他犹豫地拿起筷子，不情不愿地继续用餐。

片刻后，寿司师傅端着食材进屋，他先是向客人问好，接着带来竹都的特色寿司。

女服务员婉言介绍：“竹都寿司有一种特别的味道，选用最出色的新鲜竹叶包裹米饭，这样握出的寿司每一颗米粒都沾染竹叶香气……”

辛云茂蹙眉，质疑道：“最出色的新鲜竹叶？”

他的重音还放在“最出色”三个字，表示强调。

女服务员微笑：“没错，店内可以向您承诺，挑选的是最适合寿司的竹叶品种。”

辛云茂面色古怪，他欲言又止：“……”

寿司师傅拨开嫩绿的竹叶，露出被覆盖在下方的饭团。他将米饭从案板上拿起，熟练而麻利地捏握成团，再配上鲜嫩鱼肉和少量酱汁，竹都寿司就大功告成。

辛云茂全程眉头就没松开，他不能接受米饭被放在掌心揉，总感觉浑身上下都不舒服，骨子里的洁癖就要发作。

寿司师傅捏好一个寿司，先将其放在楚稚水盘内，然后再接着做辛云茂那份。

辛云茂眼看她要入嘴，错愕道：“你要吃这个？”

“对啊？你想吃吗？”楚稚水大方地夹过去，“那就先给你。”

“……我不吃。”

楚稚水不觉有异，她吃下竹都寿司，还是原来的味道。

辛云茂眉头微挑，他语气忽然变凉，阴阳怪气道：“好吃吗？最出色的新鲜竹叶？”

楚稚水欣然点头：“还不错，毕竟都说是最出色的。”

“……”

她居然认为那就是最出色的竹子！那种被冷冻过的竹叶算什么新鲜！

辛云茂听完她的话脸色发沉，他莫名其妙就郁闷起来，甚至闹脾气根本不吃寿司。

楚稚水：“真不吃吗？那我帮你吃掉？”

“不行。”

他才不吃低等竹子做出来的寿司，也不允许自己的信徒吃粗制滥造的东西，凭什么这家店说那是最出色的竹子？！

正值此时，身着和服的女服务员笑着问道：“两位用餐过半，感觉还满意吗？”

楚稚水还没来得及回答，辛云茂就面若寒霜，斩钉截铁道：“不满意。”

女服务员一愣：“请问您是哪里不满意呢？是服务不满意，还是……”

“不合口。”辛云茂嗤道，“食材达不到你们说的水准。”

女服务员和寿司师傅对视一眼，他们窃窃私语两句，转身推门离开房间，临走时还留下一句话：“好的，请您稍等片刻。”

包间门缓缓关上，里面只剩下一人一妖。

楚稚水一直风轻云淡地吃饭，全程没有失礼的地方，现在终于暴露真面目。

她等服务员离开后，竟兴奋地跳起身，幸灾乐祸地笑道：“你完了你完了，小伙子，你摊上事儿了，恭喜你激活这家店的隐藏吃法，待会儿就会有个笑里藏刀的经理跑进来，暗讽你山炮没有品位，不会吃他们家的高端日料！”

辛云茂：“？”

竹都经常出现在点评软件红黑榜，红榜理由是食材优质和环境绝佳，黑榜理由是此店不接受任何对食材的恶评。

如果有顾客认为套餐性价比不合理，就会跑出来一位笑眯眯内涵你不懂日料的中年经理，他愿意为你不愉快的用餐体验打折，但绝不会承认是店里的问题，肯定是你的味觉迟钝，吃不出食材的高低贵贱。

这种态度亲和地暗中贬低最为致命，经常让打完折的顾客依旧满肚子气，愤恨地在点评软件上将竹都管理人员臭骂一顿。毕竟来这里吃饭的人谁都不缺钱，搞这种服务手段简直硌硬人。

别问竹都的经营策略是什么，没准就是让顾客花钱受气。

当然，不少人照旧频繁光顾竹都，他们会大肆肯定店内食材，俨然是日料界的大行家，以能够吃懂竹都菜品来彰显口味高贵。他们还会说性价比极高，这么点小钱就能吃到这么好的日料，不应该再挑剔更多，借此展现自身的富有。

片刻后，包间门被再次拉开，楚稚水一秒变淑女，重新坐到榻榻米上。她很好奇辛云茂认为食材哪里不合口，明明平时从来就没有挑嘴的时候，她兴致勃勃地等待看戏。

辛云茂目睹她的川剧变脸：“……”

果不其然，传说中的中年经理露面，正是先前带他们进来的人。他礼貌地跟二人打过招呼，笑眯眯地询问：“请问您觉得食材哪里不合口呢？”

辛云茂瞄经理一眼，他对外人一向不假辞色，淡淡道：“哪里都不合口。”

中年经理只当辛云茂故意找碴儿要求折扣，他眼底闪过一丝不耐，嘴上却不卑不亢：“如果您这么说，可能不太合适，店里的食材都经过厨师精挑细选，选用的是当季、当天最优秀的，一直以来我们的品质也深受肯定……”

“所以呢？”辛云茂冷笑，“你说是最优秀的，那就是最优秀的？”

辛云茂打眼一瞧就知道中年经理是什么东西，任何人类在他眼里都一清二楚，不过是在一家价格昂贵的餐厅工作，就以为自己也跟着变清贵，接着便看不起同类。

他最初认为竹叶不行，现在是认为经理不行。

大妖怪怎么能受这种气？自然就跟对方杠上了。

中年经理委婉道：“有没有可能是您不习惯吃日料？”

辛云茂：“我确实是第一次吃这些。”

中年经理闻言更感轻视，他拖着长调，意有所指道：“啊，第一次吃可能确实不适应，我们家食材风味比较独特，不然这次给您打个八五折？”

中年经理无意纠缠，他自认已退一步，算是递出台阶来。

辛云茂何时在尖酸刻薄上输过？他轻嗤一声，不屑道：“你们家风味确实比较独特，第一次吃就能知道不好吃。”

中年经理：“……”

“不用打折，大家都不容易。”楚稚水眼看经理脸色青一阵白一阵，她差点被辛云茂的直接逗乐，生平第一次在竹都有如此新鲜体验，笑着打圆场道，“你就凑合着吃吧。”

辛云茂冷哼：“不吃，难吃。”

中年经理同样不肯罢休，只有店里说顾客品位不佳的份儿，哪有顾客来竹都直接说难吃的？他不依不饶地追问：“我们肯定不能让您有如此不愉快的用餐体验，请问究竟是什么食材不合您胃口？您可以简单说两句吗？”

竹都的套餐经过多番过滤和筛选，基本挑不出瑕疵，他就不信辛云茂能说出个子丑寅卯。

辛云茂伸出冷白的手指，随手就一点招牌菜，笃定道：“这不是最适合寿司的竹叶。”

中年经理态度果断：“不可能，您有所不知，竹都寿司是店内的招牌，完全由竹都首创，我们在全球精心挑选出最优质的竹叶品种，这才制作出跟寿司最搭配的风味……”

“为什么你总用‘最’？”辛云茂冷飕飕道，“是你们更懂竹子，还是我更懂竹子？”

他真不理解当今这世道是怎么了，居然有人认为自己比他更懂竹子。

“或许您是位植物学家，对各类竹子研究很深，但我相信竹都更懂竹都寿司，在用竹叶制作寿司这方面确实挑不出更好的。”

辛云茂默然起身，他突然走向角落，没有再回应中年经理。

正当中年经理自喜于夺取胜利时，却看到辛云茂是过去洗手，包间里有小型的水池，还配备干净的帕子。

辛云茂做完准备工作，重新回到桌前，看向案板上的米饭，随手就捏起一团。他没有拿竹叶包裹过的特殊米饭，反而用的是一旁碗里的干净米饭。

寿司师傅刚才作业到一半，还没将各类材料撤下来，就被服务员带着出去找经理。他想要出言阻止，无奈于语言不通，只得朝经理叽里咕噜起来。

中年经理出声制止：“先生，不好意思，还是由店内人员来制作寿司吧，您只要坐在桌边享受美食就好。”

楚稚水：“没事，你让他做一个，估计就是好奇。”

辛云茂垂下漆黑的睫毛，低头认真捏寿司，他刚才看过两遍就记住顺序，不紧不慢地捏握成团，然后蘸汁放上鱼片。骨节分明的手指，干净圆润的指甲，游刃有余的动作，看上去还真是赏心悦目，比寿司师傅还像模像样。

他捏完第一个先放到楚稚水盘里，然后眼巴巴地望着她，明显露出期盼的意思，突然很像摇尾大型犬。

楚稚水刚开始有点别扭，她吃寿司师傅的作品还好，但总觉得吃他捏出来的，心里稍微有些不一样。

她也不愿意扫兴，还是捧场地吃掉，先是慢条斯理地咀嚼，接着就瞪大眼睛，不吝惜赞美之词：“很好吃！”

柔滑鲜美的鱼片，口感适中的饭团，微微辛辣的芥末，还有一种清新竹叶的甘冽，跟他的作品两相对比之下，竹都寿司的味道就显得寡淡。这是雨后竹林般的鲜翠欲滴，透着枝头嫩叶的清淡芬芳，回味无穷。

楚稚水不可思议地看着他，没想到他还会做手握寿司，难道是妖气让寿司变好吃的？

辛云茂微抬下巴："比他们做的呢？"

楚稚水偷瞄一眼寿司师傅，她感觉说实话伤人，但对方好像听不懂，便坦白道："……好像更好吃。"

寿司师傅十几年的功力竟然不如新手妖怪，这确实有点过于打击自信心。

"就这种东西，你要是想吃，天天给你捏。"辛云茂终于心满意足，他自得地继续操作，傲慢道，"这不是有手就行？"

他就不信全天下有什么竹子比他好，外面的寿司怎么可能比他的卫生美味！

辛云茂很快就捏出好几个寿司，他感觉人类料理相当简单，过去还以为需要开火烹饪，谁料到有这种能直接制作的。

中年经理见他旁若无人，真把店里人员当空气，皮笑肉不笑道："理解两位感情很好，您女朋友很给您面子，但自己做的跟店里的毕竟不同，还是由我们专业师傅来操作好吗？"

这两人怎么回事？刚刚说食材不合口，现在干脆自己捏上了。

"……"

辛云茂都打算跟这个势利眼凡人决战到底，谁料到中年经理突然冒出这么一句话。

他听到"女朋友"一词，惊得差点将饭团掉地上，流畅的下颌线瞬间紧绷，锋利凉薄的气场消散，取而代之的是无声爬上脖颈的绯色。他嘴唇紧抿，看似没有任何表情，但颤动的瞳孔早就暴露异样，如水面破碎的波光粼粼闪耀。

楚稚水像被烫到似的，她慌张地摆手，同样脸热道："不不不，误会了！"

中年经理："？"

"行，算你走运。"辛云茂紧盯对方许久，他意味深长地憋出一句，又看向后面的寿司师傅，漠然道，"我再给你一次机会，你让他来尝尝，到底哪个更好。"

中年经理闻言心底只想发笑，感觉辛云茂见识短浅、刚愎自用。

日料的精髓就是师傅精湛的手艺，先不说对方跟师傅水平相差甚远，他根本没用竹叶米饭，用的仅仅是普通米饭，这在食材上就是天差地别，食材优劣可谓日料水准的决定性因素。

当然，中年经理不会和顾客正面冲突，他用日语向师傅递话，还强调要说真实感受，打算一会儿添油加醋翻译成中文暗贬辛云茂一通。

寿司师傅不懂事情如何发展到这个地步，他简单地做完餐前仪式，取过一枚盘子里的寿司，放进嘴里品尝起来。米饭刚一入口，明显感到不同，他比楚稚水更为专业，当即认真地咀嚼起来，好似在反复体会其中的独特滋味。

他一边尝一边摇头晃脑，最后露出惊叹的表情，甚至没有直接说评价，而是朝辛云茂竖起大拇指，还他乡遇知音般地连连点头。

中年经理："？"

中年经理不信邪地尝一个，很快也脸色骤变，称得上尴尬难堪。

为什么他能比专业师傅捏得还好？而且技术更好就算了，明明都没有使用特殊米饭，究竟是哪里沾染来的竹叶味道？！

辛云茂面无表情，一字一句道："现在改口说你们用的不是最出色的竹叶。"

"……"

中年经理踢到铁板，难以置信地环顾一圈，妄图找出隐藏在暗处的摄像头。他如今严重怀疑这两人在耍自己，该不会是什么视频博主带顶级寿司大师来竹都打脸踢馆吧！

包间内，辛云茂和中年经理还在无声对峙，门外却有一名服务生端盘走来。他手捧仙气飘飘的精致酒具，手足无措地望着中年经理，一时不知道该进还是该退。

中年经理看到上菜的服务生，他心道来的时机正好，恰巧能避开顾客追究，忙道："进来吧，不然酒的味道就会变差，这是本店的特色竹上清酒。

"竹是岁寒三友，常见的清酒一般是热喝，但本店的竹上清酒采用冷喝，将特别酿制的清酒倒入松山产的竹筒之中，更能够体现清酒的香气。"中年经理笑道，"请两位抓紧时间饮用，清酒温度改变后就会影响口感。”

快喝吧，快喝吧，喝点酒绕开刚才的话题。

精致小盘上摆着两个玲珑的竹筒杯，比常见的白酒杯还要小一些，微冷的竹杯覆着一层薄薄寒霜，其中盛满盈盈发亮的清酒液。小盘一旁的鲜花下还藏有干冰，放到桌上后烟雾缭绕，飘飘然如仙境一般。

辛云茂双臂环胸，他漫不经心地瞟一眼，根本就没有伸手拿酒：“这不是松山产的竹筒。”

“是这样的，竹都一直从松山购买新鲜竹子，空运到店内后再制作成竹筒，我们的进货单上也写有产地，完全可以拿出来给您检查。”

“为什么要看进货单？这不是一眼就能看出来。”辛云茂挑眉，“这是桐山产的竹子。”

中年经理闻言一愣，他做过功课知道松山的位置，但还真不知道桐山在哪儿。他取出手机上网一查，发现桐山和松山位于同省，两座山距离不远。

中年经理面对不动声色的辛云茂，他心里有点发毛，吩咐人前往厨房，询问负责进货的人竹子究竟是松山的还是桐山的。

片刻后，有个后厨打扮的人匆匆赶来，解释道：“经理，确实是桐山的竹子，最近松山区域的品种不太好，所以就改用桐山绿竹。其实我们以前就是两种混用，只是登记资料时一般只写松山，两者都不会影响口感，可以让客人放心饮用。”

“这么重要的事情，为什么当时不写明？”中年经理面如土色，语气夹杂一丝恨意，咬牙道，“多写一个桐山还会累到谁吗？！”

如果进货单上写清楚，就不会遇到杠精客人。

莫名被迁怒的后厨：“？”但谁会在意竹子的户籍所在地？这不是连品种都一样吗？

楚稚水在一旁憋笑得辛苦，她见后厨可怜被训，柔声解围道：“没事，桐山就桐山，凑合着喝吧。”

中年经理忍气吞声，他对二人鞠躬致歉，认栽道：“实在对不起，确实是我们表述不精准，给您带来如此不佳的用餐体验。”

楚稚水不算特别缺德，没好意思说体验很佳，每次来都觉得经理像跋扈笑面虎，头一次见他做小伏低成这样，主要是辛云茂杠得还很严谨。

正值此时，女服务员端着托盘进来，竹叶青的小盘上放着漂亮的甜品，正是淋满焦糖的布丁，鲜红草莓粒点缀在上方，最上面摆有一枚新鲜竹叶。

有些餐厅的菜单会根据季节增加植物元素，厨师长用新颖的设计增添食物口感，而竹都贯穿四季的主题就是“竹”，自然每道菜都会有所体现。

辛云茂瞥见竹叶，好整以暇道：“这竹叶……”

“……”中年经理一听对方又要评价菜品，他瞬间露出心如死灰的绝望神情，僵硬的身躯如同枯死的树干，只叹从哪里冒出来一个研究竹子的植物学家兼美食家。

好在楚稚水也觉得纠缠时间过长，还是认真吃东西最重要，她一手端着焦糖鲜果布丁盘，一手捏着细柄的银质小勺，探身将其递给对面的辛云茂，软言劝和道：“好啦，吃点东西吧，你不是喜欢酸甜的。”

他抬杠好久，也该杠饿了。如果他喜欢水果茶，这个应该也差不多。

甜品一端到辛云茂面前，鲜切草莓粒的青涩芬芳就弥漫开来，空气中流淌着焦糖的甜蜜香气，彻底勾走他还欲继续找碴儿的思绪。

她故意放软声音时，措辞总是柔和动听，好似拂过心间的羽毛，带来轻轻柔柔、麻麻痒痒的错觉，也似幼猫不尖利的爪子一下又一下地挠，吸引走他的注意力。

辛云茂骤然收声，他一瞄面前的焦糖布丁，又一瞄她的嫣然笑脸，喉结上下微动，低声道：“大庭广众之下不合适吧。”

楚稚水：“？”

楚稚水垂眼瞧瞧手中的布丁和勺子，又抬眼看他表情紧绷地正襟危坐，俨然一副不知道该不该张嘴的模样，刹那间领悟他异于常人的脑回路。

她脸庞发烫，颇感羞耻道：“你在想什么？让你拿勺自己吃！”

她出于体贴才给他递甜品勺，又没有舀一勺布丁送过去。

他居然认为她打算喂他！这是何等厚脸皮！楚稚水差点要被他搞

疯，忍不住就提高自己的音量。这在以前是不可能的事，她从不在日料店制造高分贝，现在试图喊醒他浑浑噩噩的脑袋。

“……哦。”

辛云茂遗憾地接勺，心虚的目光飘向一边，老实吃起焦糖布丁，尽是柔滑甜美的滋味，还夹杂一丝丝莓果酸。

中年经理瞧准时机赶紧溜出去，他招呼服务员继续送菜，自己却不敢在包间里停留，生怕被辛云茂揪住小辫子要据实交代食材信息。

接下来，服务员们都沉默如哑巴，不敢再解释任何菜品，唯恐又被挑出毛病来。

楚稚水将菜品推到辛云茂面前，发现他可能抬杠完就有胃口。她推过去一盘，他就能吃一盘，竟将战场打扫得干干净净，跟刚进屋时的懒散无神、心不在焉截然不同。

结账时，楚稚水将会员卡递给女服务员，女服务员麻利地用机器刷卡，婉言建议道：“您的卡里还有一些金额，现在店里有储值优惠，您需要了解一下吗？”

“不用了。”

“但您剩下的金额可能不够下次……”

“没事，我不储值了，卡也不要了。”

楚稚水和辛云茂陆续起身，用餐结束，准备潇洒地离开竹都。

“您的会员卡不要了？”女服务员惊慌不已，“这不好吧，您还是拿着，没准还有用。”

竹都会员卡办理有储值额度要求，还会时不时赠送一些小服务，外面甚至有人私下租赁或倒卖。

楚稚水温和一笑：“没用了，送你了。”

她以后估计不会常来银海市，即便偶尔出差，也不用到竹都。曾经的生活都如前尘往事，跟未来的她没太多关系了。

女服务员哪里敢应，着急忙慌跑去找人。

中年经理听闻消息，匆匆赶过来，硬挤出笑容：“您好，是这样的，因为今天让两位有一顿不太愉快的晚餐，所以我刚刚已经打过招呼，套餐价格按照六折为您结账，还请两位不要对竹都留下不好的印象。”

经理过去敢阴阳怪气，不过是仗着顾客不懂，被打差评也能辩驳，这回却真遇到行家，不但现场捏出寿司，还一语戳穿竹子产地，传出去无疑会砸掉竹都高档食材的招牌。辛云茂说得头头是道，楚稚水还拿着会员卡，怎么瞧二人都有种隐世美食家的风范。

楚稚水和煦道：“没有，我们都挺愉快。”

她不知道辛云茂愉快不愉快，反正她今天被经理逗愉快了。

中年经理见楚稚水笑如春风心里犯怵，他在竹都遇到过不少有身份的客人，像辛云茂这种直接甩脸的都还好，最怕就是笑眯眯看不出想法的人。楚稚水看着和气，等她踏出这个门，可不知道会做出什么来。

人自己心里是什么样，就会怎么去想别人，不得不说，经理把楚稚水想得挺坏。

中年经理犹豫道：“这样吧，我用一次自己的权限，给两位今天这顿免单，欢迎您下次光临竹都，我们一定提供更好的食材和服务。”

楚稚水错愕，连忙婉拒道：“真不必了。”

辛云茂不满地挑眉：“这么难吃还要有下次？不是都说我随手就能捏？”

“……”

中年经理让服务员给这顿免单，退回刚才刷掉的金额。他不管二人的抗拒，固执地将会员卡塞进楚稚水手中，笑道：“刚刚的套餐已经为您免单，因为您是本店的会员用户，我们以后也会持续为您推送新品消息。之后将邀请两位参加非公开的竹都新品试吃会，期待两位到时候能为我们的新季节菜单提供宝贵建议。”

楚稚水：“？”你是什么受虐狂吗？他嘲讽你，你还找他来？她这个会员以前可没听说过试吃会，估计真是辛云茂的操作让她开眼了。

中年经理推门送二人，他目送他们离去的背影，总算感觉活过来，终于把大佛顺利送走。

大厦外，夜色浓浓，暗色笼盖。繁华的街上灯影绚烂，楚稚水和辛云茂站在路边等车，准备返回银海局招待所。

辛云茂习惯性单手插兜，他的视线掠过她浸润灯光的脸庞，突然道："你现在好像很高兴。"

没有饭前的低沉，整个人都挺明快。

"是，今天是我在竹都吃过最高兴的一顿饭，甚至比我第一次来的时候都新奇。"楚稚水挥挥手中的会员卡，笑道，"不是由于免单，也不是多好吃，就是开眼界了。"

"开眼界？"

"对，第一次来竹都大开眼界，今天跟你过来又开眼界。"

楚稚水第一次来竹都用餐时，真有种见识世界另一面的感觉，她知道身边很多人对竹都颇有微词，但都不会选择跟经理正面对抗，仿佛那样就暴露了自己骨子里的土气，将打造出的完美人设瞬间撕得粉碎。今晚是她在竹都吃过的最真实的一餐。

楚稚水望向辛云茂，她眨眨眼："不过我没想到你还会跟经理争辩。"

他以前闲人不理，一般都视若无睹，根本不会多辩驳。

"我不过是用他的方式对待他，有什么问题吗？"辛云茂眸色极黑，淡声道，"他喜欢那么对别人说话，我也就那么对他说话。"

"没问题，只是很意外。"楚稚水道，"我还以为你会用妖气解决，你们妖怪不都是这样，直接删除记忆什么的，或者用一些稀奇古怪的方法。"

她记得他曾经简单直接地踩断小黄胳膊，说实话，他从外表看着更像动手不动口的类型。

"他可是没妖气的人类，我怎么会做那种事情？"辛云茂瞥她一眼，幽幽道，"我可不会被区区一个凡人冒犯，就暴跳如雷地用妖气惩罚对方，但我可以用你们人类的方式来，总不能他欺负人就行，他被人欺负就不行吧。"

他轻描淡写道："我对插手他们的生活毫无兴趣，只是把他们释放出来的反弹回去。"

孙鞘释放出无边贪念，他就将贪念付于其身。中年经理傲慢待人、虚伪势利，那他就以牙还牙、以眼还眼。

楚稚水惊叹："你居然还挺公正，而且懂一点人情世故。"

辛云茂今日真刷新了她对他的印象，不但能看出她心情的好坏，还知道如何对付经理那样的人，他并不是什么都不懂的大妖怪，实际心里透彻如明镜一样。

辛云茂凝眉，他忽感一丝不对，怔道："在你眼里我是什么傻子吗？"

"当然不是。"

辛云茂脸色稍缓。

楚稚水偷瞄他一眼，她沉吟数秒，支吾道："肯定不是傻子，但没那么聪明。"

"？"

辛云茂愤愤地盯着她，明显感到不满意。

"你有什么不服气？"楚稚水理直气壮道，"既然你用别人的态度来对待那个人，最开始为什么要那么对我？这明显就不合理！"

辛云茂脑袋又没问题，最初却坚称她喜欢他，换谁都会觉得他傻！

为什么他最开始没用她的态度对待她？

辛云茂不料她这么说，他脸色闪现一丝窘迫，语噎道："那还不是你……"

还不是她一直都向外释放光热，他后来才发现她对谁都这样，这就闹出乌龙来。

楚稚水撇嘴："我什么？你搞区别对待？"

"……没。"辛云茂气弱，他回想起来也感觉丢脸，不愿意正面回答问题，闷声道，"反正我最初是用你的态度来对待你的！"

"这话是什么意思？"楚稚水难以置信地瞪大眼，"你说我最初是搞笑女？"

她信他才有鬼，她当时还挺守礼的，都是他频频挑衅，双方才发展成这样。

辛云茂不得不承认，这件事是他习惯使用封神能力后，闹出最大的妖生污点，能被她嘲笑好长时间。他嘴唇紧抿，沉默良久后，别扭地退让："确实是我的问题，我还你一瓶酒吧。"

"什么酒？刚刚的竹上清酒吗？"楚稚水若有所思，"我没想到你是竹子。"

她思及辛云茂进门后的刻薄反应，频频追问她竹叶的优劣，还捏出有竹叶清香的寿司，甚至远超竹都师傅的作品，便隐隐猜到他的本体是什么。他平时很少出现在食堂，应该跟小黄等植物妖怪一样，相比吃东西更需要喝水。

“这有什么没想到？”辛云茂轻啧一声，酸气四溢道，“你居然现在才猜到，当初刚见过那只猫，就知道他是黑色的。”

“不是，这不能怪我。”楚稚水上下扫视他，她承认他的外表确实挺拔清逸、傲雪凌风，然而他一张嘴就暴露本性，将竹子的清高气质毁得一干二净，无奈地叹息，“确实很难联想到。”

“这有什么难联想的？”辛云茂自傲地扬眉，“我浑身上下无一不展现竹的风骨，或者说只有我的存在才能定义出竹的品格。”

“确实重新定义了竹的品格。”楚稚水配合地点头，“爱抬杠，脸皮厚，脑袋空空，刚好还有种品种叫箭竹。”

辛云茂：“？”

辛云茂当即发恼，震声道：“你知道古往今来有多少文人墨客歌颂过我的丰神俊逸、高风亮节吗？！”

楚稚水麻木地吐槽：“所以你自恋的毛病是那些咏竹诗人的过错吗？”

白居易当年写“千花百草凋零后，留向纷纷雪里看”时，肯定没料到竹子会自夸丰神俊逸；王安石当年写“会与蒿藜同雨露，终随松柏到冰霜”时，肯定也没料到竹子自吹高风亮节。总结下来，错的不是辛云茂，都是文人瞎联想。

辛云茂顿时气闷，转身背对她：“我不酿酒了。”

“哎呀，别这样，我高中作文也经常写竹子，你是我们人类自古以来最爱讨论的植物意象！”楚稚水好言哄骗，“看在海量的竹子诗词上，不要说伤感情的话。”

“哼。”辛云茂听到“最爱”才转过头，他满含怨气地瞪她一眼，警告道，“酿好的酒不能拿去卖钱，更不能用这笔钱来填洞！”

“不会的，你产量应该不高，肯定要自留来喝。”

他严肃地补充：“也不能拿给其他人或妖喝。”

“这么严格吗？”楚稚水诧异，“我还想跟金渝分享，比如科室的庆功宴。”

“不行！”

他做出来的竹酿酒给她喝就算了，一想到被其他人或妖碰到他就浑身硌硬难受，会有被脏东西玷污的感觉。

楚稚水作为收礼人，她自然不能抱怨，老实地应下：“好吧。”

辛云茂得到承诺，这才答应会酿酒。

乘车回到银海局招待所，楚稚水在前台以局里的名义给辛云茂开出房间，反正他都过来了，再待几天无所谓，招待所也不要住宿费。

办理入住后，楚稚水和辛云茂一起到外面的便利店购买早饭和饮料。她现在知道他不常吃东西，就多买一些花里胡哨的饮品，装一塑料袋的水让他待会儿带回屋。

附近便利店的商品丰富，有不少稀奇的饮料，连楚稚水都没见过。

他们站在店门口，拉开汽水易拉罐，开始品尝新鲜的饮料。

“味道一般。”楚稚水握着易拉罐，她阅读起成分信息，疑道，“为什么会挑这个？你喜欢喝这个吗？”

辛云茂喝完第一口，他同样没有再饮用，无辜地坦白：“罐子好看。”

她就不该跟着槐江土妖选饮料！他在吃喝上没有判断力的！

然而，木已成舟，错已铸成。

招待所走廊里，楚稚水回屋前还劝说辛云茂：“实在不想喝就丢了，晚安。”

辛云茂听到陌生的用语一怔，他眸光微闪，轻缓道：“……晚安。”

双方的房间挨着，布局基本一致。

楚稚水进屋后，将没喝完的饮料随手放在茶几上，起身就到行李箱里寻找充电线。

电器插孔被布置在靠近茶几的墙面上，她俯身安装充电线的间隙，一不留神就带翻了旁边的易拉罐，眼睁睁地看着深色汽水浸润进白绒椅的表层。

楚稚水手忙脚乱地扯过湿巾，开始拼命地擦拭起污渍，却发现汽水成分很特别，根本就没办法清理掉，而且白绒椅套无法拆卸，她还没办法将其带到卫生间洗。

她一时颇感慌张，倒不是害怕赔钱，只是明天会给保洁人员添麻烦。

楚稚水余光扫过花里胡哨的易拉罐，她冷不丁地冒出一个主意，忙道："辛云茂。"

"做什么？"辛云茂刚在隔壁坐下，便听到她呼喊自己，他从黑色缝隙现身，小声道，"不是都说晚安了。"

"快快快，你有办法抢救一下吗？"楚稚水围着白绒椅团团转，恳切道，"你上回在茶园是不是让我衣服变干净了？"

他好像具备一些奇奇怪怪的清洗功能。

辛云茂感到荒谬，愕然道："你好不容易许回愿，就让我帮你洗椅子？"

楚稚水见他干站着不动，她现在着急，怕污渍更深，语气都焦灼了："许什么愿！事情就是你引起的！"

他迷茫道："这跟我有什么关系？"

"这瓶饮料是我跟着你选的！"

辛云茂无法反驳："……"

"就这一次。"他望着脏椅子，打一个响指，嘀咕道，"这回不算你许愿。"

下一刻，白绒椅恢复如新，完全没沾染污迹，看上去比原来还干净。

楚稚水长舒一口气，感恩戴德道："谢谢神君。"

辛云茂听她如此称呼自己，心里又泛起异样的滋味，一时间不知如何回话。他发现不远处搭在行李箱的外套，突然道："你可以把穿过的衣服拿来，我顺手也帮你弄干净了。"

楚稚水被此话一提醒，下意识望向凌乱的行李箱，这才醒悟他没开门凭空进来，一下子就看到了自己乱七八糟的房间。他们以前都在局里打交道，还没有展现过潦草的那面。

她第一回在私人空间叫他，现在反应过来后，尴尬得脸庞升温，强作镇定地引他出去，婉拒道："不用了。"

"为什么？"辛云茂被她推到门口，不懂她的情绪反复，奇怪道，"是你把我叫过来的，这不就是很快的事？"

脏椅子和脏衣服没区别，不知道她在纠结什么。

楚稚水面红耳赤："真不用了！"

房门干脆利落地关上，竹子妖怪被赶到门外。

楚稚水思考片刻，又感觉像掩耳盗铃，她要是戴着信物的话，他根本就是来去自如。这东西已经得到验证，能够从槐江抵达银海，一扇房门真不算什么。

片刻后，门内传来楚稚水的厉声威胁："对了，要是没叫你名字，你就贸然跑进来，我会把你劈开编凉席。"

门外的辛云茂："？！"

辛云茂听完此话羞得耳根通红，她居然妄图把他当竹凉席睡！

月上中天。

灰檐白墙的古楼在子夜中明亮如灯，清浅的微风掠过繁华的不夜城，掠过熟睡人们朦胧的梦，掠过无数秘而不宣的妖怪幻影。

灰檐下，黑焰般的衣角随风而动，皆是身披镇妖袍的观察处人员。

打头的黑披风汇报道："叶局，他出来了。"

"什么？"叶华羽大惊失色，他连忙静心感受，又微松一口气，"咱们楼里封印不是好好的！"

"不是那位，是另一位。"

叶华羽一愣，他反应过来，恍然道："不可能啊，老胡没发消息呀。"

"会不会是胡局也不知道？"黑披风道，"他就在附近。"

"就在附近？不是说只会待在槐江吗？"叶华羽惊慌失措地掏出手机，"我这就给老胡发消息……"

叶华羽刚发完消息，他就收到提示，喃喃道："什么意思？他开启了朋友验证，你还不是他朋友。请先发送朋友验证请求，对方验证通过后才能聊天。"

黑披风："……"

叶华羽："难道老胡直接辞职跑路了？不能啊，群里还有他，但我被删了？"

黑披风："……您在群里问一下胡局吧。"

银海观察局今夜无妖能眠，全都被变故搞得人仰马翻。

清晨，楚稚水直接带着辛云茂前往颁奖地领取农业扶贫项目奖，他们在现场吃完午餐，又跟其他参会人员聊一聊，这才准备返回银海观察局。

上午，杜子规突然发消息，让她暂时不要离局，无奈他们当时都出发了。杜子规听闻消息，又说会开车过来接，不知道究竟在担心什么。

因为领奖算经济开发科的工作，所以楚稚水觉得坐公车没问题，便答应在现场等杜子规。

“我们等一下局里的车吧。”楚稚水望向辛云茂，“他们说开车来接。”

没过多久，杜子规就开车抵达，他急匆匆地下来开门，尖声告诫道：“楚科长，您这两天可别乱跑，昨晚局里出大乱子了，没准会遇到危险……”

杜子规话说到一半，他感受到迎面的骇人妖气，忽然感觉到哪里不对，抬眼就看到祸乱源泉。

辛云茂面无表情地站在楚稚水身边，他肩宽腿长格外扎眼，纯黑眼眸，貌如霜雪，跟在她后面还挺登对。他察觉杜子规的目光，不紧不慢地斜过去，瞬间吓得对方闭嘴。

楚稚水见杜子规表情僵硬，好奇道：“局里出什么乱子了？”

“……没、没什么。”

真是人不可貌相！毫无妖气的楚科长才是最不怕乱子的！

杜子规开门时动作瑟缩，好似惊惧不安的鹌鹑，等到他们上车，又手忙脚乱逃回主驾驶座，庆幸他们都坐在后排有段距离，能抓紧时间给局里妖发条消息。

楚稚水看到杜子规的慌张反应并不奇怪，辛云茂每次待在办公室里，金渝基本也是相同状态。她没料到辛云茂会坐后排，早知道她应该坐在副驾驶座，稍微陪杜子规聊两句。

她小声询问：“今天不坐前面？不是喜欢副驾？”

杜子规闻言吓得一抖。

辛云茂：“不。”

杜子规安心下来。

没过多久，杜子规开车载着他们返回银海观察局。汽车经过威严的铁门，局里却远比往日静谧，连办公楼前的人群都被疏散，只余空荡荡的寂寥。

楚稚水眼看汽车经过招待所，提醒道：“开过了。”

杜子规犹如被绑匪抓住的司机，他不安地咽咽唾沫：“楚科长，我们先去叶局那里。”

“啊？那也行。”楚稚水嘀咕，“……但我没带玉米。”

灰檐白墙的古楼下，无数黑色披风飘荡，宛若井然有序的军队，看上去气势压人、杀气凛冽。叶华羽面色肃穆地站在最前排，带着队伍严阵以待，等待传说中的封神妖怪。

楚稚水下车后看到黑衣大队，讶异道：“你们局里是真有钱，大白天就开始披黑披风了。”

她记得观察处人员不能过多暴露，不然后续扫尾工作难做，清除目击者的记忆也需要人力物力。

辛云茂跟着她下车，他眼底泛起冷光，轻嗤道：“呵，阵仗倒是大。”

“小楚，你怎么回事儿？”叶华羽看楚稚水站在辛云茂身边，他吓得要站不稳，震惊道，“快过来啊！”

“好好好，来了叶局。”楚稚水不懂叶华羽的大惊小怪，一路小跑地赶过去。

楚稚水一往前跑，辛云茂也跟着走。

叶华羽眼看他抬腿，惊声道：“且慢！不能再靠近古楼了！”

楚稚水当即停下脚步。

叶华羽忙道：“不不不，你过来啊，不要愣着！”

楚稚水犹豫片刻，她回头一望辛云茂，又看向严肃的黑披风们，这才醒悟他们防范的目标是谁，不由得露出迷惑不解的神情。

辛云茂单手插兜，他环顾焦虑的叶华羽等，眼底闪过一丝讥诮：“就那样的破楼，你们求我过去，我都……”

他突然想起什么，扭头看向楚稚水：“你这两天要去吗？”

“不去。”楚稚水答道，“那是观察处，我们不用去。”

她过来出差只用在办公楼和招待所活动，没必要靠近银海局的观察处，以前在槐江局也很少去那边。

辛云茂闻言点头，他轻蔑地扫视叶华羽等，继续嘲讽道：“就那样的破楼，你们求我过去，我都没兴趣去。”

楚稚水：“？”

“那为什么要出现在银海？”叶华羽面色紧绷，“不是说好不踏出槐江一步？”

“谁答应你了？”辛云茂紧盯五颜六色的叶华羽片刻，好像在辨认对方是谁，他风轻云淡道，“我以前没跟你说过话。”

叶华羽惨遭扎心：“……”

辛云茂的言论挑不出一丝毛病，他确实没答应不离开槐江，他以前根本不跟其他妖说话，又何来不踏出槐江的承诺？

他们默认他会待在槐江，主要是他一直不移动，这才变成他们潜意识中的铁律。

楚稚水察觉剑拔弩张的氛围，满头雾水道：“叶局，这是在做什么呢？”

“小楚，我才想要问你。”叶华羽惊声道，“你们在做什么？”

这个槐江局的人类怎么全程泰然自若？

“我们在出差？”楚稚水回头朝辛云茂招手，“你过来打声招呼。”

辛云茂表情冷若冰霜，他明显很不情愿，但还是缓缓走来。

“出差？！”叶华羽眼看她随意摆手的态度，那感觉就像招呼小狗或小孩，惊得嘴巴都要合不拢了。

楚稚水不懂银海局的兴师动众，请教道：“对，咱们局里是有出差人员上限吗？”不然为什么如此惊讶？

“……”

不得不说，现场唯一的人类缓和了紧张的气氛，倘若辛云茂想要闯进古楼，叶华羽等还真拦不住，但楚稚水提出找间办公室坐着聊，辛云茂就老实地跟过去了。

办公室内，楚稚水感受到叶局他们如临大敌的态度，着实有点摸不着头脑。槐江局同事同样会害怕辛云茂，但可没有让观察处人员搞过包围，苗处甚至还敢跟辛云茂针锋相对。

叶华羽一改往日炫耀的姿态，他郑重其事地坐在桌前，审视道："两位是什么关系呢？"

辛云茂根本不搭理他，一副懒得张嘴的模样。

楚稚水不好让聊天场子冷掉，自然就接过带话题的任务。她摸索起外套口袋里的手机，但一时没有找到，又瞄到叶华羽的手表，问道："叶局，请问现在几点了？"

叶华羽低头看表："六点半。"

"这么晚了吗？"楚稚水神色微变，心道实在是失策，居然是下班时间。

辛云茂一听此话，他得意扬眉，终于开口道："她是我的信徒。"

叶华羽瞠目结舌："信徒？！"不是说他没有信众？

楚稚水面对众妖惊异的目光，她被此身份搞得挺尴尬，勉强挤出微笑："您可以小声一点。"这么中二而丢脸的称呼不用喊那么大声。

旁边的黑披风偷偷提醒："不是，叶局，您看错了，那是下午四点半，不是下午六点半。"

叶华羽手表的表盘上还有二十四小时计时法的显示，他粗略地一扫，加上心里有事，将 16:30 说成六点半。

叶华羽低头看表："哦哦哦，还真是，眼花了，应该是四点半。"

楚稚水一听此话，一键就切换状态，镇定自若地改口："叶局，不好意思，刚才在说笑，他是我们科里的，我俩是同事。"

辛云茂："……"

"同事？我记得你是科长吧？"叶华羽越听越不对，他看一眼辛云茂，又望向楚稚水，震撼道，"你是他直属领导？"

"是。"

辛云茂："哼。"

楚稚水回头瞪他："哼什么？"

辛云茂瞄她一眼，又垂下眼眸，彻底安静下来，看着不敢还嘴。

叶华羽等妖目睹全程，他们也彻底安静下来，同样大气都不敢出。

屋内唯有楚稚水从容不迫地解释道："所以他也是来出差的，主要为我们局里经开科的工作，只是来之前没打招呼，事情比较突然，实在不好意思。”

叶华羽：“……”

事已至此，叶华羽总不能跳起来否认辛云茂身份，毕竟接受楚稚水相对友善的解释，明显比直接跟辛云茂撕破脸强。他硬着头皮将他们送出屋，就掏手机给胡臣瑞打电话，颇有一种兴师问罪的架势。

电话一接通，叶华羽就气势汹汹地连番追问：“怎么办？怎么办？他如今在我们局里，你让我们怎么办啊？”

“老叶，你冷静一点，你看他在我们局里那么久，我们现在不也好好的嘛。”电话那头胡臣瑞语调悠然，显然妖和妖的悲欢不尽相同。

“什么意思？他不会长期待在这里吧？！”

“那应该不会。”胡臣瑞停顿片刻，笑呵呵地补充，“你少找我们局里小楚说废话，估计也不会被打，坚持两天就好。”

叶华羽一愣：“废话？我什么时候说过废话？”

然而，电话那头没有回复，低头一看已被挂断。

叶华羽再给胡臣瑞拨过去，发现自己电话号码被拉黑，只有群里留下一条狐狸的消息：“明年发事业费的时候再聊。”

屋外，楚稚水和辛云茂出来后，她还好奇地询问缘由：“为什么你会跟他们闹成这样？”

“他们不想让我靠近观察处。”辛云茂傲慢地嗤道，“求我去我都不去。”

楚稚水疑惑：“只要是观察局的观察处都不能去吗？但苗处上回不就放你进去了？”

“所以我说他玩忽职守。”辛云茂扬眉，“不是只好猫。”

楚稚水无力道：“给你通融一下还是苗处的错了？”

叶局等妖不让他靠近观察处就冷漠甩脸，苗处让他进入观察处就说人家不是好猫，正话反话倒都被他说完了。

辛云茂听她替苗沥说话，不悦地发声：“哼。”

“哼什么？”

“哼。哼。哼。”

楚稚水听他报复式冷哼，她诧异地望他一眼，随即绽放笑容：“哼得好，再哼响些。”

“……”

接下来，叶华羽等没有再对辛云茂的存在提出异议，他们变得跟槐江局多数同事一样，远远地绕开辛云茂，似乎在畏惧他。

因为楚稚水不了解妖怪的规章制度，所以她不懂辛云茂要远离观察处的原因。好在他们确实不用去古楼，她打算回到槐江观察局后，找胡局或苗处仔细询问缘由。

银海局办公楼内，一进大厅就能看到各种电子自助设备，前来办事的人员可以自行排队领号，等待相关办事妖怪为其受理业务，跟银行或医院的办事大厅如出一辙。

不管看过多少次，楚稚水都要感慨银海局的豪华气派，不知槐江局何时能有如此好的硬件条件。她不理解观察局能受理什么业务，还新奇地摆弄一番设备，然而手指刚刚触碰电子屏，右上角就弹出登录信息，好像自动切入了职工系统。

欢迎您归来，楚稚水。

“等等，我既没刷工作牌，也没有刷身份证，它怎么知道是我？”楚稚水迷茫道，“这是刷脸识别的？”

辛云茂一向对使用电子设备不擅长，他此时观察片刻，竟然给出答案来：“这个东西对妖气有反应，虽然你没有妖气，但你的名字在名册上，也会被辨别出来。”

很好，正常人类不需要知道的知识又增加了。

“您好，我向您打听一下啊，领完号就在椅子那边坐着等，是吗？”一位身着深色西装的中年男子经过自助设备，他冷不丁瞥见楚稚水他们，突然就折回头来询问。

楚稚水挂着工作牌，她和辛云茂站在机器边，还真挺像银海局的工作人员。

实际上，银海局妖怪都不戴工作牌，只是楚稚水没有妖气，杜子规怕局里同事认不出她，第一天就给了她一枚工作牌，让她自己回局里被拦时出示证件。

楚稚水不好意思说自己是门外汉，她本着职业操守，露出营业笑容来："是，您坐在休息区等待叫号就可以。"

"但我的号是前几天拿的，至今都没有叫到我，我最近天天过来等。"

楚稚水一怔，看他的取号单："前几天拿的？那是不是过号了？"

"没有啊，我听大厅还在叫，但我的号特别慢。"

楚稚水接过他的单子，她查看完上面的数字，又研究起大厅里的叫号规则。办公楼大厅的屏幕上有两种号：一种是红色的，现在叫到 3122 号，一种是灰色的，现在叫到 56 号。

中年男子是圆脸，脸庞带点红润，看上去和善健谈，应该是个小老板。他的号是灰色，排在第 728421 位。

大厅里一直只叫红色号码，迟迟没有叫到灰色号码，难怪对方说叫号特别慢。

"不好意思，我是来出差的，不是银海局的。"楚稚水诚恳道，"我帮您找一位同事问问好吗？这边的操作系统，我也不是很了解。"

中年老板恍然大悟："哦，您是外地来的吗？也是同体系人员？"

"是，您稍等片刻，我帮您找一位。"楚稚水四处张望，她想找个眼熟的银海局妖怪，来给眼前人解释一下这个问题，然而一时间没有合适的人选。

辛云茂一声不吭观察起大厅叫号，又端详休息区被叫到号的人类，很快就总结出规律。他低头凑到楚稚水耳侧，悄声道："红色代表危急，灰色代表不那么重要，他们是这么排序的。"

他的气息潮湿微凉，带着草木的清新，轻飘飘地往她耳朵里钻，让她有种被雨后竹林环绕的错觉。

楚稚水摸摸脖颈，意识到靠得太近，连他的吐息都能扫过自己。她别扭地拉开点距离，发现旁边的中年老板在看，又被迫凑回去，跟他窃窃私语："那你知道什么时候排到他吗？"

辛云茂沉默。

楚稚水见他不答："不知道？"

辛云茂思考道：“不，我在想他还有几年阳寿。”

这是什么意思？难道排到号是下辈子的事情？

中年老板没听到他们私下的交流，他发现面前二人脸色变幻莫测，忙道：“这样吧，您也别找人解释叫号速度了，有没有什么办法能帮我快速解决问题呢？”

楚稚水一听此话，顿时感到头大，委婉道：“您好，局里都是按照事务的轻重缓急叫号的，您耐心等待受理就好，没有快速解决通道，这不太合适……”

叶局说过总有人类妄图砸钱插队，楚稚水可不会招惹上这种事情。

中年老板赶紧摆手：“不不不，您误会了，我没有要走后门找关系的意思。其实我的事情也不算严重，完全不影响现有生活，就是想找个人咨询一下，有没有什么别的方法，我自己回去就能办了，也不麻烦局里的人员了。”

楚稚水不解：“别的方法？”

中年老板点头：“对，就比如您建议求神拜佛吗？如果求神拜佛可以的话，去哪个寺庙或道观比较灵？有没有什么推荐？”

“求神拜佛？”楚稚水一本正经道，“我尊重每个人的信仰，但一般不建议求神拜佛，真要拜也要提前做功课，不要看到一个拜一个，毕竟神也有各种神籍，万一拜到搞笑神或自恋神什么的，容易产生神奇的效果。”

辛云茂：“？”

“您还是按流程排队等号吧。”楚稚水好言规劝，“您确实是问错人了，我不负责局里这部分业务，其实对这些也不太了解。”

他确实问错人了，他应该找妖来问。

“那您是负责什么的？”中年老板可能站着聊累了，他随手松一松领带，释然地笑道，“嗐，我都在这里排号一周了，说实话也不是特别着急，闲着也是闲着，就随便聊两句。”

楚稚水滴水不漏道：“我负责的是局里经营层面的事，所以跟主营业务完全不沾边。”

因此找她没有用，她只会帮局里挣钱。

“经营是做生意吗？”中年老板愕然道，“这居然是差额单位？你们主要经营什么呢？”

“农业种植。”

中年老板欣喜地一拍大腿：“我以前也搞农业种植，现在主要在搞人参加工厂，做一些相关的产品来卖，这两年做实业的人不多了！”

“……”楚稚水神情微妙，“这么巧吗？我们也种点人参。”

“那真是巧！”中年老板振奋道，“我姓彭，这么聊也有缘，我干脆今天不排了，估摸着肯定排不到我，不然咱们就当交个朋友，一起去我厂子那边转转，我们那边也种些人参，大家交流一下！

“早些年专搞农业种植的时候，我们还经常去参加人参节拍卖会呢。”

楚稚水听完彭老板的提议，她哪能不懂对方的套路，这是一个标准实业派企业家的做事手段。他们刚开始发现没突破口，就会开始一阵漫无边际的海聊，但只要抓住一个话语里的机会，立马就不动声色地拉近距离，寻找共同点来建立关系。

即便你不答应帮他们做任何事，他们也会坚持不懈地接触，打着“交个朋友”的旗号频频问候，求的不是短期内从你身上获取什么，而是营造一段长时间的和谐友谊。

积年累月下来，你默认双方无利益而是朋友关系，那就有可能在他们遭殃时扶一把。他们求的不是短利，求的是在人倒霉时靠朋友翻身的大概率，能提高一点是一点。

这种生意思维对当代社恐年轻人来说较困难，主要在老一辈里比较多，俗称：多条人脉多条路。

楚稚水知道今天不帮彭老板做事也可以，但她还是偷偷地询问辛云茂：“所以他惹上的事麻烦吗？”

“不麻烦。”辛云茂打量一番，坦白道，“他身上妖气很弱，既没有跟妖怪缔结协议，也没有牵扯过大的因果，可能是职业关系沾染到的，对他本人的影响也很小。”

正因如此，彭老板的排号极度靠后，在银海局这里属于完全不着急的事务。

楚稚水心下了然，那代表彭老板人还行，并不走歪门邪道。

“彭总，您好，我叫楚稚水，这是辛云茂，其实我们也刚开始种植人参。”楚稚水看一眼辛云茂，礼貌道，“既然您做人参好多年，那就跟您去学习一下。”

“哎呀，不用那么客气，叫我老彭就可以！”彭老板热情道，“那咱们就走吧，我车还停在外边，趁太阳没下山，到地里转一转。”

路上的车程相当久，彭老板一路开到远郊。

城市的高楼大厦消失在身后，车窗外的店铺楼房越发稀少，一下高速公路，只见青山绵延，在浅淡轻云下起起伏伏。

楚稚水刚开始还能打起精神，故作热络地跟彭老板聊两句，很快也被漫长的车程搞得睡意浓浓，被颠得昏昏沉沉，开始眼皮子打架，半歪半斜地靠着，脑袋一歪还倒在辛云茂肩膀上，又迷迷糊糊地扶额，勉强坐直身子。

彭老板看一眼后视镜：“小楚是不是晕车？你闭眼睡一会儿，确实距离城里太远了。”

楚稚水揉着太阳穴，和缓道：“没事，就是很久没坐车了。”

她平常都是自己开车，相比坐车不容易晕，而且很少会行驶那么久，难怪彭老板说要努力在太阳下山前抵达。

辛云茂紧盯她片刻，他坐在楚稚水右侧，用右手拍拍自己左肩膀。

楚稚水：“？”

辛云茂见她不懂，再次拍拍左肩膀，无声地进行暗示，眼睛还忽闪忽闪的。

楚稚水：“？”

楚稚水嘴唇紧抿，她直接侧头看左边窗外，懒得搭理这根脑袋空空的傻竹子，愣是被他离谱的举动弄得头脑清醒过来。

Zhu and Zhi

第九章

千年前大战

签名

辛云茂

槐江观察局

HUAIJIANG GUANCHAJU

浅蓝的天空下，微微起伏的山坡上立着不少栏杆，将人参种植园规划得整整齐齐。翠绿的人参苗并不高，有大片的锯齿状叶子，矮矮地在泥土上铺开一层绿毯。

人参种植园和加工厂相距不远，彭老板开车经过大门，跟门口的人挥手打招呼，便熟门熟路地开进去。

车上的人和妖都下来，他们吸入新鲜空气，终于在远郊感到畅快。

彭老板趁着天气不错，带着楚稚水和辛云茂往田里走，借着人参来打开话题。任何人想聊事总要有由头和切入点，风雅的人聊诗词歌赋，有钱的人聊豪车游艇，聊着聊着感情递进，这才会聊到真正的事情。

彭老板聊起人参，说得真头头是道："人参这个东西被叫作百草之王，外面的人总觉得人参很贵，但其实根据种植方式的不同，人参的价格也有高有低。

"小楚，你们种人参也该知道，这东西的等级就看种植方式，有野山参、林下参、移山参、园参，咱们现在看到的这片都是园参。"彭老板站在路边，带着他们要下地，"园参都是人工搞参池或参棚种的，价格自然也卖不了很高，但可以炖汤或者做原材料。"

"原来如此。"楚稚水小心翼翼地跟下去，"这片参园看着好大。"

"以前可小喽，后来我一点点盘下来，再后来建厂又稍微缩减参园面积，单靠种园参收入还是不行的。"彭老板好奇道，"你们种的也是园参？"

"我们种的不是园参。"楚稚水犹豫道，"应该算林下参吧。"

老白可能是一棵野山参，他在林地播种，没有人工干预，应该属于林下参。

"种植林下参需要林地的，那你们局里面积很大啊？"

"实不相瞒，我从槐江过来，局里就林地多。"

楚稚水不知道局里哪来的林地和荒地，反正建筑物非常少，基本都是闲置用地。因为槐江局在槐江的郊区，所以空地也没什么用，利用价值很低。

“哦，那你们可能没怎么见过种植园参，干这个可不容易，都说人参是跪出来的，那要趴在地上干活。”彭老板笑道，“我们再往里面走能看见。”

彭老板在前方带路，楚稚水和辛云茂尾随其后。

越往前面走，田地越泥泞，不知是不是刚浇过水，踩起来让人不太愉快。彭老板倒真没有架子，挽起西装裤腿，穿着皮鞋下地，一点都不嫌脏，还劝说道：“你俩不喜欢可以停在这里，我儿子就不喜欢往里面钻。”

楚稚水认为该客套一下，想陪着彭老板走一段，谁知道她刚要走下地，就被辛云茂抬臂拦住去路。

辛云茂眉目冷冽，疑道：“你过去干什么？”

楚稚水一怔，不懂他缘何面露严肃，答道：“我过去看看。”

辛云茂凝眉：“你每次下地都弄得脏兮兮的，到头来又得我收拾干净。”

“我哪有每次……”楚稚水被他当面提及黑历史，她下意识要高声反驳他，但余光扫过茫然的彭老板，连忙压低自己的声音，羞愤道，“水可以乱喝，话不能乱说，不就茶园那次？”

虽然楚稚水在槐江局素面朝天，但她自认平时算体面职场人，哪有脏兮兮？

辛云茂：“现场赔偿那次也是一脚泥。”

楚稚水面露迷惘，她终于在他的提醒下想起来，给老李计算赔偿时她确实下过地，当时上车前还奇怪鞋子居然没沾泥。

彭老板听见二人拌嘴，他左右看看，迟疑道：“小楚，你俩是……”

楚稚水和辛云茂一路交流不多，彭老板最初没看出什么端倪，现在听完对话才揣摩出别的。

楚稚水见他若有所思，生怕对方误会，她赶忙解释道：“我们是同事。”

“哦——”彭老板恍然大悟，“双职工家庭。”

楚稚水身子一僵：“……”

辛云茂不解：“什么是双职工家庭？”

楚稚水快要被他们搞得抓狂，她深吸一口气，重新平复情绪，咬牙道：“不要再追问了，空手劈竹警告。”

“？”

好在彭老板没听见辛云茂的问题，他率先下地，说道：“那你别下来啦，我自己过去看看，你们稍等一下啊，好久没细瞧，还是忍不住。”

辛云茂没让楚稚水下地，他却跟着彭老板下坡，一双长腿在泥地里相当自如。他回头望坡上的她，眼眸如沾染露水的墨玉：“你要看什么？我帮你看。”

楚稚水看他满脸坦荡，刚才被说脏兮兮的气恼也烟消云散，她垂眸沉吟数秒，轻声道：“就是园参种植。”

辛云茂点头，他转身跟着彭老板往里走，只留下高瘦挺拔的背影。

楚稚水现在心里有种说不清道不明的滋味。没必要跟他置什么气，这家伙还嫌过洗发水的味道，总有一些奇奇怪怪的毛病，但都不掺杂什么恶意。

只是她好像跟他有点太熟悉，便失去社交礼仪的分寸感，总是被一刺激就暴露真实想法。因为知道他不会放在心上，所以可以偶尔调侃两句、打闹一下，潜意识认为双方关系特别稳定。

但说实话她进槐江局里才认识他，掐指一算时间也没有很长，她当初跟王怡文等好友真正交心耗费好久，现在却像失控火箭抓不住方向，莫名其妙就穿梭发射到新高度。

辛云茂跟着彭老板在种植园绕一圈，彭老板讲解了不少人参种植的技巧，明显对地里很熟悉。他看上去是白手起家的类型，跟不少坐办公室的老总不同。

一行人看完种植园，又前往加工厂，了解原材料加工过程，还有哪些产品利润高。楚稚水听完受益匪浅，尽管她以前查过资料，但跟真正的行家交流，获取的信息量还是不一样的。

经过一圈交谈，她对彭老板同样建立认知：这是一个老派而朴素的老总，年轻时候抓住机会发财，但骨子里留有地里干活的勤恳，凡事喜欢亲力亲为，时常还要检查参园，总是将自己儿子挂在嘴边，有时候会嘀咕不懂年轻人的想法。

“你们真的有耐心，换我儿子早烦了，叫他来参园都不来。”彭老板无奈，“他就只坐在公司里，忙着琢磨怎么打广告，完全不来这边看的。”

楚稚水温声道：“早期肯定要重视源头，现在公司和厂子比较稳定，也需要通过广告提升知名度。上阵父子兵，您和您儿子正好配合，一个管生产一个管品牌，一切都刚刚好。”

“我儿子要像你那么会说话，我如今就不用瞎操心了。”彭老板大笑，又遗憾道，“可惜不能带你们去林区，真正值钱的是野山参和林下参，那都不在种植园。”

“林区很远吗？”

“不是，也不远。”彭老板看他们一眼，为难道，“林区现在不太干净。”

“不干净？”

“……反正就是不好说。”

楚稚水思考片刻，她有所领悟，好奇地打探：“其实我一直很奇怪，您从哪里知道的观察局？”

彭老板在局里还向她咨询求神拜佛的事，看上去也不像了解妖怪的人。他能来观察局排队取号，确实是一件相当神奇的事。

“哎呀，还不就是从林区有怪事开始，我以前也不懂这些，找了好多朋友打听，问该找什么大师或去什么庙。”彭老板道，“然后我有个朋友看我着急，劝我不要太慌张，到银海局的机子取号，要是取不出来啥事没有，取得出来就会有人帮忙办。”

彭老板当时将信将疑，反正寺庙道观也玄乎，还不如去观察局碰运气。

“我听完消息就去银海局了，确实从机子里取出号来了，但一直都叫不到我的号，天天叫的都是别人的号，后来的事情你们也知道了。”

楚稚水心下了然，银海局自助取号机根据妖气工作，普通人来局里什么都不会发生，妖气重的人会从机子里取出红色的号，很快就有观察处人员处理，唯有妖气浅的人会取出灰色的号，开始无聊而漫长的等待。

彭老板处境尴尬，就这么被卡住了。

辛云茂淡然道："因为你没遇到什么大事。"

彭老板惊愕："林区里的守参人半夜睡觉会听到敲门声，打开门却没有任何人影，这还不叫大事？这还不够吓人吗？"

楚稚水一怔："啊，就是这样的事吗？那可以戴静音耳塞，上网买个质量好的。"

彭老板声嘶力竭："你们要知道山上没别人的，谁知道敲门的是什么鬼！"

"不不不，您冷静一点，这个世界上没有鬼。"楚稚水安慰道，"我以前也很怕鬼，但在局里工作后，确信真的没有鬼。"

目前，她只有妖怪同事，并没有鬼同事。

彭老板闻言脸色稍缓，他忽然想起什么，辩驳道："但我们的监控什么都没拍到，而且确实每夜都咚咚敲门，现在山上已经没有人敢住了。"

"没化形肯定看不到。"辛云茂神色平静，"这确实不是什么大事。"

妖怪变成人形就得有一定水平，但化人需要凝聚大量妖气，妖怪也存在介于妖气和人形之间的状态，类似于飘荡的能量体，还有些会用本体示人。

天生开眼的人比较敏感，就会经常被它们欺负，比如稀奇古怪地摔跤，还有东西被离奇偷走。不会闹出大事，就是感觉麻烦。

因为它们还没有人的思维，所以经常搞无聊的恶作剧。

彭老板耐心请教："那什么算大事？"

辛云茂老神在在："出人命算大事。"

彭老板看着面无表情的辛云茂，崩溃道："小辛，这就是你的不对，这是一个公职人员该说的话吗？你的交流水平跟小楚也差太远了！"

楚稚水好言劝和："别跟他一般见识。"

彭老板苦口婆心道："我常跟我儿子说，我们不要把小事等成大事才办，那都要防微杜渐，尤其公司越开越大，掌舵也变得不容易，不能看到冰山才掉头……"

辛云茂漠然提醒："但这真等不成大事。"

“所以就没有解决办法啦？”彭老板颓丧道，“真这样任其发展？”

“不然跟它们对着敲呢？”楚稚水眨眨眼，“它敲你们也跟着敲，今晚谁都别想睡。”

彭老板面对淡定的二人，再激动的情绪都被搞麻，他出神地盯着他们片刻，喃喃道：“你俩确实挺配，给我讲相声呢。”

辛云茂左一句“没出人命都不是大事”，楚稚水右一句“跟灵异生物对着敲”，可真够损的啊。

楚稚水、辛云茂：“？！”

辛云茂沉默片刻，他寻思起来，突然改变态度：“如果一直来，或许有诉求，也许能解决。”

楚稚水原本震惊于彭老板的话，接着就震惊于辛云茂出主意。他在局里确实做绿植比较多，基本不参与任何繁杂事务，偶尔会被她叫去茶园浇妖气。自从她意识到他没有编制，就很少安排他干活，总觉得钱少事情多，频频指使他太残忍。他竟然主动开口，开天辟地头一遭。

彭老板激动道：“真的吗？”

“嗯，但得去那边，还要准备下。”

“好好好，我带路！”

林区就是沿着种植园旁的小路再往上走的山上。野山参是完全在野外生长的人参，林山参则是人工在林地间播种、不使用任何人工手段施肥和干预、模拟野山参生长的人参。

这些人参的生长都需要时间积累，一般会在林区内安排守参人，避免人参被人偷挖，以及定时检查其生长状态。

彭老板领着他们来到林间小屋，他看到门口的各类工具，赶忙又补充起来：“没错，我想起来了，他们还说每次回来门口都被搞得一团乱，所有东西都掉在地上，而且没有野兽的痕迹。”

辛云茂：“还是恶作剧。”

彭老板固执道：“你们不懂！我们靠人参赚钱的，都对这些有点敬畏！”

如果是采挖野山参，当年还有人去放山，要给人参系上红绳，总之，各类规矩极多。

楚稚水打圆场：“好的好的，我们不懂，一向对人参不敬畏。”天天在茶园欺压老白。

辛云茂围着林间小屋转一圈，不知何时手里握着龙骨伞。他左思右想一番，又看向楚稚水，说道：“这边听不到，我往里走点。”

“你要去哪儿？”楚稚水忙道，“我跟你一起吧。”

彭老板等人留在小屋里，楚稚水和辛云茂往林子里走。

林间草木繁茂，踩过地面断枝还有咯吱咯吱的声响，空气中弥漫着潮湿的泥土味道。树干下长着一簇簇奇形怪状的植物，大片浓荫遮蔽日光，让林区里光线渐暗。

楚稚水询问：“你刚刚说听不到什么？”

辛云茂：“还没化人力量太弱，听不清它们的声音。”

“听它们说完再告诉彭总吗？”楚稚水讶异地看他一眼，赞赏道，“确实不动手搞暴力呢。”

这样一想，他只在茶园里打过小黄和小黑，其他时候跟妖怪们也不正面冲突。

“哼。”辛云茂微扬下巴，傲气道，“他们不招我，我哪那么闲，还天天动手。”

青墨色的龙骨伞撑开，辛云茂握着漆黑长骨般的伞柄，看上去眉清目秀、气质出众，还真像一幅烟云氤氲的水墨画。令人遗憾的是，他今日并未长发束冠、身披古袍，穿的是一袭简约的现代装。

楚稚水害怕妨碍到正事，她安静地站在一边，没有出言打扰他。

辛云茂察觉她的沉默，他忽然又看向她，一只手握伞，另一只手挥了挥，招呼她来到自己身边，邀请道：“你要看看吗？”

“看什么？”

楚稚水茫然不解地走到伞下，紧接着看到崭新的世界。

林间飘散着无数明亮的绿光点，好似夜晚中的美丽萤火虫，又像森林灵气凝聚而成的绿宝石。这些绿光点宛若大自然的眼睛，在静谧无声的枝叶、青苔间眨眼，一闪一闪亮晶晶。

楚稚水被眼前美景迷得目不转睛：“这是……”

辛云茂身处熟悉的环境，他的语调也轻缓下来：“植物妖怪还没化人的状态。”

万物皆有灵，草木亦有心，不可妄欺生。

莹莹绿光点将树林点缀得如夏季夜晚的星空。楚稚水伸手想要挽留面前飘过的绿光点，然而没有摸到任何实物。她突然思及什么，饶有兴趣地问道：“那你化人前也这样？”看上去还不错，场面挺漂亮的。

辛云茂见她兴致勃勃的，却不愿提及自己不厉害的时候，避而不答地岔开话题：“开始了。”

林区内，他静心倾听还未化人的妖怪说话，一阵细细碎碎的声音随风缥缈而来，好像无数幼童在暗处叽叽喳喳地小声私语。

它们来来回回重复一句话，好像在嬉皮笑脸唱童谣。

“孤男寡女一把伞，不知羞啊不知羞。”

“……”辛云茂停顿片刻，他语气凉飕飕，不悦道，“我改主意了，还是使用暴力吧。”

楚稚水听不见绿光点的声音，不知他为什么突然翻脸：“？”

铺天盖地的妖气奔涌，顷刻间将绿光点搅得天翻地覆，更成一幅绝美的天空流星图。

“打小孩了！打小孩了！”

楚稚水痴痴地望着此景，用眼睛深深地印入脑海。

无数光点在妖气裹挟中化作绿色旋涡。

“神君饶命！神君饶命！”

“唠……”

辛云茂冷嗤一声：“果然还是这种方式快。”

妖怪挑衅老不好，多半是惯的，打一顿就叫神君了。

楚稚水：“它们说话了？诉求是什么？”

辛云茂犹豫片刻，他直白地转述：“它们让他滚。”

“？”

没过多久，楚稚水和辛云茂从林间归来，坐在小屋里跟正襟危坐的彭老板交流。

绿光点的话明显不能直接说，楚稚水只能加工润色一番，柔声道："彭总，是这样的，我们了解了一下情况，对方认为你们这两年在林区的采参行为严重影响其正常生活，加上前面已经给你们提供了不少材料，所以本着可持续发展的理念，希望你们未来五十年不要挖采。"

"啊？但我们是按法律法规来的呀？"彭老板茫然不解，"按照正常的规矩封山育林，有很长时间的休养期。"

彭老板自认没有违法乱纪，他一直也很注重生态保护，从来没有过度挖采过人参。

楚稚水轻咳两声："您有没有想过，您的法和人家的法，并不是同一套体系，不能跨物种执法？"

"……"

彭老板等人作为人类，当然觉得休养期够长，但人参肯定不会这么想，它们心说谁定的封山时间，为什么没人过问它们的意见？

"而且对方好像还是未成年，这要按人类法来论，搞破坏也不会被判特别重。"

"所以我是招惹到还没有成年的……那个……"彭老板语无伦次，纠结道，"就只能认栽啦？"

楚稚水像煞有介事："我们一般还是不建议跟小孩打架的，毕竟您应该也见识过人类熊孩子，幼崽基本都是不跟你讲道理的。"

彭老板忧心忡忡："那我要是不同意，它们是不是就要伤害我家人……"

楚稚水摆手："不不不，不会出人命，就是继续闹，夜里来敲门。"

彭老板问道："那大概要闹多久呢？"

"闹五十年吧。"辛云茂想了想，严谨道，"它们要是腻了，可能就四十年。"

"但我还有没有四十年都两说。"彭老板颇感无语。

彭老板就没见过那么离谱的事，他各种人类采参手续都办好，最后人参跳出来说不许挖，原因是人参有生（参）命，它们需要点时间休息！

实际上，正是因为林区保护得不错，所以妖气就格外充沛，让人参逐渐萌生意识。它们再过些年头或许会懂事，变得像老白一样懂得感恩，庇护救下自己的陈爷爷及其孙女，但现在还跟小孩子般蛮不讲理，自然没事就要瞎搞破坏。当然，人参们真懂事的时候，估计彭老板都不在了，只能庇佑他的子孙后代。

彭老板无可奈何：“所以我只能接受它们的要求？”

“不，您可以不接受的，您在局里排的是法院起诉，今天这个叫作私下调解，如果您不接受调解，别在局里撤诉就行。”楚稚水平和道，“我们是正经单位，都是按流程来的。”

辛云茂：“但那边流程速度跟四十年也差不多。”

“您也理解一下，确实人力不够，我们局长也承认这种单位效率慢点正常。”

彭老板望着两位正经单位的公职人员：“？”

彭老板犹豫地咽咽唾沫，欲言又止道：“你们单位就没有效率快的人吗？”

楚稚水还没来得及回答，辛云茂就伸手一指她。

“果然，我当时在局里搭话就该猜到。”彭老板扼腕，“效率快的小楚只负责赚钱，这到底是一个什么单位？”

这个正经单位的整体发展方向就有问题！

楚稚水赶紧摆手，找补道：“不不不，您千万别对局里有误解，他指我完全由于我是人，我们有很多高效的同事！”

但彭老板问效率快的人，而不是效率快的妖，那可不是就只能指她。

彭老板听完此话，他非但没有被安抚，反而露出更微妙的表情，甚至忍不住仔细打量辛云茂，却没法从对方波澜不惊的神色中窥探出任何端倪。

“啊，我现在整个人都蒙了。”彭老板被灵异事件搞得一团乱，他拍拍脑袋努力清醒，为难道，“那我这四五十年是完全不能挖人参，还是连人参的相关生意都不可以做？你们一说都是未成年，我现在心里就怪怪的。”

“只是不能挖林间小屋附近的参，它们有提出一块具体区域。”辛云茂道，“实际上，你们前几年挖参，它们也没做什么。”

彭老板在桌子上铺开地图：“让我看看吧，是哪块区域？”

辛云茂用记号笔勾画出范围，并不是整片林区，就是妖气最盛那片，容易让人参妖成精。

“那还好。”彭老板心算起损失，嘀咕道，“林下参产量会降低一些，对别的没有太多影响，它们还挺会盘算的。”

“毕竟天天都看着你们采参，肯定也很清楚这里的情况。”

人参妖说不定比彭老板来这里都早，它们目睹种植园和加工厂兴起，自然相当了解整个公司的情况。

虽然它们刚开始要求彭老板直接滚，但经过辛云茂“懂文明、讲礼貌”的教育后，整体素质得到很大提高，提出的条件也正常很多。

彭老板将记号笔往桌上一丢，叹息道：“行吧，我接受调解。”

“真的吗？”楚稚水惊道，“其实也可以不管，最多就夜里敲门，不会影响您的生意。”

银海观察局将此事排得极度靠后，原因在于未化人的人参妖毫无攻击力，最多就是夜里来烦扰，还有将工具丢得到处都是。即便彭老板等人强行挖参，它们也没什么办法，只能任人宰割。

楚稚水没料到彭老板会退让，她遇到的很多商人都敢顶风作案，可没有彭老板这种直接让利的。

“那清朝还有全面禁参期呢，这才只禁一块区域，倒也不是不能接受。”彭老板挠头，“而且山上这片确实是我后来盘下来的，以前还能挖到野山参，现在也只能搞林下参了。”

人参养殖本来就是四至六年收获最好，野生人参的要求就更高，对人参来说，四五十年真不长。彭老板是靠人参起家的，骨子里有些敬畏感。如果是其他妖怪，他肯定要想办法弄掉，但一听是幼年人参妖说的话，那感觉还是不一样的。

彭老板苦笑：“凡事留一线，不能做太绝，真给人挖干净了。既然选哪边都四五十年，没准冥冥中就是天意吧。”

辛云茂脸上显露一丝异色，他难得正视彭老板片刻，点评道：“真意外，你居然误打误撞摸索到法则。”

任何因果都不可能是凭空而来的，人类和妖怪扯上关系，必然是有奇怪的缘分，有些是妙缘，有些是孽缘，一定时刻妙缘和孽缘又会相互转化。

银海局给出的排号靠后，也不全是人少的缘故，而是贸然插手可能会激化矛盾。在人参妖的角度来看，它们觉得已经被挖很多年；在彭老板的角度来看，他按科学周期挖参没问题。双方各有各的说辞。

彭老板和人参妖的缘分不深，但一时间没法断掉，所以选哪边都是四五十年，这样将缘分摩擦碰撞，自然而然地消散，算最安全的路数。

只是没想到彭老板比较轴，做事喜欢亲力亲为，要到局里追根究底，这才得知真实缘由。

当人类自身的利益受损时，第一时间往往是暴跳如雷、怒不可遏，很少有人愿意客观地看待问题。人参妖不是讲道理的妖，彭老板却是讲道理的人，他知道一切自有缘法。

楚稚水一笑："您确实很喜欢人参。"

"那是，不喜欢谁搞它呢。"彭老板摆手，"卖无良保健品可比在地里种参赚钱多了！"

辛云茂若有所思地盯着彭老板，开口道："如果你接受的话，我就帮你们缔结协议，你们五十年内不能在这片区域采挖，答应的话它们也不会再来闹事。"

彭老板点头："可以。"

"作为交换，如果从事跟人参相关的生意，它们在这五十年会为你和你的后代提供帮助，等到五十年结束后，这条协议就失效，你们可以再挖参，双方也两不亏欠。"

"还能有这种事情吗？"彭老板愕然，"提供生意帮助？"

"当然，这是法则约束，有失必有得。"辛云茂道，"即使它们不愿意，也必须这么做，这就是我们有来有往的规矩。"

人类缔结协议后不能拒绝支付酬劳，妖怪缔结协议后也不能拒绝支付酬劳，否则都要付出代价。如果不是等价交换的话，仪式就没办法产生效果。

"如果它们违约，你不用到局里排号，它们就会受惩罚。"辛云茂的指尖冒出一团青黑色的火焰，将他纯黑的眼眸染上点点光亮，平静道，"要缔结协议吗？"

彭老板方才还将信将疑，但等他看到妖异青火，终于确认辛云茂不是常人。他下意识地望向楚稚水，想要征求她的意见，便见她朝自己点点头。

“好，我同意协议。”

林间，无数绿光点汇聚在一起，在枝叶间晃来晃去，随风飘荡在半空中。

片刻后，彭老板陪同一人一妖出来，他再看他们心态就有所不同，小心翼翼道：“这样就完了？还有什么注意事项吗？”

“注意事项？”楚稚水看向辛云茂，询问道，“有吗？”

辛云茂思索：“没事多在小屋里给它们念些四书五经，不学礼无以立，让它们知书达理。”这山上的人参幼妖属实熊得可以，应该跟着成熟可靠的大人好好学习。

“实在不行您买个儿童早教音频来播放。”楚稚水好心建议，“不要让自家人参输在起跑线上。”

彭老板：“？”

一行人正顺着林间小路下山，谁料彭老板突然接到电话。

他接通后不小心摁到公放键，电话里传来一个欣喜若狂的男声：“爸，我跟你说，别搞那些玄乎的了，深山老林里有点蹊跷事正常。我这边刚接一个大单子，你赶紧回公司吧，这可是个好机会！”

彭老板赶紧将公放关掉，接着朝一人一妖弯腰致歉，这才有心情将手机拿到耳边。

“少跟你老子我说话大小声！”彭老板怒道，“你不知道你老子刚经历什么！”

彭老板骂完，才开始跟儿子聊生意，没过多久脸上也显露喜色，看来事情发展得很顺利。

“小楚、小辛，不好意思失礼了。”彭老板挂断电话后，才想起骂儿子被听到，连忙讪讪地找补自己的形象。

楚稚水莞尔：“没事，恭喜彭总，生意红火。”

看来妖怪们非常诚信，刚刚签完合同就发挥出效果。

彭老板经营的公司规模不小，种植人参是他的项目之一，连带的上、下游产业很多。因为生意铺得比较大，所以还要从外面收人参，否则光靠自己种根本不够。

“生意倒是来了，人参却变少了，要做成这笔单子，我还得收点才行。”彭老板冷不丁想起什么，突然就冒出一个主意来，“对了，你们不是也种林下参，一年大概有多少产量啊？”

普通园参倒是很好收，野山参和林下参确实可遇不可求，尤其质量不错的，都要看品相定价。

“我回去统计一下告诉您。”楚稚水委婉道，“您需要多少呢？”

“只要品相等级好，那有多少要多少。”

难怪人参幼妖满腹牢骚，这需求量确实有些过大！很多有钱人还喜欢囤积好人参，他们不吃就光买，但凡看到不错的，便愿意抛出重金下手。如果真要满足人类的需求量，那估计得把全国的山挖空。

彭老板见她脸色有异，他如今已有心理阴影，赶紧试探道：“你们种的人参应该没问题吧，不会提出奇奇怪怪的要求吧？”

楚稚水一本正经道：“您放心，我们那里都是懂事的成年参，已经领悟一些人情世故，不是没工作的毛头嫩参，还没经历过社会的毒打。”

“那就好，那就好，不要未成年的，人参还是得要长大的！”

楚稚水和彭老板交换联络方式，答应等回槐江后给他发些资料，拍摄一些林下参的生长环境。如果人参收获成功后，也会发些照片给他，让他瞧瞧品相如何。

从遥远的人参园归来后，彭老板撤掉银海局取号，楚稚水和辛云茂也回到招待所。她一看时间发现不早了，突然想起晚上跟王怡文还有约。楚稚水：“我们先去吃晚饭吧，然后我晚上要出去一下。”

辛云茂：“出去？”

“见朋友，稍微晚点回来。”楚稚水提议，“不然我教你怎么看电视？”

银海局招待所的条件不错，但槐江土妖可能不会用。楚稚水告知辛云茂如何看电视，又帮他挑选起频道，一连更换几个台，最后停留在纪录片频道，上面正在播放植物类纪录片。

“如果你感觉没兴趣，还可以换农业频道，也算跟科里工作相关。”

楚稚水鼓励道，“下班时间给自己补充些业务知识。”

辛云茂研究起遥控板，莫名就显得有些懵懂。

楚稚水将他安顿好，急匆匆回房间收拾，这就赶往约好的酒吧。约定的位置离银海局不远，她没有打车，决定走过去。

龙知视频默认有“加班文化”，王怡文下班时已经很晚，两人不可能约到晚饭，就说在清吧稍微坐坐。成年人能挤出时间见一面，说不准要经历艰难险阻，能有这种机会都该知足。

银海市的夜生活相当丰富，清吧的墙上堆积无数造型别致的酒瓶，调酒师正站在柜台后调配五颜六色的鸡尾酒。光线昏暗，音乐弥漫，角落里都是男男女女。

王怡文居然先到了，她化着精致的全妆，穿着适合通勤的衣服，是干净利落的都市丽人。她一看见楚稚水，就激动地招起手。

“你居然到了。”楚稚水错愕，“我以为要等你。”

“他们都走了，我立马就溜，何必留下来。”王怡文等楚稚水坐下，她兴奋地倾身过来，看清对方面容又一愣，“真不把我当外人，你连妆都没化啊，那还能拍照吗？”

“实不相瞒，今天给你面子，刚刚洗了个头。”楚稚水道，“我白天刚从地里回来。”

“你这份工作放飞自我成这样？”王怡文咂嘴，“看来新同事里没有让你惦记的男人。”

楚稚水听到此话，露出滑稽表情，一扯嘴角道：“说来好笑，我同事里没有男人。”更好笑的是，同事里没有人。

王怡文惊道：“不是吧？全女的？”

“没有男人，都是男‘绿茶’。”比如，一边大声喊着没法回应人类的感情，一边天天跟她叽叽歪歪犯病的竹子妖。

王怡文脸色微变，仔细地端详起她，狐疑道：“你觉得你男同事‘绿茶’？”

楚稚水抬眼：“嗯，怎么？”

“完了，你有情况了，你以前不会说这话的。”王怡文将手搭在楚稚水肩上，她不动声色地拉近距离，像煞有介事道，“宝贝，有没有想过，冷水是泡不开绿茶的，闻到茶味代表你也有感觉，你内心同样对他有温度。”

楚稚水心脏漏跳半拍，面上却不露分毫，淡定道：“你好土。”

王怡文：“？”

楚稚水：“你没喝过冷萃绿茶？”

什么冷水泡不开绿茶？将冷萃茶的颜面置于何处！

“又没诈出来。”王怡文大为惋惜，“你桃花是真不开啊，这么多年就没见过。”

王怡文跟楚稚水自认识以来，就从没见过对方有情况。这是一位真正的直女，凭实力单身至今，对或明或暗的桃花都不为所动。

楚稚水无情道：“没有那种世俗的欲望。”

“楚总，不对，楚科长。”王怡文道，“你这样断情绝爱的状态，不要说月老牵的红线，搭钢筋都被你掰断了，真没有看着顺眼的男的吗？”

“每当我看到一个男的，就会假想自己是男的，然后跟对方比较一下。”楚稚水坦白，“很快就发现，我要是男的，比他们都强。”

楚稚水一向不会自作多情，感受不到就是没有，没有挑明就是不存在，挑明就是一波“好人卡”警告，只要她跑得够快，暧昧就追不上她。

她没空跟人玩虚虚实实的试探把戏，没准只有纯粹到炽热的情感，才有可能真正打动她，很可惜现代人没有。她自己足够圆满，不需要看条件跟谁搭伙过日子，那现在这样就很好，其他东西都随缘吧。

“以你的条件确实是这样。”王怡文笑道，“那你不然跟我过算了，我们以后一起去养老院。”

楚稚水吐槽：“你一个有男朋友的人跟我瞎说什么呢？”

“有男朋友就不能这样了？”王怡文理直气壮，“我偷我男人的钱养你，跟他都是逢场作戏。”

“？”

“本来就是，你这样单着挺好，谈恋爱也没意思。”王怡文长吁短叹，嘟囔道，“找他聊爱好又不懂，啥正事儿都靠不住，连我跳槽换工作，你都比他更上心。”

“不要拿我跟他比，我不是你池塘的鱼。”楚稚水停顿片刻，她见好友低落，软言开解道，“好好珍惜有的吧，不是也谈挺久了。”

“算了，不提他了，跟你说些公司八卦。”王怡文偷偷观察四周，她鬼鬼祟祟地压低声音，“那谁估计拉到钱了，没准要开始新融资，明明上一轮才过去。”

楚稚水：“猜到了，一开始就知道他打的这主意。”

李龙科不融资不好圈钱，现在奸商嘴脸暴露无遗。

“受不了了，他现在越有钱越智障，我们好多人都觉得他有问题。”王怡文嫌恶道，“他当初不还诋毁你想掌权，不愿意让出内容运营，所以才不同意你的方案，但现在新团队做得稀烂。

“咱公司以前不老有几个酸你的，说你是假君子早晚露馅儿什么的，现在也嘀咕你当初是不是假君子不知道，但李总是真小人应该不用质疑，有够好笑的，早干吗去了？”

龙知视频的派系斗争发展到后期，自然也有人私下抹黑楚稚水，认为她嘴上说得好听，实际就是不愿意放权，想打压她抱李龙科大腿。

殊不知，李龙科都能跟创始人楚稚水翻脸，真正上位后又哪会信守承诺重用别人。

“有吗？我不记得了。”楚稚水悠然道，“我记不住不如我的人说的话，忘了忘了。”

“你就真没想过搞他？”王怡文撺掇，“新透刚开始找的你吧？你去的话待遇不会低，你也没有竞业协议，不用跟他讲行业道德。”

王怡文就盼着楚稚水杀回银海市，然后带着自己干出一番大事，拳打李龙科整垮龙知视频才好。

楚稚水苦笑：“怡文，其实你们误会了一件事，我不是被排挤出团队的，是我自己真不想干了。我要想干就会留在银海，但我自己选择回槐江了。”

王怡文一怔。

“你还记得我有段时间大病一场，胃出血吓得我爸妈飞来银海，他们天天在医院掉眼泪吧，你那时候也来病房看过我。”

王怡文走神：“嗯。”

“就那次以后，我突然发现，我爸妈其实从来不指望我去纳斯达克敲钟，他们就希望我平平安安、幸福健康，有一份工作，差不多活着。”楚稚水垂下睫毛，眼眸泛起清透光泽，轻声道，“是我一直在跟别人比，从小时候就不服气，上学时努力拿第一，工作后也要赚大钱，必须让他们脸上有光。

“因为在槐江那片地方，像我们家这样的很少，我不希望他们的女儿比别人家孩子差。”

楚稚水是独生女，这在槐江很稀有，避不开被外人评价比较。她从小就没受过不公的待遇，但她会听见很多外面的声音，父母搭建的温室外有风有雨，敲在屋檐上叮咚乱响，想要忽视都不行。她获得全部的资源和爱，所以她要全力以赴，证明父母的选择没错。

很长时间内，她都在扮演着“别人家的孩子”，她要让父母在每个人面前抬得起头。直到她生病后看到双亲落泪，才发现说不定是自己一厢情愿，他们求的根本不是这个。

“是我想得太复杂，他们其实很简单，没那么高要求。”楚稚水耸耸肩，“所以我回去了，与其让他们来到人生地不熟的银海，我回土生土长的老家更合适吧。

“我本来就是一个普通家庭出生的普通孩子，我父母很普通，我也非常普通，但我们彼此爱对方，我可以接受这一切。”

楚稚水露出微笑，释怀道：“即便现在每个月只赚几千元也无所谓，这不是什么大不了的事，我们平安地陪伴着对方。”

平安、健康、幸福，这就足够了，足够幸运了。

她在银海有过光鲜靓丽的生活，但她也可以回到朴素平凡的槐江。

王怡文愣怔：“我确实没想到你是为这个回去的。”

“当然，就算我回老家了，我也希望你们都能发大财！”楚稚水举起酒杯，她跟好友碰杯，调侃道，“所以在新透好好干，真打算跟我一起过，你现在就多赚点，到时候给咱找家好点的养老院。”

王怡文从龙知跳到新透就能升职，而且手里会握有股份，前途不可限量。

“行，那等我包养你。”王怡文握着酒杯，她开怀大笑，“我男人估计没钱可偷了，还是靠我赚钱养你比较快。”

两人许久未见，聊得酣畅淋漓，不知不觉就时值深夜，不少店铺都已经打烊，唯有清吧门口还算热闹。

门口，风扫过行人的脸庞，驱散蒸腾弥漫的酒意，终于让她们久别重逢的亢奋平复下来。两人准备打道回府，站在清吧路边等车。

王怡文举着手机，她左右环顾一番，朝街边一辆车挥手。车窗缓缓放下，有名男子探头，伸手回应着她。

楚稚水津津有味地看着此幕，打趣道："哟，刚刚还嫌弃人家，现在又让人家来接。"

"你怎么回去啊？"王怡文微赧一笑，"我们顺路带你。"

"我……"楚稚水刚想说她走回去，但她看到街边熟悉的人影一愣，下半句话自动就吞回肚子里。

他怎么从招待所跑出来了？

辛云茂站在昏黄的灯下，垂下一条长长的影子，也不知待了多久。他看到楚稚水从清吧出来，这才慢条斯理地走过来，漆黑如墨的眼眸都沾染霜气，抱怨道："你怎么还不回去？"

王怡文瞄瞄陌生的辛云茂，又瞧瞧一旁的楚稚水，她双眼放光，小声试探道："这是……"

楚稚水表情麻木："同事。"

"哦——男'绿茶'来了。"王怡文用手比画电话造型，暗示她微信联系，挤眉弄眼道，"懂了懂了，我立马消失。"

楚稚水还没来得及解释，王怡文就一溜烟蹿上男朋友的车。

"什么男绿茶？"辛云茂眼看那个人类离开，他又望向楚稚水，疑道，"你不是知道我本体？"

楚稚水不好说自己曾暗贬他"绿茶"，心虚解释道："不是。"

"不是？"辛云茂蹙眉，他目光幽幽，难以置信道，"你又从哪里认识的绿茶妖？"

楚稚水面对他冷飕飕的审视，她硬着头皮伸手制止道："你稍等一下。"

辛云茂扬眉："等什么？"

“等我想想怎么编。”楚稚水感到头疼，扶额道，“在编了，在编了，不要急。”

辛云茂：“？”

“开玩笑，哪有什么绿茶妖，有没有妖气，你比我更懂。”楚稚水笑着打哈哈，“你怎么过来了？站在外面不冷吗？”

辛云茂身着浅灰色长袖，犹如淡墨在宣纸晕染，遥遥望去宛若白衣，近看才能瞧见染痕。他最近穿的都是浅色系，在夜里如镀上一层清辉，看上去气质脱俗。

楚稚水确实没料到他在外面，心里莫名其妙过意不去，一方面是深夜有风没准凉，但一想竹子是岁寒三友，估计对降温没太大感觉；另一方面是干站着很无聊，也不知道他到底来多久了，为什么不用吊坠传送，或者直接进里面找她。或许是他认为贸然出现在她朋友面前不合适。

仔细一想，竹子妖总自夸品行高洁，但做事确实挺有分寸感，除了偶尔嘴巴欠以外，没有真正做过逾矩的事情。他甚至保守到夸张的地步，她不过是看见他打响指换衣，都要被他指责占他便宜。

“这么晚还不回去？”辛云茂眉头微皱，他背过身做出要走的架势，嘀咕道，“这都几点了，等你遇到麻烦再叫我，还不如我直接自己来。”

语气有点不爽，又有点埋怨，好像还有点担心。

楚稚水不知在大城市能遇到什么麻烦，她被他劈头盖脸教育一顿，小声反驳道：“银海治安挺好的。”

辛云茂不屑地双臂环胸：“哼，那是你们人类觉得，谁知道会不会撞见什么鬼东西。”

楚稚水瞪大眼，顿时感觉后背阵阵凉意：“哪里有鬼？”

“这里。”辛云茂伸出冷白手指，一指面前的楚稚水，他语调柔和下来，嘲笑道，“酒鬼。”

他早嗅到她身上的酒气，浸润丝丝缕缕的果香，并不是难闻的味道，而是一种发酵的甜。她只要张嘴说话，就会有清浅吐息，轻飘飘，甜丝丝。

朗姆酒、石榴糖浆，或许还有柠檬芬芳，将她的脸庞催得滚烫而绯红。

他在灯光下看得一清二楚。她现在鬓发微乱，但精神状态高昂，连眼眸都在夜晚迸发出光彩，整个人看上去神采奕奕。

楚稚水摸摸发烫的脸颊，不料酒意还未彻底退去，无奈道：“因为跟朋友好久不见，所以就稍微喝了一点，度数不高的。”

鸡尾酒都是甜味的，她和王怡文很好奇，便随意尝试起来，一不留神就贪杯。

“嗯，然后聊到凌晨两三点。”辛云茂阴阳怪气道，“没见你平时有那么多话。”

楚稚水辩解：“那我们聊的是以前的工作，我平时跟你们聊这些，你们听着也烦啊，而且不一定能懂。”

她和妖怪们聊前公司的事情确实奇怪。

辛云茂像被踩到痛脚，不满道：“你又知道我不懂了？”

她就不该随意挑衅，又是新一轮的战争开始。

“吃糖吗？”楚稚水干巴巴笑道，她下意识地摸索口袋，抓出一把从清吧拿的棒棒糖，试图用甜食来转移话题，“聊点别的吧。”

然而，胡局的玉米对叶局有用，她的棒棒糖好像对辛云茂没用。

辛云茂被说不懂后大为不悦，他沉默不言地别过头，也不愿意接过糖果，明显地开始闹脾气。

“好好好，你听得懂，我跟你聊。”楚稚水只得投降，好脾气地说起来，“就是上家公司一些鸡毛蒜皮的事，她是我以前的同事，或者说是团队下属，就类似于局里经开科的感觉吧。”

辛云茂：“她跟那条鱼一样。”

“对，然后我那时候跟公司里另一个人掐架，由于工作理念上的差异，我就离开公司回槐江了。”

楚稚水原本要安抚辛云茂才说起这些，但她此时竟自然而然地流露心声：“今天听她聊公司近况，感觉有些小小的感慨。”

她在王怡文面前就不会吐露这些，这话会引来好友不必要的反应，但辛云茂跟人类生活相距甚远，所以对着他说出来也没什么关系。

有种东西叫树洞，竹洞没准也差不多，反正都不会往外传。

辛云茂一怔，他若有所思，静静地听着。

楚稚水失笑：“其实这家公司最开始有我一半，不过我承认我在捞钱上比不过那人，可能真跟他们说的一样，我就是个假君子，总是端着架子吧。”

她在龙知视频没做过有愧的事，但照样会有人私下议论，说她早晚会暴露真面目。

世界上不存在完人，世人会嫌完人太假，总能挑出瑕疵来。

辛云茂冷不丁道：“你后悔吗？”

“后悔？”楚稚水道，“那倒不至于。”

“那就是不甘心？”他面容沉静，眨了眨眼，不紧不慢道，“卑鄙小人窃取果实，反而过得风生水起，你觉得这并不公平。”

楚稚水本来在撕糖纸，她闻言喉咙微涩，忽然就说不出话。

“那你可以向我许愿，这不是什么难办的事。”辛云茂嘴唇微抿，“只要向我许愿的话，一切就会重归正轨，他会带着他的贪欲消失，从他人手中攫取的财富也会顷刻消散，连同他偷走的属于你的那一半公司。”

他的眼眸乌黑，一如深不见底的寒潭，没人知道潭底有多少秘密。他帮彭老板缔结协议时，指尖冒出的火焰是青黑色，青色是竹叶青，却不知黑色代表什么。

如果说她第一次还将他的许愿当笑话，那在她见识过彭老板和人参妖的事后，便清楚地认识到他确实有能力做到。

他们管他叫神君，普通妖怪天赋有限，但他什么都能实现。

辛云茂的容貌一如初见时俊美，他的神态却远比那时柔和，一动不动地望着她，轻声道：“向我许愿吧，都能实现的，善恶各有报。”

这完全是哄人开心的态度，但她高兴不起来。

辛云茂满怀期盼地等待她答复，谁料却感觉嘴唇被异物一戳。他下意识地张开嘴，尝到一丝葡萄糖的甜，是她用剥开的棒棒糖在他唇上敲了一下。

辛云茂咬住棒棒糖，他迷惑不解地看她。

“不要说那么可怕的事，不然打你的嘴。”楚稚水没好气道，“这又不是小说，还来真的？你们觉得就是随便搞垮一家公司，实际上是无数无辜的人被迫失业。”

辛云茂一只手握糖，这才有机会说话，纠正措辞道：“那就只要他一个人倒霉。”

楚稚水凝眉：“你都没有见过这个人，就轻易决定他的命运？”

辛云茂面无表情道：“不是我决定他的命运，是我用他释放出来的东西酿成因果。”

“好啦，谢谢你为我愤愤不平，但世界就是这个样子。”楚稚水长叹一声，大大方方地摊手，“人在走运的时候都很少想自己为什么走运，但在倒霉的时候却总觉得自己全天下最可怜，这实在太矫情，不能够老这样。

“我从一个小城市考出来，第一次创业就有所成果，已经比很多同龄人幸运了，你知道有多少银海大学毕业生一辈子都不一定能创业成功吗？”

楚稚水豁达道：“该知足了，就算后面受一点挫折，前面运气已经好爆表，老天待我不薄，不用再许愿了。”

她确实认为现状不够公平，但她心目中的公平，就是真正的公平吗？因为她认识辛云茂，所以她能向他许愿，那其他一生都看不到妖怪的人呢？

她的学习成绩靠自己，她的毕业收入靠自己，她的命运依旧靠自己，她就是这样生活至今的。如果要依靠别的，就不是那味儿了。

楚稚水坦白：“你说得对，我承认我不甘心，我确实是不服气。但我讨厌那个人，不代表我否认跟他沾边的一切，更不代表我希望公司彻底完蛋，好歹是我曾经的心血，那里也有很多我曾经的同事。”

龙知视频好歹是她人生中的重要阶段，即便结局不够完美，但没有那一段经历，也没有现在的她。因为她遇到一个糟糕的人，就否认那一段所有的事，这样同样显得不够公允，起码她还结识了王怡文等好友。

“但可能是人的劣根性吧，我希望他们过得好，也希望他们不要过得太好，不然我会觉得自己像一个傻子，这应该是我不怀好意的嫉妒心？”她歪头思考片刻，又望向辛云茂，忍不住苦笑，“我承认我没看起来那么光明磊落，没准真是假君子。”

她可以想通所有事，但真看到小人得志，还是会有一丝丝不舒服，归根到底她还是一个凡人。

所有人都懂大道理，可事情发生在自己身上，心里的感受总归不一样。

夜晚星空安静沉寂，一如她身上的气场，从不沾染五毒八苦，在短暂波动后又柔软下来。

不管看多少次，他都会感到惊奇，原来人类没有妖气、不懂法则，依旧能够做到这种程度，跟他见过的很多人不一样，甚至跟他见过的很多妖不一样。

辛云茂郑重其事道："这不是什么瑕疵，你在人类里已经堪称完美。"

楚稚水突然被他高度赞美，听他口气认真，意外地看他一眼，莫名有点不好意思。这褒奖有点过誉，但听他振振有词，又好似他当真是这样想的。

楚稚水别扭地摸摸脸，犹豫地应声："谢谢。"

辛云茂脸上绽放一丝笑意，他得意扬扬地点头："毕竟是我的信徒，这么优秀也正常。"他的眼光过于出色，所以挑的信徒不同。

楚稚水："？"

她听完此话，迅速恢复常态，冷静地吐槽道："这跟你有什么关系？"

她的优秀跟眼前的厚脸皮竹子有什么关系？这怎么夸人还能拐着弯儿夸自己？！

"走吧，明天回槐江，好好搞事业，好好赚绩效。"楚稚水一扬眉，抬腿往局里走，借着那一点酒意，还豪气万丈地叉腰，"我没赚大钱的命怎么了？我穷也穷得有志气，挣的钱都清清白白，从来没伤害任何人，这种钱拿着才安心！"

辛云茂听她朝气蓬勃的壮语，他也被说不出的快乐感染，有种在黑夜里等待日出的期盼，总感觉未来的每一天都会比今天更好。是春天的种子萌芽，是夏天的缕缕清风，是秋天的收获果实，是冬天的傲雪红梅，是四季，是星空，是大海，是无边无际鲜活的生命力。

他以前对"人是万物之灵"一话嗤之以鼻，但不得不承认现在被眼前人吸引，还想接着看下去。

他走在她身边，朝她张开掌心："我还要一颗糖。"

“你不是还没吃完？”楚稚水疑道，她在口袋里一抓，伸出手递给他，“都给你了。”

辛云茂接过那把糖，他拆开其中一颗糖的糖纸，倏地将糖果放到她嘴边，轻轻地触一下。

楚稚水讶异：“干什么？”

辛云茂怨声道：“你刚刚用糖打我嘴了。”

“真小心眼。”楚稚水无语地瞄他一眼，就着他的手一口叼走糖果。

辛云茂这才满意。

街边，一名西装革履的青年坐在车内，看上去气质宽厚但其貌不扬，依靠精英打扮才提升点颜值分。他不敢置信地望着灯下一男一女，还忍不住揉揉眼睛，害怕自己熬夜眼花。

前排的司机问道：“李总，怎么了？”

李龙科倏忽间让停车，搞得司机不知所措。

李龙科回过神来：“没什么，走吧。”应该是看错了。

汽车重新启动，载着李龙科离开。

如果说李龙科真正忌惮过什么人，那楚稚水绝对能排进名单前三，她不作奸犯科是自身道德要求，要是真想使阴招那李龙科早玩完了。他知道让她离开公司这事埋雷了，但耐不住金钱诱惑力实在太大，真按她的想法回钱速度不够快。银海市那么大，不可能那么巧，应该不是她本人，再说她不是回槐江了？

招待所内，楚稚水和辛云茂一路走回来，她喝完酒后的兴奋劲儿消退，现在逐渐涌生出朦胧睡意，想要尽快扑倒在软绵绵的床褥上酣眠一场。

辛云茂见她一言不发，她刚刚回到招待所，就想直接关门睡觉，甚至都没看他一眼。

他当即不悦道：“你还忘了点什么。”

楚稚水诧异：“忘什么了？”

辛云茂沉默数秒，他颇有些幽怨，提醒道：“忘说一句话。”

“啊？”楚稚水更感迷惑，她左思右想一番，灵光乍现道，“晚安？”

辛云茂心满意足："晚安。"

"晚安晚安。"楚稚水被他搞得头大，羞恼道，"赶紧睡觉吧你，不然要早安了！"

一夜好梦。

再醒来后，楚稚水在银海局的出差就要结束，杜子规跟她约好下午送他们去机场。楚稚水当然是坐飞机回槐江，等她登机成功后，辛云茂就直接回，说不定速度还比她要快。

一人一妖最近同进同出，在银海局里横行无忌，让叶华羽有苦说不出。他原本想找楚稚水私下聊聊，无奈根本就找不到机会，终于在最后一日抓住她独自来对绿茶账的时间。

办公室门口，叶华羽朝楚稚水招招手："小楚，我想跟你谈谈。"

"好的，叶局。"楚稚水满脸不解地走过去，她最近都没怎么看到叶局，自从辛云茂出现后，叶局就行踪成谜不再露面。

局长办公室的门一关，房间里只剩楚稚水和叶华羽。

叶华羽依旧是一身浮夸的打扮，却完全没有最初的夸夸其谈。他面露纠结，欲言又止道："小楚啊，这回就算了，但我还是要跟你说一下，以后不可以让他来银海这边。"

"他是指？"楚稚水一愣，"您说的不让他是不让……"

她还没有说出第一个"辛"字，叶华羽就已经吓得魂飞魄散，他仓皇地摆手制止："别别别，不要喊出他的全名，你不知道我们的规矩？"

"知道。"楚稚水道，"胡局说，喊出全名他会听到。"

叶华羽惊得下巴要掉下来："那你还敢喊？！"

"他听到也不是什么大事。"楚稚水不理解叶华羽胆战心惊的状态，她经常跟辛云茂当面斗嘴，苗处也曾经调侃过对方，竹子妖都没有做出过激反应。

"老胡到底是怎么跟你说的？"叶华羽崩溃道，"完全没对你做上岗培训吗？"

楚稚水坦然："我的上岗培训跟这些也没关系吧。"

她在经济开发科，又不在观察处，自然不用了解妖怪的事。

“好吧，老胡不负责任，那就由我来说。”叶华羽一脸严肃，耐着性子道，“你应该知道我们观察局，主要处理的是人妖、妖妖间的纠纷，维护现在和平稳定的状态吧？”

“知道。”

“能够进观察局的妖怪，跟外面的妖怪并不一样。观察处制服叫作镇妖袍，这代表在一定情况下，我们是要跟其他妖怪厮杀的。”叶华羽脸色微沉，低声道，“他不是观察局的妖怪，而且曾掀起一场巨大的妖界大战，当时闹得可谓天翻地覆、日月无光。”

楚稚水两眼发蒙：“他吗？”

辛云茂居然还能挑起战争，这件事就像三岁小孩要统治地球，她现在感受不到紧张，只能咂摸出一丝滑稽，怀疑自己身处喜剧节目现场。

“没错，虽然他不是大战挑起者，但封神妖怪都实力不俗，他和另一位大打出手酿成过一场灾祸。这件事不但让妖怪们遇害，连许多无辜人类也受难，另一位在当时的凡人里颇具声誉。”

这是一个久远的故事。

龙神是世间第一位封神的妖怪，自诞生以来就遵循天地指引，善待世间一切有灵之物。他聚集起不少妖怪，为人类提供种种指引，指导他们种植粮食、修建河堤，时不时就降下福泽，在那时的民间备受尊敬。

从某一天起，龙神慢慢地变了，他的性格越发暴躁，偶尔会展露出怒容，但大体上还在为人、为妖做善事，直到世间第二位封神妖怪诞生。

没人知道两位有什么矛盾，但这场大战搞得两败俱伤。龙神还派出不少人和妖，想要围剿第二位，最后却没任何结果，还让龙神的信徒们沾染戾气、满手鲜血。

最后，第二位神和其他妖怪将龙神撕扯成四部分，分别埋藏在槐江、银海、漆吴和空桑，这就是现在四大观察局的所在地。

封神妖怪的神魂不易消散，即便用妖火也很难彻底抹掉，唯有将观察处镇压在上方，防止龙神重现人间作恶。

辛云茂就是第二位神，他和其他妖怪有过短暂联手，但跟他们本质上并不一样，甚至彼此还在互相戒备。

叶华羽双手往背后一背，叹息道："听完来龙去脉，你该明白了吧。"

楚稚水点点头："嗯，挺有趣一故事。"

"挺有趣一故事？"叶华羽震声道，"小楚，你还没有意识到问题的严重性，你听完这事感想不该是有趣，应该说点别的想法才对啊？！"

楚稚水沉吟数秒，她风轻云淡道："不是，叶局，我倒是心里有想法，但我的想法有用吗？"

这古老的故事都上升到神和神打架，问她一个平头老百姓干什么？

"不对，小楚，你这思路有问题。"叶华羽急得抓耳挠腮，"我的意思是你不该把他带到局里，我们观察处底下镇压着那一位，他要是跑进来将那四分之一吞了，那就真没有人管得了他了，说不定会发生比当年更惨烈的事！"

楚稚水悠然地辩驳："不会的，他有洁癖，不吃脏东西，而且上回进我们局里观察处也没事。"

她觉得叶华羽大惊小怪，辛云茂又不是没进过观察处，当时什么事情都没发生。

"他还进你们局观察处啦？不是，苗沥到底是怎么想的？！"叶华羽得知骇人听闻的消息，更是吓得面色发白，好像一只奓开羽毛的大孔雀，他转念一想似有所悟，怨念道，"等等，是苗沥的话也正常，他就是只爱看乱子的惹事坏猫。

"总之，你要有些警惕心，不能再带他来银海，那一位最初也非常和善，最后还不是闹成那样，说不准有一天又会爆发大战！"

楚稚水听他说得面红脖子粗，她神色镇定，礼貌地打断："叶局，冒昧地问一下，上次大战发生在什么时候？"

"至少千年以前。"

"那下次大战是什么时候？"

"那估计也要很长时间。"

"您自己瞧，时间单位都是千年，这跟我有什么关系？"楚稚水轻松地耸肩，"都不是我这一百年阳寿的人类该考虑的事儿！"

叶华羽："……"

楚稚水在银海局出差期间，一向柔声细语、态度专业，陪叶局聊天、闲逛绝无二话，头一次直白地摆出事不关己的姿态，彻底将叶华羽噎得说不出话来。

叶华羽头大："等等，你说得我有点迷糊了。"

人类同事简单直接地推卸，换谁都要被弄得挺迷糊。

楚稚水面容平和："叶局，这没什么迷糊的，您给我讲一个故事，我也给您讲一个故事。"

"什么故事？"

"其实不叫故事，而是科学常识，我们生活的地球无时无刻不在仰仗太阳，但太阳将会在五十亿年后变成一颗'红巨星'，到时候高温会将地表烤熟，地球上的万物都会消亡，而且'红巨星'膨胀的过程中，说不定还会直接将旁边的地球吞掉。"

楚稚水一本正经道："如果您很担心未来的事，也可以将'红巨星'记在心上，平时两件事一起操心。"

叶华羽不可思议："我哪里管得了太阳的事？！"

楚稚水反问："我又哪里管得了妖怪的事？"

"……"

在楚稚水看来，担心辛云茂挑起大战和担心太阳将地球吞噬一样，全都是遥远到没必要思考的事情，反正跟她没什么关系。

"不对，这两件事不一样。"叶华羽终于找回理智，他仰了仰脖子，笃定道，"你当然管得了妖怪的事，只要你不再带他来银海就行。"

叶华羽最近琢磨出一件事，如果没有楚稚水的话，辛云茂不会离开槐江。虽然他看不懂两人的关系，但可以从蛛丝马迹推理出来，楚稚水对辛云茂有一定的约束力。只要辛云茂不再来银海，那他们跟他就沾不上边，自然也不用担惊受怕。

楚稚水沉默片刻，不卑不亢道："很抱歉，我不能答应您，这得看科室的工作安排。"

"小楚，这还看什么工作安排？"叶华羽高声道，"他不是局里的妖怪，你却将他带了过来，没准会丢掉你的工作！"

楚稚水望着激动的叶华羽，她一动不动地思考数秒，倏地绽放出一丝微笑："哦，真的吗？丢掉我的工作？您已经做好跟我打官司的准备？"

她的笑容柔美、态度温和，但说出来的话却跟表情截然相反。

叶华羽：“？”

楚稚水双手交握，有条有理道：“第一，我的编制属于槐江观察局，您是银海观察局的局长，有没有资格随意指派我工作还存疑；第二，除非造成重大工作事故，局里是没资格无故开除职工的，请您按条例出示我违规的证据，证明我在工作上有失误；第三，我作为人类在局里工作，感觉您在职场上存在物种歧视，对我的身心都造成很大伤害，或许我会将情况上报给局里。”

她一口气将话说完，中间都没有磕绊，完全是成竹在胸的架势。

叶华羽被她逻辑缜密的话震得脑袋瓜嗡嗡的，最后仓皇地挤出一句：“我什么时候歧视过你？”

楚稚水平静道：“就算您没歧视过我，那您也歧视过他。”

叶华羽辩驳：“我刚刚已经明确说过，他并不是局里的妖怪！”

“原来你们平时看起来很好相处，其实只是没被损害到利益罢了，这么一想什么事的道理都差不多。”楚稚水听他如此固执，叹息道，“叶局，您确实人味儿很足。”

叶华羽曾说来局里的人精明算计、残害同类绝不手软，对为钱、权缔结协议惹出祸端的人不屑一顾。她当初还被叶华羽的话刺到，现在发现他跟人类没差别，只是妖怪在乎的不是钱、权，而是妖气或其他东西罢了。

叶华羽茫然不解地看她，好似不理解她的意思。

“需要他的时候就选择联手，危机解决就害怕被欺负，说什么龙神的四分之一，不就相当于人类世界的资源或钱吗？”楚稚水慢条斯理地抬眼，“你们扪心自问，他要真想抢你们的，还用得着等到今天？”

虽然辛云茂一天到晚夸耀自己，但他说的很多话估计没问题，他在妖怪中实力相当强大。他不惦记观察处龙神的神魂，那就是真的对这些毫无兴趣。

叶华羽皱眉：“是你想得太简单了。”

“不是我简单，是您太复杂。总是下意识将对方想得很坏，说不准是自己心里的投射，有一天身居高位就想将人踩在脚下。”

因为自己走到高处就会忍不住欺压旁人，所以认为全天下的人跟自己一样。

楚稚水垂眸道：“我作为真正的局外人，客观地点评一句，胡局和苗处跟他的关系不一定有多好，但他们有一点比您强，不会私下议论他的事，起码从没跟我说过。”

胡臣瑞和苗沥对辛云茂应该同样有顾虑，只是他们不会将事情表露给她这个人类。她私底下跟胡局交流，胡局没说过辛云茂一句不是；苗处总跟辛云茂亮爪，但最后还是让他进入观察处。

她原以为辛云茂只是相对槐江局徘徊在外，谁料外面的妖怪竟对他议论更多，甚至连表面的安宁都伪装不出来。难以想象他千年来究竟在过怎样的生活，难以想象他最初被她嘲讽没感受过他人善意时的感受。

他曾说：“并不是都是妖怪，就能算同一世界的，你们人类不也是？你自己刚才都说，只是环境不同，差别就大得很。我跟他们不一样，但照样留下来，同理你也可以。”

她作为人确实可以留下来，他的同类对她都比对他好。

“说实话，我最开始认识他印象特别差，也说过很多非常不客气的话，但我至今都没有被报复，他还真不是爱记仇的类型。”楚稚水注视着叶华羽，失笑道，“为什么不试着了解他呢？你们比我有更长的时间跟他相处。”

叶华羽不快地质疑：“你觉得了解他能改变什么吗？”

楚稚水从容不迫道：“我不知道能改变什么，但我觉得这有利于叶局的妖身安全。”

叶华羽：“？”

她笑着问道：“您觉得绿茶好喝吗？”

叶华羽被突然打岔，他挠挠头，出言询问：“对了，你们的绿茶究竟怎么种植的？老胡还藏着掖着不告诉我。”

叶华羽当然尝过绿茶的滋味，还疑惑槐江局有什么黑科技，居然可以用茶叶来滋养妖怪。

楚稚水镇定道：“是他的妖气浇灌的。”

“？”

她露出明艳笑容："因此，如果您想要每年有好喝的绿茶，大家和和气气做生意的话，那就试着了解和接纳他，然后记得明年以四倍价格购茶。"

叶华羽还没从前一个消息缓过神来，又被后一个消息炸得满脸愕然："等等，这怎么还坐地起价？"

槐江局的绿茶价格已经接近市场最高价，现在她却张口就说要翻四倍价格，奔着天文数字就去了。

楚稚水面不改色心不跳，解释道："哦，因为明年茶叶遭灾，所以价格有些波动。"

槐江局和银海局感情的小船翻了，感情的风雨将绿茶园也泡烂了，绿茶当然会涨价。

叶华羽更感离谱："明年茶叶遭灾，今年就能知道？！"

他会信这么牵强的涨价理由才有病！

"当然，如果您坚持认为他不是局里妖怪的话，那绿茶和妖身安全就都没有了。"楚稚水歪头，她面色纯良，友善地说道，"我不是他科长也没理由管他，到时候砸个古楼或者办公楼，也不是很难理解的事，对吧？"

叶华羽闻言大惊失色，他紧张地咽咽唾沫，提醒道："……你刚刚才说他不会报复。"

"他不会主动报复，但我可以提醒他。毕竟我是人，越是身居高位的人，越擅长去欺压别人，没准也会欺压妖怪，您不是最懂这个道理？"楚稚水笑眯眯道，"叶局选哪一个呢？"

叶华羽："……"这个人类跟胡臣瑞一样都是笑里藏刀的老狐狸！最可怕的是，她没妖气却配着个惹不起的封神妖怪！

叶华羽静默良久，他经历纠结的心理斗争，终于在威胁下被迫改口，气弱道："他自古以来就是槐江局经济开发科的科员之一。"

楚稚水面对孔雀的妥协，笑容满面地拍手，不吝赞美道："您真会做人！"

叶华羽大败而归，他观察她神色，试探道："那绿茶……"

"四倍价格。"楚稚水道，"您觉得不吉利，也可以改五倍。"

叶华羽果断闭上鸟嘴。

办公室门口，楚稚水临走时突然想起一事，她停下脚步，又转过身来："对了，还有一件事一直想跟您说。"

叶华羽唯恐她再漫天要价，或者让辛云茂出手砸楼，他顿时心里一咯噔："什么事？"

楚稚水诚恳道："您的手表真的很土，说实话，衬得您很俗。"

她刚来银海局不好意思开口，但现在跟叶局深入交流成这样，再加这一句话也不算冒犯。她一度怀疑孔雀局长被谁坑了，不然怎么会挑这么丑的款式。

叶华羽呆滞片刻，他嘎嘎大叫一声，好像被激怒的大鸟，声嘶力竭道："你可以肆意侮辱我的妖格，但你不能说我的手表丑！"

楚稚水："……"原来骂他的手表比骂他还严重吗？

Zhu and Zhi

第十章

绿茶的茶香

签名

辛云茂

槐江观察局

HUAI JIANG GUAN CHA JU

银海局，杜子规将车开到招待所门口，连叶华羽等也前来送别。

楚稚水看到浩荡的阵仗，就知道这不是对着自己来的，本来怕银海局跟辛云茂再起争端，但上午的一番办公室对话显然还是对叶局有些效果。

叶华羽等不再杀气凛然，仅仅是真的过来送别而已。

叶华羽望着波澜不惊的辛云茂，他脸上变幻莫测，最后还是低下头来，恭敬地躬身行礼："恭送神君。"

傲慢浮夸的大孔雀收起扎眼的羽毛，终于老老实实地正视辛云茂的存在。

辛云茂面对此景一怔，不懂叶华羽的态度转变，尤其孔雀还没被揍过，按理说不会这样称呼自己。他微微扬眉，面露不解道："真意外。"

叶华羽硬着头皮道："多谢神君的茶叶。"

他从楚稚水那儿知道茶叶真相，这才咂摸出一丝别的味道。其他是是非非暂且不论，光看有滋养作用的绿茶，他们确实是欠了他的。

欠了什么就要还，这是妖怪的道理。

辛云茂这回默然更久，直到他跟着楚稚水上车，真的要彻底离开局里，他才轻飘飘地回一句："小事罢了。"

他灌溉茶园也不是为了他们，但他们的反应让他陌生，这好像是他千年来头一回不掺杂别的跟外面的妖怪交流。

楚稚水坐在旁边，她神色和缓，礼貌地笑道："叶局，那我们就出发了。"

"嗯，替我向老胡问好。"

"好的，我们也会努力常来银海的。"

"……好的。"

机场内，杜子规开车将楚稚水和辛云茂送达航站楼。他打开后备厢，正想帮忙将楚稚水的行李箱提出来，谁料辛云茂先一步伸手去握，吓得杜子规惊慌失措地收回手。

辛云茂没有搭理对方，他不动声色地将行李箱放地上，自然而然地拉着，走到楚稚水身边。

杜子规看着此幕惊诧不已，没想到辛云茂会提行李，还有如此平易近人的一面。他思考片刻，挥去内心的恐惧，露出一个真挚的笑容："那就欢迎二位下次再来银海。"

楚稚水忙道："谢谢，这几天辛苦您了。"

杜子规可谓此行最劳累的，他近日忙前忙后不消停，还经常开车接送他们。

辛云茂也朝杜子规颔首，更让杜子规惊叹不已。

告别后，杜子规开车离开，只剩下楚稚水和辛云茂。

楚稚水回头就看到握着行李箱拉杆的辛云茂，他站在航站楼门口新奇地打量，在穿梭的人流中不像神秘大妖，倒更像个沾染烟火气的普通人。

这样一想，她对银海市早就没新鲜感，但他其实没怎么逛过这里，无奈这回时间不够无法游玩。

"我突然冒出一个主意，以后可以多带你出差。"楚稚水笑道，"下回不用吊坠，真的坐回飞机。"

她作为凡人管不了千年后的事情，也不知道一百年对妖怪来说有多短，但她可以在触摸得到的岁月里，给她的妖怪朋友留下一些愉快的回忆。

她现在知道他的身份，他们可能不是同事，但他们应该算朋友。

辛云茂深深望她一眼，他嘴唇微抿，似不好意思，犹豫地开口："知道你离不开我，但大庭广众之下，也不用说得这么直接。"

据说，人类的飞机只需几小时，没想到这点时间，她都需要他陪着。

"？"

楚稚水内心的柔软烟消云散，她听完他离谱的言论，不禁头疼地抚额，咬牙道："你现在立刻找个没人的地方消失。"

辛云茂疑道："为什么要那么急？"

"我怕我忍不住揍你。"

"……"

她就不应该对脑袋空空的竹子妖怀揣同情和可怜心，没准他完全不在意被其他妖冷眼相看或孤立，他的脑回路跟正常人或妖都不一样！

他千年来不跟其他妖说话是对的，不然肯定早暴露出他的自恋！

那时，其他妖不会再忌惮他挑起大战，反而会认为他脑袋有问题，高冷的封神妖怪滤镜也将摔得稀碎，露出搞笑神和自恋神的真面目。

次日，银海市出差之旅落下帷幕，楚稚水重归槐江观察局，只感觉处处都有新气象。

熟悉的局里草木茂盛，清风好似将槐江又吹暖了一点，数天不在，温度已升高，逐渐升腾起一层暑气。槐江局的环境依旧静谧清幽，相比繁华市中心的银海局，透着偏僻小地方的安宁。

经济开发科办公室内，楚稚水正跟秦主任打电话。

电话里是秦主任兴高采烈的报喜声："小楚啊，我们已经跟那边开始合作啦，这几天试着找茶农推一下槐江茶，直播带货数据还不错，现在看起来挺靠谱的。

"你们局里不是也有产品，赶紧都拿过来试一试，正好最近宣传口有扶持，错过这一波热度太可惜了。"

"好的好的，谢谢您，我们这就抓紧时间。"

楚稚水当初牵线秦主任和直播带货的人，秦主任有当地资源和政策支持，负责直播的人有成熟的流程体系，没想到还真让槐江茶叶小火一把。因为槐江茶是扶贫扶农产品，所以在平台上的推荐位还不错，最近吸引来不少的关注度。

秦主任知道槐江局不卖绿茶，但他记得还有其他相关产品，完全可以借这波东风一起上。

黄黑白三妖组最近也捣鼓出一些成果，小黄和小黑共同研制了一款头皮滋养膏，小黄还独自制作出口味独特的风味姜糖。老白来茶园的时间比较晚，他刚刚将山上的人参搞完，还没来得及参与产品研发。

经历完观局牌茶叶，楚稚水对商品包装等流程也很熟悉，早将观局牌姜糖和头皮滋养膏安排上，办理完各类手续就将两款新品挂到直播间。

她闲来无聊还逛了逛直播间，这些日子总能刷到槐江茶，常常看到些眼熟的老面孔，都是当初在茶园门口聚一起闲聊的茶农。他们有的口才是真不错，精神百倍地介绍茶叶，跟那时候对着楚稚水科普一样激动。

有几位的带货销量还挺高，其中一个是曾经号称有两百亩茶园的茶农，销量超过两万份；还有一个是说自己也做白茶的大哥，销量也超过了一万份。

楚稚水再翻翻局里产品的销量，观局牌头皮滋养膏销量 81，观局牌风味姜糖销量 34。

两相对比之下，数据凄凄惨惨戚戚。

楚稚水仰倒在椅背上，叹气道："可恶，居然还得想办法宣传。"

万事开头难、中间难、结束难，经济开发科的发财之路难上加难，她什么时候才能过上像银海局般收租都能挣钱的轻松日子？

午休时，辛云茂一向不待在屋里，他会跑到大树下晒太阳，完成日常的光合作用。

办公室里只有楚稚水和金渝，楚稚水在椅子上躺平，往半空中一瞄就发现泡泡。五光十色的泡泡在屋里四处飘散，在阳光下闪着光打转，相当梦幻的神奇画面。

"金渝，你又在看电视剧了。"楚稚水无奈道，"待会儿等他回来就别看了，他瞧见满屋泡泡会叽叽歪歪。"

"呜呜呜，好的……"金渝眼眶通红地缩在屏幕前，她目不转睛地盯着视频画面，看上去被感动得潸然泪下，心不在焉地应下楚稚水的话，越发汹涌地冒出无穷无尽的泡泡。

楚稚水到银海市出差，金渝独自在屋里没事做，就开始看剧。

单纯的金渝看剧还会真情实感，时不时就要大批量生产泡泡。

"你这是真正的泡沫肥皂剧啊。"楚稚水感慨地站起身来，她随手戳破眼前的泡泡，好奇地走到金渝的身边，"有这么好看吗？"

金渝热心推荐道："呜呜呜，这部剧真的好看，我以前从来不会看剧的，这部剧人人都在看，网上好多人天天在讨论！”

“看来我被开除‘人籍’了。”楚稚水随口道，“讲的是什么？”

“女主角是一个修炼成人的植物妖，然后男主角是温文尔雅的大学植物学教授，他们相遇后慢慢产生感情，现在由于寿命不能相守，接下来估计要开始虐了！”金渝小声道，“我本来想存两集再看，但现在一打开就停不住。”

楚稚水神情微妙：“不是，原来你也会对人感兴趣，我以为你只会对鱼感兴趣。”

这一听就是老套的现代奇幻爱情剧，她只是没想到这种剧情不但对人有杀伤力，居然对妖怪也有杀伤力，原来妖怪会幻想跟人谈恋爱吗?

这样想，古代的《聊斋》等话本子，莫非在妖怪里也有受众?

金渝老实道：“不，我只对好看的脸感兴趣。”

楚稚水：“……”这话过于真实。

楚稚水休息时没什么事做，她索性站在旁边看两眼，有一搭没一搭地跟金渝聊着。

这部电视剧的剧情节奏还挺快，可以理解金渝存不住的缘由，稍微看进去不知不觉就能看完，尤其进度条到最后还会自动跳转。

金渝推荐成功，她欣喜地追问：“是不是很好看？是不是很好看？”

有时候，人或妖将喜欢的东西推荐出去，远比自己独自欣赏要开心。

楚稚水不忍金渝失落，客气地应道：“还行吧。”

电脑屏幕上正好是男主角英俊深情的面孔，特写镜头让他的眉毛都清晰可见，他用温润明亮的目光注视着，让金渝屏住呼吸扭来扭去。

楚稚水站在金渝身边，没发现屋里泡泡消失，半空中早就干干净净。

身后突然传来一个怨气四溢的阴冷声音：“你在看什么？”

楚稚水内心涌生不祥的预感，回头就看到面色不善的某妖：“……”

辛云茂不知何时归来，一指屏幕上的男演员，蹙眉道：“他？好看？”

楚稚水战术性后退，她下意识摸摸脸，试探道：“……还可以？”

辛云茂胸口发闷，他脸色沉得不像话，不悦地双臂环胸：“向我许愿吧。”

楚稚水一愣：“为什么？”

他不服道："向我许愿，让我治疗你的眼睛。"

"……"

楚稚水对他的阴晴不定早就习以为常，她忍不住翻白眼，耐着性子道："讲讲道理，这好歹是演员，他们都靠脸吃饭，好看不是很正常？"

她对电视剧男主角没什么感觉，但同样挑不出对方五官的瑕疵，好歹能经历高清摄像机镜头的考验。

辛云茂听完此话，脸上更是阴云密布，又到日常生气环节。

楚稚水不理解他哪有那么多气可生，难道由于竹子空心，所以装着一肚子气，闲来无事就要找碴儿发作？她无奈道："我感觉我没事也该研究一下植物学。"

金渝原本被突然冒出的辛云茂吓得直哆嗦，她听闻此话，又新奇发问："因为刚看完剧吗？温澈就是植物学教授。"

楚稚水淡然道："不是，我想研究的是植物病虫害防治，尤其针对竹子发病该如何处理。"

辛云茂："？"

"好啦，不跟你们闲扯了。"楚稚水取出手机查看时间，"我待会儿还要去接新人。"

金渝迷茫道："新人？"

"没错。"楚稚水重音强调，"是人哦。"

片刻后，衣着朴素的陈珠慧骑着自行车抵达槐江观察局门口。

高考完的小姑娘脸庞干净，脱下一成不变的单调校服，换上一身亮色的衣服。她肩膀上背着书包，遥遥就看到楚稚水，一边推着车赶过来，一边礼貌地打招呼："稚水姐好。"

"来得好快。"楚稚水寒暄道，"高考顺利吗？"

"还好，但没出成绩呢。"

楚稚水领着陈珠慧进局里，让对方将自行车停在院中。

陈珠慧将自行车锁好，她好奇地四处张望，只见一棵大树和缠满爬山虎的办公楼，不远处有一排矮楼，好像是员工食堂及仓库。

"老白……须老不在这边，他在茶园工作。"楚稚水看穿她的小心思，笑道，“我没想到你这时候会来，刚高考完可以放松一下，出去玩玩的。”

“没事，须爷爷不在这边也没事。”陈珠慧赶紧摆手，她小声地回道，“主要当时答应好了，高考完就过来实习。”

楚稚水当初留下考学红包，陈珠慧心里一直过意不去。她高考完立马就跟楚稚水联系，想来观察局实习工作。

楚稚水跟胡局和洪处打一声招呼，他们倒是没有什么意见，只提醒人类看不到妖气，得知陈珠慧天生开眼后更无二话。

陈珠慧在局里没有编制，她就是暑假来工作，吃饭都在食堂，骑车通勤往返，开学后就上课，什么事都不耽误。

经济开发科内，楚稚水带着陈珠慧进屋，介绍道：“这是陈珠慧，这两个月来我们科室实习。”

“然后这是金渝，这是辛云茂，你见过他的。”

“金渝姐好。”陈珠慧恭谨行礼，她又看向辛云茂，同样鞠躬问好，“您好。”

楚稚水在旁看着，她一品陈珠慧的态度，诧异道：“珠慧，你居然也不叫他名字。”

陈珠慧面对金渝礼貌客气，但对着辛云茂却很敬畏，看上去畏首畏尾的。

陈珠慧紧张抿唇，好像有点尴尬，站在原地不知所措。良久后，她偷瞄一眼辛云茂，含糊道：“这个……有点……”

虽然她天生开眼，从小就能看到妖怪，但还是第一次见身缠黑雾的辛云茂，他明显跟其他妖不一样，莫名让她很有距离感，不敢贸然叫对方名讳。

金渝有所领悟：“看来她开眼的能力很强，已经能看出我们的差距了。”

“原来还能这样吗？”楚稚水疑道，“我感觉你们化人完都差不多。”

辛云茂冷哼一声，反驳道：“差很多。”

楚稚水平和地敷衍：“多多多，就你事多。”

“……”

楚稚水给陈珠慧安排一张办公桌，又简单跟她介绍一下经济开发科，便将给商品信息排版的工作交给对方。金渝和辛云茂都不擅用电脑，随着直播任务的涌来，跟电子设备打交道不会少，正好可以让陈珠慧处理这些。

陈珠慧明显是安分守己的好孩子，她坐下后就老老实实地办公，基本不会走神溜号，偶尔被金渝搭话，才会回答两三句。

“那你一会儿骑车回家吗？”金渝询问，“家里人不担心？”

“我现在自己住。”陈珠慧低下头，为难道，“其实还有一些亲戚，但我不想跟他们住。”

陈珠慧已经满十八岁，她从爷爷离世后就独居，不愿意跟其他亲戚打交道。她上学时是住校，现在刚刚高考完，回家家里也是空荡荡的，还不如待在局里。

楚稚水温声道：“没事，你每天到家给我发条信息，闲的时候早点回去也行。”

现在天黑得很晚，局里五点就下班，陈珠慧独自骑车也没安全隐患。

接下来，经济开发科都开始专心工作，楚稚水琢磨起直播带货的事。她觉得局里不可能像茶农般带货，那要长时间面对镜头讲得口干舌燥，而且说实话，职工形象传播到网上影响不好。

槐江观察局不是专门卖货的，经济开发永远是附属业务，说破天都不能挡主要业务的路。

他们最好还是找外面的人帮忙宣传，但找谁又成为一个问题，而且会产生额外开销。

天空蔚蓝，远山绵延。

槐江郊区，一条笔直的公路将观察局和陈珠慧家连接，路边都是无边无垠的荒芜野草地，偶尔能看到一片片田地。这条路上没有任何公共交通，堪称前不着村，后不着店，只能依靠汽车和自行车出行。

楚稚水每天开车进城回家，陈珠慧每天骑车进村回家，两人正好是反方向，很少会偶遇行人。

静谧的马路上，自行车轱辘疯狂转动，一名浑身包裹严实的男子拼命蹬车，好像身后有洪水猛兽一样。

他面覆黑口罩，头戴一顶鸭舌帽，全身上下没有暴露一寸，使出吃奶的力气骑车狂飙，甚至无暇查看电子地图导航，但依旧无法摆脱如影随形的梦魇。

空气中香味迷离，让人联想起浓艳的花，穿透遮挡口鼻的口罩，直刺人类的大脑神经。

“跑什么啊。”娇俏的女声响起，似嗔似怨似笑。

骑车男子吓得背后发凉，更是不要命般蹬起来。

次日，陈珠慧提着书包进屋，她按时来局里实习工作，还专门询问一句：“稚水姐，局里是只有咱们两个人吗？”

“对，你是不太习惯吗？”楚稚水抬眼，“工作上有什么困难？”

“不不不，倒不是妖怪的事，妖怪早就习惯了。”陈珠慧迷惑道，“但我今天看门口有辆自行车，还以为是有其他人来了。”

陈珠慧最近骑自行车上班，她都将车停在局里面，却发现局外面也有辆自行车。

槐江局的妖怪好像不使用交通工具，楚稚水至今就见过杜子规开车，还真没看到槐江同事开车或骑车。她也没将此事当回事儿，只当附近村民骑来的，没准就是暂时停一下。

中午，楚稚水带陈珠慧在食堂用餐，现在职工伙食相当丰盛，即便没达到银海局豪华自助的水平，但也是拿得出手的标准套餐，远比最初的粗茶淡饭好。

饭后有段空闲时间，她瞧出陈珠慧心不在焉，提出共同去茶园一趟，带点吃喝儿探望黄黑白三妖组，俗称“送牢饭”。

前往茶园自然不能骑车，楚稚水决定开车过去。她载着陈珠慧出发，车子刚刚驶出局门口，却冷不丁瞧见路上横着一人，顿时吓得紧急停车，赶忙往旁边靠一靠。

“什么意思？”楚稚水错愕，“现在都隔两米碰瓷了？”

陈珠慧同样满目茫然，她还板起脸来，严肃道：“我们是不是要拍照留证？”

“不用，我车上有行车记录仪，你等我下去看看。”

楚稚水让陈珠慧留在车上，独自下车查看情况。她手里握着失忆泡泡水，不远不近地观察一番，没靠近马路中央的男子，试探地呼喊：“您好，您好，您没事吧？”

无人回应。

全副武装的男子龟缩在地上，看上去精神状态不太好。

“珠慧，你回去喊人吧，让金渝将牛哥叫来。”楚稚水感觉对方是人，她眼看男子堵局门口，一时间也不知如何处理，主要槐江局附近人烟稀少，没像银海局一样配备保安。

“好的！”陈珠慧连忙应声，匆匆地赶回科室。

“怎么了？”辛云茂一向爱在院内遛弯晒太阳，他听闻门口动静，一声不响地现身，站在楚稚水身后。

“有个人堵在路上。”楚稚水看见他放松下来，补充道，“看上去奇奇怪怪的。”

辛云茂微微扬眉，他不紧不慢地走过去，随手拉起地上的男子，惊得对方浑身一颤。两人的身高有些差距，辛云茂比男子要高一截，扶起对方不费吹灰之力。

楚稚水担忧：“这么直接拉人可以吗？他是不是生病了？”

她害怕陌生男子是犯病才倒地上，那最好叫救护车过来，不要随便地移动对方。

辛云茂一只手拉起男子，另一只手扯下对方口罩，他思考片刻，镇定地回道：“没有生病，好像就是把自己憋晕了。”

楚稚水：“？”

这种天气裹那么严实，还戴着口罩和帽子，乌龟般缩成一团，换谁都喘不过气，连贺处都比他清凉。

陌生男子的黑色口罩被拽掉，露出一张令人眼熟而英俊的脸。他大口大口地喘息，似乎终于缓过神来，仓皇地盯着一人一妖，纠结道：“……你们……认出来了？”

辛云茂不解地望楚稚水。

她也不解地回望他。

他们都没懂眼前男子在说什么。

不远处，金渝和牛仕已经跟着陈珠慧下楼，马不停蹄地赶到观察局门口。金渝隔着大门，一眼认出男子，她眼睛瞪得滚圆，惊得合不拢嘴："他……他、他、他是温澈！"

楚稚水看向陈珠慧，问道："温澈是谁？"

陈珠慧迷惘地摇头。

楚稚水暗自嘀咕："连智商巅峰的高三生都不知道，应该不是什么重要人物。"

金渝惊喜得原地蹦跶，像跃出水面的小鱼，激动道："温澈！这是温澈啊，植物学教授！"

"哪个大学的？"楚稚水讶异，她没料到小同事还有如此充沛的知识储量。

"什么哪个大学？"金渝近日沉迷电视剧，她眼神亮晶晶的，提醒道，"我们不是一起看过剧？温澈就是剧里男主角，你明明说过好看的！"

温澈是一部现代奇幻爱情剧的男主角，跟妖怪女主角上演缠绵悱恻的浪漫故事，最近在网上颇受热议。

楚稚水神色恍惚，她仔细辨认起来，主要演员平时打扮和角色扮相有差异。

英俊男子干笑："温澈是剧里角色名……我叫傅承卓……"

辛云茂蹙眉："你演的？"

"对。"

辛云茂二话不说将口罩重新给傅承卓戴上，他面无表情地把对方送回路中央，再次将其摆成龟缩一团的姿势，一副物归原位的严谨态度，然后起身轻松地拍拍手。

傅承卓被还原回去："？"

片刻后，突然出现在观察局门口的傅承卓被请进院内，他五官轮廓清晰，眼角下有深深的黑眼圈，没有涂抹任何化妆品，连嘴唇都紧绷干裂，看上去惊魂未定、狼狈不堪。当然，男演员还是有容貌优势的，如此颓废的状态依旧相貌出众。

牛仕进食堂去倒水，楚稚水和陈珠慧作为人类，对演艺圈完全不熟悉，只有金渝新奇地在他旁边转来转去，俨然第一次如此近距离追星。

金渝一边偷偷看傅承卓，一边兴奋地原地打转。片刻后，她轻轻歪头，悄声询问道："为什么感觉没剧里高？看着有点羸弱呢？"

温澈在剧中人设相当完美，温润如玉、英俊不凡，但傅承卓看上去稍微矮一点，而且整体过于瘦。

"摄像机会把人拍胖拍壮的。"楚稚水奇怪道，"但他怎么连团队都不带，我看他最近在网上很火。"

楚稚水和陈珠慧对演艺圈一窍不通，她俩本着优等生的态度，研究了一番傅承卓的网络数据，得出结论是大红大紫的男演员。她们不了解完全是不关注，楚稚水是不感兴趣，陈珠慧是高三断网。

自从傅承卓进入院子后，辛云茂就面若冰霜，浑身冷气堪称炸锅，凝眉道："为什么要让他进来？这里又不是公共场所，什么阿猫阿狗都能进，胡臣瑞和那只猫真是玩忽职守！"

楚稚水望着一直待在局里的局外妖："？"但你不是天天都在局里遛弯？

楚稚水吐槽："不是，我没想到你还挺关心局里，一言不合就开始指指点点。"

正值此时，牛仕过来送水，还带来些点心。傅承卓赶紧客气接过后道谢，开始喝水滋润冒烟的嗓子。

"傅先生，您给经纪人打个电话吧，我看现在这情况，您不适合骑车回去。"楚稚水看一眼时间，由于傅承卓的出现，茶园之行彻底泡汤。

傅承卓原本举止优雅，他听到这句话，脸上浮现惶恐，将头摇得像拨浪鼓："不不不，我不回去，我就待在这里！"

辛云茂脸色一黑。

楚稚水诧异道："您待在这里做什么？"

傅承卓眼底埋藏深深的恐惧："我已经很长时间没睡过好觉，昨天是睡得最正常的一晚，这里明显很安全！"

楚稚水眼神飘移："……这话可说早了。"

陈珠慧震撼道："这个人昨天是睡在马路上吗？"

傅承卓牢牢地捏住身下椅子，一副死活都不肯走的架势。他似乎被吓得魂不守舍，让人完全不知究竟遭遇了什么。

楚稚水无奈，只得询问缘由，得知傅承卓最近频频撞见怪事。

傅承卓出演一部人妖爱情剧，在播出后收视率大爆，商业价值水涨船高，正是该搞事业的时候，却突然发现被不明人员骚扰。他先是睡醒后收到夹花的情诗信笺，信笺莫名出现在五星级酒店床头，然而看监控没有人进过屋。

紧接着，一种沁人肺腑的醉人芬芳就在他生活中无孔不入，他不管前往哪里都能闻到这种香气，甚至怀疑自己的嗅觉或身体出问题，专门跑到医院做检查，却什么事情都没有。

随着时间流逝，夜里还出现了充斥繁花的噩梦，无数鲜花沉沉地压在他身上，让他喘不过气来，恨不得辗转反侧。其中夹杂女子异样的清脆笑声，更是令他神经敏感、惊惧不已。

经纪团队最初怀疑他精神状态不好，但慢慢也发现各类物品上的香气，同样被吓得心惊胆战。他们四处排查线索，一度想要去联系警方，寻找始作俑者，可至今都没有结果。

傅承卓无法忍受这样怪诞的生活，他趁着外地活动间隙，离开团队东躲西藏，避免自己的行踪被发现，想要甩掉暗处的尾随者，无奈并没有什么作用。最后是偶遇一老人指点，他才骑车来到偏僻的槐江观察局。

楚稚水听完来龙去脉，她似有所悟，佩服道："看来您的人气真的很高，粉丝已经能够横跨物种。"

傅承卓惊得脸色微变。

陈珠慧是过来人，她从小就总被妖怪打扰，安慰道："没事的，对方过段时间一烦，肯定就不来找你了。"

她遇到过须爷爷般温暖的妖怪，也遇到过调皮捣蛋的妖怪想尽办法地捉弄她，但不会搞太久。

"这应该是妖怪？"楚稚水回头请教，"有什么解决办法吗？"

辛云茂冷漠道："没救了，准备后事吧。"

傅承卓："？"

好在金渝和牛仕还算靠谱，他们给出的答案正常得多。

金渝思索道：“外面的妖怪一般不敢来局里，所以昨天晚上睡得很安宁吧。”

牛仕：“不过这种情况很难处理，主要对方没实际做什么。”

观察处抓妖同样要有理由，优先处理会闹出人命的，剩下的事情都往后排。

妖界没有侵犯隐私权或侵犯公民个人信息的说法，傅承卓遇到的事可能没法在观察处立案。即便观察处的妖怪将对方赶走，只要他离开局里，照样还会被缠上。

槐江观察局有辖区范围，傅承卓为工作天南海北到处跑，如果不随身配备妖怪保镖，很难有一个有效的处理办法。

“对不起，我实在太困了，没有体力再考虑更多。”傅承卓困倦地缩在椅子上，他开始眼皮打架，打哈欠道，“我先睡一觉，如果有什么食宿费，我待一会儿会付的。”

楚稚水见他直接睡在院中石质长椅上，愣怔道：“等等，就这么放心大胆睡吗？”

傅承卓露出苍白的笑：“哈，我现在还怕什么呢？”

这是破罐子破摔的态度，遇到困难先睡大觉，看来被折磨得不轻。

辛云茂由于傅承卓的存在冷气爆发，开始叽叽歪歪说院子变脏，影响他正常的光合作用。

楚稚水好言劝哄：“好啦，人家就在外面躺会儿，你回办公室晒太阳吧，不然我把我的位置让给你，那里的光线也很好。”

辛云茂这才作罢。

午休时间就这样晃过去，楚稚水没再管院中的傅承卓，主要这件事也不归经济开发科管。她下午正常上班办公，等到临近下班时间，这才收拾东西准备回家。

楚稚水是不在局里吃晚饭的，但金渝和陈珠慧用完晚餐才走。她们结伴走下楼，遥遥望见局门口的人影，皆露出意外的神色。

楚稚水一只手握着车钥匙，另一只手拉开主驾驶车门，疑道：“今天局里来的人好多？”

陈珠慧瑟缩：“稚水姐，那好像不是人。”

只见一名古装打扮的明艳美女，巧笑嫣然地站在局门口，手里还提着一枚小香囊。她笑意盈盈地望着院子中央，似乎在寻觅傅承卓的身影，可谓绰约多姿，周身花香袭人。

她确实不是人，而是化人的妖怪，想必就是纠缠傅承卓的那位。

金渝猛地打一个喷嚏，她作为妖界公职人员，上前劝退道：“你这样堵着门口不好。”

一般来说，外面的妖怪不会来观察局，就像正常人不会在派出所门口堵着。

明艳美女斜金渝一眼，她忍不住翻了个白眼，娇声道：“追星还要看妖脸色，那我干脆追你算了，不要以为你在这里工作就很牛。”

金渝被嘲也不恼，软绵绵地规劝：“我也很喜欢他，但会努力克制，关注演员作品就好，不要打扰人家生活……”

“我看你的样子好可悲！”明艳美女恨铁不成钢，恼道，“我跟你不同！”

她绽放出甜蜜笑容，羞道：“我俩是人妖情未了，天生就是一对佳偶。”

陈珠慧在旁小声帮腔：“强扭的瓜不甜。”

“我可以加糖拌着吃。”明艳美女悠然地伸手，端详起淡粉的指甲，“再说我就是想扭，我管不住我这手。”

金渝和陈珠慧面面相觑，都拿这位狠妖没办法，没一句话能对她造成真实伤害。

楚稚水懒洋洋地钻进车里，直接将车门拉上，便准备下班回家。她透过车窗，随意地扫一眼女妖，漫不经心道：“你还是收敛一点，都不怕他被爆出负面新闻吗?

“别怪我没提醒你。”

“……”

明艳美女瞬间花容失色，恼羞成怒地跳脚：“不可能，不可能，不可能，他跟其他人不一样！”

"每个粉丝都说这套。"

"……"

明艳美女惨遭抢白，却又没办法还击，一时间气急败坏。她愤愤地扯着香囊，咬着唇说不出话来。

楚稚水同样没在门口耽误太久，跟金渝和陈珠慧挥手告别，开车扬长而去。

汽车驶入主路，她还通过后视镜看了一眼，发现明艳美女仍站在门口。对方好像不能进入局里，只在观察局大门外徘徊。

傅承卓的突然到访，给观察局带来变化：一是观察局门口总有女妖蹲守；二是院子被人占据，让竹子妖怨气四溢。

阳光下，傅承卓在院中长椅扎根不走，让喜欢四处游荡的辛云茂愤懑不已。

辛云茂以前的作息相当规律，朝八晚五在办公室晒太阳，午休时间在外面晒太阳，偶尔前往茶园灌溉一趟，现在采茶季已经结束，连这一项内容都免去。

虽然傅承卓没有触碰大树下的石质圆凳，但辛云茂依旧无法忍受跟他共处，最近连午休时间都待在屋里。

初夏的阳光越来越灿烂，照进屋里明亮得晃眼。

辛云茂着一身淡青衣裳，懒散地仰躺在椅背上。他双眼微闭、睫毛轻垂，枕着柔软的椅背靠垫，沐浴着阳光享受惬意的午睡。

窗外清风悠然，似不忍打扰他的美梦，连拂过绿叶的动作都轻柔起来。

楚稚水推门进来时，发现屋里仅有辛云茂，金渝和陈珠慧都不知所踪，连忙放轻自己的脚步，小心翼翼地将门关上。

办公桌上的电脑屏幕还亮着，但现在也没法继续办公。楚稚水不愿弄醒辛云茂，她悄声挪取桌上的文件夹，不料还是惊动了一旁午休的妖怪。

他一向睡得浅，稍微眨了眨眼，鸦黑睫毛一颤，抬起眼来看她，看着有点迷糊。

“这么喜欢这里吗？”楚稚水无奈地叹息，“不然我们换位置好了，我把电脑搬到后面去。”

辛云茂由于院中有傅承卓大发脾气，楚稚水当初为安抚他，说将自己的位置让给他，这才熄灭他的怒火。他最近午睡占据她的座位，导致她中午都没法工作，只能在这段时间翻翻单子。

楚稚水和辛云茂在屋里是前后桌，她不理解光线有何差异，或许只有植物才对日照如此苛刻。

“不要。”辛云茂声音还掺杂慵意，他逐渐醒过神，又皱起眉头，“那只猫将他赶走没？”

楚稚水坦白：“最近没看到苗处，本来还找他有事。”

辛云茂更为不悦，开始散布起怨气。

楚稚水看他垮着脸颇感好笑，他当初还跟彭老板说，不出人命就不算大事，现在却嫌苗处办事速度慢，在某种程度上真是啪啪自打脸。

午休快要结束，金渝和陈珠慧暂时还没回屋，楚稚水终于重获自己的座位。她倒在椅子上没感受到任何余温，反而嗅到一种清新的草木味道。

楚稚水才刚刚坐下，突然听到一阵轱辘转动声，扭头就看见辛云茂将椅子推到自己旁边。

她见状一怔：“干什么？”

辛云茂扶着椅背，一副要跟她并排坐的架势，理直气壮道：“阳光好。”

“……我刚刚不是说可以换座位？”

他明明都已经拒绝，现在又要搞什么鬼？！

辛云茂善解人意道：“那耽误你工作。”

“？”

金渝和陈珠慧看见他俩并排坐，这才会耽误经济开发科工作！

楚稚水稍微想象被撞见的场面，她都升起一层蒸腾热意，感到分外羞耻和害臊，咬牙道：“将椅子推回去。”

他们待在银海市的时候，私下时间打闹无所谓，但现在回局里就是在职场，她已经有意识地调整距离，以免金渝和陈珠慧察觉异样。不在工作时间过度暴露亲疏，这是每个人应当牢记的准则。

辛云茂不解道：“为什么？”

“没有为什么。”楚稚水面无表情地威胁，“在我将你做成竹椅子前，把你自己的椅子推回去。”

“……”

辛云茂沉默良久，他用微妙的眼神紧盯她，又捏捏灼灼的耳根，似乎有一点别扭，欲言又止道：“你好执着。”

她上次就想将他编成竹凉席睡，现在又想将他做成竹椅子坐，让他感到很不好意思。

辛云茂说完，将椅子推回，也不知是不是将警告听进去了。

这是执着的问题吗？！

楚稚水内心相当崩溃，她庆幸其他同事还没回来，不然简直是社会性死亡现场。

片刻后，金渝和陈珠慧结伴进屋，好在竹子妖没再搞幺蛾子。

楚稚水原本不想管傅承卓的事，现在却头疼地扶额，说道：“待会儿下班时把门口妖怪劝走吧。”

“啊？”金渝苦恼，“但苗处那边没动静。”

楚稚水：“我去把她劝走。”

再不把他们搞走，将院子清空出来，没准他真要当众跟她并排坐。

“可你没有妖气。”金渝怯懦道，“而且她一看就不是讲道理的类型。”

明艳女妖显然很有主意，而且想法相当固执，一直蹲在门口不肯走。

楚稚水挑眉：“没事，我没有妖气，但我有脾气。”

金渝似懂非懂。

观察局门口，明艳女妖依旧在老地方守着。她眼看楚稚水和金渝遥遥走来，手里捏着香囊，执拗地背过身，摆出拒绝交流的姿势。

金渝解释道：“我最近常来劝她，但她一直都这样。”

明艳女妖气哼哼：“你们别想赶我走，他早晚都要出来，我就站在这里等。”

明艳女妖一直不肯走，傅承卓一直不肯出来，双方陷入永无止境的僵持。

楚稚水见女妖满脸不服，她没有立马搞劝退，反而心平气和道："请问您喜欢傅先生什么呢？"

明艳女妖听到此话，兴奋地转过头来，她掰着指头，细数起优点："他长得帅，性格又好，举手投足有气质，而且演戏好，还才华出众，简直说不完……

"我是始于颜值、陷于才华、忠于人品！"她激动道。

楚稚水不紧不慢："但傅先生不想见您。"

金渝点头附和："是的。"

明艳女妖被一句话暴击，她瞬间就勃然大怒，气得面红耳赤："你们胡说……"

楚稚水不等她说完，慢条斯理地接下去："您知道他为什么不想见您吗？"

明艳女妖逃避地捂上耳朵，她拼命地摇头，掩耳盗铃道："我不知道！我不想知道！"

"因为他觉得配不上您。"

"哎？"

明艳女妖面露异色，金渝同样满脸诧异，二妖皆迷茫地注视着楚稚水。

楚稚水绽放清浅微笑，她语气柔和，不疾不徐道："人类的寿命不过百年，妖怪却有漫长的未来。几十年后，您芳华依旧、婀娜动人，傅先生却容颜迟暮，甚至化为一具白骨，他又哪敢耽误您的时间呢？"

明艳女妖一怔，赶忙道："我不在乎！"

"但傅先生在乎，相爱总怕给对方太少，恨不得倾尽手中所有，感情越深就越是自卑，他在您面前抬不起头的，倒不如让彼此印象停留在最美时刻。"

楚稚水宛若情感类公众号，各类爱情疼痛之词随口就来，幽幽道："他不想让您看到年老模样，索性现在就跟您断干净，相遇、相见、相忘于江湖，不愿做您生命中的过客，却也只能做您生命中的过客，只恨命运无常、人妖殊途。"

金渝听得两眼呆滞，好半天没消化过来：“？”

明艳女妖则眼眶通红，她已被人妖恋虐哭，恨不得要潸然泪下：“那就只能这样了吗……”

“万事总有遗憾，但我们可以做个告别，您回去梳妆打扮一下，傅先生也做些准备，最后度过一段时光。”楚稚水温和道，“告别过后，您就不要再来找傅先生了，理解一下男人的自尊心，他不想让您看到他未来的难堪，只想给您留下岁月中最美好的样子。”

明艳女妖痛哭流涕：“呜呜呜，傅郎……”

楚稚水劝道：“稍微擦擦眼泪，您哭成这样子，傅先生看到也会心痛。”

不知道的会以为傅承卓人没了。

女妖连忙拭泪，哀戚道：“好的，好的，我不哭了，我这就回去梳洗，以最好状态来见他，这是我们的第一面，也是我们的最后一面，要留一个好印象。”

没过多久，明艳女妖从门口消失，应该是回去做准备了。

“果然对付活在电视剧里的妖，还是得用电视剧剧情打败她。”楚稚水悠然道，“好啦，现在回去找那人，让他俩见一面就行，要是还纠缠再动手。”

不过她觉得女妖告别后不会再来，对方似乎沉迷电视剧臆想，有些分不清故事和现实。如果是“虐恋”发展，人妖肯定不会再相见。

周围很安静，金渝没应声。

楚稚水跟金渝一起回去，她奇怪地扭头看对方，却发现小同事不知何时眼圈泛红。

金渝当然清楚傅承卓没说过那些话，但她却突如其来地联想到什么，呆呆地望着楚稚水，惘然道：“那你也只有一百年吗？”

因为没有过人类同事，所以遗忘掉诸多细节，比如眼前的人也是人类。

楚稚水一愣，随即笑道：“当然，人类基本都只有一百年。”

金渝呼吸一窒，愣怔道：“那一百年后怎么办？再也看不见你了吗？”

楚稚水停顿片刻，她轻松地打趣：“我五六十岁就退休了，你记性又不是很好，说不定还不等百年，你就把我忘记了呢。”

金渝只感觉一阵酸涩上涌，眼泪瞬间就涌出眼眶。她开始疯狂冒泡泡，哇的一声哭出来，上气不接下气道：“我、我才不会忘！”

楚稚水不料对方有如此大反应，突然想起最初戳穿金渝身份时，小同事也是这般哭得喘不过气，作为妖怪常比她这个人类还脆弱。她赶忙道歉：“对不起，我开玩笑的，你不要哭了，我知道你不会忘！”

她以为妖怪都见惯离别，就像胡局调侃近年多提拔她，原因是她退休会比其他妖怪早。

金渝哽咽：“那……那你活过百年……”

“这也不是我能掌控的啊。”楚稚水苦笑，安慰道，“你以后还会遇到其他人的。”

金渝更感委屈：“但再也没像你那么好的了……”

“那可说不准，要对未来有期待。”楚稚水见她哭个不停，只得伸手帮她擦泪，叹息道，“这样，金渝，我给你讲一个事吧。”

金渝哭声渐弱，抽噎道：“什么事？”

“我和我的父母感情很好，我们都不愿意彼此分离，但很可惜我不能参与我出生前他们的时光，他们有一天也不能再参与我后面的时光，总归是有些遗憾。”楚稚水认真道，“但你是妖怪，就没有遗憾，即便你没参与我以前的生活，可是我未来的生活，你都可以看得到。”

金渝怔怔地望她。

楚稚水露出笑容，循循善诱道：“你看太阳和月亮永恒不变，你就看不到全部的日月，但是你能看到全部的我。或许有一天长皱纹，或许有一天生白发，可那都是我，你记住我所有的样子，相当于拥有完整的我，这样不好吗?

“即便有一天我在生理意义上消失了，但我们依然一直在一起，我还生活在你的记忆里，所以你现在要努力多记住点。”她揉揉同事的小脑袋。

这就像有一天她的父母也会先离去，所以她要牢牢记住已经拥有的幸福。

她从来不觉得寿数有限是可悲的事，可悲的是岁月匆匆却无感，只在真正失去时才追悔莫及。只要没有错过现在的每分每秒，都紧握在手中，那就不算失去。

金渝揉了揉眼睛，她郑重地发誓："我会好好记住的，改掉记性差的毛病。"

"这样就好了。"楚稚水柔声道，"我们回去吧。"

金渝平复完情绪，又活蹦乱跳起来，跟着楚稚水横穿院内，结伴往办公楼方向走。

楚稚水抬头仰望缠满碧绿爬山虎的办公楼，再次感叹来观察局工作是神奇的事情。不知千百年以后，时间的微风吹过，这里会变成什么样子，妖怪又会不会变化容貌。

记忆力差的小鱼有没有改掉健忘的毛病，自说自话的竹子还记不记得他有过信徒。

楚稚水的目光落在树下的石质圆凳，那是辛云茂平时晒太阳坐的地方。石灰色的圆凳，沾一点碧绿色，凳面却擦得干净，从她进局里时就有，说不准离开时还在，宛若山中坚守的巨石。

她明白一百年对千年妖怪不算什么，但这是她能够触及他岁月的极限。

人类不会有无尽的寿数，更擅长用有限创造无限。她知道他不是观察局的妖怪，可还是将他留在经济开发科，就是希望起码在有限时间里创造一段愉快的记忆。

即便不能跟其他妖怪彻底和解，至少往后再感孤独时能有所慰藉。

小小的凡人管不了太多他的事，最多在活着时以人的方式待他。

就当她自不量力吧。

院子里，楚稚水找上傅承卓，开始跟他交代后续："傅先生，我们待会儿跟纠缠您的女妖告个别，然后她应该就不会再来骚扰您了。"

"女妖？！"傅承卓满脸震惊，"虽然早有预料，但居然是妖怪？"

他怀疑遇到灵异事件，却一直说不出原理来，终于得知对方是妖怪。

楚稚水疑道："您之前没见过她吗？"

傅承卓摇头："没有，就是闻到花香做噩梦，偶尔会听见些声音，什么东西都没看到。"

看来女妖没有以人形见过他，难怪他害怕成这样，妖怪的人形正常得多。

楚稚水了然地点头："哦，那一会儿还要做扫尾工作。"删除傅承卓的记忆。

傅承卓好奇："可我从没见过她，怎么跟她告别呢？"

"没事，您是专业演员，我们讲一下戏。"楚稚水淡然道，"简单来说是悲剧，最后人妖殊途，您照着演就好了。"

傅承卓："？"

没过多久，明艳女妖换了一身娇艳着装，她略施粉黛、明眸善睐，手提香囊被请进局里，准备在树下跟心上人正式告别。

观察局及附近区域对妖怪有压制作用，即便女妖的性格胆大包天，她近日也只敢在门口踌躇，迟迟没有真正冒险闯进来。她要是在观察局里闹事，那就会直接坐木电梯吃牢饭，绝对比纠缠傅承卓的罪名大很多。

苗处等妖不管她，主要还是没由头。事情有点小，罪名不够大，不是很好抓。

这个女妖曾对金渝说"不要以为你在这里工作就很牛"，看来在某些方面脑袋还算清醒，不然也不会如此快地答应楚稚水的提议。

树下，楚稚水、金渝和陈珠慧在旁看戏，牛仕还送来些茶水和姜糖，他们颇有些在剧场看话剧的意思，津津有味地等待"人妖虐恋"最后一幕上演。

傅承卓同样洗了把脸，他最初还惴惴不安，等看到女妖的容貌，总算稍微放心下来，比想象中正常太多：朱唇粉面，花容月貌，甚至在人类中都算惊艳。

"傅郎，我以前一直不敢见你，但你的心意，我都知道了。"女妖扭捏地递上香囊，羞怯道，"即便我们相爱而不能相守，但我会永远记得你，这是我做的香囊，请你收下留念吧。"

"谢谢你。"傅承卓连忙接过，礼貌道，"发生那么多事，眼看就要告别，却不知道你名字。"

明艳女妖第一次以人形见他，都不敢跟他正面对视，俨然一副小姑娘样，害羞地捧脸："我叫杜若香。"

一人一妖就在树下交流起来，你一句我一句地聊，基本照着剧情在走。

傅承卓确实是个好演员，带起剧情来很顺畅，没多久就引入离别。

楚稚水一边抱着姜糖罐吃糖看戏，一边适时地提醒演员们进度："差不多了。"

"等等，我还有最后一个小小的愿望，既然以后此生难见，能否让傅郎念句诗？就是跟我名字有关的那句，我想听。"杜若香一张嘴就是言情剧味儿，她含羞带怯地偷望傅承卓，"名字是天地对妖怪的恩赐，傅郎要是能念一遍，我以后肯定忘不了。"

名字对妖怪很重要，要是听心上人说一遍，那感觉自然不一样。

傅承卓闻言却满目茫然，疑道："什么诗？"

杜若香脸色大变，忙道："就有我名字那句，很有名的诗啊！"

傅承卓更感迷惑，他扭头去看楚稚水，心说导演没讲过这段儿呀。

楚稚水同样一愣，不料还有临场发挥，悄声提醒道："城边流水桃花过，帘外春风杜若香。"

杜若香明显是花妖，那应该就是这一句。

"哦哦哦！"傅承卓在提词器的提示下，赶紧重新切入状态，说道，"城边……"

谁料杜若香已经不买账，她相当不悦，出声质疑道："天哪，你怎么连这句诗都不知道？你不是一直很博学多才吗？！"

楚稚水出面打圆场："理解一下，理解一下，这不是高考背诵篇目。"

杜若香恼道："可是温澈学富五车，诗词歌赋张口就来，他就没有不会的时候！"

傅承卓无奈："不好意思，温澈是温澈，我是傅承卓。"

温澈是编剧创造的剧中人物，那些诗词歌赋和才华技能，都是编剧精心设计出来的。

杜若香陷入漫长的沉默，她一只手托着下巴，愣愣地观察傅承卓，最后脸上闪过一丝荒诞，如梦初醒般道："我的天，我不爱他了，爱不动了，他不懂诗，他文化水平不够。"

傅承卓：“？”

傅承卓不服地辩解：“不不不，我艺考成绩还可以的。”

楚稚水一把将姜糖罐塞进他怀里，小声劝阻道：“傅先生少说两句吃点糖，这时候就不要反复折腾了，赶紧让她哀号一会儿，痛快点。”

谁承想桃花妖的感情如此脆弱，简直像随手捏的沙堆，一句诗念不出来就被风吹散，了无痕迹。

“他不是温澈，温澈温柔耐心又学识渊博，虽然是人类，但什么都能做到，他怎么像个没读过书的人一样？”杜若香一把夺回香囊，她突然分清剧情和现实，悲愤道，“我怎么会喜欢过这样的人？！”

仔细一想，傅承卓没有温澈英俊挺拔，离开镜头的他显得单薄，偶尔跟工作人员说话也是智商不高的样子。他虽然演技好，但生活能力低下，私下挺邋遢。

只是她前些天追得过于癫狂，忽略了蛛丝马迹的真相。

“好了好了，不是什么大事儿，回家收拾收拾早点休息，明天又是美好的一天！”楚稚水引导她离去，“我送您出局里。”

傅承卓惨遭杜若香嫌弃文化水平，他怀里抱着姜糖罐，心中五味杂陈，麻木地评价：“虽然事情解决了，但并不是很高兴。”

这些妖怪简直不讲礼貌，他只是没念出一句诗来，转瞬就被劈头盖脸地批驳！

“因为名字对妖怪很重要。”金渝婉言道，“麻烦看过来一下！”

傅承卓疑惑地回头，只见一枚彩色泡泡正撞上他的脸，噼啪破碎。

他的眼神迷蒙起来，大脑中空空如也，好像缺失了一段记忆。

观察局门口，楚稚水全程温声细语，总算将杜若香送出门，只差一步就能将事情画上圆满的句号。她轻声道：“好啦，时间不早了，您也早点回去吧。”

杜若香只觉对方语气耐心，浑身透着知书达理的气质，还能随口念出自己的名字诗。她的睫毛颤了颤，偷瞄温婉的楚稚水，小声道：“您在这里工作吗？”

“是的，怎么？”

杜若香递出手中的香囊："谢谢您开解我，这个送给您吧。"

楚稚水："？"

楚稚水不禁看对方一眼，婉拒道："这不合适吧。"

"我以后可以来局里看您吗？"杜若香娇声道，"我听那条鱼说，你们一起工作，我也可以帮忙，不用付工资的。"

楚稚水还没来得及拒绝，突然见花妖香囊着火，连忙惊得后退一步。

深黑的妖气火焰烧灼香囊，还连带烧焦杜若香几缕秀发，吓得她花容失色，手忙脚乱地灭火！

辛云茂不知何时出现，一张脸冷得结冰，手中还紧握龙骨伞，清俊面孔寒气四溢，阴森森道："可以什么？"

世风日下，他真不知这一代妖怪怎么了，闲来无事就爱乱招惹人类！

龙骨伞的伞尖直指杜若香眉心，铺天盖地的妖气袭来，迫使她慌张无措地倒退。

这是在妖怪中口口相传的神器，倘若人和妖稍一触碰，就会被永不熄灭的妖火焚烧殆尽。

"你自己没信徒吗？"辛云茂被花妖气得直接掏伞，冷笑道，"要惦记我的信徒？"

又一团黑火点燃杜若香头上的发饰。

"呜哇！"杜若香慌乱扑火，惊声道，"饶命！饶命！"

"再让我在槐江看见你，就将你烧成灰做肥料！"

杜若香吓得都不敢道别，一溜烟地逃离观察局。

楚稚水眼看花妖落荒而逃，她经历完曲折诡异的发展，这才有空跟辛云茂搭话，干笑道："谢谢解围。"

她确实没料到杜若香还能有这想法。

辛云茂满含怨气地瞪她一眼，阴阳怪气道："你最好是真的谢谢我，没考虑过让她来科里。"

"……"

马路上，傅承卓迷迷糊糊地醒来，他发现自己抱着一罐姜糖，不远处停着辆共享单车，只感觉脑子里缺失一部分事情，但翻来覆去就是想不出来。

他不知道自己为何在这里，也不知道姜糖和单车从哪儿来，最后只能迷茫地抱着糖骑车上路。

风和日丽，天空清朗，街道边的行人悠闲，嘴里的姜糖甜蜜辛辣，一切看起来都如此美好。

傅承卓感觉自己好久没有如此舒适的时刻，他骑车回到市区里后，找时间联系了团队的人，居然还在大街上边吃糖边转悠，端详起这个朴素无华的小小城市。

周围偶尔有人认出他，但他也不是很在意，主要工作日街上人很少，不会人潮汹涌地堵路。

果然，演员还是要回归生活，小城市的日子很惬意，对他来说也挺新鲜。

而且这姜糖真好吃。

傅承卓低头研究起糖罐，品牌陌生，叫作“观局”。他不记得在哪里买的，还专门上网搜索了一下，没有查到太多资料，看起来是个新产品。

片刻后，团队的人匆匆赶来，担忧道：“你跑到哪里去了？我们都快要急死了，差点就要联系警方！”

“为什么要联系警方？”傅承卓浑身舒爽，他思考片刻，还递出糖罐，“对了，再帮我买点这糖吧，我刚刚上网搜了搜没结果。”

傅承卓一向自理能力不强，他平时靠团队打理，出门靠花钱打理，连买东西都常是工作人员帮忙。

槐江市，傅承卓肆无忌惮地吃糖逛街，即便没有被狂热的路人堵住，也还是有人将偶遇照片发上网。

“天哪！卓卓看起来好开心，像个小孩一样吃糖，以后也要继续开心！”

“全世界都在偶遇，只有我遇不到吗？”

“他吃得好香，我都看馋了，有没有姐妹扒牌子！”

“他真的很喜欢这个糖，最近在片场天天抱着，都不害怕上火吗？”

“一直没扒到这款糖。”

“我有找到！是当地的姜糖牌子，应该是他逛街买的！”

“姜糖商家真不考虑一下我们做代言人吗？他吃这个比吃他代言的饼干都积极。”

另一边，观局牌风味姜糖在直播间的销量暴涨，总销量不知不觉就冲到三万件以上，连开头都被改成“傅承卓同款”。傅承卓以一己之力，带火了观察局新产品。

陈珠慧望着新数据欣喜异常，还给楚稚水念买家留言：“稚水姐，傅承卓的粉丝还让我们考虑选他做代言人呢！”

“代言？代言是不可能代言的。”楚稚水冷漠无情道。

虽然傅承卓无缘观局牌姜糖代言人，但经济开发科一点没少沾他的光。他是热剧在身的男演员，正是曝光量惊人的时候，要不是被杜若香一搅和，说不准早就全国跑活动了。

粉丝们已经看腻他的商品代言，好不容易扒出他真正爱吃的东西，自然会真心想购买。姜糖公司的规模还不算大，一看就不像能请明星推广的，更是变相加深姜糖好吃的可信度。

不得不说，小黄作为生姜妖，他研发出的姜糖，滋味确实不一样。

大家刚开始是怀揣好奇试试，品尝后还真有不少人给好评，甚至再次加购姜糖。

“神奇的味道，光有甜味会显得腻，但偏偏掺杂一丝辣，又不是其他姜糖的感觉。”

“最近爱看傅承卓的剧，买了一点，东西不贵，味道还行，打开一包吃得停不下来，然后又买了一回，这玩意儿会不会上火啊？”

“亲测不上火，昨晚干掉两包，我现在还好。”

“这是我小时候奶奶做的手工姜糖味儿！我以前还专门找过，但别家不是这味道！”

“这糖里面不会加上瘾的东西？吃得停不下来。”

“这价格也加不了啥吧。”

“没有吹得那么夸张，就是姜和糖用得好，其他商家不偷工减料也这味儿。”

“好吃好吃，嘎嘣嘎嘣，本来消化不良不敢吃，吃完反而好了。”

“不爱吃姜糖，为卓卓买的，但这味道确实正，看来我俩吃得到一起去。”

买家们都在讨论观局牌姜糖的神奇滋味，认为跟其他品牌产品不一样，确实称得上风味姜糖。

能有什么风味？

小黄的研发技术没有多高端，他就是比人类更懂生姜，然后有些制作小技巧。

观局牌姜糖自然不是用小黄做的，使用的就是普通的优质生姜，扎实的用料，低廉的价格。每罐风味姜糖的定价在十几元，可以将姜糖罐子抱在怀里吃，跟同类竞品相比也不贵。

当然，姜糖的制作成本同样不高，原料就是生姜、冰糖、红糖、麦芽糖浆和芝麻等，没有花里胡哨的添加剂。这类快消品只要销量打开，再合理经营和控制成本，最后毛利润就能相当可观。

“傅承卓同款”的广告效应一周带来超过三万件的销量，只要完成这些订单，大致能有二十万元到三十万元的收入，要是后续回购率较高，能够稳定地持续下去，全年进账绝不会比绿茶少。

观察局只有五十亩茶园，茶叶产量还是有限的，但姜糖制作就不会有产量困扰，起码不会有采茶季的时间限制。

楚稚水在心里一盘算，这笔收入能挽回给苗处填账的损失，甚至未来还会继续有收入，那局里完全可以再发一轮绩效。只要撑过今年，明年以四倍价格卖茶，又是新的收入，绩效降不下来。

经济开发科说干就干，跟胡局和贺处一通气，今后每个月都绩效上浮 100%，合计到手八千元。除了每月的常规上浮外，年底账上应该有结余，到时候用来发年终奖和年货。

一时间，槐江观察局里喜气洋洋，四处弥漫着欢乐的氛围，连贺处的耳背都有望痊愈。

经济开发科内，绩效带来的快乐同样在办公室里扩散，金渝无疑是最为欣喜的那位，她从最初工资不到两千元，到现在收入翻了好几倍，连腰杆子都挺直起来。

“从现在起，我就是有钱妖！”金渝双手叉腰，可谓喜不自胜，她难得敢在屋里大声说话，宣布道，“我昨天已经跟牛哥说了，今天要请大家喝奶茶，让他进货时帮我带回来！”

楚稚水笑着调侃：“这么豪气吗？”

“对，大家都有份，我也要请客。”

楚稚水经常买下午茶带到办公室，然而从来不向其他人收钱。

金渝过去囊中羞涩，加上没车不好去采购，一直找不到机会回请，但她现在工资收入大涨，认为值得庆祝和纪念一下，专门托牛仕帮忙带奶茶回来。

片刻后，金渝带着珍珠奶茶归来，经济开发科有二人二妖，恰好就有四杯。金渝提着塑料袋，按顺序开始发放。

陈珠慧接过奶茶，老实地道谢：“谢谢金渝姐。”

金渝给科室唯一的实习生发完，又拎着奶茶去找剩下的同事。她偷瞄辛云茂一眼，还是害怕对方的气场，索性将两杯奶茶都交给楚稚水，这样就可以传递过去，不用正面跟大妖接触。

“谢谢。”

楚稚水道谢完将珍珠奶茶放在自己桌上，忽然想起辛云茂不爱喝这个，更喜欢的是水果茶，无奈金渝并不知道。她沉吟片刻，还是将另一杯放他桌上，总不能让金渝感到失望。

正值此时，经济开发科的屋门被敲响，苗沥从外面探头进来，他身上披着镇妖袍，兴致勃勃地发问：“听说你们最近找我？”

众人握着奶茶一愣。

许久未见，苗沥依旧猫里猫气的，他五官带着混血感，眼珠子一转，观察起情况，歪头道：“大家在喝下午茶？”

苗沥的出现惊扰了原本安宁的办公室。

金渝面对天敌，瞬间警惕起来，赶忙找借口离开："我去给牛哥钱！"

苗沥见她拔腿而逃也不介意，他轻松自在地走进屋，一路来到楚稚水和辛云茂中间。

办公桌上恰好有一杯奶茶，是辛云茂没有打开的那杯。苗沥大大方方地拿过，握着吸管扑通一声扎破，他愉快地享用起奶茶，还懒散地朝竹子挑衅："帮你喝了，不用客气。"

"为什么你会来？"辛云茂眉头微皱，他轻啧一声，冷嗤道，"事情都解决了，你终于露面了。"

苗处前不久在忙别的，总拖着不管桃花妖，导致院子被占的辛云茂耿耿于怀。

苗处猛吸一口奶茶，又见对方面色不悦，故作惊讶道："不会吧，不会吧，你居然不知道是楚科长邀请我来的吗？"

辛云茂："？！"

辛云茂难以置信地望向楚稚水，连清润的眼眸都上下微颤，看上去颇不敢相信她引猫入室，莫名就显露一丝惨遭背叛的哀戚。

楚稚水心虚地侧头："确实是我找苗处的，有点工作上的事。"

苗沥成功打击到辛云茂，他顿时欢快起来，继续煽风点火道："说吧，看在以前小黄鱼的分儿上，不管是工作上的事还是别的事，我都可以帮忙。"

楚稚水平和道："我想让苗处帮忙直播带货。"

"直播带货？"

"对，每天对着镜头一小时就好，不会占用您过长的时间。"

苗沥瞪大猫眼，听到一小时不能乱动，便知违背猫科的本性。他身躯一僵，当即转身道："我突然想起还有点事，喵……"

楚稚水一把拦住妄图逃窜的苗沥，笑眯眯道："苗处，您还记得欠我们科的账吗？妖怪不该有来有往？"

因为苗沥执行任务时破坏力过大，所以让贫穷的观察局雪上加霜，后来还是从经开科账户拨钱填账，导致辛云茂那段时间都在跟她闹脾气。

苗沥被抓住要害，他顿时有些尴尬，又忽然瞥见辛云茂，祸水东引地反问：“为什么不让他来做这个？”

辛云茂漫不经心道：“不要自取其辱，你的待遇不配跟我一样。”

“难道是他长得拿不出手吗？”苗沥不怀好意地挑拨，“果然，人类只喜欢猫科生物。”

“我的信徒怎么忍心让我抛头露面？”辛云茂自傲地扬起下巴，嘲笑道，“献媚讨好不是你最擅长的事吗？高风亮节的我确实做不来。”

苗沥亮出爪子，恼道：“真是看到你就想给你两爪。”

他以前怎么没发现辛云茂如此烦人，不张嘴的时候就够碍事的，一张嘴更让人火气乱冒。

“克制一下对逗猫棒的本能反应。”楚稚水出面劝和，“我们要开始工作了。”

旁边，陈珠慧趁他们交流间隙，已经将直播设备支起来，看上去早有准备。

苗沥狡猾地婉拒：“我没有做过这个，我不擅长对镜头说话，我已经过了天天喵来喵去的年龄。”

楚稚水：“那正好，本来就不用您说话。”

“不用吗？那怎么直播？”

“您先恢复一下本体。”

“？”

苗沥面露茫然。

楚稚水微笑道：“苗处刚才有句话没错，人类只喜欢猫科生物，所以请您用本体直播。”

苗沥：“？”

楚稚水当然不能让观察局职工露面，但直播间必须有什么东西出镜，光有商品实在没吸引力。她看到其他直播间偶尔带宠物出来，冷不丁就兴起一个念头：没准可以用妖怪的本体，这样他们化人形时也不会被认出来。

她将这个想法跟金渝交流，但对方却感觉并不合适。

金渝解释道：“我们化人后一般不露本体，这样做会感觉有些失礼，反正就是奇奇怪怪的。只有能力不强的化人妖怪，才会露出一些本体特征。”

楚稚水质疑：“但我经常看见苗处用猫身在局里穿梭。”

金渝表情微妙，她骤然语塞，欲言又止：“苗处的话……也不是不能理解，大家经常不懂他的想法。”

“不懂他的想法？”

“总之，露出本体就像衣服穿反一样。”金渝纠结道，“就是可以这样干，但是确实不合适。”

楚稚水听完此话，就知道不能找其他妖怪，让哪个妖怪反穿衣服都不好，只能找就好这一口的苗处。

办公室内，苗沥找了一个无人角落恢复本体，乌云踏雪的黑猫不情不愿地站在镜头前，恨不得满脸都散发着怨气，连耳朵都沮丧地颤颤，心不在焉地晃悠起尾巴。

他确实经常在局里做些离经叛道的事，但绝没有想到要为此付出代价，被迫接受直播带货。

辛云茂早就看不惯对方用猫身拐人，他忍不住幸灾乐祸：“正好可以扳一扳你的毛病，都化人那么多年，还要选择用本体，确实有些不对劲。”

黑猫愤愤地瞪他一眼，无奈现在没办法说话，连还嘴都做不到。

“苗处，麻烦您站在头皮滋养膏旁边，我们拍张照好吗？”陈珠慧看着黑猫也手足无措，很难将其跟方才五官深邃的青年联想到一起。

黑猫懒散无神地不想动，一副不愿意营业的模样，毛茸茸的尾巴也懒得晃荡。

楚稚水：“苗处，下周食堂不吃鱼。”

“喵——”

黑猫出声抗议，这才站起身来，假模假样地配合拍照。

生活还是对这只小猫咪下手了。

黑猫在直播间当了一段时间吉祥物，又配合陈珠慧留下一些商品照，待到一小时结束，当即一溜烟逃跑，说什么都不愿意在经济开发科多待。他最近都不想用本体示人了，自己变成猫硌硬其他妖怪很开心，被迫变成猫在直播间卖笑并不开心。

楚稚水看着黑猫背影也不追，她站在经济开发科门口，提醒道：“每周有两次的。”

“喵——喵——”

楚稚水也听不懂猫言猫语，她就权当苗处痛快答应。

直播带货找到猫选，商品信息由陈珠慧来制作，接下来就只剩最关键的生产环节。

楚稚水在银海市结识了彭老板，当初学习到不少人参种植经验，还跟对方说好建立长期合作，回到槐江后要给对方发送人参的资料。

阳光明媚，天气逐渐闷热起来，天空蔚蓝如一面水晶镜。

楚稚水打算前往林区核对人参种植情况，她刚握着车钥匙起身出门，便感觉自己后面有人，一回头就看到不紧不慢跟过来的辛云茂。

他穿着浅色短袖，无声地瞥她一眼，似不知该说什么，稍微侧过些头去，又用余光偷瞄她。

“我要去老白那边，要跟我一起去吗？”楚稚水笑道，“说起来好久没开车出门了。”

自从茶园工作结束后，他们开车出去的时间就不多。

辛云茂本来还有点别扭，听她主动邀请自己，这才轻声道：“嗯。”

老白种植人参的地方位于离茶园不远处的林区，从高处还能看到繁茂碧绿的茶树。这边的环境更加清幽和原始，没有被人工管理规划过，完全是野山参的生长环境。

园参种植区不在这片，这里都是老白种的林山参，还有一些他移栽过来的野山参。

森林静谧，绿意盎然。

楚稚水站在树荫下，不敢贸然到处踩，唯恐破坏到什么。她听完老白的介绍，疑道：“你要是将其他地方的野山参移过来，那这人参不就变成移山参了？”

她从彭老板处获得不少知识，有些人会将野山参搬到自己的山上继续种植，使其品相更好卖高价，但这种人参相比纯天然野山参还是有损耗的。

“人参自己挑选住处，怎么能叫移山参呢？”老白振振有词地反驳，“你们人类重新挑地方种叫移山参，但我们人参自己挑当然不能算，这是我们的意愿！”

楚稚水婉言道：“你这跟人类评判人参的方式可不一样……”

“人类懂什么人参！人参才会懂人参！”老白不服道，“而且我种的人参也不叫林山参，应该叫作野山参才对，我用的又不是人类的种植手法。”

“行吧，我不跟你争了，我在物种上就没有说服力。”楚稚水麻木道，“你懂，你最懂。”

她就不该跟人参妖聊人参，对方根本不接受人类的市场标准。

楚稚水好奇道：“所以我们现在的产量有多少呢？人参生长需要时间吧，我们要想卖一批林下参，是不是还要等好几年？”

“正常生长的话是这样的。”老白瞄一眼楚稚水身后的辛云茂，他使个眼色，小声道，“但要是有神君的妖气，就跟当初的茶园一样，很快就能进入收获期。”

辛云茂是植物妖，他的妖气对植物有益处，不但能一夜催发地里的种子，还能让被浇灌过的茶叶有滋养妖怪的作用。

人参的成长周期较长，需要的妖气量自然大，被浇过的人参不会再沾妖气，没法对妖怪有滋养作用，但能够飞速长成人类市场上的合格标准。

当然，老白心里也有小算盘，虽然种下的人参不能滋养妖怪，但是他作为人参妖天天在林区，还是能够蹭到一些大妖怪的妖气。

楚稚水闻言一怔，她回头看一眼辛云茂，发现他也在偷瞄自己，又转回头看老白，应道：“好，我知道了。”

老白迫不及待地想蹭妖气，自然表现得积极主动，忙道：“那我们现在就去……”

“不用，你先将这边弄完，我们再去园参那边看看。”

老白听到此话愣怔，他丈二和尚摸不着头脑，不懂辛云茂来都来了，为何不让对方现在浇灌，反而要舍近求远地跑到园参区域。

然而，楚稚水都这么说了，老白也不好再问，说道："好，那我收拾下这边，我们就下去。"

老白离开后，楚稚水将方才的话题翻篇，柔声道："我们去林子里转转吧，刚刚好像看到木耳了。"

辛云茂却站在原地没有动。

楚稚水没听见身后的动静，她疑惑地转过身去，只见他站在树荫下，俨然如挺拔的树。

夏季的阳光透过密叶，在他淡青色的短袖和冷白的皮肤上投下深色的影子，一阵清风拂过，更是光影摇曳，轻轻晃动起来。

"为什么不找我帮忙？"辛云茂没有抬腿，他脸上神情微黯，忽然就胸口发闷，垂眸道，"你以前还让我去浇茶园，现在找那只猫都不找我。"

他最近一直观察她，却发现她很少找自己，倘若今天没有跟她出门，或许她也并不会叫他过来。

人参妖都提出让他浇灌妖气，但她却云淡风轻地翻篇，并没有接着往下说。

他还记得她当初诱哄自己浇茶园，实在不理解这中间出了什么差错，自然感到阵阵失落。

"但你其实不用做这些吧。"楚稚水为难道，"不管是茶园，还是别的事。你又不需要钱。"

她现在知道他的身份，其实他并不需要工作，过去答应做都算脾气好。浇灌茶园是他已经应下的，但再加上人参实在过分。

辛云茂抬眼，反问道："可你不是需要？"

楚稚水沉默片刻，她长叹一声，认真道："我需要这些，是由于工作，即使这一件事不成，还可以再做别的事，不代表我就要给局里卖命，昏天黑地地干个没完。

"你应该知道茶叶是卖到银海的，但叶局他们却对你……"楚稚水停顿下来，她没有继续挑明，委婉道，"到后面才好一些。"

她没有立马让辛云茂浇人参，就是联想到叶局等妖的态度。她见识完他们对竹子妖的戒备，不认为辛云茂必须帮忙。

辛云茂不料她会这么说，愣道："原来你知道了。"

他还以为她排斥自己，莫名其妙就不再带他。

楚稚水耐着性子道："经开科赚的钱是要分给所有职工的，或许其中也有误解你的妖怪。如果你不想做的话，也可以在科室待着，平时就晒太阳午睡，不用勉强自己，关键你怎么想？"

总不能由于她要给局里赚钱，就非要拉着他一起来，那感觉也太奇怪了。

即使人参不能马上有收益，那她也可以想其他办法，将友情和工作搅和太深，还是会让她不太舒服，起码她不能是主要受益方。

"所以我要是不需要，你还愿意做这些吗？"她眼眸清透，在林中闪着光，望向辛云茂，"我希望不是我逼你做什么，我更想知道你心里愿意去做什么。"

辛云茂撞上她坦荡的眼神，突如其来就有些晃神。他不动声色地避开她的视线，好似不敢跟她长久对视，静静地思考起来。

良久后，他转回头来，低声道："我本来就不在乎他们的想法，也没打算做什么让他们改观。不过你问我愿不愿意，突然就不太好回答了。

"我想帮你做点事，或者跟你一起做些什么，就像那条鱼或那只猫，那应该是愿意的？"辛云茂不确定地反问，他用余光瞥她一眼，喉结上下微动，好似有些赧意，又似有点憋闷，嘀咕道，"现在这样子，就像你不是我信徒一样。"

楚稚水听完他别扭的回答，错愕道："这个对你那么重要吗？"

"当然很重要，你总是不找我许愿，就好像并不需要我。"

这话都隐隐透出点委屈来了。

楚稚水见他偷看自己，一副小心翼翼的样子，内心倏地就被此话触动，涌起难以言喻的滋味。或许对他来说并没有朋友和亲人的概念，连接最紧密的就是所谓的信徒。

因为她想不出愿望，迟迟没跟他有仪式，所以他千方百计地让她许愿，迫不及待地要证明自己，只能依靠这种方式来确认他们的连接没有断。

他表面高高在上、扬扬得意的“信徒”言论，背后实际透出的是被她需要的意愿。

他不想被丢到一边，总找金渝和苗处麻烦，时不时还说些酸话，像个要吸引人注意的小孩一样。

辛云茂不敢看她，他说完那些话后，似乎也有点局促。

楚稚水突然就拿他没脾气，她总感觉槐江初夏很热，连带面庞都有些发烫，忙道：“好啦好啦，需要需要，神君来把人参浇一下。”

辛云茂这才眼眸微亮，明显就感到愉快起来。

楚稚水察觉他的神色，好笑道：“我以后也会经常找神君许愿的。”

辛云茂一怔，他用手指掩住扬起的嘴角，矜持地发出一声气音：“哼。”

由于人参需要浇灌，楚稚水和辛云茂又在林区忙碌许久，不知不觉就度过几个小时。

“走吧。”辛云茂完成工作，提醒道，“该吃饭了。”

“你饿了吗？”楚稚水疑道，“但你不是不用吃饭？”

辛云茂面色古怪地斜她一眼：“但你不是要吃饭？”

“……”

楚稚水经他一说，这才感到饥肠辘辘，确实需要找点东西填肚子。

她下山时让辛云茂帮忙清理鞋子，对方欣然地答应下来，有条不紊地打响指，还顺手帮忙弄干净裤腿。他现在似乎很沉醉于实现愿望，仅仅帮她做这些小事都很高兴。

楚稚水心想自己三岁后就没那么天真可爱，不会由于帮妈妈做点杂事就开心好长时间，但她看他这样也不忍扫兴，没有多说些什么，索性任由他发挥了。

楚稚水用手机导航寻找餐厅，在附近找到一家农家菜小馆，打算就近简单吃一点。她点了一份主食、一份青菜，给辛云茂点了瓶水，就开始用餐。

片刻后，辛云茂看她不动筷子，却紧盯着盘中青菜，疑道：“怎么了？”

楚稚水坦白：“吃不下了，但不想浪费。”

辛云茂沉默片刻，他伸手拿起筷子，夹起那两根青菜，慢条斯理地吃下。

“你饿了？再给你点一份？”

辛云茂摇头，吃掉了青菜。

楚稚水诧异：“那你这……”

辛云茂抬起头，他意味深长地看她一眼，幽怨道：“还不是你许愿让我吃你的剩菜。”

“……”

楚稚水面红耳赤：“我没有许过这种愿！你可以不吃的！”

片刻后，楚稚水从餐馆中出来，她的脸热都没消散，尤其上车后看到辛云茂一脸无辜，更是满肚子吐槽没办法往外倒。

如果他是一个普通人，她就要怀疑他的动机，一边说没法回应人类的感情，一边总搞这种小动作，不是对她有想法，还能是什么？

但他是脑袋空空的竹子妖，不能用人类的常理来推断。

不，就算是妖怪，也显得不大正常。

楚稚水不动声色地观察起他，一方面觉得他的行为真离谱，甚至像故意在搞些推拉；另一方面觉得他没那么多套路，没准就是纯粹无瑕的友谊，是她这个人类内心阴暗，以小人之心度君子之腹。

车内，辛云茂坐在副驾驶座，却没感受到汽车启动。他侧头发现她紧盯自己，不知在端详什么，疑道：“怎么？你在看什么？”

楚稚水轻笑一声：“呵，没什么，就看看你。”

看你这空空如也的脑袋瓜究竟在想什么。

“……”

辛云茂眉梢微颤，喉结上下一动，深深地望她一眼，最后什么都没说。他克制地移开视线，似乎在眺望窗外，用一截如玉的脖颈对着她，却不经意暴露桃色的耳垂，由于皮肤白，就更为明显。

你脸红个泡泡茶壶！

真是越看越像个装清纯的千年老妖！

楚稚水更感发恼，硬着头皮道：“先声明我没有好奇的意思，你要真不想说也无所谓，但你当初为什么天天喊着不能回应人类的感情？”

虽然现在不再频繁发病，但最初认识他的时候，他经常摆出冰清玉洁、宁死不屈的架势。

辛云茂听到这个问题，回过头看她，似乎在思索。

楚稚水突然想到什么，赶紧补充一句："如果你要说些欠揍的自恋回答，那现在也可以不用张嘴了，你就当我没问过。"

她刚吃完饭不想动手。

"不光是人类的感情。"辛云茂沉吟片刻，难得正经地回答，"人类和妖怪的都不行。"

楚稚水一愣："为什么？"

他坦白道："如果回应这种感情，会产生麻烦的事情。"

车内安静下来，双方都不再说话。

楚稚水歪头思考良久，她深吸一口气，开始启动车辆，感慨道："行，我们回去吧。"

辛云茂："为什么突然问这个？"

"就是总觉得你身上有股香气。"楚稚水道，"所以想要确认一下。"

"什么香气？"

"茶香。"

"？"

辛云茂避开她，偷偷嗅了嗅，并没发现异样香气。当然，他本来就不觉得自己身上有味道，于是露出迷惑不解的神情，翻来覆去地检查起来，爱干净的毛病又发作了。

楚稚水现在已经懒得琢磨他的行为举止，她怀疑他想将自己拉到他的同智商段位，然后再用他丰富的经验打败她。这件事就不能细琢磨，索性听之任之、随风而去，不要再纠结乱七八糟的互动。

只要没明说，就是不存在。

没有什么暧昧和悸动，全是纯洁的革命友情，想七七八八的都显得庸俗，会玷污微尘不染、冰清玉洁的神君。

楚稚水做好心理建设，又恢复直女的嘴脸，一度觉得不然将友情转换成母爱算了。